DA HUI
SHUI

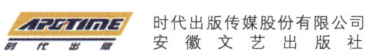

大泽水

时代出版传媒股份有限公司
安徽文艺出版社

苗秀侠◎著

苗秀侠，安徽太和人。中国作协会员。代表作有：《青春的行囊》《遍地庄稼》《迷惘的庄稼》《农民工》（合著）《农民的眼睛》《皖北大地》等。曾荣获老舍散文奖、安徽省社会科学文学艺术出版奖（文学类）、北京文学奖、安徽省精神文明建设"五个一工程"奖等。

安徽省中长篇小说精品工程丛书

大泽水

苗秀侠 ◎ 著

时代出版传媒股份有限公司
安徽文艺出版社

图书在版编目（CIP）数据

大泼水/苗秀侠著．--合肥：安徽文艺出版社，2021.7
ISBN 978-7-5396-7083-6

Ⅰ．①大… Ⅱ．①苗… Ⅲ．①长篇小说－中国－当代 Ⅳ．①I247.5

中国版本图书馆CIP数据核字(2020)第230249号

出 版 人：段晓静
责任编辑：姜婧婧 宋晓津　　　　　装帧设计：张诚鑫
....
出版发行：时代出版传媒股份有限公司　www.press-mart.com
　　　　　安徽文艺出版社　　www.awpub.com
地　　址：合肥市翡翠路1118号　邮政编码：230071
营 销 部：(0551)63533889
印　　制：安徽新华印刷股份有限公司　(0551)65859551
....
开本：710×1010　1/16　印张：20.25　字数：400千字
版次：2021年7月第1版
印次：2021年7月第1次印刷
定价：52.00元
....
（如发现印装质量问题，影响阅读，请与出版社联系调换）
版权所有，侵权必究

目　录

第一章　归来 / 001

有个嘴,要吃人 / 001

闪电劈面扇他一耳光 / 007

半截脚趾和四百双布鞋 / 018

灵石 / 027

第二章　相逢 / 034

小麦花香 / 034

分外眼红 / 043

第三章　议事 / 050

嘴唇上下翻飞 / 050

不是为了官帽子 / 058

第四章　前情 / 065

每个人心里都呼通一声 / 065

小郑的闺女 / 074

一起走走吧 / 081

碎嘴的石头 / 087

第五章　出手 / 103

　　大先生和铭园 / 103
　　初心 / 123

第六章　波澜 / 131

　　他呼通一声蹬掉凳子 / 131
　　收网 / 137

第七章　纠结 / 144

　　困惑 / 144
　　浍水大道的道 / 153

第八章　越界 / 161

　　两场谈话决定一件大事 / 161
　　镇长你来验验俺的羊肥不肥 / 171

第九章　送宝 / 180

　　铁脚狠狠捏疼了我 / 181
　　搭起台子唱大戏 / 198

第十章　风生 / 207

　　不是野心是真心 / 207
　　南方鸡蛋　北方鸡娃 / 213
　　人心都是肉长的 / 217

第十一章　水起 / 233

　　铜夹板就是说话的嘴 / 233
　　我耳朵灌满平原风 / 241

第十二章　担当 / 252

　　到底唱的哪一出 / 253
　　不能拿企业垫背 / 270

第十三章　齐聚 / 278

　　八十个农户和四百万元贷款 / 278
　　老茶馆开启新议事 / 290

第十四章　开街 / 297

　　特殊的记录簿 / 297
　　踩街 / 305
　　天眼 / 309

主要人物

武汉文:1926年生,浍水镇人,浍水阁老茶馆主人

陆文昌:1978年生,浍水镇人,浍水镇政府镇长

稽成煊:1978年生,浍水镇人,企业家,大浍水粮油商贸有限公司总经理

夏小荷:1978年生,浍水镇人,企业家,小荷服饰有限公司总经理

李富友:1938年生,外号"沸满天",浍水镇人,大鼓书艺人

朱太平:1931年生,外号"铁脚",浍水镇人,淮海战役支前民工

拴　宝:1979年生,浍水镇人,浍水烧饼、辣糊汤经营者

洪德顺:1931年生,浍水镇铁匠

安大丰:1931年生,浍水镇皮匠

第一章　归来

　　天上下雨地上流，
　　两口子吵架不记仇；
　　白天吃着一锅饭，
　　晚上睡觉撂一头。
　　谁是谁非莫争强，
　　别为小事闹不休；
　　千年修得共枕眠，
　　万年修得手牵手。

——淮北大鼓

有个嘴，要吃人

　　铁脚几乎是飞身一跃，摘下了那面老铜锣，骇了我一大跳。紧接着，他以极大的力道咣咣咣敲起锣来。

　　时隔四年多，铁脚摘锣的身手还是那么敏捷，敲锣的劲道也还是那么强硬。

　　锣声一响，浍南村的人蜂拥而出，齐刷刷地跑到浍山跟前，将那座大水坑围拢，一起朝水坑边的人投射眼珠子。眼珠子比铁珠钢珠还要厉害，比淮海战场上的机枪大炮还要猛烈，一时间，投射眼珠和挨眼珠砸的人，都定格在一个愣神的状态里。然后,那个挨眼珠的人,仿佛梦醒一般,捂着一张仓皇的脸,背着一身的眼珠子,屁股一磨,地老鼠似的,连滚带爬地跳到庄稼地里,消失了。

"他咋又回来了?他要干啥?"老伙计们围着铁脚问。

"不管他要干啥,从现在开始,这面锣不能闲着了。"铁脚把老铜锣重新挂在墙,说,"只要他一露面,我在家,我敲锣;我不在家,谁发现了他,谁就来敲锣。只要锣声一响,不管大家有多忙,都要第一时间跑出来,围住他。"

铁脚老屋的门是不上锁的,谁都可以进来摘锣敲锣。

浍南村的老人,低低吼了一嗓子大合唱:"誓死保卫家园!"

那声齐吼比遍地刮着的春风还要爽快,听得铁脚一身是劲。他把手伸进口袋,一把抓出我来,握在掌心里,左手倒到右手,右手倒到左手,左手右手地来回倒腾着,整得我一阵阵头晕眼花。

"护身符有灵光,会护佑我们的。"老人们把热切的目光落到铁脚的掌心里,盯在我身上。我羞愧难当。我哪里有那个本事?要是有的话,浍山何至于满目疮疤?

"那是那是。"铁脚不无骄傲地点点头,挺了挺他那副老弯腰,迈步朝镇上走去。临走时他丢下一句话:"军情紧急,我这就去浍水阁,向大先生汇报,让众茶客们做好战斗准备。"

铁脚朝镇上走的脚步,扑沓扑沓响成一串,完全不是那个絮叨着"有个嘴,要吃人"的"填嘴"弯腰老头。他身上劲头十足,像一名奔赴前线的战士。

这是春末,遍地小麦都在扬花。

小麦花的香气,喜洋洋地飘荡在浍水镇的大街小巷,直朝人身上扑,把我和铁脚全身上下,都扑暖了。

这一刻,铁脚已经忽略了头顶的太阳和遍地流淌的小麦花香,他只顾朝前一撅一撅地快步走着,恨不能三五步就赶到浍水阁。

我在他口袋里,也随着他步子的频率,一撅一撅地朝前走。

带着一身的小麦花香气,铁脚走得心焦气躁,呼喘着进到浍水阁。

坐镇浍水阁的大鼓书艺人沸满天,一见铁脚进来,忙用他特殊的方式打招呼,鼓槌朝鼓面上一落,咚咚咚一阵猛敲,开腔唱了段《说瞎话》:"麦子地开出高粱花,大路上帆船跑不停;二大爷纂儿上插着银簪子,三婶子在秫秸盖上烙烧饼……"沸满天的嗓子就像烟熏火燎烤烧饼的老炉子,滚出来的调子带着烟味和焦味,大烧饼一样扑棱棱直朝人怀里扑。

但是,这回铁脚没接招,他大吼了一嗓子:"一枝梅回来了!"

哗哗一声,浍水阁顿时一片安静。只有老虎灶上的烧水壶被开水顶得吱吱作响。

您该问了,一枝梅是谁?至于把大家骇成这样?我待会儿要跟您讲。现在,我还是先说说茶馆里正在发生的事吧。

大家你看看我,我看看你,脸上渐渐有了颜色,是掺杂着愤怒的颜色,是想伸出拳头打肿人脸的冲动的颜色。

只有武汉文面色平静。武汉文快九十岁了,他就像老茶馆楼顶那杆高高悬挂、写着"茶"字招牌的旗帜一样,无论风朝哪边吹,旗往哪里摆,那个"茶"字总是清晰无比鲜亮无比,不卑不亢。

武汉文举了举面前的茶碗,连说:"喝茶,喝茶。"说罢,自个儿先轻轻抿了一小口。

沸满天把鼓槌朝大鼓面上咚地一捶,鄙夷道:"他又回来做甚?!"腔调是大鼓书的念白。

"他这是要杀个回马枪!"铁匠洪德顺担忧道。

"还用说?他这一回来啊,肯定要把咱大浍水再搞个天翻地覆。"皮匠安大丰坐不住了,站起来,在茶厅里走来走去。

铁脚猛灌了一气棒棒茶,把一截茶梗拦到舌根下,还是没能挡住被茶水呛出来的一阵剧烈咳嗽。

我真想这时候说一说一枝梅给您听,叫大家怕到这个份儿上的一枝梅,到底是枝什么梅?

我得控制住自己，我先不说。我得把茶馆里的事说了，把铁脚的事说了。

铁脚告诉老伙计们，他已经在浍南村敲过锣了，浍南村的人从现在开始，再次警钟长鸣，只要一枝梅一露面，迎接他的就是人民的锣声枪。

铁脚播报的"小道消息"，就像刚下进滚油里的淮北绿豆丸子，刺啦一声炸开了锅。几个老茶客吵吵嚷嚷，把一枝梅的千般不是万宗罪过，从头到尾又控诉了几个来回。最后是武汉文的一句话，把大家的心惊肉跳压了下去。

"回马枪也罢，天翻地覆也罢，他肯定是有备而来。到底是好事坏事，还须拭目以待。"

武汉文有文化，说话文气。他的眼睛被九十个年轮打磨过，仍然晶亮有力道。他就用这种有力道的眼神看着大家，包括铁脚："当年他确实做得急了，过了。那时候，发急的人，何止他一个呢？也许，他已经不是原来的他了。"

"他还能是谁？他就是一枝梅！"沸满天依然一腔愤慨，不过，声音小多了。

浍水阁老茶馆里几年来少有的紧张气氛，让几个老茶客神情变得亢奋，就像静止了许久的水塘，咚地砸进去一块大石头，掀起一阵水花。

拴宝穿过气氛紧张的茶馆前厅，推开角门，进到后院里。大家知道，拴宝进后院是去薅菜。拴宝薅菜预示着他要给武汉文做午饭了。这时候，大家才发觉各自的肚子饿空了。

"都把心放在肚子里吧。"瞧着几个老茶客脸色难看地走出茶馆门，武汉文静声静气地说了一句。

"吃人的嘴，又来吃人了。"出了茶馆，顺着浍水老街朝北走的铁脚，嘴里第一次嘟哝出这样的话。我听着有点不太习惯。絮絮叨叨间，铁脚朝家走的步子迈得急了起来，他朝里勾着走路的双脚，勾得更加厉害了。

趁铁脚带我一起朝住处走的工夫，我来跟您说道说道铁脚"填嘴"

的事。

铁脚坚持"填嘴",已经四年有余。起因,当然是和浍山有关,和山跟前的大水坑有关。四年多来,铁脚一天不落的最重要的功课,就是带着我给大水坑"填嘴"。

我和铁脚,住在浍水镇北大街楼房后面的平房里,是武汉文家的老宅。每天一大早,铁脚带着我,从北大街后面的住所出发,走过丁字路口,顺着浍水老街一路向南,先到拴宝家的早点铺,吃两只烧饼,喝碗辣糊汤。吃罢喝罢,铁脚再买两只烧饼,朝褂子口袋里一装,一迈脚去了隔壁的浍水阁老茶馆。铁脚在口袋里装烧饼形成惯例了,也没别的意思,就是遇见喝茶的老伙计,谁没买到拴宝家的烧饼,他就拿出来给谁吃——拴宝家的烧饼和辣糊汤,是限量卖的,过了早上那一会儿,就关门歇业,拴宝就到隔壁的浍水阁老茶馆,当跑堂的。我的福气,都装在铁脚的口袋里了,烧饼和我混装在一起,芝麻粒儿东掉一颗西落一颗,香味经年累月喂着我,把我喂得香喷喷的,我都忘记我是谁了,全身上下,好像都被芝麻粒叮满,成一只浍水烧饼了。

在浍水阁喝会儿茶,听一出沸满天的大鼓书,铁脚朝茶馆主人大先生武汉文抱抱拳,就顺着老街朝南走了。

浍水镇的前身是座城池,后来演变成了一个小镇,但城池的样子还在。四四方方的老城墙,尽管只剩下西边和东边两段了,并且老城墙已变得高高低低参差不齐了,但老土夯实的城墙和城墙上的松柏杂树,仍然给老城墙壮着威武。古城池已经萎缩得很小,只留下几条老街。这几条老街,四四方方勾连着,也把老街区勾画得四四方方。靠东的南北街道,叫东大街,靠西的南北街道,叫西大街;城南挨着浍水河的东西大街叫沿河老街,城北的东西大街是北大街;城中间那个笔直的南北大街是浍水老街,老街朝南和沿河老街交会,直通到浍水河的老码头,朝北正抵着车水马龙的北大街。浍水老街南头曾有座老城门叫荟贤阁,早已踪迹全无。这几条老街道被铁脚走了几十年,闭着眼睛他都知道从哪里拐弯,从哪里转角,他想怎么走就怎么走。在遗存下来的古街上走一圈,也不过三里望路,铁脚的体力吃得消。

一路走，铁脚嘴里开始了咕噜。他反反复复就咕噜一句话："有个嘴，要吃人。"走个十步八步，他就说一句"有个嘴，要吃人"。随着他的步伐，我在他口袋里一边晃荡着，一边不由自主跟着他咕噜起来："有个嘴，要吃人。有个嘴，要吃人。"只不过，他咕噜的我能听到，而我说的，他充耳不闻。无论听到听不到，我们是步伐一致口径一致的。铁脚在浍水几条老街上走个四四方方，他能说上几十上百句的"有个嘴，要吃人"。走完古镇老街，他就直奔浍山而去。

浍山离浍水镇不远，二里多路。每一次从浍水镇赶到浍山跟前，铁脚就在浍山边停下来，对着大水坑，大声喊出那句咕噜了一路子的话："有个嘴，要吃人。"喊罢，朝大水坑里丢块石头，再说出那句一成不变的话："老祖宗，不要怕；嘴，不吃人！"才算完成了每天固定的任务。

这几年，铁脚去浍山跟前的大水坑喂石头，雷打不动。给大水坑喂罢石头，他会在浍山边的浍南村自家老屋跟前坐上一会儿，发一会儿呆，叹几声长气。从浍山跟前再往镇上走时，铁脚嘴里的咕噜声就没有了，好像，他一大早的马不停蹄，早饭后围着古镇转圈圈，就是为了把嘴里那句"有个嘴，要吃人"的话，送到浍山跟前的大水坑里。

今天，铁脚行走的轨迹依然保持原样。槐花香、小麦花香一路拖拖拽拽，却绊不住我们乘风而行的脚步。可是，当铁脚来到浍山跟前时，他咯噔一声站住了，把那句"有个嘴，要吃人"的话，生生噎进喉咙管里了。

有个人坐在坑沿上，脸冲着浍山，背对着铁脚，一动不动，就像参禅入定的僧人。但铁脚一眼就认出他是谁了。铁脚吓了一跳。乖乖，杀回来了？铁脚把喉管里含着的"有个嘴，要吃人"的话，狠劲咽进肚子里，三步并作两步，去自家老屋里摘墙上的那面老铜锣。

老铜锣一直挂在铁脚家老屋的东山墙上，有四年多没动过了，落了一层厚灰。铁脚几乎伸直了老弯腰，一跃就摘下了锣，立即咣咣咣敲了起来。歇了几年没发声，虽然蒙着一层厚灰，老铜锣的嗓门，却还是那么敞亮。

听到锣声，浍南村的男女老少蜂拥而出，用眼珠子，把大水坑边的那个人,生生射跑了。

跟您说了这么多,我和铁脚,差不多要拐到后街那条长满蒿草的小路了。天上正当午的大太阳,热嘟嘟地铺下来,把铁脚的身体晒得升了温。我已经能听得到吱吱的热气,漫过他身上的老皮朝外冒了。铁脚就把外面的厚夹衣脱下缠腰上了。他这一脱不当紧,夹衣左右两只老口袋倒立了起来,一个口袋里倒出了我,一个口袋里倒出了几颗芝麻粒。

这样一来,铁脚改变了我的位置。我几乎是被他拖在地上走了。每回被他拖着走,我就能更清楚地看到他的老弯腰,每看一次,我就心酸一回。

铁脚弓着腰朝前走路,我早就见怪不怪。我跟您说啊,铁脚曾经是高身长腿的直腰汉子,啥时候起,他把自己的老腰身,弯得鼻尖快抵到膝盖了呢?

是和一枝梅有关吗?

闪电劈面扇他一耳光

在浍水镇新街北头下了公共汽车,陆文昌并没有急着朝老街上走,而是去了镇北边的浍山。他朝浍山跟前的那片深水坑边一坐,就赖着不走了。

暮春的暖阳一点都不嫌弃他,朝他身上热热地扑过来,还夹杂着小麦花的香味,很快就把他熏得有点飘飘然了。

陆文昌想给自己一段真空般的时间,来这里坐一会儿,想一想,梳理梳理即将面临的又一个开始。

坐在这个蓝汪汪的深坑边,他自然会想到四年多前的那些事,那不堪回首的往事。在他后来多次的自我反省里,他终于明白,他并不像自己想象的那么聪明,那么坚强,那么拿得起放得下。

他是走了弯路的人。许多人都被急功近利驱赶着走了弯路,他不管别人走得顺不顺、好不好、对不对,他只能拷问自己是怎么走的。他感到自己错了,太自以为是了,太独断专行了,太聪明反被聪明误了。

他朝前探了探身子,大深坑里的水面上,映出了他那张已经不年轻的脸,还有那被炮炸斧劈了一半的面目狰狞的浍山。他的脸和面目可憎的浍山山体在水坑里互相凝视。水波嘲笑般发出一声呼哨,他觉得自己的脸皮被满目疮痍的浍山硌痛了。

"我不是有意的,你知道,我真的不是有意的。"他对着水坑里被毁容的浍山倒影说,"当时脑子里就那么一想,就奔过去了,就直接去做了。许多人都在那么做,吃老祖宗的,喝老祖宗的,要把老祖宗留下的东西吃干榨净,换取自己想要的成果,没想到会有那么大的伤害……"

陆文昌像个在教堂里忏悔的教民,开始对着浍山忏悔起来。如何给伤痕涂上一层良药,让伤口慢慢愈合?这是当前摆在他面前的必答题。他心里有了谱儿,但他也明白,他装着心里的谱子回到浍水镇,并不是想弹奏什么就能随意弹奏什么。下一步的工作,同样会面临很大困难。

他自己给自己设的坎,得自己跨越。

正在苦思冥想,一阵轰然作响的铜锣声,差点把他掀进大水坑里。而那声"誓死保卫家园"的呐喊,比四年多前还要猛烈,还要有火药味,惊得他头都不敢回,一炝蹶子逃跑了。

他飞快地朝西边的麦地里跑,一直跑到浍山的北边,跑到离浍南村很远的地方。确定谁也看不见他了之后,他才瘫坐在麦子地里,大口大口地喘气。

那一刻,他觉得自己像一只人见人打的癞皮狗,而他心里分明已经乱了方寸。

他坐在麦子地里,呆呆地看着一望无际的淮北原野。土地是宽容的,庄稼也是宽容的,都没有嘲笑他。小麦棵团结友爱地簇拥着他,一起送来阵阵花香,有意或无意地暖着他的心。陆文昌从原野上收回目光,抬头看着天空。暮春时节,刚刚还是一天大太阳的天空,渐渐起了乌云。一忽儿,天上的乌云又躲开了他,天空露出一片祥和的蓝。他想,天无绝人之路,说的应当是他的现状。他自作多情地想,天已经开了恩,原谅了他。

而地呢,人呢?会原谅他吗?

陆文昌一直坐到暮色四合,才站起身朝浍水镇上走。

此刻,天阴得很重,乌云紧挨着乌云,你撞我一膀子,我搡你几拳头,互不相让,挤挤挨挨,很快就把天空铺出厚厚的一层浓黑。渐近古镇时,突然,一道闪电,仿佛神手,瞬间在乌云间撕开一道亮河,紧接着,咔嚓嚓响起一串脆雷。那脆雷直朝地上夯,直朝人身上扑,陆文昌的脚步不由得惊慌起来,他顿时感到,那雷鸣和闪电,就是冲着他来的,就像耳光一样狠狠扇在他脸上。

过去了四年多,逃开了四年多,这电闪雷鸣的大耳光,仿佛静静等待了他四年多,等他在古镇一露面,便搂头盖脸,力道狂猛,朝他劈面扇来时,毫不手软。

"扇得好!"陆文昌在心里为这大耳光叫了一声好,面呈悲壮之色。他略略慢下脚步,却并没朝天上看,任由身后接二连三的闪电和滚雷肆意炸响。那些雷电,一味追撵着他的脚步,却一直追不上,便气馁了。在陆文昌走到浍水镇老街口时,闪电瞎了眼睛,滚雷哑了嗓子,和浍水古镇一起,陷入黑夜来临前的宁静之中。

站在北大街和浍水老街街口,陆文昌觉得,整条黑黢黢的浍水老街,像一个穿着黑色长棉袍的乡绅,沉默地抄手站立着,和他面面相觑。陆文昌胸中涌动的悲壮,此刻訇然陨落,荡然无存。顺着老街,他朝南走了一段路,已经看得见浍水阁老茶馆的屋檐角了。在淡漠的天光下,有一百多岁的老茶馆屋檐角,就像张开的手掌,朝着天空无声地祈祷。陆文昌朝前迈动的步子突然艰涩起来,他不由得在老街边一块遗存的老石墩上,坐下身子。在暮色中看老街或被老街看,他的胆量壮大了几分,羞耻感也减轻了。没有人能看得到他的脸,连老街也看不到他的脸。但他知道,一旦他回到老街,他的那张曾经扭曲的脸,老街绝对能看得清清朗朗的,包括他身下坐着的这块老石墩,也是能把他看得清清朗朗的,只是老街懒得看他罢了。

陆文昌坐了好大一会儿,往事如嘚嘚马蹄,纷至沓来;又似一股股潮水,将他淹没。陆文昌希望有一根巨大的神针,能扳动时光的转盘,让时光倒流到四年多前。这当然不可能,时光走就走了,绝对一分一秒也不可能回头的。

陆文昌明显感觉到,他已经把身下的老石墩暖热乎了。而他的眼睛,也习惯了老街沉沉的暮色,并在暮色中,和老街无声地交流着眼神。老街西旁的老茶馆浍水阁,仿佛入定的老僧,透射出一股不怒自威的气势。这是棒棒茶老茶馆的气势,也是武汉文的气势。被暮色笼罩着的老茶馆,人气渐息,门楼上方的廊灯,发出微弱的光亮。一阵若有若无的鼓点声,从茶馆里哑哑地传出来。听不清唱词,但陆文昌知道,这是大鼓书老艺人、外号沸满天的李富友,一边唱着大鼓书,一边和武汉文唠嗑。只要沸满天在场,必定是唱着大鼓书唠嗑;而沸满天在场,外号铁脚的朱太平也必定在场;铁脚在场,老皮匠安大丰和老铁匠洪德顺也必定在场。从陆文昌记事起,他就见这几个老茶客像是一根绳上拴着的铃铛,一起走到哪里,就响到哪里。他们吃过早饭不约而同地在浍水阁喝茶聊天,已经成了浍水古镇几十年不变的模式了。闲时天天在浍水阁喝茶,东扯葫芦西扯瓢地闲聊,忙时一周也要聚上三两次。几十年来,他们不间断地给浍水阁老茶馆添着人气,浍水阁就一直岿然不动地立在古镇老街上,老砖头老瓦片老墙根老廊柱都充满着朝气,连茶馆老旧的橡子,也亮锃锃地扎眼睛。

陆文昌最怕见的就是这几个老茶客,特别是沸满天和铁脚。按照古镇流行的歇后语,他一撅屁股,这几个老茶客就知道他拉啥颜色的屎。虽然他知道早晚会见到他们,但至少不是今晚。他白天已经在浍山边被铜锣惊吓了一场,心里的势子弱了,不想再遭到别的袭击,哪怕他已经做好了充分的心理准备。今晚被惊雷轰炸着走到老街上,再顶头遇见这几个老茶客,他怕自己招架不了。他只想单独跟大先生武汉文报个到。

陆文昌心里有点怵得慌,有点犹豫。他在天落黑的时间才敢朝古镇走,就是想趁着天黑,人不知神不觉地溜到浍水阁,让武汉文当面锣对面鼓地数落他一通。按理,天黑透了,几位老人早睡早起,早该各回各家了,怎么都还待在浍水阁呢?难道真的就是在等着他过来?

陆文昌的脚步在浍水阁门口徘徊了一阵,止步不前。这时,一阵大鼓书

声,清清楚楚穿透耳门而来:

> 家将闻听不敢怠慢,
> 备上了快马和马鞍,
> 罗八爷催马来得快,
> 大街上景致仔细观。
> 也有老来也有少,
> 也有女来也有男,
> 有的骑马有的坐轿,
> 有的推车有的挑担。
> 穿青挂皂的是爷儿们,
> 披红着绿的是女婵娟……

大鼓书伴着棒棒茶的香气,搂头盖脸砸向陆文昌,砸得他身体猛地一阵趔趄。已经四年多没听到沸满天唱大鼓书了,也四年多没在浍水阁喝过棒棒茶了。他心里扑通一声,眼眶涌出一股热乎乎的东西。他觉得这茶香和大鼓书词,一下子给他壮了胆,或者说,他找到了一块遮羞布,可以严严实实包裹起自己的头脸来。只有戴着遮羞布,他才有勇气,跨进浍水阁的门楼。

其时,陆文昌仿佛回到当年半大小伙的状态,大步朝浍水阁茶馆走去。

"把大门口的电灯拉亮吧。"武汉文中气十足地招呼一声。这声招呼,跟四年多前一模一样,好像是专门泡好棒棒茶,支好鼓架子,召唤来一帮老茶客,在此等着陆文昌。一时间,陆文昌愣住了,似乎,四年多的光阴没有流走,他还是以前的自己,还是像往常一样,忙碌了一天的工作后,晚上来浍水阁和武汉文喝棒棒茶,叙叙跟工作有关或无关的话题。

陆文昌伸手就摸到了茶馆大门口的开关,手指一摁,门口立即一片光明。靠大门南墙支着的一排老虎灶,已经被煤块封上了,烧水壶齐整整地排列着,集体哑了嗓子,沉默地看着他。陆文昌连忙进到茶馆,几步跨过前厅,直朝后厅而来。

茶馆前厅是公共活动场所,摆放着几排高低不一的老桌子、数条板凳,简简单单。后厅属于武汉文的私人空间,大部分时间,武汉文是坐在后厅喝茶,坐在后厅和人说事。面对猛然闯进来的不速之客,盘腿而坐的武汉文,微微笑着,一脸天远地阔的慈祥。

几个老茶客的表现却各不相同,但有一点是一样的,他们脸上挂着统一的不快活和不屑一顾。老铁匠洪德顺,打了一辈子铁,到老了还是膀子鼓鼓的,比旁人明显有力气,哪怕八十岁了;老皮匠安大丰身子骨没那么板直,他熟了一辈子的牛皮羊皮,做了一辈子的皮鞋皮带皮护腰皮包皮夹,已经把自己的腰背做得朝前弯了;只有沸满天和铁脚,却不再是四年多前的模样。沸满天的一条胳膊和一只手废了,一半的身体垮塌下来,但嘴皮子磨成了一把利刀;铁脚则神神道道了。

沸满天一见陆文昌,马上端出一脸的鄙夷,鼓槌朝鼓面上一点,张嘴就唱:

敢问客官从何处来?
回到古镇又为哪般?
你可是,做梦梦到了大浍水?
你可是,回来扒屋好升官……

尽管陆文昌已经做好了受奚落的准备,但听到沸满天唱着大鼓书奚落他,还是面红耳赤,心跳怦怦不止。按照老茶馆"面红耳赤、同进"的议事规矩,陆文昌的面部表情恰好符合议事条件。只是,今天他是只身"面红耳赤"前往,没有"同进"之人。

铁脚不会冷嘲热讽,甚至,在看到陆文昌的时候,他脸上没拿出来任何表情。似乎,他和陆文昌压根儿就不认识,尽管上午他在浍山边的大水坑前,用铜锣撵走了陆文昌。仿佛不喜欢跟"生人"待在一起,他立刻从坐着的地方,把老弯腰使劲弯着站起来,朝武汉文双拳一抱:"大先生,我回啦。"看也不看陆文昌,把陆文昌当空气一样忽略过去,朝里勾着两只脚,手里提着一只小马扎,朝门外走去。

陆文昌明显感觉到,铁脚经过他身边时,有一股气直朝他袭来。他知道,那是铁脚身上发出来的怒气,哪怕他腰身弯得越发厉害了,那股气还一直绷着,一直没有泄漏出来。

而且,在铁脚与他擦肩而过时,陆文昌的耳边突然响起一阵狂欢的铜锣声。那声音,仿佛是铁脚身上自带的。陆文昌不由得怔了怔。

铁匠洪德顺和皮匠安大丰见铁脚走了,连忙跟上去,嘴里叫着"老伙计你等一等,我们仨一起走",就跟上去了。铁匠和皮匠见到陆文昌,把脸寡得铁紧,那表情,好像陆文昌是他们的债主。

铁脚走到门口时,突然絮叨起来:"去找石头,找石头,填上吃人的嘴,吃人的嘴,嘴……"

陆文昌吃了一惊,他不知道铁脚把腰身弯得越发厉害的同时,还添了这个瞎絮叨的毛病。

直到铁脚和皮匠、铁匠的背影在茶馆门口消失,陆文昌才把愣怔着的神情整理到正常状态。他正要朝大先生武汉文打声招呼,沸满天猛地再朝他甩过来一串横眼珠子,继续敲着大鼓,接唱道:

跳梁小丑一出场,
平头百姓要遭殃。
大先生,别沮丧,
降怪捉妖我来帮。
手里鼓槌吼一嗓,
古镇百姓齐上场,
叫这个小丑没地儿藏。

啪的一声,沸满天止了唱,把鼓槌挂在鼓架子上,同样是拂袖而去。只不过,沸满天离去时,步子是趔趔趄趄的,甚至不如铁脚走得利索,左胳膊就像垂下来的棉线绳子,飘飘忽忽。

特别的"欢迎仪式"终于告一段落。仿佛观看了一出情节曲折的戏,武汉文脸上波澜不惊,他微眯着眼睛,指着面前热气腾腾的茶碗,声音里透着几分慈爱:"坐下吧,先喝碗棒棒茶暖暖。"

陆文昌心焦面臊地坐了下来,眼睛不敢多看武汉文,低头捧住褐黄相间的粗陶茶碗,放在唇边。一股奇香从鼻孔直冲脑门,把满心满怀的羞臊赶跑了一大半。

"这次回来,又要搞出啥动静啊?"武汉文不紧不慢地问道。

"汉文爷爷,您怎么知道我今天回来?"问罢,陆文昌就知道这句话多余了。浍水古镇的大先生武汉文,有句响当当的名言:"坐守浍水阁,尽知天下事。"多少年来,南来北往的茶客,都喜欢到浍水阁跟大先生武汉文聊上几句,所聊之事,皆是掏心掏肺,不带一丝虚假。茶客们不但把外面世界的枝枝叶叶、丝丝缕缕,一股脑儿放在浍水阁里和武汉文分享,甚至离开后,无论怎样天远地阔,仍要保持着和武汉文的联络,把外面的风吹草动,尽数说给浍水阁的大先生听。这一点,打小时候起,陆文昌就领略过了。

汉文爷爷外面的朋友,总是那么多,数也数不清。那些曾在浍水经商数载又因各种原因离开的茶客,带出去了大浍水的故事,并传给了他们的后代。其后代纪念先祖的方式,就是保持着和浍水阁老茶馆主人武汉文的联络,把外面的故事说给武汉文,武汉文也把浍水的新旧故事说给他们。

"不但知道你今天会回来,我还知道你立了军令状,要把咱们的浍水古镇,再整个底朝天。你这个一枝梅啊,要么不出招,一出招,就是狠招,就会搅水翻砂。是不是啊?"

"一枝梅"的外号,是前几年陆文昌在浍水大搞城镇建设时留下来的。陆文昌当初气盛性强,一心要把浍水古镇整出个名堂来,他手指到哪儿,哪儿的房子就得被拆没了,老街道就被改得面目全非了,所以,人送外号"一指没",渐渐演变成"一枝梅"。虽然后来陆文昌带着满身羞愧离去,但浍水古镇的人,绝对忘不掉他这个给小镇带来祸害的"一枝梅"。

"什么都逃不脱汉文爷爷的法眼啊。"陆文昌低头把玩着粗陶茶碗,发现粗陶茶碗褐黄相间的图案,像极了一张人脸,横折竖弯的构图,就是人脸上的眼睛鼻子,勾描出人脸上哭笑不得的表情。陆文昌似乎在看自己有点滑稽有点羞愧的表情图。

"既然有种回来,就有种把事情做好。恐怕,你心里拟的谱子早就像沸满天唱大鼓——有板有眼了吧?"武汉文用上了浍水镇流传甚广的歇后语,这歇后语是沸满天创下的。

武汉文打开手机,把屏幕紧贴在眼睛旁,看了下屏幕上的天气预报:"明天天就晴了,要不要我帮你叫人回来?"

说着,武汉文拿眼珠盯紧陆文昌,意味深长地笑了。

一个人相信另一个人,一颗心相信另一颗心,还有什么不能说不能做的?陆文昌从武汉文直视自己的眼睛里,读出了那颗真心,他心头猛地一热,羞耻感顿时减轻不少,勇气也上来了。

"就怕人家听到我的名字,就气跑了,能跑多远跑多远,哪里还会回来?"陆文昌热切地看着武汉文。

"在老茶馆议事,从来没有不来的道理嘛。议事的规矩你没忘吧?"武汉文有意问道。

"怎么会忘记呢?从小就刻在心里了。遇到委屈哪里去?不到官府到茶馆。手捧一碗棒棒茶,但凭茶客来公断。公正公开又公平,件件公道心里安。"

"不错不错,你还记得'三公'。"武汉文说,"如果当初扒屋时你心里放着'三公'里的公正、公开、公平,哪还有后来那么多的事情发生?"

带着怨气的人,面红耳赤地一同进到茶馆里,当面锣,对面鼓,大家把各自的委屈、私下里解不开的扣,都摆在桌面上解决,公开议事,公平论断,让众茶客当仲裁员,达到一个公道,达到把各自的委屈解散开来,各人找着了各人的理,也找着了各人的不是,最后心服口服,冰释前嫌。

这个断"三公"的人,既是武汉文,也是众茶客。

"明天,在我们浍水阁,再搞个热热闹闹的议事吧。"武汉文把手机屏幕再次贴到眼睛边,仔细翻找着电话号码,"现在咱爷儿俩先议个事,你说,这第一个电话,该打给谁?"

陆文昌笑望着武汉文,脸上渐渐涨起一股潮红。武汉文见状笑道:"小家伙,本性一点没改嘛,还是书生的害羞样。我先打给小荷吧。只要小荷回到咱的大浍水,成煊他敢不出面?"

陆文昌坐立不安地看着武汉文打电话。老人家真是紧跟时代啊,手机玩得那么熟练,声音还是那么洪亮,说话仍旧纲是纲,线是线。看来,汉文爷爷和那俩人,一直保持着紧密联系哩。也是啊,那俩人,尽管一个一跺脚离开了古镇南下,一个一咬牙北上,可就算他们从心里消灭了陆文昌,并不表明他们不跟古镇联系了,尤其是和武汉文,他们绝对一天一个电话地嘘寒问暖着呢。特别是稽成煊,保证有空就会回来向武汉文讨主意。听说,成煊之所以在外地东山再起,武汉文可是帮着说了不少话,把外地那位合作伙伴,请到浍水阁,整整喝了一天的棒棒茶,听了一天的淮北大鼓书。

只有他陆文昌不打电话给武汉文,是没脸再联系,但在心里,他可是一刻也没放下过大先生。以前是一天不落地帮着武汉文的浍水阁拉泉水烧茶,离开浍水镇后,不能亲力亲为了,他便委托镇上卖辣糊汤的拴宝,按天付钱地让拴宝代劳。但是拴宝不要他一分钱,拴宝说,他该拉水,他一定会一天不落地为大先生的茶馆拉泉水。大先生是古镇人心目中定心秤般的人物,人人敬重他,他拴宝与大先生为邻,更敬重大先生。陆文昌相信,他不敢给汉文爷爷打电话,一次面也不敢见,也不敢回到古镇上,汉文爷爷绝对知道他的心,不然,老人哪能对他的行踪一清二楚呢?甚至,在这个傍晚,还泡好棒棒茶等着他过来。

"你在市委党校学习的镜头,电视上都播出来了。"武汉文合上手机盖,见陆文昌呆呆的样子,说,"做你这个职业的人,进了党校学习,工作肯定会有变动的。"

"嗯,组织上找我谈话,要调我去县里工作,任县农委的副主任,是我主动要求回到浍水镇的。从哪里跌倒的,再从哪里爬起来。"陆文昌目光炯炯,"而且,我也是带着赎罪的心回来的。"

"从你走的那天起,我就知道你还会杀回来。哈哈。"武汉文仰天一笑,"你这个小家伙,你心里的那点小九九我能不知?"立刻又放缓了口气说,"李富友几年前得了中风,说话不咋利索了,左边的胳膊和手也不灵活了,不能打夹板了,但只要右手握着鼓槌,朝鼓面上一敲,嘴巴立即利索起来。他现在跟我聊天的方式,全靠敲着鼓唱着聊哩。大鼓和鼓槌,就是他的嘴巴,他离不了大鼓和鼓槌啦。"

"他是因我中风的,我知道……"陆文昌望着茶几边沸满天的大鼓和鼓架子上挂着的鼓槌,心里一阵阵难受起来。

"铁脚朱太平呢?他的样子怎么怪怪的?"想到刚才离开时铁脚的絮絮叨叨,陆文昌担忧地问道。

"上了年纪,有点迷糊了。"武汉文微微一笑,"说起来比我还小好几岁,咋就迷糊了?他犯迷糊是有时段的,平常还好,就是每天一早就要出门,嚷着要找石头,填嘴,有个嘴,要吃人。他儿子也六十好几了,在县城帮着带孙子。有一天我跟着太平,看他往哪里走。朱太平就走到浍山那里,指着浍山跟前的大水坑,像吵架似的,说:'别逗凶,叫你吃,叫你吃!我填上你这个吃人的大嘴!'就拾起地上的小石头,扔进大水坑里。只要不刮风下雨,他每天都去大水坑边扔石头,扔几块石头后,就不喊吃人的嘴了,迷糊劲就过去了,这一天也就过安稳了。医生也给诊看过,说是得了老年痴呆症。可是,到茶馆喝茶时,跟我聊天,听富友唱大鼓,跟喝茶的老伙计们唠嗑,都是好模好样的,一点不像得了老年痴呆症嘛。就是一个人的时候,喜欢瞎说,翻老账,最喜欢反反复复说那几句:找石头,填嘴,有个嘴,要吃人。"说罢,武汉文轻轻抿了一口茶。

陆文昌再次把头深深低下去。浍山边的那张"嘴",就是他"挖"出来的;因为他狂舞乱挥的"一枝梅",差点就把浍山给削平了。没想到,浍山边那个硕大无朋的地坑,倒把铁脚给害苦了。

"李富友说了,他早晚要为你这个一枝梅唱一部书。"武汉文说道,"你可要把他肚子里的书给改正好了,至少改得好听一些,不然,就他那张嘴,真唱得你千秋万代臭名远扬了。"

"唱,一定让沸满天唱,让他唱一部好书来!"陆文昌一口喝干茶碗里的棒棒茶,有一根茶梗,硌了他的嗓子一下,被他生生咽下去了。

半截脚趾和四百双布鞋

一枝梅回来了,我和铁脚填嘴的工作,多了几分警惕。好在,一枝梅没敢在浍山水坑边再出现过,他这个心虚的人,一定是怕"人民的锣声枪"了。

今天,我和铁脚填嘴后往回走时,我觉得天气比前阵子热了,我能听到一股热气,正从铁脚身体的老皮里,汩汩朝外冒。果然,铁脚随手脱下了外夹衣——他有随手脱外套的习惯。他把夹衣脱下缠在腰上,我就从他外衣口袋里掉了出来,被白棉线提溜着,被铁脚拖拽着走。我现在离地面只有半拃高,我的鼻子里再也没有葱油和芝麻粒的香味,另一种香味代替了它们,那是太阳照射地面时散发出的香味,是砖缝里的草芽伸懒腰长身个儿时散发出来的香味,是路两边的洋槐花绽放时散发出的香味。我贪婪地吸着这些香味,我想大声告诉铁脚,我是多么热爱这个世界!这么多年过去了,我还是对这个世界充满无限神往,这让我骄傲,同时,也让我不好意思。在人世间,我怎么可以这样多吃多占!我常常把我的愧疚说给铁脚听,只可惜,铁脚什么也听不见。我跟铁脚之间唯一的遗憾是,我能听得懂他说话,而他,无法知晓我在说什么。

就在我在心里感叹我和铁脚之间怎么样才有合适的交流方式时,一抬头,我又看到了铁脚过分弯腰走路的姿势。以前我被挂在他脖子上时,我看到的是前方;被他捏在手里,我能看到他布满皱纹的脸。今天铁脚把我差不多拖到地面上走,我看他的角度完全上仰。这一仰头,他过分弓着的老弯腰,让我心疼了。

铁脚是浍水镇上唯一能把身体弯曲成九十多度走路的人。我认识他的时候,他还是个直腰汉子,不但高身长腿,细腰乍臂,而且走路健步如飞。演变成弓着腰走路,至少有二十年了。我觉得他只不过比世上其他所有的弯腰老头,腰弯得更狠一些,没想到,他腰弯得头差不多要垂到鞋面上了。

我天生是个乐天派,无限热爱这个世界。这样跟您说吧,我是为了歌唱才来到人世的,因此,我很少有不开心的时候。跟着铁脚风风雨雨几十年,无论遇到啥年景,我一直都开心地活着。我执着地相信,每一个不愉快的前面,等待着的都是一个愉快,只要你不停止朝前走的脚步。事实也确是如此。但今天我被铁脚过于弓着的老弯腰,震得几乎想哭几嗓子。

当然,我哭几嗓子或者大放悲声,铁脚也是听不见的。他只管拖着我朝家走。在从浍水老街到浍水北街的这段路上,我被铁脚反复扔到地面上数次,在数次嘴啃泥的体验里,我吓住了一群浩浩荡荡搬食物的蚂蚁,蹭住了一泡冒着热气的小狗狗屎,被几个娃娃的小脚踩疼了几次,被摩托车的汽油味熏得差点吐了,还有几只刚刚会跑路的淮北麻鸭,硬是把我当作蚕豆米猛啄了几口。最后,铁脚坐在街边摊晒酱豆的徐奶奶旁边。徐奶奶一边摊晒着包了一层绿霉菌的黄豆,一边跟铁脚说着柳奶奶在世时的事(柳奶奶是铁脚的老伴)。说罢,徐奶奶顺手抓住拖在地上的我,上上下下前前后后左左右右摩挲了半天,又攥在手心里焐了好一会儿,不但勾起我对柳奶奶的回忆,还勾起了我对另一个女人的回忆。这次回忆,让我哭了。我的哭声谁也听不到,徐奶奶手上扑鼻的霉豆子味,生生熏停了我的哭泣。

就这样,我被铁脚摔摔打打拖拖拉拉着,拐进北大街后面的小路上。

在北大街那条被楼房遮掩着长满蒿草的小路上,我又被摔地上两次。我喜欢这两次的被摔,因为蒿草的缘故。这条小路,除了中间铁脚踩出来的一点点像路的痕迹,其他全部被蒿草占领了。蒿草长得肆无忌惮,蒿草长得忘乎所以,蒿草长得精神百倍。在我被铁脚拖着前进的时候,我一直行驶在蒿草棵里。蒿草变着花样地抚摩我,纠缠我,拖拽我。蒿草的香味一浪高过一浪地将我吞没,我快醉死了。我想到了几千年来人世间所有花草的香味,想到灵山和浍山的草木生灵,想到那个端庄妩媚、长袖善舞、不负君王意的女子,还有那个摔下战马的汉子,如何把支离破碎的我,扔到浍山脚边仓皇而去……

磕磕绊绊间,我和铁脚终于进了那扇门,那座有一百岁年纪的老屋的院门。

在我的眼里,一百年只是眨眼的工夫;在铁脚的眼里,一百年就是一段很老的年头了,是他一不留神,很难活过的年头。

这不是铁脚的老屋,铁脚的老屋在浍南村,就是浍山边他天天去给吃人的嘴喂石头的那个村庄。四年前铁脚才挪到这里。这个老屋是武汉文家的老宅。一九九几年的时候,武汉文家的这处老宅,终于辗转回归到武汉文的名下,他也不住,他一直住在浍水阁老茶馆里,老宅就空下来了。四年前铁脚的老伴柳奶奶去世了,而他家的屋子被浍山炸石头的气浪冲歪了,成了危房,武汉文就跟来浍水阁喝茶的铁脚商量,让他住到自家的老宅里。老宅住上人,才能有人气。

铁脚住进来后,这座老宅院果真有了人气,有了生机。总有人朝这里送宝贝,铁脚就帮着武汉文守那些宝贝。

这座老宅院,由三间堂屋和一个院落组成,堂屋里有几件老物件,老得暗淡无光,就那样堆放着。铁脚在堂屋中间的屋里摆张床,让客厅变成了卧房,东西两边的房间,他就用来放宝贝。平常放宝贝的两间屋一直锁着,旁人很难看到都是些什么宝贝。当然,也少有外人来看。

老宅的院子里长着两棵树,一棵是柿子树,一棵是枣树。这两棵树,树龄少说也在三十年以上,所以把整个院落遮得严严实实的。院子的西南角空出了一片地方,铁脚让人搭了间厨屋,支个地锅,地锅门前堆了一些硬柴,阴天下雨出不了门的时候,地锅就派上用场了。厨屋里还有一溜橱柜,摆放着电磁炉、电烧水壶,一旦地锅门前的硬柴烧没了,铁脚不至于没的吃没的喝。

我们一起进到老宅院里，铁脚没有像先前那样躺床上眯一会儿午觉，他今天要坐在院子里，骂一会儿人。他关起门来在家骂人，我也熟悉了。这几年，他没少骂人，他骂的人，就是一枝梅。他今天这样骂道："你这个挨杖打受刀剐的一枝梅，你又想把啥弄没了？你干的缺德事还少吗？你回来还想弄啥？"

趁铁脚在这里骂一枝梅，我得向您交代铁脚的故事了。

铁脚不叫铁脚，铁脚的真名叫朱太平。

我认识朱太平的时候，他刚说上媳妇，是他爹用半斗麦子和一口袋红芋干为他定的亲。都是穷人家，没那么多讲究；又处在兵荒马乱年月，闺女长大了最好马上送给婆家，省心。朱太平的准岳父也就是柳奶奶的爹，已经相看过朱太平了，他对相貌堂堂忠厚老实的未来女婿一百个满意。亲事就定在了腊月十六。

然后，发生在咱中国的那一桩大事，就在浍水古镇的南北东西方向轰轰烈烈展开了。在此也不需我多讲了，这桩全中国人民看得见摸得着的大事情，已经激起了大家伙儿沸腾的热血，已经让大家伙儿摩拳擦掌跃跃欲试。曙光就在前头，改朝换代为时不远，人民就要当家做主了。

就在这一年的阴历十月初六，这场历史上有名的战役拉开了序幕。浍水古镇的人不会说"震惊中外"这样洋气的词，他们只会说"共产党和老蒋又干起来了"。共产党是向着人民，是为人民打江山的，而老蒋是向着自己，为自己打江山的。这一点，浍水古镇的人都知道，浍水古镇方圆几百里上千里的人都知道，所以，老百姓的血是沸腾的，老百姓和为人民打江山的共产党的心是凝聚在一起的，就军民携手地跟老蒋干了起来。

进入阴历十月下旬，第一场雪飘过不久，十七岁的朱太平掐指算着，离他成亲的日子不到两个月了。他心里担忧着天上的飞机、地上的大炮，担忧着新娘子在炮火声中，怎么能坐轿子来到他家。这时候，浍水古镇来了几位共产党的大官，他们在镇子上走了一圈，就顺着浍水河一路向西，在浍水河上游找到一处隐秘的地方，开始坐镇指挥打得炮火连天的战斗。浍水古镇上的许多百姓,都见到过这几个共产党的大官,不管胖的瘦的、高的矮的,个个都精神抖擞,个个都信心百倍,一看就是能打胜仗的样子。朱太平自然也见过这几个大官,他把见到共产党大官的消息带回家里跟爹娘说,爹娘的反应比给他娶媳妇还要兴奋。爹说:"太平啊,我找私塾先生给你取的名字没错吧,天下就要太平了,咱们老百姓今后的日子就是太平日子喽。"

您说,要获得太平日子,人民自己也要奋斗不是?所以,浍水古镇的人,包括浍水镇方圆几百里的人,都投入这场为今后的太平日子而战的战役中了。一九四八年阴历十月、十一月,浍水古镇呈现出前所未有的沸腾景象。全镇各村的青壮年劳力,争分夺秒地上了前线,送药送粮送盐送饼送衣送鞋送枪炮送子弹,凡是前线需要的都送去,支前民工像潮水一样朝前线涌进。不仅是青壮年劳力勇力支前,还有夫妻、父子、兄弟共同上阵支前的。当时有首歌唱得很嘹亮:"男女老少齐支前,打下徐州下江南;解放全中国,彻底把身翻。"幸福的日子就在前头,幸福不是等来的,幸福是靠奋斗得来的。浍水古镇及周边各村的老百姓,把家里能使用的劳动力,都赶到前线去了。

朱太平是第一批支援前线的民工之一,所不同的是,他所在的支前民工队,有一个响亮的名号,叫"支前龙虎队"。龙虎队的组成人员一共十七人,平均年龄二十二周岁,年纪最小的有三位:朱太平、安大丰和洪德顺,三个人同年,都只有十七岁。当时有个口号喊得遍地开花:"就算倾家荡产,也要支援前线!"老百姓心里明白着呢,先牺牲了自个儿的小家,换来全国大解放,还愁今后小家没着落?如果不把"遭殃军""刮民党"撵跑了,就永远没有好日子过。老百姓不盼别的,就是盼着过上太平日子。解放军拿枪负责在前线打敌人,不会使枪的老百姓,就负责推着小车送吃的喝的,送穿的用的,来支援前线的官兵,好让他们有力气打胜仗。先把吃喝穿用的送到前线,再把前线的伤员拉回到兵站,这就是支前民工的大任务。小车队日夜不停,风雪无阻,就像是在和老天较劲。

浍水镇周边的大地上,使枪的使炮的使飞机的,都做出拼老命的样子,把天地间整出连天接地的炮火。这一天,雪花像一片片发亮耀眼的刀刃,漫天漫地落个不停。支前龙虎队的小车队又一次出发了。这一回,支前龙虎队负责运送的是布鞋和棉衣。朱太平负责运送的布鞋是浍南村全村妇女日夜不停赶制出来的。这车布鞋有四百双,二十双一捆,一共二十捆,用油纸包着,严严实实码在独轮车上,再用麻绳牢牢地捆绑在车架上。朱太平推着独轮车,和队员们一起,朝前线赶。恶劣的天气,冲天的炮火,这里轰一声,那里炸一片。兵站上的解放军,已经训练过他们如何在战场上行进,如何躲避敌人炮火的袭击,尽管周边有炮火,他们也不怕。朱太平眼睛看到的地方,是大平原上长龙样的车队,不仅有他们龙虎队的车队,还有别的乡镇和村庄的支前车队。而炮火是无情的恶魔,总要拿走人的性命,接连飞过来的几枚大炮,把支前龙虎队的小车队击散了。混乱中,朱太平和龙虎队队员们走散了,他混进了别的车队当中。这时候,他不能喊安大丰在哪里,也不能喊洪德顺在哪里,他只能跟着别的车队往前赶。朱太平微弓着腰,深深低着头,把全身的力量凝聚在车把上,把独轮车推得飞跑起来。然而,渐渐他觉得速度慢下来了,因为天要黑了,路看不太清楚了,而脚下的冰碴子,不知什么时候已经吃掉了他脚上的那双布鞋。朱太平却浑然不觉,他的脚已经由开始的疼痛不堪变成了最后的麻木,他甚至都把自己的脚忘记了,他只想着前线那些趴在雪窝子里为老百姓打江山的解放军,他们挨饿受累受冷受冻,还要小心天上飞机横飞竖扫的枪炮袭击,还要瞄准对面的敌人并坚决消灭掉。他得让这些解放军马上有鞋穿,不能像自己这样光着脚挨冻。

在想着脚的时候,朱太平猛然感到脚趾剧痛,甚至越想越痛起来,痛得不行了。他不得不把独轮车支起来,小憩片刻。然后他发现,他是不能停下来的,一旦停下来,那种痛就钻心难忍,就有让人趴下不想起来的折磨。他马上直起身子,咬着牙,推着车子再往前行。这时候,三三两两的民工,推着小车超过了他,他紧撵几步,赶上去。冰碴和着泥糊,再次裹住了他的双脚。渐渐地,他的脚不疼了,甚至,他觉得自己已经没有脚了,那杵在冰碴泥糊路上朝前走的双脚,仿佛有了腾云驾雾的本领,不再需要他出力,它们自个儿就能往前飘着走了。

下半夜的时候,终于赶到解放军设在小汪庄的临时兵站,朱太平把一整车四百双布鞋,完完整整交给了兵站的解放军。当他推着空车准备离开的时候,解放军发现了他没穿鞋子的双脚。有一位女战士惊讶地叫了一声:"老乡,你明明推了一车的鞋子,怎么不把车上的鞋子拿下一双穿自己脚上呢?"朱太平一板一眼地说:"那怎么行?我想都没想过。我们上前线时立下了军令状,人在车在物资在,要把四百双鞋子完完整整一只不少地送到前线,一只都不能少!"

朱太平说着,狠狠地朝上竖起一根食指,强调一只都不能少的重要。

离开兵站,朱太平连夜往浍水镇方向赶,他想天一明肯定还有上前线的任务,到时候龙虎队队员可不能少了他。天刚麻麻亮,朱太平走到了浍山北边。离浍山南边他居住的浍南村还有三里路的光景时,他扑通一声跌倒了,手里的独轮车也骨碌碌跑出一丈多远。

他是被一块大石头绊倒的。这时候的朱太平,尽管筋疲力尽,但也不至于会让一块石头给绊趴下,他从小就在浍山边的白石头堆里玩耍,哪一块石头不认识他?哪一块石头敢绊倒他?朱太平生气了,他爬起来,带着一身的泥水雪水,抬起脚就朝石头上踹,觉得光脚丫踹几脚不过瘾,他又抱起石头,想把石头扔出去摔疼它。他也做到了,那只南瓜大小的白石头,尽管趴地上有些年头了,还是被他抱起吧唧摔了个嘴啃泥,然后,我就从石头下面滚了出来。

不,不,我说错了,我不是自己滚出来的,我是被朱太平的脚踩出来的。朱太平带着少年气盛的眼神,瞪着趴在地上呼呼直喘被他摔到一边的那块石头时,他正好站在石头之前待过的地方,正好踩住了在石头下苟且偷生的我。

朱太平很快发现了我,因为我正夹在他的大拇脚趾和二拇脚趾之间。他从脚趾缝里一把摘下我,好奇地抓在手里,上上下下打量着我,他甚至还用手弹了弹我,拿着我朝那块刚刚被他摔疼了的石头上敲一敲,他咧嘴笑了:"嚯,你嗓子怪脆哩,你是个会唱歌的石头呀。"他正要进一步细看我时,突然感觉哪里不对劲,他东瞅西瞅地去找那个不对劲的地方时,猛然咧嘴哭了。

您猜到朱太平看到什么了吗?朱太平看到了他左脚的二拇脚趾短了一截。那正是刚刚夹过我的地方。其实朱太平从脚趾缝里摘我时,已经发现了哪里不对劲,他只顾看我,没顾得上看别的。现在,他终于发现,他左脚的二拇脚趾,少了一截。

朱太平随手把我装在他棉袄里面紧贴胸口的上衣口袋里,坐在被他摔疼的石头上,寸步难行。猛然,一阵痛彻心扉的疼痛,穿透了他的全身。他想不起来这截脚趾丢在了哪里,寻找回来是不可能的了。而没有了这半根脚趾,他今后还怎么种田怎么养父母怎么娶媳妇?十七岁的朱太平,就要做新郎官的朱太平,越想越后怕,他猛地站起身子。

就在此时,天空轰轰作响,敌机侧着膀子飞过,朝支前民工队伍投掷炸弹,发泄愤怒。突然,一道杀人暗器,嗖地飞过来,直奔朱太平的前胸。朱太平倒了下去。

朱太平是被路过的支前民工洪德顺和安大丰拉回家的。昏睡了半天,他终于被娘的哭泣声吵醒了。爹见他醒转过来,转悲为喜道:"太平醒来了,没大碍了。"

朱太平立即转头朝脚上看。他的脚被娘缝制的布袜子严严实实包裹住了,疼痛也减轻了不少。

这一天,是阴历的十一月初十,距离朱太平娶亲的日子还有月余时间。朱太平连续十次送物资到前线后,不得不因为少了半根脚趾而脱离了支前龙虎队,躺在家里养伤。朱太平无法知晓,那几位待在浍水河上游指挥前线战斗的解放军军官,已经实施了"围三伐一,网开一面,虚留生路,暗设口袋"的作战方略,并且即将打赢这场战斗,为一个新的时代的到来,撕开了一道鲜亮的前景。

头上的飞机轰鸣着跑过来,又跑过去,渐渐没声音了;零星的枪炮声,也哑了嗓子。浍水河和湾子河两岸一片安静,之后是一阵热闹。"战役打胜了"的声音,在古镇上呼来喊去;有歌声在飘,有军队行走的脚步声和口号声。之后,军队开走了,朝南方进发了。"打过长江去,掀翻老蒋的老巢,解放全中国!"一时间,老百姓都兴奋地说出这样激动人心的话来。

进入腊月,又落了一场鹅毛大雪。离腊月十六还有四天的时间,朱太平的岳丈过来瞧朱太平。他看了看朱太平已经结疤的脚趾,扔下一句话:"别说你少根脚趾,就是少只脚,我也要把闺女嫁给你!"

浍水镇上的小皮匠安大丰和小铁匠洪德顺,时不时过来瞧瞧他们的支前龙虎队队友朱太平,脑门子皱成了一小把,他们都盯着朱太平的半截脚趾看,左瞅右看一番后,异口同声道:"得想法子给你装一截脚趾,不能让你少根脚趾当新郎官。"

一九四八年的腊月十六,朱太平按时娶回了柳庄的闺女柳氏。结婚那天,浍南村的人发现,平时大步流星的朱太平,这会子走路慢了半拍,再不是把两只脚摆得大开呈外八字地健步如飞了,而是不由自主地朝里勾着脚走路。有人说他这是护疼;有人说他的脚伤长好了,不疼了,只是少了半截脚趾,走路时把地不稳了,不得不勾着脚走路;也有说铁匠和皮匠给他组装了新脚趾,只是戴着不习惯。不管是哪种说法,我心里是明镜般清楚:他左边的二拇脚趾少了半截,使不上劲了,大拇脚趾不得不朝地上使劲扒,就带动了整只脚朝里勾着走路;左脚朝里勾了,右脚也跟着朝里勾了。

在朱太平的头生儿子满地跑的时候,已经小有名气的铁匠洪德顺,终于给朱太平量着脚趾成功打制了一只小巧的铁环,套在他那个只余半截的二拇脚趾上,让他有了完整的脚趾,但走路有些硌得慌,就好像器官移植产生的排异现象。两人就到皮匠安大丰那里讨主意。皮匠安大丰的名气也正在朝上升,在察看了朱太平的半截脚趾,又研究了一番洪德顺精心打制的铁环后,就削了一块熟牛皮,手工缝制了一副小皮套,套在朱太平的半截脚趾上,铁环里面有个皮套子衬着,走路再不硌脚了。

果然,朱太平又能健步如飞了。他的健步如飞外人看不出来,但熟悉他的人还是能感觉得到,朱太平的健步如飞是小心翼翼的健步如飞。

朱太平被人喊外号"铁脚"是哪一年的事呢？我跟您说啊，连紧随他多年的我，也记不大清楚了。应当是他脱离了青年，进入不再讲究的中年时代吧。年轻时候的朱太平，不想让人知道他有半截铁脚趾，除了以前的熟人和一直为他定制皮脚趾套的皮匠安大丰（朱太平一年要磨坏好几副皮脚趾套）、打制铁脚环的铁匠洪德顺，年轻后生没人知道他少了半根脚趾。后来他不讲究了，天热的时候，他也敢脱掉鞋子跟人一起到水塘里摸鱼到湾子河里捉虾了。他的那根用牛皮套当衬里的铁脚趾，也就被人发现了。

"铁脚趾啊。"

"真是铁脚趾。"

"乖乖，真是的！"

在证实了朱太平确实有半根铁脚趾后，他的大号"铁脚"就渐渐被人叫开了，以至到后来，大家只喊他铁脚，朱太平的名讳反倒少有人喊，少有人知了。

铁脚也不在乎别人怎么喊他。一想到当年跟他一起推独轮车送物资上前线的几个玩伴，被炮弹当场炸死了，他就什么都想得开了。他说自己活下来是赚的，他只不过比别人少了半截脚趾，而有的人，连命都搭进去了。比如，支前龙虎队的"三只虎"。大虎二虎三虎三兄弟，能吃苦有力气，推着小车上前线一直跑在最前头，是领队的"三只虎"，支前龙虎队也是由此得名的。"三只虎"的故事，都是铁脚朱太平坐在武汉文家的老宅院里跟我絮叨出来的。这几年，他太喜欢自言自语了，没有了老伴柳奶奶，我差不多是他唯一的听众了。

今天，我忙着说铁脚的故事给您听，铁脚忙着骂一枝梅。他骂得对。这几年铁脚喜欢自言自语，镇上不了解他的人说他是神经病。我跟您说，铁脚喜欢自言自语，绝对是一枝梅的功劳，是一枝梅生生给逼出来的。

灵　　石

我得说说我了。

我再不说,您一定觉得我拿乔,故弄玄虚,不诚实了。其实我很简单,我就是一块石头。

一块没心没肺年纪三千岁挂零的老石头。

我出生在离浍水镇三百里路的灵山。这一片的人,都叫我们是灵石。

其实我的真实年龄远不止三千岁。你们人类定性我们灵石一族在九亿年前就形成了。只不过,在三千多年前,你们人类才挖掘出了我们,让我们以各种造型得以和人类共处,从而沾染上了人类的灵气。我的记忆,就是被人类的灵气唤醒的,所以,我自己确定自己的年纪是三千岁。我不想再把自己往大里说了,否则,太寂寞。

因为年岁有些大,我身上带着各朝各代的故事,毫不客气地说,包括您在内,凡是世上活着的人,都没法跟我这块老石头比。你们肉身的人类,能活多少年?转眼间灰飞烟灭了,我们石头却结结实实活过许多年,活过许多朝代,哪怕变成石头末,我们也有记忆。

我这块老石头吧,看着无嘴无牙的,心里却清朗着呢。别看我不说话,我却像智者一样存在着。你们人类不是这样定位有智慧的人吗?——看到了不说,才是智者。在苍天大地之间,我说或者不说都没多大关系,甚至,我不说比说了还管用。我对人间的事,看得一清二楚的,从开头到结尾,哪一笔哪一画,我都清清楚楚明明白白。我特喜欢人间的笨蛋,尤其是现在,笨蛋真是太少了,多的都是聪明人,都是削尖了脑袋四处钻营的聪明人。所以呀,您说我有多喜欢铁脚朱太平吧。铁脚就是人世间的笨蛋,大笨蛋。他少了半根脚趾,戴着皮套子和铁环,还忧国忧民,还天天拎着小马扎,歪歪踉踉走路,给大水坑里填石头。他八十多岁了,再填也填不满那个大深坑,他丢的小石头,不过是大海里的一滴水罢了。

得,得,我先不说铁脚,我说说我的第一个主人。其实他也是个笨蛋。有人把他说成英雄,这个我不抬杠,在某一方面,他确实是英雄。首先他的出身就不平凡,约等于现在的官二代富二代。这样说吧,我的第一个主人是名将之后。小时候,他叔叔要教他读书。读着读着他就不感兴趣了,说读书不过只能记住自己的名字罢了,没啥了不起的。他叔叔就耐着性子,再教他舞剑。学着学着,他又觉得没意思了,说学剑的用途,不过只能比画着和别人打架,没啥了不起,要学,就学能统率千军万马的本领,治理天下的本领。他叔叔就教他兵法了。没想到,我的主人还真往心里学了。看来,学成一样东西的前提是,你得对你所学的东西感兴趣。您看,我说得在理不?

我的第一个主人,因为年轻气盛,军事水平并不太高,谈不上是著名的军事家,他之所以能在战场上数次取得战功,都归功于他作战的勇猛。您瞧,你们人类的史书上就这样说他的:"勇猛好武。"他还狂妄。第一次见到秦始皇的时候,他居然脱口而出:"那个人,我可以取代他。"骇得他叔叔一把捂住了他的嘴巴,叫他不要乱说,否则要被拉去砍头的。没想到,我的主人最后还是反秦了,这段历史您早该从史书上看过了。我这里要说的,是史书上没有记载的——关于微不足道的我的来历。

我说了,我是灵山上的一块石头。我给自己定位三千岁。像我这样的石头,深藏在灵山山体的最深处,是和地心连在一起的,轻易不会被人发觉,要不然,我们怎么能蛰伏八九亿年呢?一旦被发觉了,我们就见到天日了,也预示着我们会永远离开地心离开灵山,成为骨肉分离为人类所用的石头了。离开祖居地灵山,成为漂泊的能唱歌的石头,似乎是一种宿命。在三千年前的殷代,你们智慧的人类,就挖掘出了我的第一批兄弟姐妹,制成了一种叫"磬"的乐器。后来,我这块老石头,成为我的主人献给他心爱女人的礼物。这时候,你们人类已经不叫我们是磬了,而是叫我们编钟。"黑亮如漆,石质细腻润滑,叩之有声,音韵悦耳动听,为石中之珍品。且击之拊之,百兽率舞焉。"人类语言的精妙,真可以让百兽臣服,何况是无法掌握自己命运的石头?

严格意义上讲,我最初的主人有两位,一男一女。男的是人中之龙,女的是人中之凤。当然,人无完人,石无完石,我刚才也说了,我的男主人有缺点,他狂妄自大,容易轻信别人,根本玩不过那些心机男,所以,他以失败而告终。而我的女主人,执念太深,为情所累,为情而死。她痴情一片,能歌善舞,明眸善睐,这也是男主人一直带她在身边,出生入死绝不言弃的理由。东征西杀后的男主人,回到营帐之内,见女主人击石而歌,挥剑而舞,男主人眼睛里的血雨腥风就烟消云散了。灯火,罗帐,音乐,舞蹈,还有回眸一笑的千娇百媚,我的男主人已经醉了,战场上的生死拼杀刀光剑影瞬间通通远离。在男主人的意识里,眼前的佳丽比江山重要,这正是他蠢笨的原因之一。您说,如果失去江山,何来佳丽,何来音乐和舞蹈?

失败比想象中来得还要快,我的男主人第一次惊慌忙乱起来。乱了心绪,看舞蹈不再是舞蹈,听音乐不再有欢乐,而佳丽也显得云鬓飞散罗衫凌乱,就连佳丽手中敲击的灵石,也有点装聋作哑了。然后,我的女主人抚着编钟,歌唱道:"汉兵已略地,四方楚歌声。大王意气尽,贱妾何聊生。"歌唱完毕,女主人怆然拔剑起舞,在一番舞蹈之后,决绝地看了男主人一眼,扑到剑锋上,自己把自己杀死了。男主人失去了心爱之人,少了挂心之事,看似减负了,实则人生除了多一层悲壮,再无任何意义。男主人一声咆哮,带着失去生命迹象的女主人,冲出营帐,刚走几步,他又飞速返回。男主人舍不下带着女主人体温和爱意的编钟,他要带上女主人的心爱之物远行,于是,匆忙之中,女主人的一件织锦,就成了包裹我们的包袱。这套沉重的石头乐器,就这样被绑在男主人的马鞍之侧,陪伴着男主人负重冲向战场。

后来的事,想必您也早已从历史书上知道了。我的女主人尸遗战场,而我们这些一无是处的老石头,也七零八落。

数日的兵刃相见,一路拼杀,织锦包袱被刀剁剑劈,已经残缺不全,我们这些老石头,也四分五裂,掉落到四面八方。我是在男主人狠狠绊倒在浍山跟前的白石堆里时,摔跌下来的。狼狈逃窜的男主人再也顾不得我,他起身继续奔逃,一路向南、向南,而我,顺理成章地做了浍山山边石头窝里的一片残石,且一待就是许多年。在许多年的风雨轮回里,在改朝换代的猎猎马蹄和枪炮声中,我常常兴叹没法再与手足同胞相见,我们原本是以编钟的名义排列,你应我答,相互唱和,取长补短,而今,编钟不在,男主人女主人不在,我们失散在淮海大地的每一个角落。我已经嗅不到手足们的任何气息,甚至,女主人留在我身上的柔婉指痕和温暖触摸,也渐渐消散,我只能认命地留在了浍山山边。让我倍感欣慰的是,浍山边的白石头一点不排外,他们认下了我这个外来的小可怜,并喊我是"兄弟"。直到我被朱太平发现。

其实在遇见朱太平之前,我还有过不小的一场灾难,差点就不复存在了。而在此之前,我压根儿就不知道,灵石也有死亡的感觉。能置灵石于死地的事,都不是小事。

那一群穿着黄皮戴着猪耳朵帽子说叽里哇啦鬼话的异国男人,不但四处抢掠中国的老百姓,还窝在我的男主人当年驻守的彭城,朝着周边的城镇开枪开炮,出动飞机四下轰炸。就是在那次轰炸中,浍山的石头被炸得四处乱飞,而浍山边趴了数千年的白石头,也在炮火中片片碎裂、飞扬。哭泣的石头们啊,我的同类,我们待在自家门口,却被外来者轰炸,太不讲公理了!我正在悲叹着,一枚炮弹轰然落下,瞬间把我的藏身之地连根翻起,我随着滚烫的白石头,腾云驾雾般在空中飞翔,我已经清楚地看到,和我相依为命若干年的白石头,在哭泣声中变作粉末,最后化作尘埃;我也明显感觉到我的身体,再一次被利器割裂,濒临死亡。我这片编钟上的老石头,早已饱受刀剑之伤,靠吸纳浍山山石地气幸运地活着,活了很多年,而今,这一场飞来横祸,带着剿灭天地人间之势,欲将我和浍山白石头一起,炸成粉尘。我被白石头的碎末裹挟,被浍山山腰炸裂的白石头裹挟,我们组成了一阵接一阵的石头雨,倾泻在浍山四周。在我坠地的一刹,一块白石头紧随我后落下,将我严严覆盖。我知道我又活了下来,尽管我身体的周边,已经疤痕累累,惨不忍睹,但我靠着本身质地的坚硬,和那块个大腰圆的白石头一起,再次卧在浍山边的石头窝里,延续余下的生命。

您瞧,经历了这场惨绝人寰的炮火轰炸,我依旧窝在浍山边苟且偷生,只不过,离浍山山体远了一些。

我耳边不断听到枪炮声,马蹄声,人的呐喊声。在一阵接一阵的响声里,我惊惧战栗,幸好,我身上覆盖的白石头个头够大,足以为我抵枪挡剑。我苟延残喘,度日如年。不知过了多少时日,我才被朱太平的半截脚趾踩了出来。

朱太平成了我新的主人，再一次让我有了与人相随相依的机会。从某个角度讲，朱太平成全了我与人相随的夙愿，而我也救了朱太平的性命。我和朱太平之间，有着互为拯救的恩情。

前面我已经说了，我被朱太平的脚趾踩出来后，朱太平顺手把我装进他胸前的上衣口袋里。紧接着，那道杀人暗器呼啸而来。尽管待在朱太平胸前口袋里的我惊魂未定，但我仍能闻出杀人暗器挟带着的浓烈火药味。我和朱太平一样，无处躲藏，而那道暗器，猛烈击中了我的身体。在被疼痛袭击之时，我听到朱太平哎哟了一声。

被路过的支前民工拉回家，昏睡半天醒转过来的朱太平，以为自己挨枪子儿了，他明明感觉到枪子打中他了，可他身上没有子弹伤。大家见不到他身上有伤，开始关注他断了半根脚趾的左脚。这时候，朱太平的爹从朱太平口袋里摸出了我，突然哭了："太平，是这块石头代你挨了枪子儿啊。"

朱太平的爹把我拿在手里，左瞅右看："你瞧，它身上的伤印子，就是被子弹崩的伤啊，这是块灵石，只有千百万年的灵石才有这样的硬度，是灵石帮你挡了枪子儿，救了你的命啊。"

朱太平的爹央求村里的老石匠，在我身上被子弹崩伤的地方，慢慢打磨出一个小孔，又将我身体周围的疤疤瘤瘤打平整了，这样，我就成了一块中间带孔的圆石头。然后，朱太平的娘朱柳氏，找来纳鞋底的白棉线绳，把我拴牢，戴在了朱太平的脖颈上。

从一九四八年阴历的腊月十六到如今，我再也没有离开过朱太平半步。拴我的棉线绳子换了一根又一根，我也从朱太平的脖颈上，移到他的裤腰带上、衣服的扣眼上，但我们一直生在一起，活在一起。现在，我已经成了听他每天唠叨不歇的忠实听众。我担心哪天他不唠叨了，我反而不习惯了。

您瞧，我是不是有点像铁脚朱太平一样啰唆了？其实我只是说了我故事的大概，要是往细里说，从三千多年前的灵山说起，或者从两千多年前的彭城说起，三天三夜十天半月也说不完呢。过去的就让他过去吧，我还是说说现在。

刚才说到铁脚朱太平的啰唆,其实我知道,他没有被当年淮海战场上的炮火惊吓到,倒是被浍山的开山炮给惊住了。这可是他上了年纪的缘故呢?他的魂魄怕是禁不住吓,被浍山边的那个大深坑吞下了?总之,四年前那一阵接一阵的开山炮,在阻拦炸药炸山的战役之后,我的主人铁脚朱太平真的变了,变得神神道道了,变得在别人眼里不正常了。只有我知道,他脑子一点儿也没坏,比正常的时候还正常呢。

就说前些天,他带着我一起,转到浍山跟前,正要朝深坑里填石头,就发现那个人坐在深坑边。他反应多机敏啊,首先敲铜锣把那个人撵走,然后再拐到浍水阁向武汉文和几位老伙计报信。他一板一眼做得周正着呢。所以,当那个人回到浍水阁,迎接他的不光是武汉文一个人的眼珠子,而是一大串的眼珠子。这几位老茶客,哪一双眼珠不是像刀子一样锋利啊?就数武汉文的眼珠子和善,他心善心宽,拿得起放得下,这一点谁也没法跟武汉文比。如果不是武汉文的这双眼珠子接住了他,善待了他,那个人说不定连坐都不敢坐,就直接吓跑了呢。

这几个老茶客,有意逗留在老茶馆里,就单等着那个人自投罗网呢。我的主人铁脚告知了武汉文,武汉文就算准了那人会到老茶馆来。几个老茶客,就等着拿眼珠子砸他,要看清楚那个人,到底还想玩出啥花招儿来。

您瞧,我这个老石头,和铁脚的脾气越来越像了,谁让我们共生共死,同饮浍河水,同住浍山边呢。

"有个嘴,要吃人;有个嘴,要吃人……"您听,这是铁脚又要带着我去浍山深坑填石头了。现如今他不仅仅是去填石头,他还得看住一个人。那个一枝梅,只要他再出现,铜锣就会及时响起来。这铜锣声啊,可比我这老石头的嗓门洪亮多了。

第二章　相逢

未曾张口问爷儿们老少，
问问在座的众宾朋。
恁是爱听文来爱听武，
爱听奸来还是爱听清。
听文的咱唱段包公传，
听武的咱唱杨家发大兵。

——淮北大鼓

小麦花香

　　高铁像一条巨龙，轰轰隆隆朝前奔跑。稽成煊看着车窗外淮北平原一望无际的麦子地，有些热血沸腾。遍地的青小麦，正开始扬花，把大平原装点得生机勃勃；大杨树、楮树和垂柳，已经有模有样站在河坡和道路两旁，争先恐后冒出了嫩芽芽。这些年走千走万，高山湖泊，南方山水北国沃野，稽成煊已经看过不少地方的好风景，但世上再好的风景，在他心里占据的位置，都是和家乡不能比的。哪怕是那些不起眼的本地树种楝树、枣树、桑树和柿树，都栽种在他的心里，跟着他周身的血管一起，盘根错节地生长着。或许，这就是人们所说的故乡情结吧。所以，大先生武汉文的一个电话，让正在山东德市的他，二话没说就回转了。武汉文的电话就两句话："好男儿志在四方,好男儿根系家乡。"汉文爷爷说出那个"根"字时,音节放得很慢。浍水有句老话叫顺坡下驴,武汉文的电话,可不就是给他稽成煊支起的回家的坡嘛。

有了高铁,德市和浍水镇之间的路程,拉近了很多,两个多小时,在高铁上喝一杯茶,翻看几页书,打几个电话,"大浍水"高铁站便骏马样威武于眼前了。这座长在大平原上的新车站,透出一股朝气,喜气洋洋地迎接着他。

从大浍水出站口出来,稽成煊并不急着赶路。他在等夏小荷。小荷从上海过来,比他远。这样一来,她要比稽成煊晚一个小时到站。稽成煊不急,他电话约了浍水镇上的表弟拴宝过来接他,有意把时间推后了一个小时,这样,他正好等着夏小荷的高铁班次,跟夏小荷同车回古镇。

大浍水高铁站很年轻,建成只有三年时间。稽成煊已经不是第一次坐高铁从家乡的车站下车了,但每次下高铁到出站时的激动心情,仍然让他抑制不住怦怦心跳。这次坐高铁回家的内容,有了变化,因为夏小荷也回来了,他们要同车回到镇上。同时,他们还要一起去见另一个他们并不想再见面的人。但汉文爷爷的召唤,就是圣旨,他可以瞬间撇开私人的恩怨。毕竟,天比地阔,恩比怨大。

稽成煊不急不躁地在广场上溜达着,像鼠标样活动着的黑车司机,把他当作目标,不时搭讪他。他只好走得离车群远远的,去看扬花的麦子地。高铁站是从田野里长出来的,广场北边不远,就是麦子地。碎碎的小麦花,一串串在软软的麦芒外面披挂着,像懵懂的小眼睛。从小就干惯农活的稽成煊,闻着小麦花的香气,忍不住伸手摸了摸小麦穗,仿佛怕碰疼了小麦花,他的手很轻。

这时候,手机嘟地响了一声,是夏小荷发来的微信。再有二十分钟,她坐的高铁就要到大浍水站了。稽成煊怦怦地心跳不止。尽管德市和上海都被高铁线路串联着,离得并不远,但自从别离至今,他跟夏小荷一次面也没见过,只是通过微信、短信和电话,在年节里彼此问声好。家乡建成了这个高铁站,他还是第一次和夏小荷在此聚会。

回复了夏小荷"在出站口等",他快步走到出站口站下来,同时发个短信问拴宝可到了。拴宝回复说,就到。

出站口的电子屏,晃动着绿色字幕,朝他报告着夏小荷乘坐的那趟高铁到站的准确信息。广播播报高铁进站的声音不断响起,南来北往的高铁,需要停靠大浍水站的,停留两三分钟,放下一批旅客后,再呼啸而去。他一次次把眼光抻到出站的长长通道,尽管夏小荷乘坐的高铁并未到站,他已经开始了练习盯梢,紧盯着出站的人群,想一眼把夏小荷从出站人群中抓出来。他没想到小站也会下来这么多人,密密麻麻的人群,蜂拥而出,各种汗湿的脸,各类颜色的大包小包,男人和女人,老人和小孩,织成声势浩大的人潮。他想象着夏小荷的衣饰和发型,夹在这样的人群中,夏小荷一定是出类拔萃的,他肯定不会把她给遗漏了。他不担心拴宝接不着他,拴宝对这一片太熟悉了。大浍水高铁站广场,就像拴宝手掌心的纹理。这是拴宝在过年的一次饭局上,这样骄傲地告诉他的。

突然,稽成煊觉得,他左肩那里有一团热气在灼烤他,他本能地扭过头去。

不是拴宝。

陆文昌讪讪地笑着,伸过手,想跟稽成煊握一下。稽成煊的手像是锈在口袋里了,硬是没拿出来。

稽成煊脑子里,没有设计过在大浍水高铁站跟陆文昌见面的场景。尽管这次回来是要见到他的,但不是在这里,更不是在他接夏小荷的出站口这里。他真想钻进黑车立刻走人,黑车司机讨好而热切的眼光,已经把他问候数遍了。

但他没走。

是陆文昌鬓边的白发刺疼了他。

陆文昌有少白头,还自来鬈。少白头长在中间偏右的头顶上,不是鬓角这里。这里是新长的。新长的白发也是桀骜不驯地自来鬈,贴着陆文昌的耳边,有点无辜地支棱着。

在支棱着的白发旁边,是陆文昌那双努力装满讨好的笑意的眼睛。那双努力笑着的眼珠不再清亮,反而有些许红血丝。

稽成煊还没有打理好突然与陆文昌相遇的情绪,亭亭玉立的夏小荷,已经从出站口走了出来。

"小荷!"稽成煊撇下陆文昌,朝夏小荷喊道。

夏小荷冲他招招手。

在这样的场景,看不出夏小荷的欢喜,也看不出她的不欢喜。她脸上拿出三分的微笑,七分的山高水远,就好像昨天他们才从这里分开,今天又在这里相聚一样。

陆文昌手真快,一把抓过夏小荷的拉杆箱,头前朝停车场走去。后头跟着的稽成煊,酝酿许久和夏小荷见面的惊喜场景,荡然无存。他和夏小荷并排走着。先前说过是拴宝来接站,现在变成了陆文昌,他不好跟夏小荷解释为什么是陆文昌接站,似乎两人对这样的场景心照不宣。就淡淡地聊了几句,都是一些生意上的闲话。四年后的重逢,千言万语万语千言,却并不适合在此处表述。如果是拴宝来接站,两人可以说一些别的,比如,一枝梅此次到底设的什么局?他们将如何应对,才能给喊他们回来的大先生武汉文一个交代?比如,他、陆文昌和夏小荷三人,是否可以尽释前嫌,重拾以往的情谊?

他侧目假装看周围的风景,飞快地朝夏小荷扫了一眼,见不到夏小荷因陆文昌的出现,情绪上的任何变化。她那张精致白皙的瓜子脸,水汪汪的大眼睛,弥漫的是幽远的笑意和若有若无的沉思。女大十八变,夏小荷变化最大的是表情,早不是那个疯疯傻傻的小丫头了,她心里更能装事也更能成事了。想到这里,稽成煊心里一跳,这丫头,看似平平静静的表面,一定是装出来的。她见着陆文昌,哪能心如止水波澜不惊呢?或许,她的表情包都是她为见到陆文昌刻意量身定做的。稽成煊为自己的胡思乱想忐忑不安,他看着陆文昌打开了轿车的后备厢,立刻上前把后排右边的车门打开,让夏小荷坐进去,他从左边上到车上。

让陆文昌一个人坐前面开车吧,他要跟夏小荷一起坐在后排座位。他看得出来,这一点,夏小荷跟他的想法是一致的。

车子离开高铁站停车场,匀速朝浍水镇的方向进发。这条路限速六十公里,因此,车子不能配合三人波澜起伏的心情,反而不紧不慢地走着,给他们制造沿路看风景的机会。

稽成煊明显感觉到,三个人是装着一肚子话的,却是一句话不愿多说。这种旅程很是折磨人。尽管高铁站距离浍水镇只有三十公里的路程,但比三百公里还要漫长。要是在过去,夏小荷准会想办法调解三人间的气氛,她称是给浑水里撒明矾,让友情永远清澈如镜,一尘不染。这种话,夏小荷已经多少年没说过了。生活太大太广阔了,明矾再多,也无法把生活中的尘埃过滤得一干二净。谁都做不到,夏小荷也做不到。

稽成煊明白,这一次,夏小荷是决定沉默到底了。她扑闪着大眼睛,直视前方,面带微笑,不声不响。稽成煊只好把眼光抻到车窗外,看田野,看天空。他不想盯着前面陆文昌的后脑勺看,但越不想看,眼珠越不由自主地往上贴,他清清楚楚看到,陆文昌后脑勺下方,有一块斑秃,尽管被浓密的头发虚遮掩着,但斑秃仍时隐时现,非常扎眼。三十大几的人,青春正茂盛着呢,陆文昌却现出未老先衰的迹象。稽成煊心里揪揪地疼了一下,他摸索了一阵,想把车窗打开。仿佛心有灵犀般,吱的一声,陆文昌摁了驾驶窗边的开关键,把后面两扇车窗同时打开了一半。立刻,扑面而来的田野风,裹挟着清甜的小麦花香,狠狠地灌进沉闷的车厢里。

这是属于2014年暮春的田野风。下午三点钟的光景,太阳正朝西斜歪着身子,阳光明晃晃地照在青碧的麦叶上,无边无际的麦子地,掠过一阵阵潜流暗涌的生机。零零星星的油菜花,这里一片,那里一丛,成了麦田里鲜艳的点缀。淮北大平原不盛产油菜,不似江南,油菜花是春天的盛大风景。这里是小麦唱主角。在风吹麦浪的阵阵翻卷中,小麦花撒着欢,卖着娇,像不懂事的小姑娘般,任性十足地摇曳出浓郁的芬芳。小麦花的香味,让车内的三人,不觉长吁了一口气。几乎是异口同声地发出一声轻叹,立刻把车内紧张的气氛,调节松弛了。

稽成煊心里猛然蹦出一句话:打断骨头连着筋。

他明显感觉到,这正是他们三人间的关系。甚至,他觉得他心里此刻所想的,另外的两人,也一定会这么想。

从大浍水高铁站到浍水镇的这条省道,修整一新,新铺的柏油路,黑油油地伸向远方的远方,柏油路串联着一个个大小不一的村庄,村庄边不时走过扛着农具的农民。农民的小菜园里,豌豆已经结出饱满的荚角,正是可吃的时候。稽成煊最喜欢吃豌豆炒鸡蛋,甜丝丝的嫩豌豆,爽口舒心,是他这辈子最难以忘怀的菜肴。

"汉文爷爷的后院,一定还有豌豆,晚上要炒一大盘子解馋哩。"心里正想着的事,稽成煊不由自主地嘟噜出来了。

"当然有了,老人家从不荒废了那片菜园子。"陆文昌话接得非常及时。

话茬就这样搭上了。但两人并没有接着往下说。夏小荷不接话,两个男人之间的话题就缺少润滑剂。

稽成煊心里再一次呼通一声:唉,你这个陆文昌,如果不是当初太任性,哪至于是今天这样的场面啊。

那时候他说话是多牛掰啊! 稽成煊到现在还能绘声绘色地复述出陆文昌掷地有声的言辞:"浍水镇今后就是咱哥俩的了,你哥我就要成为咱浍水镇数一数二的人物了,所以,你要支持我工作。"说这话的陆文昌,指着一大片土地给稽成煊看,"我希望你成为第一位入驻浍水镇工业园区的企业家!"

稽成煊当然得支持陆文昌了,不仅要成全陆文昌由副镇长顺利当选为镇长,还要为他华丽转身为镇党委书记添砖加瓦;当然,他对自身企业的发展也有野心。陆文昌撩起了他的野心。陆文昌对男人与事业的概念是这样定位的:"从政的男人必得谋个一官半职,这样你才有能力、有机会为国家、为地方做事;做经营的男人呢,如果不能做成规模以上企业,那约等于开小作坊,什么时候也成不了气候。"稽成煊当然不能一辈子开面粉加工小作坊,他要干成规模以上企业,要把资产做到两千万元以上。而陆文昌,无形之中给了他朝规模以上企业迈进的助推力。尽管这个只比他大俩月的人口口声声以大哥自居,但他心里服他。服他不是年岁大几天的事,是关键时刻,他的野心和决心比自己要大许多倍。

男人只要有了强大的野心,才能产生巨大的进取心。

那时候,陆文昌已经当了两年的副镇长,就要朝着镇长的位子上奋进了。他之所以年纪轻轻就荣任副镇长,跟他在古镇改造工作上出类拔萃的表现密不可分。只是后来,他刹不住车了,把车开到壕沟里了。

稽成煊在脑中再次放映陆文昌在浍水镇完成的每一笔"作业"。"作业"是陆文昌对自己政绩的戏称,看似谦虚,实则充满骄傲。

陆文昌在浍水镇完成的第一笔"作业",是成功改造了老菜市街。那一天,他刚刚在老街拴宝家的早点铺吃了烧饼和辣糊汤,正急匆匆往镇政府走着,突然,一只苍蝇放肆地在他嘴唇上叮了一口,惊得他一跳。这张嘴,除了某人,还没谁敢轻薄呢,现在,却被无耻的苍蝇给叮了一口。他简直气坏了,很想像上初中时跟隔壁班的马虎骂架那样(那一回,马虎不过对着夏小荷多看了三秒钟),跳起脚骂上一阵。那当然不可能,他是镇里的干部,张口骂街成何体统。不能骂人,当然也不能骂苍蝇,但被苍蝇无故叮一口,他满腔的怒气没地儿出,解恨的方式就是灭掉侵犯他的苍蝇。他追着那只身体灵巧、飞行速度远超他的苍蝇撵,一直撵了两条街,仍然让那个苍蝇飞跑掉了。因为,他追到了镇里的老菜市街,更多的苍蝇无意之中掩护了那只欺负他的苍蝇,望着嗡嗡一片铺天盖地的苍蝇,陆文昌在挫败中迷茫了。

位置低洼,污水横流,摊位破败不堪,无规则地随处摆摊,是老菜市街的"特色"。这是陆文昌第一次仔细审看这个跟他年纪差不多大的菜市街,这让他触目惊心。他立刻忘记了苍蝇带来的不悦,陷入思虑之中。早听街上人闲谈,第一次到浍水镇的人,闻着刺鼻的气味,跟着舞动的苍蝇,会准确无误地摸到菜市街。看来所言不虚。其时,陆文昌还是镇党政综合办主任,负责上情下达,下情上报的工作。或许工作特性提升了他的政治敏感度;或许,他胸中揣着的政治理想,给了他胆识和魄力;也或许,是那只欺负他的苍蝇给他带来了灵感和动力。总之,在中国小城镇建设全面开花大兴土木的大环境里,他主动请缨改建老菜市街。拆迁、融资、建设的过程,他只用了三个月时间,创造了"浍水速度",受到上级表扬,浍水镇老菜市街的改建工程,也成为全县学习的典型。基于此,陆文昌顺利坐上了浍水镇副镇长的宝座,名正言顺地负责起古镇的美化亮化和现代化的建设工作。

虽为副镇长,陆文昌改造小城镇的力度和胆识,比镇长还要强硬。也难怪,镇长年纪大了,熬了大半辈子,好不容易坐到镇长的位子,只想在这个位子上安全着陆,不作为、不犯错、不担责,是镇长的从政理念和处事作风,这正给了陆文昌大展政治宏图早日晋升镇长的机会和野心。他干得猛极了。先从外围处下刀子修整,于是,浍水镇有了一环路和二环路。拉开了框架,再修整局部。陆文昌把眼睛盯上了古镇老街。老街的原住民,大部分都在外地工作,甚至有的原住民后人,已经到了国外,政府代为管理着的那些老字号店铺和老茶馆老商铺,尽管有的从外表看还算坚固,但大部分建筑,已经岌岌可危。历任书记或镇长,不止一次喊出修旧如旧的口号,但也只是喊一喊做做样子,真正修葺起来,岂非易事?也因此,老建筑就那样为风吹日蚀中朽烂着,致使老街的面目日渐腐朽,暮气沉沉,暗淡无光。廊塌门裂,瓦落窗斜,让走过老街的人,生怕被哪堵老墙给砸伤了,从而脚步匆匆,叹息连连。镇上的原住民,只盼着有朝一日,政府能出手加以修复,给老街上的老建筑进行加固、还原,让千年古镇回归古镇的模样,留给后代一个念想。这也是全体古镇居民的一个念想,一个祈盼。因为,老建筑就是古镇的特殊符号,没有了老建筑,浍水镇有何条件再称自己是千年古镇呢?

起初,陆文昌也没打算去动老街区,但自从国家出台了国土资源宏观调控政策,商业使用土地指标锐减,他就把目光转向了老街区。胆识和豪气齐涌,他大刀阔斧地对着古镇杀伐起来。连他自己都没有想到,他的行为越来越有悖初衷,且偏离严重,偏离到一百头驴子也拉不回来的地步。

陆文昌的大手笔之一,是修建商住楼和商铺。这项工程,主要靠招商引资来完成。一时间,古镇上走动着胳肢窝夹着小手包的外地男人,他们满脸发财的热望,对着镇子指手画脚。紧随他们的,就是陆文昌。陆文昌不再是穿着白衬衫牛仔裤的朴素青年,他身上有了一股官气和野心。被他招来的外地商人,一口一个"陆老板"喊着他,他也答应得志得意满。整条浍水北大街两边的旧房屋,瞬间被推倒,挖地基,起高楼,本是老街的北大街成了现代化商业街道。三层高的大楼沿街而立,楼体上一律贴着粉白的马赛克,楼上住人,楼下门面经商,安排得合情合理。但镇上的居民,大部分随着打工潮,离乡背井奔大城市挣钱去了,新建的商铺空闲下来很多,成了开发商和陆文昌头疼的大事。也因为只赶速度,不注重细节,排水工程不畅,污水从街后面的明沟,源源不断流到浍水河里,造成浍水河下游养殖户死鱼现象,引起不小的一番纷争。古镇人昔日散步游玩的浍水河畔,已是臭气阵阵,人们不得不望之却步了。以前婚纱影楼喜欢选择在浍水河边拍夹岸绿树倒映的美景,这会子也没人来了,夹岸只有臭气了。如果说这种隐患暂时影响不到陆文昌的仕途发展,但他不停地对古镇老街大刀阔斧大动干戈,却给自己整出了麻烦,而且还把一起玩的发小撂坑里了。

坐在后面的稽成煊,盯着陆文昌后脑的那块秃斑,脑中放电影似的回放着四年前的点点滴滴。这个从小到大情商智商都比自己高一截的家伙,居然有改写他稽成煊人生方向的权力,如果不是陆文昌在他三十二岁那年,给他人生的旅途上,不深不浅地画了一道沟,让他摔个嘴啃泥,他肯定一直待在镇上,不但能照顾到老娘,还能在自家门口发展自己的企业。他已经深深明白,以自己真实的能力和财力,在原有基础上,水库式经营自己的企业,才是最稳妥的。可是,陆文昌让他提速了,而且提得太快,以致让他找不到刹车闸,开到了深沟之中。

浩荡的暮春田野风,吹得车里人有了微醺之感。稽成煊觉得,三个人的微醺之状,或许不是被风吹的,是叠加一起涌现出来的不堪回忆,把每个人的情绪都鼓胀起来了。

随着轻轻的一声喇叭响,小车在浍水阁老茶馆门前停了下来。渐近傍晚了,老街上的光线有些冷暗。武汉文一脸笑意,站茶馆门口,迎接几位的到来。老先生能移步门口接人,可见,三人在此议事,是何等重要。

拴宝拎着半篮子豌豆荚,从后院的角门走了出来。后院是武汉文种了许多年的私家菜园子。除了下雨天,后园的青菜一直喝的是报恩泉的泉水,长出来的菜,也比别处好吃。

稽成煊被鲜嫩的豌豆荚引出了口水,先上前朝大先生武汉文抱拳鞠躬施礼,再冲表弟拴宝招呼一声:"别忘了放几片腊肠。"

拴宝提着菜篮朝他举了举,笑眯眯进了厨房。

"我并没有看到面红耳赤嘛。这怎么能议事呢?"武汉文开着玩笑,步子迈得轻快,一点不像年近九十的老人,"同进没有变,好!小荷的脸咋红啦?行啊,小荷,面红耳赤你代表啦。好!"

连着说了两声"好",可见,老人家今天很高兴。

趁着拴宝在厨房做晚饭,三个人随着武汉文进到后厅。

棒棒茶已经在老茶壶里香香地泡上了。稽成煊抓住老茶壶,给摆放整齐的粗瓷茶碗,一一倒满茶水。许久没喝报恩泉的茶水了,他想得骨头缝都发痒了。

等武汉文安坐下来,三个人才找位子坐了。

稽成煊用眼睛四下睃着,貌似在看茶馆的摆设,实则在观察陆文昌和夏小荷的动静。浍水阁的后厅一点没变,连红木沙发上的垫子,也是四年前的大红色。这是夏小荷厂里的产品。唯一变化的,是墙角支着一只大鼓架子,上面的小鼓胀着腮帮,不怒自威。那是大鼓书艺人沸满天的宝贝。

眼前的茶几上,摊放着一沓白纸黑字的 A4 打印纸。

那是陆文昌的计划书。是他们今天议事的中心内容。

分外眼红

我老石头的嘴巴就是这样,遇到事就想说道说道,套用浍水镇人爱说的歇后语,叫狗吃豆腐脑——衔不住。您说,这可是受了我爱啰唆的主人铁脚的耳濡目染?不过,这几个能人又都回到了浍水镇,又要在古镇上翻出一堆花样来了,我这老石头不跟着说道几句,也不占理,是吧?

在翻出花样前,这几个能人,肯定要在老茶馆浍水阁议事,他们议他们的,我说我的。这次,我被铁脚拴在他褂子的第三个扣眼上,捂在他口袋里一边闻烧饼味,一边听着茶客们在茶馆议事。我又不能说话,也不能跟着一起议事,那我就说说这些老茶客的背景故事。首先得说说沸满天李富友。我要不说说沸满天,您肯定对他的议事态度有意见。这么跟您说吧,沸满天跟陆文昌的相见,那就是分外眼红的相见。啥事能叫人分外眼红呢?仇恨呗。

您猜对了,沸满天跟陆文昌,是结了仇的人。这两个仇人一见,不但分外眼红,沸满天的大鼓,还差点敲出了火星子。当然,这个分外眼红,红的是沸满天的眼睛,陆文昌是一副死猪不怕开水烫的样子。他好像不是专门回来议事的,而是回来受批的。这场议事,只要沸满天鼓点子一敲,立刻就变成了批斗场。

那就让他们先批斗着,不,先议着。您也别光顾着听沸满天的大鼓书,您还得抽空听我闲不住的嘴巴,说道说道沸满天。沸满天可是浍水古镇的名人哪,浍水镇如果没有沸满天,就像夜里没有灯火,整个黑灯瞎火了;就像辣糊汤里没搁盐,叫人没的胃口了;就像新媳妇坐轿忘记搽胭脂,少了那一抹香了。哎呀呀,瞧我这张闲不住的嘴,天天跟着铁脚泡茶馆,已经学会耍歇后语了。

沸满天不是土生却是土长的古镇人。按江湖上的说法,他在古镇的身份,不是根里生,是叶里生。他三岁的时候,跟着爹娘要饭来到了浍水老街,饿得实在走不动了,就瘫坐在街边的石阶上,直哼哼。这时,一阵大鼓声传来,沸满天突然精神一振,冲着爹娘说:"好听,真好听!"

他爹娘也饿得前胸贴后背,嗔他道:"哪还有力气听唱啊,你这是饿晕了吧?"

沸满天不理他爹娘的话,竖着耳朵再听一会儿,又连着说:"好听,真好听!"

果真,从前面的老街巷里,传来一阵咚咚咚的大鼓声,夹带着一个男人苍哑的唱腔。沸满天执意要朝唱大鼓的街上走,爹娘只得搀扶着他,跟跟跄跄来到一条小街上。这条沸满天执意要来的小街巷,叫盲市街,街上有个专门给眼睛不好使的人唱大鼓的说书场。沸满天一下看到那么多盲人聚在一起听书,吃了一惊,立刻忘记饿了。他张着耳朵听了一会儿,忍不住伸出小手鼓起了巴掌,仍然是那句话:"真好听!"

正在唱大鼓的白胡子老头,在书说唱到一个段落歇息时,走过来,问道:"说说看,好听在哪里?"

沸满天指着胸口:"在心里。"

逃荒要饭的爹娘,怕饿死了这条小命,就把他留在了浍水老街,跟着白胡子老者学唱淮北大鼓。沸满天三岁学徒,七岁出师,九岁已唱红了一大片。他没念过一天的书,学徒全靠师父的口口相传,他后来也口口相传收了一大堆徒弟。

刚解放的时候,浍水镇满大街都是跳舞唱歌庆胜利的队伍,沸满天不知怎么表达心里的那份喜庆,就把大鼓架子朝街边一支,欢欢喜喜敲唱了一出传统戏《罗通扫北》。唱罢还不过瘾,又现编现唱来了一段大鼓书:

> 人民的军队救人民,
> 满城的百姓乐吟吟,
> 喜坏了东大街皮匠安大丰,
> 乐晕了西大街铁匠洪德顺。
> 这一回,老蒋的飞机瞎了眼,
> 再不给咱浍山浍水砸弹坑;
> 这一回,老城墙砖瓦都保住,
> 咱古镇人迎来了好光阴……

看不出来吧？沸满天在逞能呢。不是我老石头嘴碎，您也是明眼人，他这不是逞能是干啥？哎呀我忘说了，沸满天那时候还没有外号沸满天，他叫李富友。李富友学唱的新词，都是跟解放军的宣传队学习来的。那时候，他只有十一岁，已经独立门户。白胡子师父李铁嘴在一年前，带着他去给镇子外一户办白事的人家唱大鼓时，被老蒋飞机扔下的炸弹炸死了。炸弹扔下来的那一刻，李铁嘴把李富友扑倒在身子底下，老人死了，他活了下来。从此李富友下定决心，一定继承师父的遗志，一辈子不改行，把大鼓书传唱下去，像师父李铁嘴一样，当个有声望的好艺人。

街上扭秧歌的，对街边唱大鼓的小孩充满好奇，就围过来看。知道是老艺人李铁嘴的高徒李富友，不由得唏嘘长叹。有文化的人，就夸李富友是"青出于蓝而胜于蓝"。李富友听见有人夸他，更加逞能了，整天在街上自编自唱大鼓书，见到什么唱什么，唱红了整个古镇，唱得浍水古镇的三街六巷一片欢腾，人送外号"十岁红"，虽然他已经十一岁了。

您又要问了，十岁红咋改成沸满天了？您听我老石头接着说。李富友十岁红的外号叫了许多年，直到被新外号"沸满天"所代替。沸满天外号的由来，是浍水古镇的一场庙会一锤敲定的。历时十天的庙会，两台大鼓书场，在浍水老街的南、北两头同时摆开，李富友的声音硬是从街南头冲到街北头，把街北头听大鼓书的人呼啦拉回来一大半，只唱得沸沸扬扬，声满鼓喧，整条老街滚动的都是他苍哑的唱腔和铿锵的鼓点，沸满天的外号由此产生，并渐渐取代了他的真名李富友——他是随了师父姓李的，自己原来姓什么，谁也不知道，他自己也忘记了。

"咚咚咚，天外有人人外有天，吹牛人处处扮神仙。吹炸了牛皮不收税，吹凉了人心无法安……"

哎呀呀，您看我这老石头，又被沸满天唱的大鼓书扯走神了，由不得人哪，谁让他唱得这么好听又有板有眼。他这是唱的哪出？这是他议事的方式。中风后，沸满天说话不利索了，说得不利索，却唱得利索，也真是奇才。他跟人交流，表达自己的想法，是唱着跟人说，或念着大鼓书的念白跟人说。

我这个老石头,经了数个朝代的风云变幻,还是读不懂沸满天这种奇才叫什么才。他其时正在浍水阁对信誓旦旦议事的陆文昌叫板质疑呢,他嘲笑陆文昌是扮神仙的吹牛人。

咱不掺和他们的叫板,他们议他们的事,咱接着说沸满天这个人。说到哪儿了,对,说到沸满天外号的由来了。

我得先插说一个事,说一说沸满天的女人。对,在沸满天不叫沸满天叫李富友的时候,他曾经有过一个女人。这女人还带着一个孩子。女人流落到浍水镇的时候,面黄肌瘦,不成人样。李富友对女人是怯势的,主要是没自信。关键是女人昏迷在李富友家的大门口,李富友不能不出手相救。是女人身旁孩子的哭声吵醒李富友的。天刚刚亮,李富友开门一看,是一对母子,明显的外乡人,就想起自己小时候被师父收留才活下命来的事。他二话没说,就把母子二人扶进屋里。烧了米茶,贴了自己舍不得吃的白面饼子,饼子上抹了浍水镇有名的腐乳,让娘儿俩吃个透饱。

然后,他一尥蹶子跑到李圩子村武汉文的瓜棚那里。

他心急火燎地要跟武汉文议个事。那时候武汉文家的老茶馆还被占用着,武汉文只是个看瓜老汉,李富友就跑到看瓜老汉那里议事了,是关于女人和那孩子的事。

因为吃饱喝足、缓过神来的女人,朝他说了一句话,吓住了他。

女人说:"恩人,啥都白(别)说了,俺就在恁(你)这住下了,恁就当娃的爹吧。"

看着满脸通红的李富友,武汉文围着瓜棚绕了三圈子,说:"我跟你去家里一趟。"

那时候武汉文不适合出门,但为着李富友,他得出去一趟。就戴着一顶破草帽,穿着庄稼人的破衣服,一起去了李富友的家。

一进门,见一个三四岁的孩子在院子里玩耍,一个女人,在大门旁坐着,缝补着一件衣服,正是李富友的褂子。武汉文心里一咯噔,心说,命里的缘分来了。见武汉文进屋,女人慌忙站起,红着脸说:"来啦,屋里坐。"那样子,就像李富友的家,已经是她的家了,完全是招呼人进自己家的架势。武汉文进了屋,还没说话呢,女人就支走儿子到院子里继续玩,先开了腔。原来她是河南地界的人,男人不正混,赌博,把家里的粮食、两垛柴火、一个院子和三间屋都输掉了,赢家拉走了柴垛,占领了房子,一家人无处可去,只得搭个庵子在菜园里住。就这,还不中,男人还要赌。女人一气之下,带着儿子出走了。太平盛世逃荒,本来是饿不死的,但女人脸皮薄,张不开口当"站门立"讨饭,几个月下来,得了低血糖,走到浍水老街上时,就晕倒在李富友家的大门前了。

"俺是心甘情愿的,心甘情愿的。"女人高声亮嗓地连着说了两遍。

李富友就在那一天有了女人,还有了儿子。那会子李富友正好三十六岁。本命年。

然后呢,然后呢?您该急着要问了。

"咚咚咚,浍水滚滚向东流,留下恩情带去愁;留下的恩情要善待,带去的忧愁随水流……"

这个沸满天,他又在议事了。这说明他心里有矛盾了,对,他拿不准陆文昌说的话,有多少是真,有多少是假;有多少可信,有多少可疑。他在旁敲侧击呢。

先不管他,您接着听我讲故事。

然后,一年的时间,女人在李富友家被养得身宽体圆白里透红,那个儿子,也被养得粗胳膊壮腿,长高了半尺。一个男人就找上门来了。

是个缺了三根手指的男人。

男人是把自己的手指剁掉三根后,才出来找女人的。找了大半年,终于打听到淮河北的浍水镇上有个唱大鼓的艺人,在养着自己的女人和儿子。

李富友长着一张说书人的能嘴,既然是靠嘴吃饭,那能说会道的本事,天下春秋都不在他话下。可是,这个赌博的男人不跟他玩嘴上功夫,他一进门,扑通跪下了。一开始,李富友以为男人是跪着向女人赔不是的,他不自然地趔了趔身子,结果那个男人就跪着转个身,仍然对着他跪。

"我来接娃娘和娃回家。感谢恩公收留他们娘儿俩,此生无以为报,只能来生当牛做马报答恩公……"

还恩公?大鼓书词哪?!李富友哪受得了这个?一炝蹶子再跑到武汉文的瓜棚地。见李富友装满两眼眶子的泪水,武汉文问也不问,就跟着过来了。

一进院子,就看见一家三口在小声说话。女人低眉顺目,男人顺目低眉,小孩子在两人中间,一会儿看看爹,一会儿看看娘。武汉文心里一咯噔——命里的缘,尽了。

女人带着孩子,随着男人回老家了。空空的院子,一时间让李富友不能接受。以前空就空,惯了,现在不一样了。装过女人的院子,有过欢声笑语的院子,不再是以前不声不响的院子了。

好在,女人走了,女人的心意还在。一年四季,她都会寄来大包裹,里面是鞋子和衣服,单的棉的,薄的厚的,成品的手工的,李富友穿了许多年,它们也暖了李富友许多年。有人给李富友介绍过女人,但李富友摆摆手说,够了,够了。不知是被女人伤得够了,还是那个女人留下来的念想够了。

没有女人孩子笑声的院子,空了。李富友待不住,除了红白喜事被人请去唱大鼓,平常时候就朝浍水阁跑,在那里一泡就是一天。喝棒棒茶,像喝酒一样,喝得醉醉的,醉茶后就唱大鼓,专拣男情女爱的段子唱。

然后就到了逢庙会的那个日子。他唱了好几段传统大鼓书,像《尤二姐思春》呀,《孟丽君游园》啥的,唱得整条老街沸腾一片。每一个男情女爱的小段子,被他唱得风生水起,情浓意浓,欢乐一片,情爱一片。他把许多男人女人的眼睛唱出了成串的眼泪水。他的名号"沸满天",从此就生成了。而他的性格,跟过去比,也转变了很多,更加幽默,也放得开了。

"咚咚咚,三九寒冬盼暖阳,十冬腊月盼春光,五更长夜盼天亮,过了十五盼端阳……"哎哟,我咋又插播沸满天唱的大鼓书了?您听,他议事的声音软和多了,因为,陆文昌把他说服了。

您信不信?分外眼红的这两个仇人,再互相看时,眼光变柔和了。

第三章　议事

正月里来正月正，
白马银枪小罗成；
一十二岁东周来打，
打过了东周救秦琼。
二月里来龙抬头，
七郎八虎穿幽州；
两狼山困住了杨老将，
七郎搬兵救回了头。
三月里来三月三，
三个人结拜在桃园；
要问结拜的是哪三个，
刘备张飞红脸关。

——淮北大鼓

嘴唇上下翻飞

夏小荷看着陆文昌那两片能说会道、上下翻飞的嘴唇，在心里冷笑一声。随即，她的心又猛地一紧，一阵热热的东西涌了上来。她努力控制着那阵热，不让它朝上涌，以免湿润了她的眼睛。

四年没见,陆文昌口若悬河的样子可是一点也没改,但他志得意满的做派似乎打了折扣。至少,少了张扬。还有一点让夏小荷吃惊,陆文昌居然有了老相。按理,三十五六岁的年纪,是正正好的年华,特别是男人,不会因为生儿育女坏了身材,只要稍微控制饮食,身体不发福走样,仍然可以被称作小伙子。

陆文昌明显不再是小伙子的模样了。虽然他的身材没有走形,但他脸上涂了一层东西。夏小荷在心里想了几秒钟,给陆文昌脸上的东西找到了名字:风霜。而且,那风霜催生了他的白发。这是在高铁站乍一碰面时,夏小荷就看出来的。高铁站站前广场的阳光很亮,她只拿眼角轻轻一扫,就看到陆文昌鬓角支棱着的扎眼白发了。一出站,她有意和稽成煊并肩而行,边走边聊,拿陆文昌当空气。陆文昌也当他自己不存在,接过她手里的拉杆箱,像跟班似的,只顾鞍前马后地服务。

但夏小荷心里清楚,她和他,都不会把对方当空气的。

现在,坐在浍水阁老茶馆里,倒可以认真一点去看陆文昌了。

这一看,夏小荷就看出了自己心里的那点私情。尽管她是排斥的,但内心的真实想法,是骗不了自己的。

夏小荷的眼睛,先是游移在浍水阁的布局上。她对浍水阁的摆设太过熟悉了,甚至对投射到浍水阁的天光光线的深浅,也了如指掌。比如此刻,她待的地方略显阴暗,别人想看清楚她脸上的表情,需要注目良久,而她看清别人,则只需清风一扫,便尽收眼底。

她一扫便清晰地看到陆文昌脸上的表情。陆文昌的脸,正被从老茶馆北边窗口透过的天光映照着,这张曾被她摒弃一边不管不顾的脸,突然从万千尘埃中浮现出来,就那样无辜地杵在她面前。那张天生的小脸盘,尽管被四年的挫折打磨,仍然透露出一股拼劲。从陆文昌滔滔不绝的议事里,她明显感知到,他的讲述是很顾及她这个听众的,甚至,有些桥段是专门为她定制的。而她,自进入浍水阁那一刻起,不也把一直端着的姿势放松下来,不自觉地回归以往的那个嬉笑怒骂的浍水镇小女子的做派?她这个土生土长的浍水河畔的小女子,无论看到多少大世界里的繁华热闹,她醒时梦里回味着的,仍然是浍水古镇的点点滴滴。出生于浍山浍水之间的她,身上已经打上清晰的古镇二维码,任谁也抹不掉的。她和浍水古镇的情缘,就是打断骨头连着筋的那种互相疼惜啊。

此次被武汉文爷爷电话召回,她是有着缜密的思想准备的。似乎,离开浍水古镇这几年,只是她的一个策略,只不过做了一个跟古镇短暂离别的小游戏,或叫躲猫猫,游戏结束,她就借机回归。汉文爷爷的电话就是"机",她借机而归了。她可不是带着满腹怨气回来找陆文昌事的怨妇,那就小瞧她夏小荷了。浍水古镇夏贵和的孙女、夏长生的女儿夏小荷,不是个小肚鸡肠的人。她此次回来自有打算,在上海摸爬滚打了四年,不是白费光阴的。

离开浍水的这几年,夏小荷回味最多的就是镇上的老石板街。那些老街和老街的青石板,不知被他们的三双小脚踩过多少次了。从会走路开始,她和那两个发小,就在浍水古镇的老街上玩耍,东钻西躲地捉迷藏,那些老石头,硌着他们的小脚。他们的脚板长大了,人长大了,而老街和老石板,还是那副永远不老的模样。直到有一天陆文昌掀翻了所剩不多的老石板,夏小荷才听见自己忍无可忍心痛的大吼。

离开这几年,夏小荷不会再对着陆文昌大吼了,她觉得他们之间是天远地远的关系了。天远地远,真好!夏小荷在心里为自己确定他们的关系,苍凉了一阵。而她的回归,不是为着陆文昌这个具体的人,她是为着生养自己的这个地方。浍水古镇,从史料上查,至少有一千岁。南方百余年的小镇都被炒得热火朝天,这现成的古镇,现成的建筑,现成的史料和名人逸事,却堆在这里烂着,堆到最后,就是尘埃了。这才是她要回来的原因。上海周边的古镇,她跑遍了,周庄有周庄的好,锦溪有锦溪的妙,而浍水的好和妙,是远远超过南方古镇的。浍水有淮海战役的遗迹,有为了这场战役死去和仍然活着的战士!她夏小荷,得拿出自己的本事,让镇上的人瞧瞧,她并不是一跑就了的那个被口水淹了半尺的胆怯女子。

她要让浍水古镇的人看到属于爷爷夏贵和、爸爸夏长生的夏家女子的本领和气势!

尽管夏小荷是敞开了心扉往大气上发展自己的个性,但关于陆文昌闹腾的那些事,她仍然耿耿于怀。没办法,她做不到相忘于江湖。再说,四年没有那么长,还达不到相忘的地步。但四年时光她没有白白度过,特别是待在上海那样的地方,发生在乡下的事,什么事都是小事,甚至,在此刻听陆文昌口沫飞溅拿出议事的主题说道个没完时,她依然觉得,陆文昌胸怀天下一般的述说,仍然是小事一桩。

她猛然忆起小时候到浍水阁听大先生武汉文爷爷说古(讲故事)的事。从少时起,到浍水阁听大先生讲故事,是最开心的事。汉文爷爷讲的故事不远,就发生在几十年前,发生在浍水周边的村庄里,这让夏小荷觉得,故事带来的震动,远大于故事本身。浍水边上的老码头,那些扬帆远航的大船小船,行走天下的侠客和商贾,还有倾家荡产支援淮海战役的各路英雄……武汉文讲的故事,让夏小荷每每走到浍水河边或浍山跟前,走在已经被厚厚的沙石埋没的碎石大街上,脑海里就放映着那些故事,喊声、枪炮声、战马飞奔的蹄声,层出不穷。

浍水古镇尽管古物很多,宝贝不少,但老镇人最在意的有两件"宝贝":一件是老茶馆浍水阁,一件就是武汉文。

为什么武汉文也是"宝贝"?夏小荷小时候百思不得其解。在她眼里,那些古砖古屋古墙和传说中的商会会馆、古码头,是宝贝;武汉文一个老头子,"宝贝"体现在哪里呢?直到上中学后她才明白,为什么镇上的人称武汉文是"宝贝"。

在古镇,称物件是宝贝,那就是最好、最宝贵的东西;称人是宝贝,那这个人就是个"宝",瑰宝的宝,在思想品德上闪闪发光,在言行举止上一言九鼎,在为人处世上通达睿智。只有达到这三条,才会被人称为"宝贝"。

武汉文的确是浍水镇的"宝贝"。

在夏小荷的记忆里,发生在浍水阁的大大小小的议事,数不过来了。记忆最深刻的,是武汉文走出浍水阁,以他一言九鼎的气势,找张楼村的张氏兄弟议事。这对武汉文来说,可是大姑娘上轿头一遭。方圆二十里的人,有事都到浍水阁来议,哪有主人跑出去找人议事的理儿?偏偏武汉文真就出马找张氏兄弟议事了,是个现代版的《墙头记》。张大娃、张二娃两弟兄从小死了爹,是他们的娘一把屎一把尿地拉扯大了他们。他们的娘张刘氏是个能娘,靠纺花织布再卖布,卖布之后又买棉花再纺花织布卖布这样周而复始的劳作养家糊口,居然就盖起了六间砖腿大堂屋。六间屋,一个儿子三间,她自己住在生产队废弃的车屋里。尽管这个能娘胳膊腿利索,好胜,自尊心强,但再强强不过岁月,身子骨一老,事情就来了——下雨天摔了一跤,躺在车屋里直哼哼,下不了床,吃不上饭,喝不上水。两个儿子住着宽敞的大堂屋,对在车屋里哼哼叫着的娘,没谁提出接回家照顾,只是支使小孩端碗汤拿个馍送到车屋里。来浍水阁喝茶的老茶客说了此事,武汉文白头发白胡子一齐夯了:居然发生这等不孝之事?!气得他走出浍水阁,直奔张楼村而去。

在浍水有个不成文的习俗:一旦遇到化解不开的矛盾,都可以到浍水阁议事,有理无理,一股脑儿端出来,老茶馆浍水阁就像一个民间法庭,众茶客就是权威的法官。一杯棒棒香茶捧在手,是非恩怨公平断定,让你带着面红耳赤的怨气而来,换作心服口服的愉悦而去,不会留下被人耻笑的后遗症。而如果主事的人到你家去议事,后果就严重了,一不留神,你就会成为人人唾弃的忤逆之人,不但自己出门被人指指点点,连家里的娃娃也没有脸面。

武汉文走到半路上,遇见了迎接他的张大娃、张二娃。两弟兄齐刷刷磕头谢罪,说已经把老娘接回家好生照顾着了,请武大先生万万不要怪罪,两弟兄再不会做这等无颜面对祖宗之事。张刘氏病好后,也时常来浍水阁喝茶,每每说到这一出,就向武汉文道歉,说是自己惯得两个儿子忘了祖宗法则人间廉耻,是她教育不周导致的,说罢就抹眼泪。

汉文爷爷走出茶馆找人议事夏小荷没有亲见,但她和陆文昌、稽成煊三个人第一次到浍水阁议事,倒是记得清清楚楚。那样一个幼稚而遥远、纯洁而天真的茶馆议事,每每回味,都叫人忍俊不禁。

夏小荷愿意在此时此地，在陆文昌口沫飞溅的表述里，再一次回放那个少儿版的议事。

那时候她五岁，那是三个小伙伴平生第一次到浍水阁议事。

议的什么事呢？是夏小荷做不做老婆的事。他们来到了浍水阁，让大先生武汉文爷爷给他们"断案"。

武汉文当时已近花甲之年，一头过早染霜的白发，加上那缕飘在胸前的白胡须，使他看起来像电视剧里能耐超凡、本领高强的神仙。三个孩子要这个神仙爷爷帮他们断一桩案子。"面红耳赤"地一同进来，正符合茶馆议事的条件。武汉文一听他们议事的理由，不由得哈哈大笑起来，说："好啊，我一定还你们一个'三公'。"

夏小荷是浍水古镇上公认的漂亮娃娃，她妈妈是上海知青郑秀玉，爸爸是镇上的农民夏长生。小郑漂亮、洋气，夏长生也生得眉清目秀，夏小荷挑着两人的优点长，四五岁的孩子，像洋娃娃一样美丽，人见人爱。街上卖糖糕的、卖甘蔗的、炸油条打烧饼的，只要见着了夏小荷，总忍不住把好吃的搋她手里。夏小荷走过浍水老街，小嘴吃得油乎乎甜蜜蜜的。自然，她的两位小跟班嘴巴也闲不下来，蹭吃蹭喝对他们而言，已是名正言顺的事。

议事的起因是这样的：三个同岁的伙伴，在稽成煊家门口玩，一旁稽成煊的妈妈在卖壮馍，镇上一个来买馍的，手里扯着一个小女孩，就逗稽成煊说，这个小孩，长大了就给他做老婆。稽成煊看了那个小女孩一眼，愤怒道："不，我长大了要娶夏小荷当老婆！"那人再逗他说："那可不行，我们两家定了娃娃亲，这才是你老婆哩。"稽成煊的妈妈也跟着一起开玩笑，点头说这就是给稽成煊定的娃娃亲。急得稽成煊哇哇大哭。一旁的陆文昌立刻说："你已经有老婆了，今后不要再跟我争夏小荷了，夏小荷是我老婆了。"夏小荷却不干，她也愤怒道："谁说的？我不当你一个人的老婆，我要当你俩的老婆。"三个娃娃哭得眼红鼻肿，最后到浍水阁来评理。

"大先生爷爷，你可是神仙爷爷，你要给我们一个公断，我不当他一个人的老婆，我要当他们两个人的老婆！"夏小荷的粉脸上挂着成疙瘩的泪蛋蛋,哭得一抽一抽的。

"为什么要当他们两个人的老婆呢?"大先生武汉文再逗一回小丫头。

"因为我舍不得他们两个。"说罢,夏小荷猛地号啕起来,一下把武汉文的眼泪水催下来了。旁边的两个小家伙陆文昌、嵇成煊见状,也立刻哭成一团。

武汉文在每个小家伙的头顶爱抚了好大一会儿,三人才算止住了哭泣。他让他们坐下来,先喝一碗棒棒茶,暖暖手,暖暖心,然后,一字一顿地给他们讲了个故事:"那一天,轰隆隆一阵响,天上飞着一个老怪物。老怪物从肚子里面吐下来一颗颗大钢炮,大钢炮在咱们老街上炸响了。当时,我正跟着私塾先生读书,大炮就在学堂后院炸响了。私塾先生带着我们钻进课桌底下,仍没有躲避过去,学堂被炸塌了,私塾先生和一个同学被压在倒塌的房梁底下了……"

三个听故事的人已经忘记他们是来干啥的了,他们被大先生讲的故事惊住了。"他们会死吗?"三人异口同声地问。

"他们被砸没了……我的同学,跟我同年同月生,白天一起读书,下了课就去老城墙根那里捉蚂蚱……那时候,一九三八年,日本鬼子占领了咱们国家许多地方,彭城也被占了。鬼子的飞机就从彭城起飞,向四面八方扔炸弹。咱浍水老街上,被扔了不知多少颗炸弹,炸死炸伤多少人哪。嗯,我那时候比你们现在大几岁,仍然不敢到街上随便玩,怕被飞机扔炸弹啊。小家伙们,现在好了,天下早就太平了,你们过的是比蜜还要甜的日子哩,可以天天在老街上玩耍,再不会遭受大灾大难。大灾大难,都被咱们的英雄们赶走了。"

"是烈士陵园里的英雄叔叔、英雄阿姨和英雄爷爷奶奶吗?"夏小荷急切地问。她眼睫毛上的泪花花已经干了,水汪汪的大眼睛认真地盯着大先生。

曾经,三个小家伙跟着武汉文,不止一次去浍水古镇西北边的烈士陵园铭园,亲眼见到大先生给烈士墓碑献花和敬茶,烈士有团长、营长,也有无名的士兵,还有支前的民工。大先生一个不落地敬棒棒茶给他们。每回大先生一进铭园,就大声说:"我又来啦,我活得好着呢。"就像是去老朋友家串门。

"正是革命先烈们,把欺负咱们的坏人赶跑了,现在,国家再也没有战乱,再也不受欺凌。小荷,你这个小丫头,你就放心吧,做不做老婆都不要紧,你们三个,谁也不会离开谁,一定不会的!"

"太好啦,不做老婆也不分开,太好啦!"夏小荷拍着小手笑起来。

"小荷,这么说,你让爷爷断的案,不是做不做谁的老婆,是你们三个永远不分开喽?"武汉文认真地问道。

"我不做老婆,我做不分开。"夏小荷说罢,看了看她的两位随从。

"不分开,爷爷,我们是做不分开。"两位随从认真地点着头。

五岁的小毛孩子,就这样完成了一桩议事,解开了一个心结。这是他们在老茶馆议的第一桩事。当然,后来又有许许多多机会泡茶馆议事,三个人一起来茶馆议事,多了去了。

然而,再多的议事,也不能覆盖住五岁那年的议事,尽管那是一件童言无忌的议事。夏小荷不会忘记,那两个家伙,想必也跟自己一样,记得牢牢的。

夏小荷收回目光,陆文昌的陈述也告一段落。夏小荷翻看着摊在桌子上的陆文昌的议案,看到最后,夏小荷抬头瞟一眼陆文昌:"修复荟贤阁,你也想到了?你得把它交给我,那是我的梦想。"

陆文昌的心脏扑腾了一阵。他需要的就是这个效果。他想让夏小荷明白,他心里急于要做的事,也是夏小荷最喜欢做的事。

稽成煊笑笑,没伸手拿"议案"看。他要让夏小荷看个够,看个明白。

拴宝提着老式的竹壳开水瓶,给棒棒茶壶里添上水,再拎着茶壶,分别给他们茶碗里续满茶,笑笑走出去了。

拴宝是稽成煊的远房老表,在隔壁卖辣糊汤和烧饼,他家的烧饼是浍水古镇的老字号,从爷爷的爷爷的爷爷那辈起,就是打烧饼的。拴宝只做早餐,打多少只烧饼,熬多少碗辣糊汤,是有定数的,来晚了就吃不上。忙过早上那段时间后,放下卷闸门,他就到浍水阁这边帮着烧水倒茶当跑堂的。这几年,拴宝把自个儿的闲时间都交给浍水阁了。

虽然表面假装不在意去听陆文昌的议事内容,但夏小荷心里是一个字不错过的。不但不错过,在听了陆文昌的一番"重要综述"后,她脑中居然闪现出想重新认识陆文昌的念头。

这是和私情无关的重新认知。

不是为了官帽子

坐在浍水阁,陆文昌几乎是看着夏小荷的脸色在议事,他很在乎夏小荷的态度。夏小荷自以为坐在暗处,不易被人看清面部表情,但在茶馆里时间待久了,光线适应了,每个人脸上的表情再清楚不过了。陆文昌感觉夏小荷在对他察言观色,在漫不经心中甄别他话里的每一个意思。

夏小荷已经放下初见面摆出来的目空一切、高高在上的架势了,她回归他熟悉的那种样子。是什么样子呢?快言快语,敢爱敢恨,不怕事,能担事,心地坦坦荡荡,眼神里映出的全是阳光,不带一丝灰尘。那个他熟悉的夏小荷,干干净净,利利朗朗,又坐在他面前了。

这一刻,他等了四年。

有个结,也在他心里埋了四年。这正是他读不懂夏小荷的唯一一道题。

当然,从夏小荷身上,他还感觉到不易察觉的陌生。这一丝陌生,一般人看不出,但他能。从出生到离开,夏小荷在浍水镇长了三十二个年头,她的所思所想,他是一清二楚的。从不苟且,在浍水镇长大的人,都有这副性格。哪怕是一件不对的事,只要认准了,也勇往直前,做得山呼海啸。他是这样,夏小荷也是。那么,此刻她身上的那一丝陌生,是什么呢?是她这四年离开他的视线,被上海这座城市和城市之外的世事染上的陌生。陆文昌心里酸了一下,又酸了一下,为这一丝陌生而酸楚,而不甘。

记得在浍水镇政府工作时,每天早上跑完步,他就骑着脚踏三轮车,去报恩泉给浍水阁茶馆拉上满满三大桶泉水,每桶一百斤。从上高中那会子起,陆文昌和稽成煊就是拉水的主力军了,两人讲好了,一人一天值班拉泉水。后来陆文昌上了大学,离开了浍水镇,拉水的事就由稽成煊一个人包了。大学毕业回到浍水镇工作后,陆文昌每早雷打不动地去报恩泉拉水,他说他喜欢早起,正好拉水的同时也锻炼了身体。他要稽成煊好好忙生意上的事,别再耗费时间去拉水了。而且他上大学的那几年,除了寒暑假,不都是稽成煊一个人拉水吗?就别跟他争了。直到陆文昌去了东岗工作,拉水的事才交由拴宝来做。

刚才进到浍水阁时,武汉文的话就把气氛活跃起来了,他对忙碌的拴宝笑道:"瞧瞧拴宝,如今可比你们三个都中用啊。你们一尥蹶子,跑得没影儿,不可靠,不可靠。亏得从小就娇惯你们,白疼几个家伙了。"假装生气的样子,瞧着三个人。

"这不是回来了嘛。"稽成煊说,"汉文爷爷,其实大家心里一刻也没放下您。您一个电话,我们就是飞到云彩眼里,也会立刻着陆大浍水。这里是我们的根嘛。"话说给武汉文听,眼睛却热热地看着另两位。

"好,很好。那就开始议事吧。文昌先说,你是发起人。"武汉文吹着茶碗里漂浮的茶棒,轻抿了一口。

陆文昌知道,这是汉文爷爷在给自己造势。那么,他不妨把自己的所思所想,全部端出来放在这里。"首先我检讨自己。那会子心高气盛,野心勃勃,总想做出惊天动地的大事,就不管不顾,按自己对政策的解读,我行我素地干起来了。幸好,及时刹住了欲望之车,不然,这一辈子,再也没脸回到浍水了……"

见几位都在聆听,陆文昌接着说:"在东岗四年,我面壁思过了四年,也赎罪了四年。东岗不像浍水,东岗地处偏远,经济薄弱,交通也不行,更没有什么文化底蕴,我就从东岗居民的老屋改造入手,利用省里的民生工程政策,在原址上修建或加固老房子。在改造老屋之前,我多次召集居民开会,聆听他们的意见。百姓最大的心愿,不是毁掉故乡,而是要住在原乡里。人老数辈的故乡啊，每一个生命，都在这片土地上出生、成长，抬头看见小山坡，低头见到故乡水，吃着自家菜园里的菜，收着自家田里的粮，这才是民众最开心、最有安全感的愿望。于是，我就多次朝县里跑，朝省里跑，向上级汇报我改建小城镇的决心和愿望。虽然我只是东岗的一个普通科员，但我敢冲在前面，我要向世人明示，我陆文昌，这一次是绝对为老百姓做好事，绝对不是为了自己的官帽子。"

"自以为是的大优点，可是一点也没改啊。"夏小荷插了一句。

陆文昌被她说得心里热辣辣的。他等着的，就是夏小荷能说话，不管说啥，他听着都欢喜。她能跟他对话，说明还有盼头。

武汉文嗔怪地看了小荷一眼，小荷假装没看见。

陆文昌议事的嘴皮子愈加利索了："到东岗后，我戴'罪'工作，日子好不到哪里去。我也是硬着头皮在做事，因为你身边的每一个人，都会戴着有色眼镜看你，对你提出的每一个建议，都会持怀疑态度，都会想，这个人是不是老毛病又犯了？是不是为了官帽子，又要出损人利己的啥招儿了？为了证明我的诚意，我向镇党委、镇政府立下军令状：如果把东岗搞乱了，治理坏了，就开除我公职，成为平头百姓。镇党委书记挑衅地看着我说：'你以为你是谁？'我坚定地说：'我是中共党员，念大学时，我就入了党，已经有十年的党龄；我是在红色革命古镇、历史文化古镇成长起来的热血青年，我爷爷奶奶都是淮海战役支前模范，我是革命的后代，滋养我长大的浍水河、湾子河和沿岸的庄稼地，都浸透了革命烈士的鲜血，从小我就拜祭革命先烈，我有责有任担当！'书记上前拍拍我的肩说：'我信你。'然后，两年多的时间，东岗旧貌换新颜，被评为省里的美丽乡村建设典范。守护好河山的干净整洁，绝不拿污染环境换取经济利益，这个理念在我心里坚不可摧。也有外商跑到东岗，想按他们的意愿投资、建设，我一一回绝。这些年，经济发达地区的企业，因为排污问题被关停，他们就想挪到经济欠发达地区来建，我坚决拒绝。我现在能做的，唯一要做的，就是在保护中求发展。保护，是放在首位的。"

说完,陆文昌猛灌一气儿棒棒茶。

"我听说你被破格提拔为县农委副主任,已经在市委党校学习过了。怎么仍想着要回到浍水呢?"武汉文明知故问道。陆文昌明白,这是汉文爷爷在继续给他造势。

"是的,汉文爷爷。但我不能就此跑到县城里躲起来,我要回到咱的大浍水。我给县里的分管领导专门写了书面汇报材料,我要修复浍水古镇给天下人看,要让天南地北的外地人,认识古镇浍水,到这里游玩,触摸古镇的千年文化符号,参观烈士陵园和战争遗址,看老街,喝棒棒茶,听大鼓书,赶浍水庙会,我要还原古镇的老街巷、老字号,振兴古镇的历史、人文和经济,给咱们的大浍水,注入新鲜的活力。所以,我请回了我的两位发小,让我们联手,在大浍水各显其能,大展宏图。谢谢你们!"像是站在演讲台上一样,陆文昌站起身,先朝大先生武汉文鞠了一躬,又朝稽成煊和夏小荷各鞠了一躬。稽成煊稳稳地接住了他的鞠躬,夏小荷一摆手说:"别,别,受不起,受不起。"

"这是我写的议案,现呈在此,汉文爷爷您先提意见,然后,成煊和小荷,你们帮着拿主意。这些年,你们在外面跑,比我眼界宽,我长期待在乡下,已经是个土老帽儿了,我想听你们说说。明后天,在浍水阁,举行古镇原住民议事大会,听听大家的意见。"

"好!让富友的大鼓书改改调子,他不能老唱你扒屋升官这个事了。"武汉文满意地笑了。

"瞧瞧,老字号的盐铺、药铺、布行、米行、酒行,这画得蛮清楚的啦。三刀子、蚂蚱腿、羊角蜜、麻片、寸金、培乳肉、培腐乳、培包瓜,嚯嚯,这些个老作坊,也各就其位啦。"夏小荷带了一点上海腔调,仿佛穿行在童年的记忆里,走在老街上,走一步,吃一口,满嘴流蜜。她眯缝着眼睛,陶醉其中,嘴里念念有词:"我的亲亲的羊角蜜啊,咬一口,甜三年;我的小麻片,脆生生,香喷喷,夜里做梦也会香醒哪!离开这几年,想死你们了。"

夏小荷表现得有些得意忘形,这正合陆文昌的意。他希望夏小荷不是端着上海小姐的架子皱着眉头在看他的议案,更不要对他冷嘲热讽。话又说回来,就算被她冷嘲热讽,他也是高兴的,因为她接招了。

只要接招,下一步就好走了。至少,她不再让他感到完全地陌生了。

"单修缮这一项,得多少钱,你算过吗?"男人的理性,使稽成煊拣重要的说,尽管他早被夏小荷说的那些点心惹得暗流口水了。

"你是做经营的,所以才来这议事嘛。"陆文昌一笑道,"我有政策给你们,镇里的工业园区,给你们建厂,五年免租金,同时争取到国家项目资金扶持和优惠政策给你们;你们融资修老街,复原老字号。等我报到后,我们在政府办签订合作协议。"

稽成煊和夏小荷,一起睁着眼珠子紧盯着陆文昌。这情景,宛若四五年前的情景回放。那时候,陆文昌也是这样急切而真诚地向他们游说,而结果呢,把他们全都推进了坑里,没淹死也差点呛死。这满身的伤,还没愈合呢。没愈合也会忘了疼吗?

陆文昌被两人盯得脸上发烧,但他并没躲避他们刀片样的目光。他坦然地看着他们:"请相信我。"

"当然,不信你,还会到浍水阁跟你议事?"稽成煊说着,看了夏小荷一眼。他想听听夏小荷如何表态。

"我回来可不是为了谁。"夏小荷说,"我是为了自己内心的安宁。我年过而立,唯有回到故乡,我心里才踏实。这一回,谁也别想把我撵走。"最后那句话,说得狠狠的。陆文昌觉得,夏小荷的话,像无形的耳光打在他脸上。

这时,陆文昌的手机扑棱棱响了起来。他设置的振动模式,但手机放在有玻璃罩的茶几上,电话一来,手机像小鸟一样,扑棱着翅膀旋转开了。看了一眼来电显示,陆文昌拿起电话按通话键,一边接听,一边走到前厅门口。

在这种场合接听手机,显然是不礼貌的,陆文昌明白。虽然这个电话来得不是时候,但他不能不接听。

陆文昌的声音不大,但茶楼空间大,他说的话还是被茶楼内的各位听得一清二楚。似乎早就意识到这些,陆文昌的回答含糊到只有对方才能听懂:

"知道。继续。保持。这是关键一步。一定。小心。辛苦。谢谢。"

回来坐下,他连着说了几声"不好意思"。

夏小荷刀片样的眼波,从陆文昌身上飞速划过,她看到了他身上的一种陌生,正如她不自觉地传递给陆文昌的陌生一样。

暮春的黄昏,给古镇染上一层明黄圆润的色彩,空气中有一股小麦花的清香。不觉间,议事告一段落。拴宝端上来几碟家常菜,其中的豌豆米炒鸡蛋立刻让稽成煊两眼放光。又从北大街"大浍水地锅鸡"饭店叫来几个硬菜,包括饭店招牌菜"小鸡喝饼",算是接风宴和团圆饭了。

拴宝在饭桌上,却不像他当浍水烧饼辣糊汤店老板那样活泛十足,也不像做饭时那样手脚麻利,倒显得手足无措。拴宝不时抬头看一眼武汉文,欲言又止。武汉文示意他先吃饭。

饭毕,趁着收拾碗筷,拴宝终于急抓抓地跑到武汉文跟前:"汉文爷爷,我得把那件事说出来,我得让夏小荷在浍水老街上,直着腰杆走路,直着腰杆做人。"

"现在还不是时候。"武汉文意味深长地看了拴宝一眼,"你急啥急?"

正好到了沸满天来唱大鼓,铁脚朱太平、皮匠安大丰、铁匠洪德顺来听大鼓书喝棒棒茶的时辰。饭桌已被拴宝收拾停当,等几个人一前一后地过来,冒着热气的棒棒茶,已经把浍水阁的前厅后厅熏得香喷喷的了。前厅的桌椅,都是镇上人家送过来的旧物件,式样不一,散发出古旧而沉稳的气息。前厅的地板已显出凸凹不平来。见身子有些趔趄的沸满天进来,夏小荷立刻上前搀扶了一把。沸满天满脸堆笑,连声说:"哎呀大侄女,你可是,仙女下凡又回转,回到浍水为哪般?是报恩泉水显了灵,还是被某个官帽招了安?"虽然没敲着大鼓,仍是用的说唱法。不然,他口齿表达就有困难。

武汉文说:"你离了鼓槌也能说唱嘛。"

沸满天说唱道:"大先生别笑俺,俺一生吃牢了这碗饭。一天不敲手发痒,三时不唱口发干。"说说笑笑中,几个人都在前厅坐下了。

沸满天脸上的兴奋劲高涨,一阵鼓声,他正要开唱,夏小荷说:"汉文爷爷,以后您就在后厅当神仙,我得把您这老字号给整一整。前厅太暗了,得把灯光改善一下,多装些古色古香的壁灯,灯泡用 LED 节能灯。地砖也要重铺一下,我要把老石板给找齐了,全铺在这前厅里。"

举着鼓槌的沸满天,眨巴着眼睛,突然就编出新词来了:

"十"字头上添一撇念"千"字,
赵匡胤千里打马送京娘;
"九"字抹拐念"力"字,
力大无穷那是美猴王;
"八"字站起加"二"念"仁"字,
浍水人仁义厚道美名扬……

第四章　前情

> 学生说，我问你，
> 天上银河几道弯？
> 几道窄来几道宽？
> 几道弯里能跑马？
> 几道窄里能行船？
> 佳人说，天上银河九道弯，
> 头道窄来二道宽，
> 三道弯里能跑马，
> 四道弯里能行船。
>
> ——淮北大鼓

每个人心里都呼通一声

陆文昌走马上任浍水镇政府代镇长的锣鼓家什，热热闹闹敲了一阵子，也算消停了。尽管还没到人大选举的时候，镇长位置，已非陆文昌莫属。对于这个吃回头草的家伙（也有人说他打回马枪），给他叫好的有，起哄的也有。小老百姓对官员的解读其实很简单：到底可给老百姓办事，办实事。

陆文昌，他选择回到浍水镇，口袋里到底装了一副什么牌？

新官上任三把火，陆文昌却没烧那三把火，是他来不及烧，不知道怎烧。他只是喊回了他的两个发小,而且是关系有点复杂、有过嫌隙的发小。他没烧那三把火,不代表他闲着。他连着朝县里跑了几趟,带回一些让他兴奋的信息,并马不停蹄地把这些信息和镇党委政府的每位同志分享。分享虽然不是同一时间,却达成共识:集聚力气,以修旧如旧的运作模式,修复古镇茶文化一条街,彰显古镇红色文化特色,振兴古镇经济,挖掘古镇文化底蕴,让这座因沉睡而乏力的千年古镇,重新焕发出生机。

分享陆文昌发布的信息,稽成煊和夏小荷都有份儿。他们是他请回来的"外商",是振兴古镇文化、助力古镇经济腾飞的生力军,没有他们的回归,他陆文昌能敢当着镇党委、镇政府一班人的面,信誓旦旦地要还古镇老街一个完整的茶文化老街吗?

什么是完整的茶文化老街?就是把缺损的修复好,把丢失的找回来。

让文物活化,是对文物的最好保护,尤其是建筑。所以,要严格按照修旧如旧的原则,尽最大可能复原古镇原貌,原材料、原工艺、原结构、原形制,对古镇遗产进行保护、抢救,重现古镇风貌,彰显茶文化风采。

尽管忙得脚底板不连地,陆文昌还是连着跑回东岗乡几次,每次去都要待上半天或一整天时间,似乎那里有他斩不断的牵挂。

陆文昌终于有了适当的时间,再约稽成煊和夏小荷,聚拢于浍水阁喝棒棒茶,议议接下来要做的事,同时,也要告知他俩另一件事。之前,陆文昌已经带着他们对浍水镇东城墙外的工业园区进行了实地考察。其实那片地方对稽成煊和夏小荷而言,不是陌生之所。那里曾经是一望无际的庄稼地,只是现在被镇里征收过来,建设工业园区了。那片曾经装载着陆文昌的政治野心的辽阔土地,经过四年的沉寂,不但没有红红火火,反而现出萧条之状。一家小规模饲料厂、一家半掩大门的铝材厂,还有一家几近停产的罐头厂,半死不活的企业现状,使偌大的工业园区显得异常冷清。

陆文昌约着稽、夏二人,利用上午时间,一起去浍水阁坐坐。刚进老茶馆,陆文昌猛然愣住了。茶馆的前厅里坐满了人,似乎一直在等着他们三个人过来。除了沸满天、铁脚朱太平、老皮匠安大丰、老铁匠洪德顺,还有十几个镇里的原住民,另外几个来自浍南村,是敲锣捧过他的人,还有几张生面孔。

沸满天的脸上不再是怒气冲冲的,但也没有亲切慈祥之状,他严肃地把鼓槌在鼓面上轻轻一点,茶厅里便弥散出一股不同寻常的安静来。

武汉文气定神闲地坐在一张清朝的高背雕花木椅子上,对进来的三个年轻人招招手:"你三个娃,先喝杯棒棒茶解解渴,再听沸满天来段大鼓书。这些爷爷奶奶、叔叔伯伯、大娘大婶,可是连着三天来喝棒棒茶了,就等着跟你们议事呢。"

沸满天鼓槌轻轻朝鼓面一点,开了腔:

　　浍水奔流朝正东,
　　古老的城墙似盘龙。
　　城南脚下老码头,
　　载过白云驮过风。
　　城里老街石板硬,
　　人声沸沸马车辚辚。

唱罢,沸满天将鼓槌朝鼓架边一挂,深深地看了一眼陆文昌,紧紧闭上嘴巴。那意思很明显:现在就看你的啦。

陆文昌的后脊背嗖地发出一阵凉气。好在,沸满天没有当着众乡亲的面,再唱他"一枝梅",再数落他"扒了东城扒西城"。沸满天的大鼓书,确实换了调子。

陆文昌定了定神,长长地呼出一口气,在脑子里飞快地给下面要说的话打着腹稿。他怕他们。这些熟面孔,他太熟悉了,他就是被这些熟面孔看着长大的。本来是亲亲热热的左邻右舍,前街后街住着,低头不见抬头见,却在四年前,都站起来跟他叫板了。他的外号"一枝梅",就是拜他们所赐。他灰头土脸而去,如今也不算风风光光回来,他只是带着一个心愿再回浍水镇,回到生养自己的地方。他的屁股还没把板凳坐热呢,这些曾经跟他叫板的人就来了。

他怕他们来跟他算旧账,怕他们在他还没有把想做的事情理清头绪,还没站稳脚跟时,就跟他闹一场。他的两个发小,目前还处在顾左右而言他的节骨眼上,合同还没签呢,夏小荷、稽成煊还在审视他池塘里的水多深多浅呢。他也正在做最后的冲刺,把欠两个发小的那桩事偿还清楚。他还没有做好与乡里乡亲集体议事的准备,这满堂会审似的茶馆议事,就这样开始了?

陆文昌的表情有点哭笑不得。他扭头看一眼跟在后面的稽成煊和夏小荷,发现这两位的眼神也惊讶不已,可见,茶馆里聚了这么多人议事,他们事先也不知道。陆文昌尴尬地笑笑,硬着头皮朝里进。

沸满天又掂起鼓槌,再朝鼓面上敲击一下。鼓槌刚一落音,武汉文说:"今天,浍水街上一同长大的三个孩子,来跟大家议事了。议事前,我要先说两句。过去的事情,就翻篇儿了;今天,我们只说一个主题:如何修复古镇的老街。"

陆文昌感激地朝武汉文看去。武汉文假装没看见,继续说道:"三个浍水镇的孩子,要共同出手了。他们出手做什么?修复咱们的大浍水。这条老街,当年直通到浍水河的南码头,街两边的商铺,山西的、福建的、咱们徽商自己的,那叫一个热闹!我小时候打街上走,十步之内能听到三个省的人说话的口音。后来的水患、战争,再后来的运动,后来的拆迁,浍水镇好几条老街道都给毁掉了。现在余存最完整的就是这条浍水老街了,但也歪歪倒倒,站不直了。再不扶一把,浍水古镇就没有老街了。今天,我们就是要议一议,这老街,怎么个扶法,怎么个修法。"

茶客们的目光一齐聚焦在陆文昌、稽成煊和夏小荷身上。

"没有老街的古镇,还能称得上古镇吗?"在茶客们嗡嗡嘤嘤的议论声中,陆文昌呼通站起来,朝着大家深鞠一躬,开了腔:"我一直有个愿望,就是当面跟众乡亲赔个不是。今天,我逮着机会了,对不起!原谅我!之前我错了，我没有在保存与发展之间找到一个更好的平衡点，以致让老街满目疮痍。现在，我回来赎罪了。我要让咱们的浍水老街，再现往日景象。当然，靠我一个人的能力，还不行，仅靠镇里的财政，也不行。我刚刚回到镇里上班，正在给上面打报告，申请专项文化资金，修缮老街。在资金到位之前，老街的修缮刻不容缓。所以，我们先动手。在这里，我要感谢我的两位发小稽成煊、夏小荷，他们是在浍水起步，走出去发展的成功企业家。我的无知，曾给两位企业家带来伤害，几乎毁掉了他们苦心经营的企业。现在，他们不计前嫌，又回到故乡，发展家乡经济，振兴古镇文化。作为一方父母官，我不能再亏待两位企业家，所以，我要在政策上，尽最大能力给他们带来方便和资助。在两位企业家融资修缮老街的同时，他们的企业，将入驻我们镇工业园区，浍水镇会在政策允许的范围内，提供土地给他们建厂房，五年内，免租金，免企业的各项税费。总之，镇里会不遗余力地支持他们！"

听到这里，稽成煊和夏小荷一同站起来，朝大家打招呼。有人小声说："是夏家的闺女啊，长得真像小郑。"

"成煊企业做得不孬。这孩子从小就争气，他妈天不明就在街头卖壮馍和花卷，千辛万苦把他养大成人，不容易。穷人的孩子早当家啊。"

陆文昌示意稽成煊说几句。稽成煊先说了自己的心愿："我不是什么企业家，说得太大了。我就是咱浍水古镇土生土长的人，为了生存办了一个粮油销售公司，这几年公司发展得不错。本来我就是在自家门口办公司的，现在回归故乡，我有什么理由不答应啊？"顿了顿，道出了对修缮古镇的构想，"我们的浍水古镇，有千年历史，在修缮过程中，一要维护古镇的外形风貌，二要保持古建筑规模和风格的原真性，以修旧如旧的方式进行修复。已经毁坏的，尽可能还其原样，临街商铺也要保持原式样，包括商号和匾额，都要按照当时的功能和原貌修复；古街道的铺设，也要保持石板铺设的原貌，用石材，而不是用建材。所以，我先提个议题：如何找到曾经的老石板、老石条？"

茶客们放下茶碗，捧着旱烟袋，吞云吐雾，一起聚精会神地听稽成煊说话。铁脚朱太平站起来想说点什么，武汉文示意他先坐下来。

"还有浍水河边的南码头，那可是古码头啊，如何修复呢？我拿出的方案是，既要再现当年水运的繁忙景象，又要兼顾开展水上休闲游乐活动的需求，同时更要注重对人文、生态环境的保护，更重要的是，要抓住我们的文化根源。根源是什么？就是我们的古茶馆、棒棒茶、大鼓书、扬琴戏，还有老城门荟贤阁。"夏小荷说罢，微微一笑，"我的议题是：荟贤阁两只衔黄鳝的石狮子，还能找回来吗？还有，浍水河两岸的景观带建设和美化，老少爷儿们有什么建议，也全部说出来。既然是议事嘛，有什么就说什么。"

茶馆里又响起一片嗡嗡之声。

"我看在座的有许多是我们的长辈，爷爷辈的居多。你们亲眼看到过荟贤阁，见证过南城门的威武，也见证过浍水古镇的繁华。"陆文昌感慨道，"记得我刚记事的时候，是二十世纪八十年代中期，改革开放的春风，吹拂着古镇的大街小巷，一时间，古镇呈现出一派繁荣景象。浍水镇毕竟是一座老商业古镇，当年被人称赞为'小上海'。'小上海'的再次繁荣，陪伴着我度过少年时代。然后，南方的发达，掀起了淮河以北地区的打工潮。古镇的经济也渐渐滑坡，以致许多商业门面关停。可以说，我和稽成煊、夏小荷，以及其他的同龄人，见证了小镇改革开放初期的繁华和九十年代中后期的衰落。上班后，特别是在镇政府工作后，我心里产生了一个坚定的理想，就是让我们的古镇，再现往日雄风。后来的事，在座的也差不多知道了。我只有用'惭愧'二字来表达此刻我赎罪的心情。现在，我们三个又站在了一起，我们立志，要在振兴古镇文化的同时，再一次掀起经济发展的热潮。常言说，高手在民间，人民的智慧高于一切。请老少爷儿们，给我们古镇的修复，给古镇未来的出路，出谋划策吧！我们一定要恢复一座大家心目中的古镇！"

老茶客们衔着长烟袋，齐声鼓起掌来。沸满天击鼓代替鼓掌，咚咚咚的鼓声和掌声合在一起，震得茶馆的楼瓦直打战。

神神道道的铁脚朱太平，手里捏着一片石头，捻得石头咯吱咯吱直响。

大家都知道那个石头是他的护身宝贝。朱太平把石头在手心里捻了半天,说出了掷地有声的话:"当年有个口号,像我这样老不死的,都还记得:'宁可倾家荡产,也要支援前线。'现如今,这话还是有力量的,我们把它改成:无论千难万难,也要修复古镇一瓦一砖。"

"那是那是。"众茶客一齐应和,"除了在战争中被炸碎的石板老砖,其余的老石头肯定都还活着,无论躲在哪里,我们一定能找回来!"

沸满天又把鼓槌在鼓面上狠敲了一阵。

"请大家跟我来。"沸满天鼓槌一落音,武汉文便笑微微站起身。拴宝上前一步,要搀扶武汉文。武汉文摆摆手,大步走向后院。

陆文昌、稽成煊和夏小荷,随着众茶客一起,进到后院里。

那个后院,是武汉文的私人后花园。除了武汉文和种菜浇菜的拴宝,几乎没有人进去过,后院的角门一直是锁着的。武汉文大方得很,但独独对这座后院,他小气得谁也不许进。

院子不小,三分地的样子。当年武家位于浍水老街的这片老宅,是前店后宅的建筑,前店就是现存的浍水阁老茶馆,后宅很大,早已夷为平地,成了公家的街道,只有这一圈后来立起的围墙,把老宅部分地基存留了一点点,围拢成一片院落,一处念想。后院没什么神秘之处,除了一片绿油油的菜地,还有一口手摇压水井。在紧挨围墙的地方,一溜儿排着三个柴火垛。柴垛都是干透的玉米秸秆和芝麻秸秆,码得整整齐齐。茶馆门前的老虎灶,一直烧的是蜂窝煤,这柴垛,明显多少年没被烧过,几乎就是个摆设。

武汉文朝陆文昌示意道:"请把柴垛打开吧。"

陆文昌疑惑地看了武汉文一眼,又看看众茶客。茶客们显然有知道这柴垛秘密的,都不动声色地瞅着他。

站在第一个柴垛跟前,陆文昌费力地掀开一处玉米秸。尽管被风吹日晒雨淋,玉米秸却码得结结实实,这最外面的一层,明显是不久前才码上去的。看来,修缮柴垛的工程,可一刻也没有懈怠。

陆文昌费了半天劲,终于掀开了柴垛的秘密:里面全是整齐光亮的大石板。他连忙掀开第二个柴垛,这一垛里面藏着的是大石条。第三个柴垛里面,是拴马桩、旗杆石、门槛石、石条和石板。

陆文昌听到自己心里呼通响了一声,他似乎也听得见在场的每一个人,心里都呼通响了一声。他吃惊地看着武汉文。

大先生武汉文微微一笑:"这些年,茶客们来茶馆免费喝茶,心里过意不去,问我怎么办。我说,如果遇见老街上走失掉的老石头,就送给我吧。从一九八〇年到现在,三十四年啦,我好好收藏着这些被茶客们找到的宝贝,一看到这些宝贝,我心里就有盼头。"他转身冲着茶客们一抱拳,"谢谢各位老伙计,谢谢你们!这些年,你们受累啦!"

"汉文爷爷,您老真是有心人哪。这古镇的保护,您是头功!"夏小荷上前搀住武汉文,"爷爷,我咋就没发现您一直做藏宝的工程呢?"

武汉文说:"我的老伙计们,夜里推着板车,偷偷送来的呀。兵荒马乱的年月,运动的年月,这些老石头跑得哪儿都是,他们找起来,不容易,又怕被谁遇见了不好解释,只能偷偷送我,我再偷偷藏起来。我想,在我的有生之年,能见到这座千年古镇再复原成昔日模样,我才能瞑目啊。这不,你这几个孩子,就要帮我圆梦喽。现在,老伙计们,我们议事的主题之一就是,还得麻烦各位,继续找老石头、老石板,把遗落在民间的宝贝,找出来,献出来。这回,大家可以明目张胆地找啦。"

"你家的那个老屋里,也有半屋子宝贝呢,我给把守得铁紧。"铁脚朱太平不再是喊着"有个嘴,要吃人"的说话口吻了,他字正腔圆地说,"老石板最多的地方,就在我们脚下。大先生,这可是你亲口告诉我的。"

"老屋里的那些宝贝,可是太平颠簸着铁脚趾,一步一摇地吆喝出来的。他回回去找石头,他不说找石头,说找脚趾。四邻八村的人,听得懂他的话,就说,你先回家等着,找着了脚趾,立马送过去。就拉来了老石头。那些老石头呀,有盖猪圈墙的,有垒鸡窝门的,啥用场都有。"武汉文朝铁脚竖起了大拇指,指着茶馆门口的老街说道,"太平说得没错,我们的脚底下,就藏着老石板。一九五四年,一场特大洪水,把浍水老街淹没了。七天七夜大水才退,街上的淤泥,堆了几尺厚。公社发动大家加高路面,各村的人,都来出义务工,把街面用砂浆垫高了,把老石板埋到下面了。后来,老街上又铺上了水泥,老石板又被压深了一层啊。"

"汉文爷爷,您放心,在不毁坏原有建筑的情况下,我们一定深挖出来埋在地底下的老石板!"陆文昌越发来劲了,立刻表态。

"还有那条碎石大街,也被埋了。"武汉文口气变得严峻起来,"当年日本鬼子的飞机,从彭城飞过来扔炸弹,把沿河老街炸得面目全非,大火烧了三天三夜,不但烧毁了全部的商铺,还把街面上的大石板,生生烧成了碎石片。后来修整浍水河,就把沿河老街盖上土,再铺上砂石,碎石就埋在下面了。"

"一定把碎石老街找出来,让子孙后代记住那段血的历史。"陆文昌有点小激动,"打小就从那条街上跑,听说是碎石大街,但怎么就见不到一点碎石,原来埋在下面了。这埋藏着的是历史啊。各位父老乡亲,请把这一切都交给我吧,不,交给我和我的两位发小吧。"陆文昌动情地看着嵇成煊和夏小荷,"只要我们齐心协力,一定会把古镇老街的样貌修复成原先的模样!"

所有人的目光都变得灼灼起来。

"请大家再移步到前厅。"看过柴垛下面的秘密后,武汉文又请大家回到茶馆前厅坐下来。拎着竹壳茶瓶倒茶的拴宝,似乎有点手抖。特别是给陆文昌续茶时,他竟把开水泼在茶碗外面。陆文昌笑道:"拴宝,瞧把你激动的。咱这屋里,算你有福又有功,不用说,那些柴火肯定都是你垛的,修复古镇,你功不可没啊。"

拴宝的脸突然憋得通红,吓了陆文昌一跳。他怕自己说错了什么,想想没说错啥啊。正在不解,沸满天的鼓槌又敲响了鼓面。这是示意,请大家安静下来。

茶馆大厅再次陷入一片安静当中。拴宝定睛看着武汉文,武汉文微微点个头。拴宝猛然站在前厅正中,深深把头低下,带着哭腔说:"那个事,我必须得说了。是我做的,我全错了。我的本意是让夏小荷离开陆文昌,跟嵇成煊走到一起。没想到……今天,我全部说出来,我要让夏小荷挺直腰杆回到大浍水,我要让夏小荷在浍水老街上挺直腰杆走路,我要让夏小荷在浍水镇挺直腰杆做人做事……"

拴宝的讲述先是有些结结巴巴,后来就如竹筒里倒豆子,一股脑儿全部讲了出来。拴宝把自己讲得满脸通红,就像刚喝了一场酣畅淋漓的大酒。

陆文昌听得惊呆了,他惶恐地看向夏小荷。

夏小荷呆若木鸡,身子一动不动地坐着,只望着拴宝那张忠厚的脸,那两片不善言辞的厚嘴唇。她肯定不相信拴宝说出的那件事是真的。不,不,那件事是真的,但她不相信那件事,是拴宝一手策划出来的。

小郑的闺女

夏小荷顺着浍水老街,大踏步朝浍水河边走去。这回,她真的是挺直腰杆在走路。自从回到浍水镇,她除了待在老宅里,还没有白天出现在浍水街上。她怕被人指指点点,她心里受不了那种指点。无论她有着怎样的淡定,或说坚强,她有着怎样在外面的历练,她都承受不了。骨子里,她仍是浍水镇的女子,浍水镇的女子被人捉奸在床,那是绝对丢人的事。

老实人拴宝说出了事情的真相,洗去了夏小荷身上蒙了四年的冤屈,但她并没有如自己想象的那样如释重负,而是新一轮的委屈蓦然涌上心头。那个人,为什么当初就信以为真了?他甩手而去,把一脸蒙屈留给她,事后连个电话都不再有。从小到大的情分,当真瞬间就能掐灭了?

"唯有太阳和人心不可直视。"这句别人写在书里的名言,放在现世,仍然是管用的。这是她几年前离开浍水时最痛彻心扉的感受。

夏小荷坐在浍水河边,看着悠悠东去的河水,无声地流向远方。河水带走岁月,却带不走历史,带不走人心里的厚厚积淀。夏小荷坐着的地方,正是当年老码头所在位置。世事多变,老码头早已了无踪迹,河南岸的村庄,泡桐花开得正艳,香气把村庄笼罩住了,香气又越过浍水河,扑到古镇的老街上。浍水河的那座老桥,早已在小日本轰炸浍水的炮火里垮塌,独留下两只桥墩,淹没在两岸的浅水里,像两只浑浊的眼睛。

夏小荷盯着那两只浑浊眼睛般的老桥墩看,听到流走的岁月,又卷土重来,将她淹没。她不再是那个走在上海外滩,戴着太阳镜的摩登女子,她仍是土生土长的浍水镇的女儿。

从记事起,镇上的人,都喜欢喊她"小郑的女儿"。

夏小荷的妈妈郑秀玉是上海下放知青。一九七○年,小郑只有十八岁,下放到浍水镇的浍湾村。浍湾村有个知青点,男男女女二十多个知青。几年后,上海知青陆续返城了。到了一九七七年,知青点只有郑秀玉一个人了。她胆子小,晚上住在仓库改成的知青点,要把所有的电灯都拉亮了,才敢睡觉。她没有回城的条件,因为父母都在香港,待在上海的哥哥,也没能力给她创造回城的机会,她只能在浍湾村待着。郑秀玉刚下放时哭过,后来就不哭了,人前人后也不言不语,只闷头干活。锄地的活从没干好过,总喜欢把庄稼苗锄掉,队长看到了,既心疼庄稼,又心疼她一个城里娃不容易,就让她负责种知青点院墙外的那片菜地,种出来的菜,专供知青吃。郑秀玉种了几年菜,还真把菜园打理得枝青叶绿的。郑秀玉多年来养成晨跑的习惯,尽管人生处于低谷,她仍坚持早起跑步。所以夏长生在知青点院门口给她默默站岗的事,很快就被她发现了。

夏长生是浍水街上的平民,长身白脸,相貌出众。夏家虽为平民,夏长生的爷爷奶奶,却是浍水镇举足轻重的人物。在那场声势浩大的以歼敌五十五万而告胜的鏖战中,有背后五百四十多万民工血与汗的无私支援,其中来自浍水镇的民工,就有两万余人。在支前民工出动的八十八万辆小推车和三十多万副担架中,就有浍水镇村庄的民工和物资。苏鲁豫皖人民提出的口号是:"宁可倾家荡产,也要支援前线!"在浩浩荡荡支援淮海战役前线战斗的民工潮涌里,可谓家家上战场,人人争支前。浍水古镇建有一座兵站,兵站的任务,是组织民工运送物资上前线,再把伤员和缴获的武器运回来。整座浍水古镇,不分白天黑夜,全镇和周边村庄的石磨一齐响,推粮磨面;所有的妇女一齐做鞋做衣服,所有的男劳力,组成小车队,运送物资上前线。一时间,浍水镇涌现了"快磨、快做、快运"的"三快"场景。夏长生的父亲、夏小荷的爷爷夏贵和,是支前民工队队长。其时,夏长生的爸爸夏贵和,才二十出头,刚刚结婚六天,他主动报名支前时,新婚妻子一把拉住他说:"你不能把我扔下不管。"夏贵和愧疚地看着妻子,刚要进一步解释,妻子却推出家里的小推车,拴上绳子,拉着就走。夏贵和拦住妻子问:"你这是干啥?"妻子脱口而出道:"我和你一起支前,要生一起生,要死一起死!"

整个浍水镇,有二十多对夫妻组成的支前车队,成为淮海战役战场上一道亮眼的风景。夏贵和担任夫妻车队支前队长,带领二十多对年轻夫妻,没日没夜奔赴在兵站和前线之间。淮河北的冬季雨雪多,光秃秃的平原上,雪舞如蝶,支前民工车队就像倔强匍匐行走在地上的雄鹰,敌机瞅空子就朝支前车队扔炸弹,炸得雪沫子泥浆子乱飞。那一回,从前线推着伤员朝兵站赶时,正遇敌机轰炸,炮弹四处飞旋,夏贵和与妻子一起,扑在担架上,护卫着伤员,以免伤员二次受伤。弹片穿透夏贵和的身体,有块弹片,扎进他的肺部,强行留了下来。而新婚妻子的半块耳朵,也被弹片切了下来,血流满面。解放后,夏贵和一直有咯血的毛病,在夏长生五岁的时候,便去世了。夏长生的母亲喜欢包块头巾,无论冬夏,她要遮住左边那半只耳朵。从靠近街面的屋山墙上,她凿出了一个大窗口,支个柜台,做了店面,卖些自己缝制的鞋垫和熬制的麦芽糖,供养着夏长生。夏长生中学还没毕业时,母亲就病逝了。母亲的身上也有弹片,在腿上。成了孤儿的夏长生,就借着母亲开出来的窗口小店,卖些日杂百货和修理无线电维持生活。

有传言说,夏长生看到郑秀玉来浍水镇赶集后,就得了相思病。他曾去知青点偷看过她,回回被男知青呵斥跑。也有另一个版本说,是郑秀玉相中了夏长生,主动找他搭话的。无论传言真假,但有件事,却是真实发生的:当知青点只有郑秀玉一个人的时候,夏长生每晚都去知青点,给郑秀玉站岗,大门都不进,就守在院门口。天光一亮,他就一炮蹶子跑回镇上的家里,蒙头睡到中午。尽管后来被郑秀玉发现了,他晚上仍然去知青点站岗。郑秀玉也不说个谢字,也不请他进院门,两人仿佛不相干。有人问过夏长生,为啥要那样做,夏长生说,那是责任,一个外地女娃,在浍水这个地方,得有人护着,得保着不能发生不好的事。

半年后,郑秀玉主动嫁给了夏长生。不久,浍湾村的知青点撤销了,因为知青都返城了。武汉文找到当时的供销社主任,撂下一段话:咱这片地方,上海的娃娃们来劳动,那是福分;现如今,娃娃们都回到了大城市,独留下一个上海女娃,咱不能委屈这个娃,她回不到城里,至少让她回到街上来。郑秀玉就被招工到了供销社,当了营业员。

郑秀玉的美丽,是浍水镇上的奇观。尽管她对谁都一脸冰霜,但她负责的布匹柜台前,一逢集,总是围满了人。买布不买布的,都在那儿围着看,睁大了眼珠,不停地朝她问价格。据说,她量布时的样子,就像舞台上甩着长长水袖跳舞的仙女,哗啦,抖开一卷布,仙女散花一般铺展开来,发光的新布匹,映照着她的脸庞,粉雕玉琢,流光溢彩,美得围观者一片惊呼。

一九八五年,夏小荷上小学了,一起玩耍的同岁人陆文昌和稽成煊,成了她的同班同学。三个小伙伴从记事起,就形影不离,成了同学后,更是黏糊在了一起,上学下学一起来,一起去。两个小跟班,一左一右,如影相随,使夏小荷从小就是浍水街上的威风人物。夏小荷天生的黄头发,加上皮肤白,深眼窝,眼睛又大又亮,长得像洋娃娃,把夏长生和郑秀玉的优点全部继承下来,胜过了她妈妈的美丽。

这一年冬季,浍水街上来了一辆小轿车,车里下来两个中年人,从穿着打扮看,是有身份又有钱的人。郑秀玉喊这一对人阿叔阿婶。阿叔阿婶从香港回到上海了,做服装贸易,代表郑秀玉的阿爸阿妈来看她。那辆小轿车在夏家门前停了三天,三天里,夏家的院子门是关闭着的,院子里也是静悄悄的。三天后,郑秀玉就坐着小轿车,回到了上海。不久,郑秀玉又回来了,她是来跟夏长生离婚的,并要把夏小荷也带回上海去。她跟夏长生是假离婚,只有假离婚,她才能回到上海;等她在上海安顿好,就把夏长生也弄到上海,安排工作。夏长生同意了,但夏小荷不愿意跟郑秀玉回上海。她抱着爸爸夏长生,又指着形影不离的陆文昌和稽成煊说:"要去,我们几个一起去。"任郑秀玉如何拽扯,甚至动了武力,夏小荷就是抱着夏长生的腿不放。"我不离开爸爸,不离开浍水!"夏小荷哭得一脸泪花,郑秀玉也哭得一脸泪花,但夏小荷丝毫不为郑秀玉的眼泪所动。

正好接近放寒假了,不知夏长生做了怎样的思想工作,夏小荷最终答应跟郑秀玉回上海。但只是去过寒假,假期一结束,她就回来。那个寒假,是陆文昌和稽成煊最难熬的日子,没有夏小荷的寒假,更加天寒地冻,两个小家伙没精打采的。终于熬到过完春节,假期结束,春季开学,但是夏小荷并没有回到浍水镇小学上课。

快接近放暑假的时候,浍水镇小学校长办公室电话骤然响起,是彭城火车站派出所民警打来的。说是有个小姑娘,孤身一人,一下火车就找民警,要民警把她护送到浍水镇。民警问小姑娘叫什么名字,从哪里来,到哪里去。小姑娘只反复说一句话:"我是浍水镇小学二年级学生夏小荷,我要回到浍水镇小学。"民警摇着手摇电话,终于摇通了浍水镇邮电局,让邮电局的接线员,再接通浍水镇小学唯一的一部电话,校长接到电话后,马上安排班主任赶赴彭城,接回了夏小荷。

这是夏小荷平生做出的最胆大妄为之举——刚刚八岁的她,居然能从大上海坐火车赶到彭城。彭城离浍水镇二百里路呢,离上海有一千多里路,小丫头怎么就敢走这步棋了。

其实夏小荷到了上海就明白上当了,她妈妈郑秀玉不但自己不会再回浍水,也不打算让她离开上海。夏小荷想一个人偷偷跑回来,那真是难于上青天。因为郑秀玉天天看着她,天天给她脑子里灌输她夏小荷是属于上海的,郑秀玉也是属于上海的,只是阴差阳错转了一个大弯道,在浍水那个地方短暂停留了一段时间,如今,又可以走上正常轨道,过属于自己的生活了。

"上海是你的,不是我的。我的家在浍水,我要回到浍水,我要爸爸!"倔强的夏小荷又哭又闹,但是一点用也没有。娘儿两个一直和舅舅一家住在一起。夏小荷的舅舅——那个陌生而温和的男人,对夏小荷特别好,舅妈也是一脸和善,他们跟郑秀玉说着夏小荷似懂非懂的上海话。从口吻上断定,他们对谈的都是严肃话题。夏小荷不想知道他们谈话的内容,她满脑子想的,都是爸爸夏长生。夏长生不善言辞,但父女两个,却有说不完的话题。夏长生没事就带夏小荷去爷爷奶奶坟前,讲述爷爷奶奶支前的故事,讲爷爷奶奶两个人,如何扑在解放军伤员的身上,护卫受伤的解放军,而两个人,却不同程度受了伤。夏小荷对从未谋面的两个老人,充满无限景仰,心里也装着他们的传奇。夏长生告诉她,人活着,不都是为着自己而活的,还要拿出责任,是对别人应有的责任。夏小荷就想到了"责任"二字。小小年纪的她,想到站在小店柜台后面的爸爸夏长生,她小小的心里涌出了责任,是对自家亲人的责任。上海有妈妈的亲人、同学,妈妈是属于上海的,而她的家在浍水。她要回到浍水镇,守在爸爸身边,守在那片无数革命先烈用生命换来的神奇土地上。但是,她回不了浍水。路途太遥远,她找不着方向,也没有机会。妈妈郑秀玉还没有班上,主要工作就是接送她上下学。

夏小荷在班里,很快有了一个知己,是隔壁弄堂里的冯家宝。冯家宝和浍水镇上的陆文昌、稽成煊一样,成了夏小荷忠实的伙伴。他是土生土长的上海人,父母都是工人,他很羡慕夏小荷的出身和非同一般的生活阅历,听夏小荷说浍水古镇,说英雄,说浍水的古码头、老城门的传说和古镇美食的入口入味,他如听天书。尽管上海是个大码头,但他所知甚少,远不及夏小荷讲述中的大浍水那般神奇。他迫不及待地想在暑假时,跟着夏小荷一起去浍水镇看看。"阿宝,暑假时,我一定带你去看看大浍水。现在,我想去看看大上海的火车站,你能帮帮我吗?"

夏小荷需要阿宝帮她走出郑秀玉的视线,搭乘上火车,回到浍水镇。正好冯家宝的爸爸是上海站的扳道工,但这事不能让阿宝的爸爸知道。

"一定不能告诉你爸爸,但我必须混进火车站。你快想办法吧。"夏小荷知道,只有进到火车站,才能坐上回家的火车。她脑子里想着无数个主意,阿宝也开动脑筋,但开学一个月了,办法还没有想出来。终于,一个机会来了。

是一篇老师布置的语文作业——写话,给他们提供的支持。老师要求同学们写一句描绘父母工作的话。夏小荷觉得是天赐良机,这个良机的出现,还因为郑秀玉突然忙了起来,夏小荷上下学改由舅舅接送。夏小荷要冯家宝想办法带她去他爸爸工作的地方,看一看火车道,听一听火车进站的声音,甚至数数一天能有多少班火车进站,为他们写话提供帮助。

冯家宝的爸爸是个纯朴的扳道工人,在两个小家伙终于利用最后一堂劳动课旷课,躲开家长接送时间的一个小时里,坐上冯家宝爸爸的自行车,去了火车站。尽管冯家宝从小就随着爸爸摸过火车的铁轨,耳朵贴着铁轨听过火车从远方跑过来的声音,还坐火车去杭州玩过,但他的同学夏小荷还没尝试过,他要让爸爸满足同学的愿望。

冯家宝的爸爸,把夏小荷和冯家宝,领到站台旁边紧挨铁轨的扳道工人上班的小房子里,眼睛一眨不眨地看着两个小家伙用耳朵贴在铁轨上,听火车从远处传来的声音,看着威武的火车,进站后稳稳地蹲在铁轨上,稍息片刻,又狂吼一声,顺着铁轨跑向远方。夏小荷触摸着伸向远方的铁轨,内心充满无限神往,她幻想着乘上威武的火车,顺着这条铁轨,直奔浍水而去。但是,夏小荷并没有完成她心里设想的跳上火车回到浍水的愿望。因为,冯家宝的爸爸紧随着他们,在他们体验一番之后,就再用自行车把他们驮回了家里,并把夏小荷送到弄堂门口,交给了准备出门接她、一脸惊诧的舅舅。

夏小荷仍然成功地逃回了浍水。她并没有跟冯家宝讲,她利用上午第一节课后的下课时间,从学校围栏的一条小缝隙里,把自己成功地塞了出去。这条小缝隙她已经观察了许久。她的学校正好处在去火车站的必经之路上,而上次的火车站之行,她已经牢牢记住了那些商店和路牌,路与路的拐弯抹角。当她成功站在上海站的广场上,她长出一口气,并紧紧尾随在进站口一名妇女身后,当了几分钟人家的女儿,免票进到候车室。

夏小荷之所以能记住彭城这个地名,是因为从小就听汉文爷爷无数遍说过,连笔画她都铭记于心了。她看着发往彭城的火车车次,认定了彭城就是回到浍水的最佳站点。随着人流,她顺利登上了火车。一千多里的路程,她和许多无座的人,挤在车厢相连的过道里,安然地睡了一夜,天没亮时,她在彭城下了火车,并直接找到了车站民警。

背着小书包,只身从上海回到浍水的夏小荷,一时间成了浍水镇的传奇。夏长生搂着女儿泣不成声,之后,他从浍水镇邮电局,给郑秀玉拍了封"小荷安全回家"的电报。郑秀玉没有追回来强行接走夏小荷,夏小荷担心了许久的事,终究没有发生。

直到夏小荷升上初中,郑秀玉才写来了一封信。直接写给夏小荷的,希望她能去上海念中学,去香港也行,她都能办得到。夏小荷没有回信,也没把信拿给夏长生看,直接撕碎了。

坐在浍水河老码头边,回放着彭城那位年轻民警一脸惊讶望着八岁自己的神情,夏小荷不由得在嘴角推出一朵浅笑。时光啊,真是一个神奇的法宝,无论怎样变来变去,人离不开的,就是生养自己的地方啊。或许,从八岁那年的回归,就验证了这种宿命。

又一阵泡桐花的香气袭来,夏小荷隔水望着浍水河南岸被泡桐花笼罩着的村庄,听见身后响起咚咚咚的脚步声。不用回头,她也知道,他们是谁。

一起走走吧

其实,在夏小荷走出浍水阁时,陆文昌和稽成煊两人,一直在后面跟着她。看夏小荷在浍水河老码头边坐着不动了,他们也不动。就站浍水老街和沿河老街的拐角处,看着瓦旧墙颓的老街出神,不时瞟一眼夏小荷。

太阳光安静地洒在浍水老街上,就像温暖的手,在抚摸那些破残的老建筑,那老屋顶上倔强的瓦松草。往事在两人心里呼通有声地放映着,时光虽不能倒流,但心里面存放的故事可以随时回放。

给足了夏小荷一个人看浍水河沉思的时间,两人不约而同地走了过来。夏小荷听见脚步声,慢慢站起身。

"一起走走吧。"陆文昌和稽成煊不约而同向夏小荷发出邀请。

夏小荷回眸一笑,带头朝北走。不觉间,三个人并排着,顺着浍水老街一起溜达起来。

在古镇的春天里,三个人,一起走,多少年没有过了?各人都听到自己心里别别的跳荡声。夏小荷已经把端着的姿势全部放下了,她显出的做派,是两位发小曾经熟悉的样子。是拴宝的实话,把她解救了出来,让她挺直腰杆走路了,放下一切包袱了。她边走边唏嘘感叹,有意地东张西望,不时指着一些旧石板,唐突地说陆文昌:"这是你扒老街手下留情遗留的吧?这可是文物啊,看来,你这个一枝梅,并没把东西都指没了,你瞧,还有这根拴马石,可惜了,断了一半了……"

陆文昌任她说。在夏小荷面前,他不需要拿什么遮住脸面。任脸上红一阵白一阵吧。这张脸,不给夏小荷数落,就白长了。夏小荷这一字字一句句的数落,从一个层面讲,也是代稽成煊说的。稽成煊是爷们儿,不可能当着三个人的面,拿话来数落他。夏小荷就不一样了,夏小荷是女生,她可以代表稽成煊来数落他,把他脸上的皮说下来半层,说得他无地自容羞愧难当却还能撑着不倒地下。

走过一家屋顶长满瓦松草的老茶馆,夏小荷又是一番感叹:"这家江淮茶馆可是老字号啊,听说,当年江淮茶馆跟咱汉文爷爷家的浍水阁比肩而立在浍水老街上,那时候车水马龙那个热闹啊。天南地北的商人,累了渴了想家了,就喜欢泡茶馆喝棒棒茶聊天,聊着聊着心里就舒坦了。这家淮上人家茶馆是江西人开的吧?他们的后人都离开了这里,茶馆就剩下这片屋茬茬了,可惜,老墙快倒塌了。如果像汉文爷爷一样,守着老茶馆不离不弃,茶馆说不定也兴盛着呢。哎,这墙上的几块砖可是你撬掉的?对了,听说你要猛砸浍水阁,给浍水阁来个天翻地覆改朝换代,要不是铁脚朱太平抱着一根独轮小车的车把子,像门神一样站在老茶馆门口护着,浍水阁或许就灰飞烟灭了呢。铁脚也撂出了狠话,说只要见到你,就朝头耨你。他手里的小车把子,可不是一般的大木棒啊,是他手推车的车把子,上面还沾着淮海战役的炮药味呢。要不是沸满天的小车把护卫着,咱的浍水阁可能早就毁于一旦了。"

陆文昌仍然红脸一阵白脸一阵地任夏小荷数落。夏小荷开口骂人,比什么都好。她要是一声不吭,才叫人心慌。他陆文昌就算有天大的胆量,也不敢动扒掉浍水阁的念头。浍水阁是谁的?是全浍水镇居民的。这唯一遗存的完整的老茶馆,是汉文爷爷毕生护卫的,装满了全镇人,包括周边人对古镇的全部念想。谁要是敢打浍水阁的主意,就是跟全天下的人过不去。保住浍水阁,那是他的底线。当初跟那个该死的骗子袁成功口头上说得清清楚楚的,老茶馆浍水阁,碰都不能碰,必须立在老街上。浍水阁不仅是棒棒茶文化的魂魄所在,也是全镇人的魂魄所在。没想到,传来传去,居然把他这个一枝梅传得这么邪乎,用"猛砸"来说他,跟土匪有什么区别。但想想四年前自己带着袁成功扒老街时的样子,可不就像土匪吗?

反正没外人,就他们三个,夏小荷说话的腔调很夸张很尖酸。陆文昌知道,这是她在变着法子挖苦他。他不会跟夏小荷解释的,夏小荷也一定知道有些传说比较夸张走形,她就是要骂骂他。骂他一顿,那是轻的。被她耨头夯几棍子,他都愿意。只是,人家不一定愿意夯他了。

四年的风雨,各自的世界里,都不可避免地有着变化。这是自然规律。陆文昌最想知道的是,这四年中,夏小荷都做了些什么。传说是有的,浍水在上海打工的人不少,有许多女子都在夏小荷的工厂里做流水线工人,多多少少带回一些夏小荷的信息:夏小荷做得很成功,在郑氏集团的帮衬下,她的小荷服饰加工企业,比在浍水镇做得大多了。还有人见过她男友,一个标致的上海男人。夏小荷现在的个人生活是什么样子了?陆文昌内心波涛汹涌,恨不能立马具有特异功能,能清清朗朗看得到夏小荷的生活现状。

经过沸满天李富友家门口时,夏小荷有意放慢了脚步。沸满天家的大门楼,门脸上方的木板还是老材料,刻着镂空雕花,宽大的横梁,仍然显出当年的不怒自威;两扇大门也有年头了,曾经紫红的油漆,斑驳不堪,破旧一片。大门两边的墙上嵌了新砖,屋顶的老瓦片,也有一半被新瓦代替了。尽管沸满天竭力对老屋进行维护,但明眼人一看便知,这栋房子,如果不做进一步的修缮加固，就成危房了，再住人，就不安全了。

沸满天家隔壁，是淮上人家老茶馆。老茶馆已经破得不成样子，但原木结构的大门楼，还结结实实横担在老砖墙上。夏小荷指着老茶馆门楼的横梁说："四年前，沸满天就是把自己吊在这上面的。然后，他就中风了。"

三个人咯噔站下脚步，沉默了。

稽成煊一声不吭地走着，眼珠暖暖地跟着夏小荷。他很享受边走边听夏小荷骂陆文昌。就像小时候那样，三个人在一起，总要有一个人给夏小荷骂，给夏小荷使唤。他和陆文昌，巴不得争着当那个被使唤的角色。决定权当然属于夏小荷。当初离开浍水镇时，许多人以为他会跟夏小荷比翼双飞，连他自己都这样想过，如果真那样，他损失了苦心经营的企业，也不算亏。但没有。他们各走各的路了，只是偶尔打个电话，彼此问候一下。去南方出差的机会也有过，但他一次都没去上海见过夏小荷。没有了陆文昌，两人反而找不到在一起的理由了。

一定察觉到了稽成煊眼珠里的暖意，陆文昌心里酸了半天。世事变迁，世事也会流过他们三个的身心，给他们带来一些变化。只是，这变化，究竟变的是什么？比如，他跟夏小荷的感情能否重新启动？比如，稽成煊和夏小荷发展到哪一步了？

陆文昌又听见自己心里呼通响了一声。他把眼光抻得长长的，长得能够得到浍水老街最南头的浍水河了。浍水河畔的老码头，除了沉在水边的几块大石头，早已荡然无存。还有老辈人嘴里常念叨的城门楼荟贤阁，也早已灰飞烟灭，连片瓦砾都没留下。当年的城门楼荟贤阁，矗立在浍水大街和沿河老街交叉口，坐北朝南，两层楼高，上层雕梁画栋，阁前两座大青石雕刻的石狮子，非常威武，每只狮子嘴里都衔着一条大黄鳝。荟贤阁的修建是有缘由的。据民间传说，浍水河里有黄鳝精，常常闹大水，一场雨下来，浍水河就涨个不停，能淹大半个浍水古城。就有高人指点说，是浍水河里的黄鳝精在作怪，建议修座城门楼，再在城门楼上放两蹲石狮子，就能把黄鳝精给镇住了。果然，荟贤阁建成后，古城不再遭受水患，不管雨水有多大，哪怕连下三天三夜,浍水河的水位绝不会涨到堤坝上来。

在他们三个出生之前,镇守南城门的荟贤阁,已经在历次战争和风雨飘摇中坍塌了。有关荟贤阁的气派和传说,都是从老辈人那里听来的,有说城门楼建于明末,有说建于清代。其中向他们说道老城门最多的人,是武汉文爷爷。汉文爷爷描绘着荟贤阁的壮观和威武,讲述他小时候,从城门楼下穿行去学堂上学的情景。是日本人的飞机大炮,把城门楼轰成一片瓦砾的。

三个人绕着古镇的街巷走了一圈,约等于参观了几年前陆文昌一手打造的"作业"。除了浍水老街还有老街的样子外,东大街、西大街和北大街,已经被陆文昌的"作业"改头换面了。只有那些幸存于小巷里的半段老墙,还余留着老街的记忆。三个人从浍水老街走到北大街,再拐到东大街,顺着沿河老街西行,再次站到浍水河畔的老码头边。

一股熏人的臭气扑鼻而来。脚旁边就是明沟,流着污水,污水无声地流进浍水河中。

"你做的这个半拉子'作业',真是把浍水古镇的人害苦了。光知道建大楼,就没想到卫生问题,污水处理问题。现代化,仅仅是立起几座楼房,就能和城市接轨了?绿水青山就是金山银山,你当时咋没想到这一层呢?咱们的习总书记,早在二〇〇五年任浙江省委书记时,就提出来了这一科学论断,你这个当小官的,也到处参观学习过,这最重要的一条,咋没学习到呢?"

夏小荷突然住了嘴。这一路上,她絮絮叨叨,嘴里讲个不休,所有的话,都叫她一个人讲了;得罪人的事,也叫她一个人做了。她狠扫了陆文昌一眼,马上话题一转道:"我要重新修复荟贤阁,就在原址上。就是这里。"她用皮鞋尖在老城墙所在的旧址上踩着,"小的时候,汉文爷爷带我们来看过,这下面还埋着老城楼的墙根,都是好石料啊。估计应当还没有被人偷挖走吧?"最后这句话,又是冲着陆文昌说的。

"汉文爷爷没看错你。"陆文昌终于说话了。

"汉文爷爷火眼金睛,从来看不错人,除了你。"控制不住情绪,夏小荷又丢了一句话过去。陆文昌稳稳接住了。只要能修复城门楼,复原荟贤阁,夏小荷说什么,他都会照单全收。

前尘往事凝固在陆文昌的脸上,看着老大不小的夏小荷,还像个小女孩一样在老街上欢跳着指东道西,他心里愧得难受。当年,接到夏小荷让拴宝"速来"的短信息,跑过去看到了让他椎心的一幕,为什么就铁定了要信了呢?事后为什么不找她好好谈谈,以致彼此蒙冤到现在?或许,他那时候已经焦头烂额,截访失败被追责,多年奋斗成了空头支票,不但丢了副镇长职位,还被贬到东岗乡。被打回原点的各种沮丧,已经让他顾不得私情了。四年时光匆匆,四年不断自省,一切仍可以从头再来。事业可以,但情感呢?

"我听到沸满天的大鼓声了。咱们去茶馆吧。"稽成煊说。

陆文昌点点头:"是,今天还没喝过棒棒茶呢。正好我们边喝茶,边议事。"

"你不怕沸满天再唱你是一枝梅啊?"夏小荷说。

"唱就唱吧。说不定,今后再也听不到他这样唱了。"

正说着,陆文昌的手机不合时宜地响了起来。陆文昌划拉开华为手机接听,却不小心碰着了免提键,一个娇柔而急迫的女声传了过来:"文昌,今晚有空吗?你快来东岗一趟啊,明天就能定下了。四年啊,终于能尘埃落定了。"

陆文昌看了两个发小一眼,脸色不自然地红了,举止也有些扭捏。夏小荷很大度地一挥手说:"得,看天色不早了,你就赶紧去东岗吧。该办的事,必须办,不能拖。"

陆文昌没多做解释,只得说:"好,我去镇里安排一下。"样子很急迫地走了。

夏小荷和稽成煊,看着陆文昌急匆匆消失在浍水北大街拐角处的身影,一时无语。

一阵风吹过来,掀动了夏小荷长长的裙摆,她再一次嗅到浓烈的泡桐花香。这是在上海极难闻到的香味。

碎嘴的石头

哎呀呀,是不是又该轮到我老石头说话了?瞧着这并肩而行的三个人,我不说点什么,恐怕过不了您这一关。得,我就说说这三个人吧。

这三个人,可都是有故事的人呢。

从刚会走路到步入青春期,这形影不离的三个人,是浍水古镇一道固定的风景。从小到大生活在淮河北的浍水,夏小荷的性格,就是淮北女子典型的做派,举止言谈大大咧咧,敢说敢为,做事从不拖泥带水,为人坦荡磊落,爱恨分明;也有娇憨的一面,这娇憨,可能有郑秀玉的影子,毕竟她妈妈是上海人嘛。

得,我这个老石头,先跟您说说夏家。

一九九〇年前后吧,浍水古镇热闹了起来,街面上的店铺多了,阴历的二、四、七、九是古镇逢集的日子,大街两旁摆满了摊位,卖服装的、卖鞋袜的、卖布匹和小商品的,琳琅满目。街上的店铺更是五花八门,温州发廊、南京桂花鸭、河南烩面馆、兰州拉面馆、朝天门火锅店,全国各地有名的美味,都拥到浍水镇亮相啦。

这时候,夏长生就把老屋的山墙扒开了,装上玻璃推拉门,改成三间漂亮的服装店。他没有选择"老死不相往来",而是很友好地和郑秀玉保持着生意上的来往。郑秀玉到上海后,很快融入家族企业之中,在上海自家开的服装厂做销售。她也一直和大先生武汉文保持着联系,有什么事情,就在书来信往里和大先生隔空议一议。当从武汉文这里得知夏长生扒开了自家的老屋,开起了服装店,她就和武汉文在书信里"议事",再由武汉文出面请夏长生来茶馆"议事",让夏长生成为郑氏集团服装加工企业的经销商。开始的时候,夏长生是有情绪的。武汉文就把一滴墨水滴到夏长生的粗瓷茶碗里,棒棒茶褐色的汤水,立刻被墨水染黑了。然后,武汉文再把一滴墨水滴到一只大水桶里,桶里的水,看不到颜色有多大变化。"如果我把一滴墨水滴到咱的浍水河里,会是什么样子?"武汉文慈爱地看着夏长生,"浍水河的水,肯定不会有任何变化。这是因为,浍水河的肚量大,而茶碗的肚量小。长生啊,我不想你成为茶碗般小肚量的人,你的肚量甚至要比浍水河都大,大得像长江,像大海,像天空。只有大肚量的人,才能看得更远,路途更宽哪。"

您说,这样的一席话,叫谁不心服口服?夏生长开始接受郑秀玉从上海给他调货。那时候,浍水镇有直接开往上海、温州、杭州等南方发达城市的长途卧铺客车,开服装店的,做小商品生意的,都是坐一夜卧铺车去南方进货,白天把货进好,再坐卧铺车连夜返回。夏长生不需要坐卧铺车去上海,回回都是郑秀玉把服装直接放到长途汽车上,让车主捎回来。夏长生接了货,和郑秀玉上顶下地结账。那些服装,不但有郑氏企业的服装,还有其他生产厂家的服装。无形之中,郑秀玉成了代夏长生在上海进货的人。郑秀玉毕竟是上海商业世家出身,对商机敏感,她同时对浍水镇的风土人情也不陌生,知道哪些服装适合在浍水镇及周边销售。

夏家的服装店,以售卖女装为主,服装都是从上海直接进的,时尚,质地也好,周边村镇的人,都乐意到他这里买衣服。新进的货,只要在店里挂出来,总能招引赶浍水集的大姑娘小媳妇围着买。有人就说,别看夏长生是个男同志,对女装的研究很到位呢。

只有夏长生心里清楚,这些服装都带着郑秀玉的审美眼光,是郑秀玉研究得到位呢。

夏长生病逝的时候,夏小荷十七岁,正念高二。

夏长生把生意做得红火,也把肝病瞒得铁紧,等夏小荷知道时,已经时日不多。爸爸的病逝,让夏小荷一夜之间长大了。夏小荷不愿继续念书,决定女承父业。她指着家里的店铺,口气很大地对陆文昌和嵇成煊说:"看,我爸爸把这一切,都交给我了。我要管理好我的家族企业。念书的事,你俩帮我念吧。"

开了一段时间服装店后,夏小荷真的办起了服装加工企业——小荷制衣。从小作坊式的来料加工,到有模有样的流水线作业,不过两年时间,小荷制衣已经初具规模。夏小荷生意做得好,不仅仅靠上海郑氏集团的帮衬,更主要的,是她有志气,有思想。夏小荷有她自创的名言,她说,人和人可以有仇怨,但生意和生意不能结仇。很快,她的服装加工厂有百十号工人,产品辐射到周边城镇,是浍水镇乃至周边最大的服装加工企业了。夏小荷仍旧保留着爸爸留下来的服装门店,专门展示自家生产的服装。她把工厂办在老宅的后院,推倒了老房子,重新盖起一排气派的厂房,同时建一座小巧玲珑的二层小楼房给自己居住。小荷制衣,在周边的名声响起来了。

我再跟您说说稽家的事。

稽成煊的爷爷奶奶也是淮海战役支前夫妻车队的,解放后,两个老人活得硬朗,在生产队干活是把好手。没想到,稽家的日子却被一场车祸断送掉了。那时候稽成煊刚刚过罢三周岁生日,家里为给他过生,还摆了一桌酒席。其时,稽成煊的爷爷、奶奶和爸爸一起,在窑场干活。那天,三个人把砖搬到四轮车上,再跟车运到买砖的人家。天快黑了,运完这一车砖,就收工了。正好买主离浍水镇不远,一家三个人都坐在摞得满满腾腾红砖的四轮车上,等运完砖,四轮车回窑场,他们就直接回家了。没想到在一个四岔路口,碰到一个放羊的,正赶着一群羊,要过马路。四轮车鸣了一声笛,想赶紧超过去上省道,拐弯的时候,才看见大杨树后面的省道上,迎面驶来一辆大货车。四轮车马上打方向盘避让,大货车是让过了,一车的砖却哗啦一下扣翻在地,把车顶上坐着的三个人全砸没了。稽成煊从小没了爸爸,他妈就他一个儿子,稽妈妈怕儿子跟着后爹不好过,硬是不再找人,过起了寡妇熬儿的日子。

浍水镇上的原住民,分成两种身份,一种是有商品粮户口的居民,一种是种地的农民。稽成煊家就是有土地的农民。镇子北头,有他家三个人的四亩半土地。他家的住房也在镇子北头,是稽家的老宅子。家里没有成年劳力,稽妈妈一个人种地又太累,就把地租给稽成煊的二叔和大伯家种,自己落些粮食。然后,她把这些粮食转变成商品来卖,就是做壮馍卖。不但做壮馍,还做葱油花卷。镇上的汽车站,经停的长途客车刚刚停稳,稽成煊的妈妈就举着一只雪白的柳编篮子,篮子上盖着雪白的羊肚手巾,白手巾掀开一角,露出刚出锅的香气腾腾的葱油花卷。"花卷,花卷,香喷喷的葱油花卷!"稽妈妈嗓门清亮圆润,她举在车窗边的馍篮子,每过一辆车,就空出一半。上半天时间,她能卖掉三锅子花卷馍;下半天,她就在家门口卖壮馍了。壮馍是稽成煊家的家传手艺,稽成煊的爷爷把做壮馍的手艺传给了稽成煊的爸爸,稽爸爸要忙地里的活,还要去窑场挣点外快,就教会了稽成煊的妈妈做壮馍。锅盖样大小的壮馍,工艺复杂,和面不是用手,是用杠子压出来的,只有这样,做出来的壮馍才瓷实、筋道。壮馍是和锅一样大小的,做一只壮馍,要用一个小时;一口大锅,一次只能蒸一只壮馍,一天蒸两锅,人的体力就累到极限了。所以,要吃稽家的壮馍,得头天晚上打好招呼,否则,就没有你的份儿了。壮馍不需要叫卖,就放自家门口的玻璃柜里摆着,这家那家,到时候来拿,很快玻璃柜就空了。

这样跟您说吧,在浍水镇,稽成煊的妈妈应当是最早把自家的农产品转变为商品的农民,她的出发点很简单,一是要把稽家的壮馍手艺传承下去,一是要挣到足够的钱,让稽家的日子过得好些,让稽成煊,穿得齐齐整整的,不像是没爸的孩子。稽成煊高考落榜后,顺理成章地接过妈妈的生意,并且发扬光大到不仅是壮馍和花卷这样简单的小生意了,他把自家靠街的旧房扒掉,重新盖上四间门面房,安装上卷闸门,开起了经营粮油面粉生意的门店。在生意做得红火的时候,他又在自家后院搭座厂房,建起加工面粉的生产线,并注册成立了"大浍水粮油商贸有限公司"。

最后再说陆家。

陆、稽、夏三人的家庭情况,算陆文昌家境好些。陆文昌的爷爷识文断字,在淮海战役中,推着小车支过前,还在兵站当过会计;爸爸是中学老师,妈妈是城镇居民,属于商品粮户口。一家人都住在浍水街上,有个大院落,院子里有菜园,陆文昌的妈妈还养了一群鸡。陆文昌的爸爸教高中语文,妈妈在学校食堂当合同工,因为有两个人拿工资,家境相对不错。

人成长的过程,就是小树苗从发棵长枝到挂果的过程,您看我老石头这样比喻,可有几分道理?陆、稽、夏这形影不离的三人行关系,在陆文昌考上师范大学后,突然就发生改变了。最先意识到这个变化的,是陆文昌。捏着录取通知书,他没有像过去那样,立刻跑过去三人一同分享,而是跑到镇西边的老城墙边,站上城墙顶端,看着浍水河放声大哭。不是因为考上了大学喜极而泣,而是三人关系的改变,让他无法接受。他必须离开古镇,去彭城念大学。那么,在他离开后,夏小荷怎么办?他一星点儿一星点儿地看着她,陪着她,伴着她一同长大,她小学时扎着羊角辫的样子,中学时绑着马尾辫的样子,高中时飘扬着柔软长发的样子,像一场漫无边际的电影,轮流在他的脑海里放映。您说,陆文昌这是不是开窍了,就是你们人间常说的情窦初开了?情感开了窍,就被情困扰了,日子就苦巴了,您评评可是这个理?

在浍水镇上,三个人一起上学放学,回回都是稽成煊先从镇北头的家里跑到镇中间陆文昌的家里,叫上陆文昌,二人再一起去镇南头叫上夏小荷,三人才一起去学校。放学时,陆文昌和稽成煊一起,先把夏小荷送回家,然后再搭伴一起走,陆文昌先到家,稽成煊后到家。两人没哪一个独自去找夏小荷玩过,都是一起去找她玩,特别是进入青春期到如今,更不可能哪一个人单独找夏小荷去玩。

现如今,从未分离过的三个人,有一个人要去外地念书了。那么,夏小荷怎么办?

站在老城墙上的陆文昌,内心波涛汹涌了。他脑子里就像在翻看一本连环画。那个时候,她五岁,去浍水阁找大先生议事,她泪水滂沱地指着他们俩说:"我舍不得他们两个!"后来有许多次在浍水阁议事,比如,隔壁班的男生送好吃的给夏小荷,稽成煊和陆文昌要不要拿出拳头教训他一番;比如,夏小荷的妈妈弃夏小荷父女而不顾,独自回上海,陆文昌和稽成煊要不要把攒了一整年的零花钱拿出来,坐火车去上海找郑秀玉理论;比如,夏小荷可不可以先把高中念完再考虑就业的事……回回都是大先生武汉文清风拂面的几句话,就把他们心里的不顺不服给抚平了。大先生这样说:"小荷走在浍水的大街上,一路走一路被人孺好吃的,能一路吃个饱,是因为大家喜欢她;街坊邻居喜欢她,为什么同学就不能喜欢她?""郑秀玉本来就不属于浍水镇,是命运把她投放到这里几年,人家也遭了罪,给农田挑大粪,给猪喂食,又嫁给了咱浍水镇的人,生一个漂漂亮亮聪明伶俐的小伙伴跟你们一起玩,现在人家回归以往的生活状态,你们兴哪门子的师,问哪门子的罪呢?""小荷是女承父业,她的选择自有她的道理。能继续念书当然很好,不能念,认真做事情,同样也会有出路。现实生活也是一所大学,夏小荷在活生生的社会大学里,同样能历练自己嘛。"……

那么,现在,捏着大学录取通知书的陆文昌,要不要找到另两个人夏小荷、稽成煊,三个人一起去浍水阁找大先生武汉文议事?

真的去议事了。我跟您说啊,这回不是三个人去议事,是陆文昌一个人。在古城墙上站到天傍黑,他踏着一地吵耳朵的知了猴声,披着半身鲜黄的夕阳,走进了浍水阁。武汉文正在后院给菜地浇水,浇的是报恩泉的泉水。听见陆文昌喊爷爷,武汉文马上锁了后院角门走出来,伸出手说:"给我看看。"

陆文昌知道老人要看什么。他从口袋里掏出大学录取通知书,双手递了过去。

"哈哈,你成了我的校友啦,恭喜恭喜。"武汉文哈哈一笑道,"彭城师范大学,她的前身是彭城师范学校,有一百多年的历史啦。唉,我当年念书时,都是走路去,要两三天的时间,遇到过国民党,也遇到过日本人,真是险象环生哪。想到读书的时光,好像都是昨天才发生的事呢。"

不问陆文昌为什么眼睛通红,坐进茶厅里,泡上棒棒茶,武汉文这才进入正题:"一个人发愁哪?"

陆文昌抬起红肿的眼睛,好像下了很大的决心,才说:"我不去念书了。就在镇上摆个烟摊啥的,反正不去彭城念书。"

"傻孩子,我知道你想什么。"武汉文朝陆文昌闪闪眼,"小家伙,长大了,有心事了。"

陆文昌把头低下去,猛劲捧着粗瓷茶碗,紧闭着嘴巴,一言不发。

"你真要摆个烟摊,未必入人家的法眼呢。好小子,先把书读出来。你装满一肚子学问,还愁什么?你怕你这几年不在浍水待,人家有变化?那你可真想多了。你这三个孩子,各有各的性儿,各有各的样儿,有一条却是一样的,你三个,都是守诚守信守心的人。"

不点破,但说得已经很明朗了。陆文昌脸上直发烧。

但是守诚守信守心,夏小荷会守住谁的心呢?

"小荷这丫头,整天嘻嘻哈哈没心没肺,但女孩子比男孩子成熟早,她心里清清亮亮的,明白着呢。她呀,守诚守信守心就是守住她自个儿的真心嘛。"仿佛看得透陆文昌心里所想,武汉文说道,"你只管把书读好。未来的路那么长,该是你的,早早晚晚都是你的。"

大先生武汉文的这番话,让陆文昌的心里猛一下开朗了。正在此时,夏小荷迈着轻盈的脚步跨进来。一手拿着手机,一手提着半篮子好吃的。大哥大时代结束了,手机已经流行起来。我跟您讲啊,夏小荷可是浍水镇上第一个使用手机的女子。夏小荷的手机是紫罗兰颜色,摩托罗拉最新款翻盖手机。夏小荷把篮子放下,手机又响了,她接听时说起了上海话。从小被郑秀玉教着说上海话,她觉得好玩,就半生不熟地学点儿。这如今,经常要和上海人打交道,不知不觉,上海话已经讲得很顺溜了。听不懂她说的上海话,大家屏住呼吸,安静坐着,以致稽成煊进来时,也把脚步放得很轻。

夏小荷终于收起手机,抱歉一笑:"舅舅的电话,唉,真难为了他们,总不放心我。瞧,舅舅硬是给我买部手机,说是方便联系。我告诉他们,这里不晓得有多好,这是我的家乡哪。以后,保证他们也会喜欢上咱们的大浍水。"又展眉朝武汉文一笑道,"汉文爷爷,我爸爸病重时,跟我讲了许多事,其中有您把墨水滴在茶碗里和水桶里,讲给他的关于肚量的故事。所以,我跟舅舅还有表姐表哥们,都保持着友好联系呢。我也懂得了,为什么有人喜欢在咱们古镇前面加个'大'字,叫大浍水了,是咱浍水人的肚量大嘛。可是的,爷爷?"

武汉文点点头:"小荷,好孩子,你真长大了,撑事了。"

这三个人哪,事先没有商量,居然前后脚地来到浍水阁,您说这是不是就叫心有灵犀啊?稽成煊进来就说:"我正好去找文昌,阿姨说他接到录取通知书就跑出家门了。我想,他还能跑到哪里去?果然就在这里。"

稽成煊的手里,也抓着一只篮子,是他妈妈卖葱油花卷时提的那种篮子。这一回,篮子上没盖白手巾,而是放着一只食盒。

"瞧你俩这肩挑手提的,都带来了什么宝贝啊?"武汉文笑了。

"我叫店里的员工做了韭菜合子馍,她手巧,正好今天她值班住店里,就叫她多做点,这不就借花献佛孝敬汉文爷爷来了嘛。"夏小荷说着,看了稽成煊一眼,"倒是稽成煊有备而来呀。"

稽成煊说:"是,我从陆文昌家拐回家,让我妈做了几个菜提过来,一起给文昌贺贺呀。他考上大学啦。"

"好啊好啊,我们就以茶代酒,给陆文昌贺贺。"夏小荷开心道。

几个人坐下来,边吃边聊起了彭城师范大学。关于这所学校,武汉文之前没少给他们说。一九四三年武汉文考上了彭城师范,从浍水镇去彭城上学时,路上很不太平,总是提心吊胆的。"现如今的彭城,是苏北发达城市了,有山有水,风景好,交通也方便,离浍水不过百十公里,汽车轮子一转,眨眼就能到。"武汉文说起彭城,感慨不已。

夏小荷瞥了陆文昌一眼说:"瞧陆文昌激动得,眼圈都红了。"

陆文昌不敢看夏小荷,低着头只顾吃饭。稽成煊没达到高考录取分数线,尽管心里不好受,但已经从落榜的阴影里走了出来。他带着一脸的羡慕说:"陆文昌,你考上大学,是咱们三个人之中最骄傲的人了,你安心去读书,学一身本领回来,今后我生意上有啥事,还得靠你罩着呢。"

"你这几个娃娃,都是好娃娃。文昌今后念一肚子学问,会有大用场;小荷正野心勃勃要办厂,前途无量,当个大企业家也难说;成煊没考上大学也不气馁,不要情绪,能早一天撑起家庭负担,你妈妈也算没白操心哪。几个好孩子呀,你们长大了,各人会有各人的路,各人会有各人的精彩,但有一样是不变的,走到哪里,你们都是大浍水的孩子。大浍水会以你们为荣的呀。"

　　这一场老茶馆议事加庆贺宴席,让每个人心里都装满了喜乐和希望。陆文昌大学毕业后,果真回到浍水镇,成了他爸爸的同事,在浍水镇中学当了一名数学老师。不久,通过公务员招考,考进了浍水镇政府工作。从一般科员一直做到浍水镇综合办主任,然后又荣升为副镇长。他跟夏小荷的关系,也有了质的飞跃。

　　这质的飞跃,首先取决于陆文昌的直言表白和稽成煊的主动退让。我跟您说,别看我这个老石头不懂爱情,可是,你们人世间的情呀爱呀死呀活呀,我还是能领会得到的。我的第一个女主人,不就是为情而伤吗?陆文昌敢打敢斗的性格,决定了他在情感成熟的年纪,对心仪之人会直接发起进攻。夏小荷被两个发小呵护着成长成熟,她更尊重自己内心情感的真实感受。事事出头,敢作敢为,充满斗志和野心的陆文昌,让她觉得更加富有挑战性,陆文昌身上男子汉的果敢,也让她有一种崇拜感。这两个从小一起玩大的挚友,在她选择出其中一人当作终身伴侣时,夏小荷的情感天平偏向了陆文昌。

　　现在,我老石头要重点说说陆文昌了。

　　陆文昌这个人,从小到大,也算阳光灿烂积极进取之人。陆文昌从小就养成了早睡早起的习惯,大学时代也是如此。工作以后,没有特殊情况,他每早起来总要先跑五公里。跑完步,做的第一件事,就是给浍水阁拉泉水。浍水镇有四处老泉眼,分别散布在浍水河沿岸,相距镇上都在一公里左右。四眼老泉水的甘洌清甜,是古镇棒棒茶被大家喜欢的原因。有人说,茶叶好不好在其次,水好才是根本。也因此,古镇周边十里八村的老茶客,只要到浍水镇赶集,必先在浍水阁喝饱一顿泉水泡的棒棒茶,才算没白来。镇上几辈人吃水,不辞辛苦,都喜欢去老泉眼那里挑。到了一九九〇年前后,其中的三眼泉水相继干枯了,只余下一眼报恩泉,还汪汪地朝外喷着泉水。随着三只老泉眼的干涸,特别是后来镇里建了水厂,家家户户安装了自来水,镇上的居民,少有人家去挑泉水吃了,人们渐渐习惯了吃自来水。只有大先生武汉文,还在不间断地吃泉水,不但他吃的是泉水,泡茶的水,更是雷打不动地用泉水。自从一九八〇年他再次坐守在浍水阁老茶馆里,来浍水阁喝茶的老茶客,都养成了一个习惯,即,来喝茶的人,主动排好名次,每天傍黑大家喝过茶要回家前,会给浍水阁拉两桶泉水过来,留作第二天烧茶用。这样一来,浍水阁若干年烧茶的泉水,有一部分是茶客帮着拉的。茶客喝茶也是免费的,坐下来,随便喝,随便聊,喝到一定的份儿上,去街上吃两只烧饼,回到茶馆,继续坐下来喝茶,聊天,听大鼓书。沸满天雷打不动地在茶馆唱大鼓书,一部书听了多少回,都听不厌。沸满天唱大鼓,真腔真调真感情,他的嗓音和鼓槌、夹板,生生拽住了旧日子,让日子溜不走。浍水阁的棒棒茶,不需要大先生的退休工资去买,都是有人从全国各地寄过来的,过段时间就会有一只大包裹,寄到浍水阁,邮递员举着包裹送来时,大声喊道:"大先生,茶来啦,快点盖印戳签收啊。"关于谁寄过来的棒棒茶,也有几个版本的说法。有说是武家长辈当年救助过的朋友的后人寄来的,有说是武汉文在淮海战役救过的解放军军官托人寄来的,也有说是在浍水古镇经商开铺子又离开的商人寄来的,目的就是让棒棒茶和老茶馆成为大家的念想。对此,大先生武汉文只是笑笑,不做解释。但有一点是武汉文自己跟老茶客们说的:他守着老茶馆,是在等一个人;那个人不来,他不死,他要一直等着。

　　报恩泉长在浍水河的一片小岛上,说是岛,其实就是河床上的一堆沙丘。要取报恩泉的泉水喝,枯水季节还好些,能直接顺着河底走到泉眼旁边;到了汛期,水涨满了大半河,再去取泉水,得划着小船过去运。随着老茶客年岁渐长,划船取泉水的力气没有了,他们的后代都外出务工挣钱,新的茶客后继无人。这时候,陆文昌、稽成煊正好长成了小伙子,上高中时,两人利用早操前的时间,去浍水河里划船取水。大先生武汉文专门备了一辆人力三轮车用来运水,两只能装二百斤水的塑料大桶,一直就放在三轮车上。小船是跑船的船老大,顺着淮河一路东行时,有意拐到浍水河,拐到浍水古镇,带过来送给大先生的。船老大的先人,曾在浍水经过商,喝过报恩泉泡的棒棒茶。

陆文昌坚持给浍水阁老茶馆运泉水,这份非常辛苦的工作,直到他离开浍水去东岗,才算告一段落。陆文昌离开浍水前一年,浍水河上游修船闸,河水一下上涨了几公尺,眼见着要淹没掉报恩泉。那时候,陆文昌正在大张旗鼓地改造老菜市街,他当机立断,要自掏腰包,在报恩泉四周浇筑水泥台来保古泉水。夏小荷和稽成煊哪能让他一个人掏腰包,干脆,三个人 AA 制,共花十万块钱,不但给老泉眼浇筑了高高的水泥台,还安装了电机,让电泵直接把泉水抽上来。当报恩泉老泉眼的水泥台浇筑成功后,陆文昌和夏小荷的感情,尘埃落定。

夏小荷和陆文昌相爱,在浍水镇赢得一片叫好声,无论从学识还是样貌上,人人都觉得他们般配。西大街的一家婚纱店,刚开业时,赠送他们一组六张的免费婚纱照,让他们回报的是,允许婚纱店在店门口挂上他们的合照。两人跟着摄影师试拍了几个镜头,没穿婚纱,只是随意拍些平常的生活照,其中在浍山跟前拍的几张照片特别漂亮,浍山上的白石头,就像宝石一样闪闪发光,刻着岁月粗粝的痕迹,映衬着他们幸福而青春的脸庞。那应当是浍山完整地留在人世间最后的镜头了,在陆文昌被人叫作一枝梅的时候,浍山正被利斧和炸药一点点消灭着,以致从此再无完整山体。而夏小荷蓦然发现,这个被全镇人指点唾骂的男人,对政绩的喜欢,似乎超过了喜欢她。为此,她质问过陆文昌。陆文昌这样回答她:"我要成为你夏小荷一生的骄傲,我要你嫁给一个豪迈的男人,一个有理想有事业有野心并且为社会做出贡献的男人!"这掷地有声的话语,让夏小荷十分受用。她原谅了他劈山改河扒屋推墙,为了这个豪情万丈、野心勃勃、她爱也爱她的男人,她二话没说就和稽成煊一起,向银行做了联保资金贷款。她以她的方式成全了陆文昌,而稽成煊,同样也以自己的方式成全陆文昌。在浍水古镇出现强拆强扒导致居民集体上访时,当沸满天为了保护一家老茶馆而上吊自杀时,夏小荷的心里,呼通倒掉了一样东西,她和陆文昌平生最激烈的争吵,不可避免地发生了。

"你非要扒掉老街,才算向人民交一份满意的答卷吗?可是,人民已经不满意了,已经不答应了。我也是人民,我就不答应!我宁愿你是一名教师,哪怕普普通通一文不名!你把咱们三个心里最珍贵的东西拆掉了,推倒了,你把我对你的爱,也一丝丝一缕缕地抽走了,你让我太疼了,太痛了!对你来说,当官真的就那么重要吗?"

被骂的陆文昌在争吵中先是一言不发,后来气愤道:"真是女人家的,你懂什么?男人最大的资本,就是在仕途上有所作为。我要让浍水镇在我手里,来个翻天覆地的大变化。我要让她以崭新的面貌,屹立在世人面前!到那时,你才知我的良苦用心!"

这一番争吵,让夏小荷听见自己心碎的声音。啊,这也是你们人类喜欢说的话。请问您跟女人吵过架吗,跟心爱的女人?啊,扯远了。还是说夏小荷吧。这时候,夏小荷已经顾不得伤心了,因为贷款上出现了问题。那个与她和稽成煊合作共同向银行进行联保资金贷款的外商袁成功,突然玩起了躲猫猫,让她和稽成煊猝不及防。随着银行贷款还款期限的来临,夏小荷顾不得打理受伤的心,和稽成煊商量对策。稽成煊的流动资金,全部用在新引进的设备上了,哪怕抽出一万块钱,都是困难的;而她的服装加工企业,同样因为和苏州一家进出口公司签订服装加工协议,进行技改,刚刚进口一套五百万元的现代化流水线,在资金方面捉襟见肘。如果不是袁成功躲猫猫,使联保资金贷款出现问题,他们可以在还款期限到来之前,找县企业协会周转一笔过桥资金,先还了银行贷款本息,再设法以最快速度重新贷款,保证企业的资金链顺利运转。现在情况发生了改变,两人各自的五百万元贷款,加上连带责任要偿还的袁成功的那一千多万元的本金和利息,一下要周转两千万元还给银行,太困难了。而且三家联保企业出现一家贷款方跑路现象,信誉度打了折扣,还贷后,她和稽成煊的企业能否借出来下一笔的贷款,还是未知数。好不容易撑起来的企业,面临破产。怎么办?

夏小荷急得头发大把大把掉落,那边的陆文昌,要忙镇里居民上访的截访,忙着追找跑路的袁成功,几乎顾不到他们这两家企业出现的危机了。那天傍晚,夏小荷叫助理凤英炒了几个菜,买了两瓶白酒,把稽成煊叫过来,夏小荷带头喝起酒来。稽成煊没喝,他夺过夏小荷的酒瓶子,把酒藏了起来。尽管有些酒量,但心力交瘁的日子里,半斤酒下肚后,夏小荷就露出了醉态。她哭着问稽成煊:"我是不是错了,是不是错了?我肯定错了,我知道错了,你说,我是错了,真错了……"稽成煊默默陪着,眼睛潮湿。他怎好告诉她,他对她的一切了如指掌。凤英和拴宝两人正谈恋爱,凤英知道稽成煊喜欢夏小荷,没事就把夏小荷的事告诉给他,他通过得知她的事,来关心她的点点滴滴。仅仅如此。他对夏小荷的喜欢,深深藏入心底了,因为夏小荷已心有所属。他就把对夏小荷的喜欢,像老酒一样封存起来。

  看着凤英陪着醉酒的夏小荷去了后面的住处,稽成煊开着那辆车胎磨损严重的桑塔纳回到家里。妈妈正在家等他,冷好了开水给他喝。稽成煊不能告诉妈妈企业面临的窘境,坐着说了一会儿闲话,洗漱后刚要入睡,手机接到夏小荷的一条短信:速来!!那两个感叹号就像两枚炸弹,让他心下害怕。他立刻开车去了夏小荷家。

  后面的厂房一片安静,女工宿舍也一片安静。这是小镇夜晚十一点钟的时辰了。初冬的季节,夜里十一点钟,已经是很深的乡村夜晚了。稽成煊怕夏小荷有个三长两短,毕竟她是第一次遇到这么大的事,心里非常着急。在大门口,他看到夏小荷窗口里透出了灯光,证明她还没有入睡。夏小荷是个讲究的人,给他发短信,叫他速来,那肯定是穿得周周正正坐着等他说事,说不定,旁边凤英正在照顾着她喝水。稽成煊从门灯昏黄的大门进去,大步上到二楼,想都没想,就推开了夏小荷的门。然而,当他推开门时,发现夏小荷正躺在床上,用被子把自己盖得严严实实的。他有种不祥之感,正在此时,突然停电了,面前一片漆黑。稽成煊来不及多想,立刻冲到夏小荷床前,上前就摇晃她:"小荷,小荷,你怎么啦?你快醒醒!"

  摸黑触到了夏小荷的身体,他觉出了夏小荷身体的软弱,仿佛不准备醒来似的。难道她……他浑身一激灵,掀开被子,一把抱起夏小荷,用手拍着她,嘴里呼喊着:"小荷,小荷!"正在此时,突然来电了,电灯大放光明,刺得稽成煊眯着眼睛半天不能适应。稽成煊发现,自己正坐在夏小荷的床头,侧身把夏小荷揽在怀里。刺目的电灯光下,怒气冲天的陆文昌,怔怔站着。陆文昌也不相信眼前的一幕,一时竟无语。醉态中的夏小荷,似乎怕电灯光,脸侧向里面。陆文昌猛地一指他们:"好啊,好,很好!你们,很好!告诉我,是什么时候的事,什么时候的事?!"哗啦一声,把桌上的花瓶扫到地上,摔得稀碎。几个睡眼惺忪的女工,在凤英的带领下,突然冲进来,就好像要和陆文昌打架。一时间,小荷制衣厂里沸腾起来。

陆文昌夺路而逃,像股风一样,卷出门去,无影无踪。稽成煊发现,他一直抱着夏小荷没放下。他强行让自己平静下来,仍不忘去看夏小荷到底怎么啦,要不要去医院。这时候,凤英倒了一杯水端过来,上前帮着照顾夏小荷,并跟稽成煊解释说:"夏总没事,就是多喝了几杯。"

喝了水的夏小荷,清醒了一些,她看了看稽成煊,又看了看凤英,然后一笑道:"不好意思,真的喝多了。"一下看到地上的花瓶,还有围着的女工们,她问:"怎么啦?"

"陆镇长过来了,他摔的。"凤英说着,朝女工们一使眼色,大家见状,纷纷走出去。夏小荷叹息道:"凤英,你帮着泡点棒棒茶,我跟成煊喝棒棒茶,我要醒醒酒,我们得议事。大先生这会子早睡下了,我们就去不成茶馆了,就在这里议吧。"

夏小荷没想到,陆文昌居然拉黑了她的手机号,连解释的机会都没有给她。直到大先生武汉文打电话让她过去,她才知道,陆文昌看到了她和稽成煊抱在床上的那一幕。"老茶客们都跟我说了。陆文昌看到了他不想看到的。为什么?"武汉文目光深远地看着前方,"但我知道,陆文昌看到的肯定不对。是不是,小荷?就算亲眼看到,也未必是真的,可是?"

"爷爷,现在满大街都在说吗?"夏小荷心痛地问。

"这个不重要,你只管坚守着自个儿的真心。"武汉文岔开话题道,"厂子怎么样?"

"我本来还有些犹豫,现在决定先关掉厂子。"夏小荷决绝道,"汉文爷爷,您说,还有什么比不被信任更让人痛心的?"

和稽成煊共同承担,还掉了银行两千万元联保资金贷款,夏小荷的资金链断了,而她面临的不仅仅是资金链断掉的问题,她被人"捉奸在床"的传言,也使她走在古镇的街道上,无法再挺直腰背。幸好她还有个去处,上海。要证明自己,首先得委屈自己。谁说宁为玉碎不为瓦全就是上策?宁为瓦全不为玉碎同样可取。因为瓦可以证明玉的坚贞。雇了载重汽车,拉走刚刚购进的设备,在上海的郊区,她的小荷制衣厂重新落地生根。凤英已经谈婚论嫁,她留在浍水,负责厂子的生产,旧设备仍然可以接单。这是夏小荷有别于他人之处。她说,家里的厂子绝不能丢掉,有一天,她还会回来。小荷制衣的女工们,分作两批,一批有家有口的,就留在镇上的原厂里继续工作;年轻没负担的,就随她去上海。

　　稽成煊比夏小荷要惨多了。厂房和设备,全部抵押给银行还贷了。他唯一拥有的,就是那些散落在全国各地的客户。在这些客户中,山东德市盛大面业集团的总裁盛红光,立刻让他上岗,接手分厂厂长一职,并给了他"资源股"股份——稽成煊的客户,无缝对接成为盛大面业集团的客户。

　　现在,我得跟您说道说道稽成煊和盛红光的故事了。说起他和盛红光交往的根由,就是两个字:守信。那一批麦子,五十吨,按极品等级发给了盛大面业集团。很快,稽成煊发现发错了。是仓库调度出了差错,把三号粮仓的二等麦子,当作极品发走了。他立刻开着车,连夜赶到德市。天微明,他把车停在盛大集团门前,开着车窗,在车里补觉。等上班的吵嚷声惊醒了他,他立即赶到盛红光的办公室。那批麦子,正在流水线上即将变作极品麦粉,他及时赶到喊停,才让盛大面业集团挽回以次充好带来的后果。

　　"其实一个电话也能说得清楚,但我还是来了。就是想当面道个歉,对不起。都是我工作的疏忽,差点酿成大错。"稽成煊一再道歉,倒叫盛红光不好意思了。两人的交情,就是两家企业的交情。盛大面业集团成了大浍水粮油商贸有限公司的铁杆客户。当稽成煊关停企业并告知盛红光原因时,盛红光立即招来了这个人才。给稽成煊的股份由开初的百分之十,不久提升到百分之二十。一时间,浍水河湾子河沿岸及周边地区平原上的滚滚麦浪,成为盛大面业最得力的供粮基地。而稽成煊,已经是盛大面业集团的副总经理了。

现如今,稽、夏这两位企业家,让陆文昌借着武汉文的电话,再次召回到浍水镇,您说,能没有难度吗?两位企业家,面对同一个让他们吃过亏的人,面对自己爱着的家乡,要做个怎样的选择?

我这块老石头,尽管活了几千岁,却是读不懂这些的。

但夏小荷在老茶馆浍水阁议事时说出的"孵化"二字,把我这块老石头的兴趣都提起来了。夏小荷要把小荷服饰有限公司,以孵化的形式,挪到浍水。所不同的是,上海郊区的厂子,成了分公司,而公司总部,挪到了浍水。"总公司挪回浍水,代表了我的决心和彻底回归的信心。这是必需的!"夏小荷茶馆议事的最后一句话,等于给所有人鼓舞士气了。

稽成煊的难度要大一些。他占着人家的股份,现在要从人家身上刮下一块大肉,不容易。稽成煊去了德市,请来盛红光在浍水工业园区实地考察,又在浍水阁泡茶馆喝棒棒茶听大鼓书,还去铭园祭拜英烈,听淮海战役的故事。盛红光一拍桌子,当场签下这样的合约:在浍水工业园区,重建大浍水粮油商贸有限公司,他以设备作为入股方式,占股份百分之三十,并把稽成煊在盛大面业集团的股份,全部抽出来,作为前期启动资金;稽成煊退出盛大面业集团副总经理一职,担任大浍水粮油商贸有限公司总裁和法人。"诚信经商,做大做强,共谋发展!"盛红光临离开浍水镇时,拍着稽成煊的肩膀,意味深长地说,"这片红色土地上的故事让我感动,你老弟的为人和能力让我放心。浍水河湾子河两岸是大粮仓,粮油企业建在这里,更有利于发展。老弟啊,你交了昂贵的学费,从此一定会有新的飞跃。让我们共同期待!"

听我这碎嘴的老石头说道这些,您是不是也跟我有一样的心情?那就是,共同期待!

第五章　出手

正二三月桃花红，
四五六月火焰生，
七八九月寒霜降，
十冬腊月水成冰。
几句话唱完了一年景，
唱一段老汉进花厅。
老汉才把花厅来进，
手压着花枝落泪痕。
手压花枝他的心暗想，
人与花草一般通。
十岁观花花刚出土，
二十岁观花花正青，
三十岁观花花开放，
四十岁观花花正红……

——淮北大鼓

大先生和铭园

我这个老石又要跳出来说话了，因为，我明显感到您着急了，要对我发问了。武汉文为什么要几十年如一日地守着这个老茶馆？镇上的人咋都叫他大先生,还那么尊重他？您要朝我发问,那您就问对人了,不,是问对解答的对象了。现在,我这块老石头,必得叽叽喳喳吵您一番了。谁让我是几千岁的老石头呢？

咱先别着急说陆文昌走马上任浍水镇政府代镇长后,先烧几把火热身的事,也不着急说夏小荷、稽成煊的公司筹备得怎么样了,也不急着说沸满天的大鼓书可唱出新词来了,我得说说武汉文了。再不说他的故事,我心里都憋得难受了。

到今年满打满算,武汉文八十八周岁了,在普通人的眼里,他是高龄老人了。可在我这个老石头眼里,"高龄"这样的字眼,我还没有在人间碰到过。哎呀,瞧我这德行,又忍不住显摆年龄了。

当然,在铁脚朱太平的心里不是这样的。这是我和铁脚的私人关系,先撂下不说。

说道武汉文,绕不开浍水这座古镇。不朝更远的地方说,就说武汉文出生的那一年,一九二六年,也就是民国十五年,中国发生了许多事,或忧或喜,但在浍水河北岸的浍水镇武家,他们欣喜的是新添了一位少爷。

在浍水老街,武家的这座老字号茶馆浍水阁,是武家祖上传下来的。武家世代经商,不但经商,还置办土地,浍水古城的周边,有不少土地是武家的;镇子西边的老圩子村,离镇二里路,村里三分之二的青砖瓦房,都是武家的房产。一九三〇年左右,浍水老街的茶叶铺、药铺和布庄,也数武家的红火。武家在上海和杭州还有商号,由武家的另外两个兄弟掌管。武汉文的父亲弟兄三个:老二和老三,一个在杭州经营布庄,一个在上海经销茶叶和药材;武汉文的父亲是老大,在浍水守着祖上的产业,经商、种地、植桑、养蚕、开茶馆。现今的老茶馆浍水阁,是武家于清朝道光年间,在老字号茶馆的旧址上,翻盖的茶楼,距今差不多有两百年历史了。老茶馆历经数场战乱洗礼,居然躲过了炮火和枪林弹雨,仍以傲世之势,独立在岁月之中,虽然茶馆墙瓦显出了衰败,伤痕累累,却仍结结实实地存活了下来。新中国成立初期,浍水阁做了一段时间茶馆,不久就变成了公社的铁木业社,后来又做了粮站的仓库。"文革"结束后,武汉文二叔的儿子从美国回来探亲,让留守镇上的武汉文跟着他去美国享福,武汉文坚决不去,他就待在浍水镇。堂弟问他有什么心愿,他说,他这一生,没大的愿望,只想守着自家的茶馆,坐在自家茶馆里,听淮北大鼓书,跟茶客们聊天,喝大碗棒棒茶,胜似活神仙。他同时还要坐在老茶馆里,等待一个人。堂弟问他等谁。武汉文笑笑,说,等要等的那个人。武汉文的堂弟找到相关部门,终于把祖上的产业浍水阁老茶馆,移交到武汉文手里。堂弟又拿出一笔资金,请人把茶馆修缮了,在保持原有风貌的基础上,把茶馆的前厅、后厅墙壁加固,又给屋顶残缺的老瓦加齐整了。茶馆后面武家的老宅,本是三进三出的一大片宅院,早已不复存在,大部分地方盖起了新的建筑,余留的三分空地,算是对老宅的最后念想,就重新拉一圈围墙,做了菜园子,除了种菜,还栽花草。武汉文就住在茶馆的后厅,前厅供茶客们喝茶聊天。老茶馆浍水阁就活起来了。

当年,武汉文的父亲之所以不愿意到外地发展,除了恋家,守着祖业,在浍水镇过富足自由的乡绅日子,还因为浍水古镇的繁华和热闹,一点不亚于别处。浍水镇曾是繁盛的商贸之地,周边不但有两座大煤矿,还有便利的通江达海的水上交通。浍水古镇的悠久历史,往前可追溯到四千多年前的新石器时代。遗存的历史古迹如望月台、观星台、曹操运粮沟、明清老街、城隍庙等等,无不彰显着老镇的悠远风骨。浍水自古为兵家必争之地,也是商贸往来的重要码头,曾经南来北往的客商,会聚于此,寻求商机,经营店铺。商人们驾着机帆船,顺着长江而行,再入淮河北转,沿着浍水河,一路畅行到浍水古镇。徽商、晋商、闽商在此开设的店铺,比比皆是,老街上遗存的晋商会馆、闽商会馆,虽摇摇欲坠,但那些老门头老匾额,却透出当年的威风。浍水河曾有好几个码头,此地的粮油、棉花、煤炭,通过水路运往别处,别处的木材、茶叶、布匹、药品,贩运到浍水后,再转陆路贩到黄淮海平原的大市场。棒棒茶是浍水古镇的一大特色。处于淮河之北的浍水古镇是不产茶叶的。别说浍水镇,就是周围百余里地,也没有种茶的茶园。棒棒茶来自皖西南的六安,是当地制茶人扔掉的茶叶梗,没想到被经商的客船无意间运到浍水,用浍水的泉水一泡,居然奇香无比。棒棒茶便成了浍水镇老茶馆的宝贝。坐在老茶馆里,喝上粗瓷大碗里冲泡的棒棒茶,便觉神清气爽,周身舒泰。也因此,浍水镇及周边的居民,养成了喝棒棒茶的习惯。人们到镇上赶集时,除了采买物品,便是到茶馆喝棒棒茶,也顺便把聊天、议事和会客,选在茶馆里进行。久而久之,浍水镇的浍水老街便成了茶馆一条街,几十家茶馆在街两边一字排开,往来的生意人、本地居民、附近赶集上店的村民和煤矿工人,无论贫贱富贵,人人都有机会泡茶馆。大家朝茶馆里一坐,就成了平等的茶客。一壶棒棒茶,可以喝一整天。茶钱也不贵,茶客们各随各的心意。放钱的罐子就在茶厅的桌子上,有钱的就多扔几枚铜子,钱少的就扔一枚铜子,没钱的喝了就走,茶馆主人也不多说什么。茶馆里有唱大鼓书的艺人,鼓槌一敲,铜板一打,世事春秋便开场了。叹滚滚浍河东逝水,千里平原麦花香,听别人的故事,喝自家的茶水,艺人的说唱,给喝茶的人,助兴添彩。茶客们边喝茶,边听戏,肚子饿了,就去街上买几只浍水烧饼,或切块壮馍,再喝一碗辣糊汤,真是快意无穷。

我这块老石头啊,要说谁能跟我比年岁大小,浍水古镇有的一拼。说起来,我跟浍水也是前世有缘,我的第一位男主人,哪里都不扔,偏偏把我扔在了浍山边。趴在浍山脚下的老石头堆里,我听了多少年古城的泣啼哀叹啊。浍水在春秋战国时期,是做过都城的。不信您瞧瞧,这东、西两段老城墙遗址,就是佐证。因此,到现在,人们还习惯性地把城墙之外的地方,称为城外。

不朝远里说了,咱专门说道大先生。按照先前人们习惯的称谓,在说武汉文的故事时,还是把浍水称作城吧。大先生武汉文的父亲,在浍水城里有两座宅院:一座就是浍水阁茶馆后面的宅院,比较宽敞,前店后宅式建筑,三进三出,是自家住的;一座在北大街的后面,是个小院落,供伙计们居住。现在,北大街的旧宅院,是我和我的主人铁脚一起住着,前面我已跟您说了。

再说武家。大部分时间,武家人住在城内的大宅院里,有时也会在城外的老圩子村住上一段时间。老圩子村一排排的青砖大瓦房,都是武家所盖,平常由长工和佃农居住,武家人自住的宅院在村子正中,比浍水镇上的宅院还要阔绰气派。武汉文随同家人在城里城外轮换着居住,城乡之间相距也不远,自由往来,熟门熟路。武汉文五岁跟着老师学识字,后来又在浍水中学念初中,到了一九四三年,考取了彭城师范,成了一名进城读书的洋学生。

学校放寒暑假时,武汉文来回浍水的路上不太安全,先要经过日本人占领的彭城周边地区,然后路过国民党的占领区,到了浍水镇,等于又进入日本人的占领区。一路险象环生。路上他常和跑反的老百姓相遇,只要听到飞机从天上嗡嗡飞过,就跟着老百姓一起朝庄稼地里钻。

浍水古城被日本人占领后,武家已经不在城里居住了,全家住到城外的老圩子村,不敢轻易回浍水。大街上常常有日本兵扛着枪巡逻,中国人吓得直朝街边躲。镇上的女子差不多都躲到乡下亲戚家了,没机会躲走的,也绝对不敢走出深宅大院半步。有个乡下女子,陪同母亲到浍水城里看望生病的姥姥,遇到了日本兵,女子当场就被抓进了炮楼里。三天三夜,女子被放出来后,直接走到浍水河边跳河自尽了。留在浍水城里的只有生意人,因为不放心那些店铺,只得看守着。武家的店铺交由伙计打理,兵荒马乱的,也顾不得赚不赚钱了,保命才是最当紧的。

武汉文毕竟是在敌占区上学,尽管对日本人又恨又怕,但胆量比一般老百姓要大些。学校放假时,他先是回到老圩子村的家里和父母团聚,待上几天后,又到浍水城的家里住些日子,顺便代父母看一看自家的铺子。

等他开学再回彭城时,父母叫他放假不要回家了,路上太危险了。这样,放暑假时,武汉文就住到彭城最要好的两名同学家里。这两名同学,一男一女,是亲兄妹,彭城本地人,居住地离彭城二十里。同学家也是当地的大财主,比武家还要富裕。三个年轻人在一起读书、玩耍,非常自在快乐。男同学是班长,女同学是宣传委员,武汉文是学习委员,三个成绩好的班干部,有说不完的话题。两位同学不时向他灌输进步爱国的道理,听得他如醍醍灌顶,茅塞顿开。他觉得他们不是一般的人物,心里更加喜欢听他们说话了。十七岁的武汉文情窦初开,他发现自己不但喜欢听这两兄妹说话,还深深喜欢上了女同学。他非常幸福,又非常忐忑。因为,家里自幼已给他定过娃娃亲了。

他要解决他的忐忑。

在一九四四年的寒假,武汉文终于历尽艰险回到家里,向父母坦陈他喜欢上了一个女同学,他要求退婚。父亲当场没说什么,就一个劲儿地吧唧吧唧抽长管旱烟,那个绣花布烟袋晃晃悠悠的,父亲的脸上还带着一丝笑意。武汉文以为有文化见过世面的父亲,在思考如何解决他提出的问题呢。他心里惶恐着,再一次忐忑不安起来。

第三天,一顶花轿就把杨大寨的大地主杨旺财家的三小姐抬过来了。武家和杨家世代交好,双方儿女满三岁时便定下了这门娃娃亲。武家的诚信在当地是有名的,怎可能会悔婚?一不做,二不休,直接把媳妇娶进家门,打消了武汉文的胡思乱想。兵荒马乱之际,杨家早有嫁女之心,但顾及武汉文还在城里念书,便不好提起。没想到武家突然提出要成婚,杨家马上答应下来。嫁妆是早早备好了的,一起随着新娘子抬到武家。武汉文的婚姻大事就这样完成了。

武汉文是孝子,见事已至此,只得听凭安排。但洞房花烛夜,他枯坐到天亮,看也不看新娘子一眼。成婚三天,他一直在书房安歇,秉烛夜读,连卧室门都不进。三天回门,拜见过岳丈大人后,武汉文便离开家乡,提前去了彭城。他没直接去学校,而是去了同学的家里。

见到女同学,武汉文再不顾羞耻了,把发生的一切和盘托出,并表达了对女同学的爱慕之情。女同学半晌无语,最后说:"我们不是一路的人。"武汉文说:"那可不一定。我会用实际行动告诉你,我和你是一路的人!你和你哥哥,都是共产党,我已经感觉出来了。"

女同学定睛看着他,不多做解释。我跟您说呀,这黄氏兄妹早已加入了党组织,哥哥还是党小组的领导呢。兄妹俩也看出武汉文厚道、坚贞,不是一般的人,早已把武汉文当作进步青年来培养,想考察一段时间,再进一步发展他加入党组织。这下好了,说破了,那就实话实说吧。男同学黄秀波从夹壁墙里拿出一本《共产党宣言》,递给武汉文,说:"你好好读读,读后跟我说说心得体会。"

一口气读完了《共产党宣言》,武汉文豁然开朗。夜晚,他主动找兄妹俩畅谈读书体会:"一个青年,如果没有信仰,就没有追求,没有廉耻,哪怕拥有一切,也会觉得内心空虚;一个国家,如果没有信仰,就没有正义和尊严,就没有公平,就会乱象丛生。共产党人的神圣使命,就是让社会公平,人民幸福自由……"

黄秀波、黄秀芳兄妹俩的两双手,和武汉文的手紧紧握在一起。武汉文觉得自己过关了,恨不能马上入党,好为共产党做事。黄秀波同学说,他自己做不了主,得跟上级汇报了才行。

这之后,武汉文毫无悬念地成了中共预备党员。证明人就是黄秀波和黄秀芳两兄妹。入党宣誓仪式就在黄家举行。没有党旗,黄秀芳就从柜子里找来一块红绸布,在红绸布上放上一把镰刀和一把锤子。武汉文庄严地举起右手,跟着黄秀波念起了入党誓词……

不久,彭城战事升级,学校暂停上课,位于彭城的地下党组织搬到北部山区。黄秀波要武汉文先回到敌占区的浍水,说不定,党在关键时刻,有用得着他的地方。临别时,两位同学叮嘱他一定不能暴露身份,能待在浍水城里就尽量多待在浍水城里,以便于联系。这正合武汉文的心意,他实在不愿意回到老圩子村,和那个娃娃亲的女人住在一起。他对她的样子都认不清呢,怎么跟她过日子?他已经有了心仪之人,心里再也装不下别人了。而且,关键时刻,他要有所表现,才不枉党组织信任。

武汉文直接回到浍水城里,根本没去老圩子村,就在浍水城浍水阁后面的老宅里住了下来。他时不时地去街上观望,去自家的几个铺子转转。店里的伙计见少东家亲自巡视店铺,不敢怠慢,跑前跑后地侍候着。城里城外两边的伙计都有走动,住在老圩子村的父母很快知道儿子回来了,一边担心着他,一边为儿子能知道持家操心感到欣慰。

现在,我得跟您说道说道武汉文做的另一件事了。正是这件事,彻底改变了武汉文的人生轨迹。我这样说,可是一点也不夸张。

这一天,天空响起一阵飞机的轰鸣声,紧接着,一个伙计风风火火地跑过来,送给武汉文一条活鱼。这个伙计在沿河老街紧挨浍水河边的武家酒坊里当差,一个打鱼人坐着小船,从武家酒坊买了十升白酒,同时交上一条活鲤鱼,要伙计火速把鱼送给武家少掌柜,是少掌柜要的新鲜鱼,误不得。

武汉文心里一动,急忙打发了伙计,回到屋里,对着窗子左看右观着鲤鱼,很快从鱼嘴里找出一个卷起来的纸片,上书五个字:"芳浍城被抓。"

武汉文一下呆了。芳就是中共党员、女同学黄秀芳。她来浍水城了?是来到浍水被抓了,还是被抓到后押进浍水城了?武汉文在房间里走来走去,一时不知如何营救秀芳。她是共产党员,在日本占领的浍水城,肯定是被日本人抓了。如何打听到她的下落,怎样营救她,一下把武汉文难住了。

他突然想到住在城里老宅的管家庆福,外号叫"路路通",对武家忠心耿耿,与社会各界多有来往,黑白两道通吃,身上有些江湖气。庆福有个表弟,也是混江湖的,名声在外。不妨找管家问一问。

武汉文让人从下院叫来庆福,两人坐在老宅的客厅里,一起喝着棒棒茶,谈世事。家里的伙计在院子里忙着卸马车,马车上装着拉回来的泉水。尽管世事不太平,但少掌柜回到老宅居住,按武家的习惯,吃喝用的泉水可不能少了。

武汉文和管家庆福说了一会子话,叹息世事无奈多变,铺子里的生意一落千丈,街上的老字号店铺,已经关闭几家了。说过这些之后,武汉文说:"我一个同学的妹妹,出门串亲戚时遭人绑架了,但一直没有消息说被谁绑架了,很着急,想请你表弟过来问问。"

庆福不敢怠慢,马上找来表弟跟武汉文见面。表弟听说此事,立刻骑上武家的大马,跑了一整天,天黑透了,终于打听出来了。敢情是一帮小偷小摸,趁着乱世,吃了贼胆,从跑反的百姓里偷抢了几个妇女,正准备从浍水河南码头装船,运到淮河南的城市里,换些银两呢。

"这几天浍水的地界上,就发生了这一桩大事。但不知这些被抢的大姑娘小媳妇里面,可有少掌柜同学的妹妹。"表弟一脸忧戚道。

武汉文听罢,在厅堂里踱着步,咯噔一下站住脚说:"你刚才说这些女子要被卖到淮河南的城市里?带我去看看,如果成色好的话,武家也可以买下几个。"

表弟吃惊地看着武少掌柜。他一时摸不清这个读书人、阔少爷想干什么。明明要找同学的妹妹,却转而变成买人。武汉文做出一副纨绔子弟的样子说:"我家里那个小脚片子,娇生惯养的,不适合照顾我。我买个人过来,肯定会对我俯首帖耳。"

表弟马上讨好说:"那是,那是。以后少掌柜不喜欢了,我再给你卖掉,银子钱上可不能吃了亏。"

武汉文随了庆福和表弟,一起去南码头。表弟路上反复交代要小心,不能让浍水城里的汉奸知道了。一旦汉奸听到了风声,会把卖人的人和被卖的妇女全部抓起来送给日本人邀功,就说是抓到了共党的可疑分子。武汉文听后心里猛一跳,不由得加快了脚步。

战事让南码头的生意萧条了,南码头那里只有几星微弱的灯光在晃动。表弟学了三声布谷叫,一只静静泊着的大船,放下一块长木板,从船舱里走出来一个人影。庆福带头上前,三个人便上到船上。

四五个男人在船舱里虎视眈眈地坐着,表弟称其中的一位顺哥,他向顺哥抱抱拳说:"我朋友想买你的货。"

顺哥不耐烦地说:"谁跟你说我有货?我等货呢。"

武汉文立刻上前一步说:"你运到外地什么价,我给你什么价。"

顺哥上下打量着武汉文,见是一文弱书生,便哼了一声。表弟马上说:"顺哥,卖给我个面子。江湖规矩我懂,我们买了货就走,就当啥事也没发生。"

顺哥捏着胡子思忖了半晌,终于说:"那好。不过,按老规矩,只能摸,不能看。"

"行,就照你说的办。"武汉文马上应诺。

揭开船板,见船舱底层放着横七竖八会蠕动的面口袋,少说也有十几条。顺哥先跳下去,管家庆福也要朝下跳,武汉文拦住说:"我自己来。"

面口袋是从头朝下罩着把人装进去的,袋子口在脚那儿被紧紧扎着。顺哥解开一只口袋,让武汉文伸手进去摸。您该问了,这是个啥规矩?我这块老石头,可要多跟您啰唆几句了。关于裹脚的历史,您肯定有所了解。你们人世间,不但会作摆日子,也会作摆人,特别是女人。怎么就喜欢女人的小脚呢?还取了个好听的名字,叫三寸金莲。听说是南唐后主李煜兴的风儿,叫女人把脚裹成三寸大小,站在金色莲花台上跳舞。这对后世影响太大了,把对女人的审美,居然停留在女人的脚上。脚越小,女人越美,越值钱,其他的忽略不计。大脚女人会被人耻笑的,也不值钱。既然是把审美放在脚上,买方只能用手去摸脚的大小,不能让脚露出来给人看,更不能去看"货物"的脸。等买家确定要买了,卖家才伸手亲自去摸脚的大小,进行一番讨价还价。价格谈好后,买家扛着面口袋走人。

武汉文连着摸了五只面口袋里的五双小脚后,心里越发紧张,他生怕自己的猜测不对。当第八双女人的脚被他摸在手里时,他心里扑腾得厉害,好像心要从胸腔里蹦出来一般。武汉文强忍着狂乱的心跳,说:"就这个吧。"

顺哥伸手朝口袋里摸摸,迟疑了一下,马上说:"一口价。"

"行。"

管家掏出一沓中储券付了款,表弟让人找来一辆独轮车,把"货"放上去,亲自推回武家老宅。

黄秀芳从面口袋里站起来,圆睁着一双杏眼,惊诧地看着武汉文。武汉文连忙伸手拽下塞在她嘴里的毛巾。秀芳突然笑了:"我哥真是没看错人。"

"你呢?你可看错人了?"武汉文情不自禁地有些骄傲。

"你怎么断定面口袋里就是我呢?"秀芳想先解决心中的疑惑。

"摸出来的呀。你的这双大脚板,浍水城里可没有,浍水乡下也难找;而真正帮上你的,是你的鞋子。"武汉文深深吸了一口气,"你的鞋帮上绣着'芳'字,我在你家见你穿过。正巧,这次你穿着它,我一下就摸着'芳'字了。"

秀芳穿着村姑的衣服,一副农村姑娘打扮。她顾不得害羞,抚着胸口大口大口喘息着:"这次真是点儿背呀,我正朝浍水城而来,可巧鬼子的飞机又在天空盘旋了,老百姓从家里跑出来,朝庄稼地里躲,我也跟着几个妹子一起躲藏。没想到,被人用棍子夯晕了,醒来时,已经被绑起双手双脚,嘴巴里塞上布,装进面口袋里了。如果我在约定的时间回不了彭城,那就是被抓了。"

"所以,我收到一条塞了字条的鱼,说你被抓了。"武汉文接话说。

"我哥一共叫人送来三条鱼,对你是投石问路,可巧我被你救下了。"秀芳捧着新泡的棒棒茶,面色渐渐红润起来。

"怎么,浍水城里还有不少咱们的人?"武汉文惊讶道。

"那当然,抗日的队伍无处不在。"秀芳正说着,管家庆福亲自送来后厨做的姜汤面叶。少掌柜买妾的事,尽管隐秘,武家几个贴身的伙计还是第一时间知道了,大家一时间默默地忙碌起来,连卧室的铺盖也换上喜庆的大红颜色。

吃饱喝足,秀芳长了精神。但对于来浍水城的任务,她绝口不提。这两天被装在口袋里,她辛苦坏了,见到铺着大红被子的床,不管不顾地爬上去,和衣躺下,说:"困死我了。"立刻呼呼进入梦乡。

武汉文一夜无眠,他兴奋地守着秀芳,思绪翻涌,幸福无边。命中注定他要以这种方式,把秀芳接到武宅,接回他的家里?

第二天,秀芳换上武汉文的衣服,戴上一顶帽子,女扮男装,到浍水城的某条街上找一个人,去做虽然失去时效但必须要做的事。武汉文不放心她,但秀芳坚持不让他去,他只能远远地跟着。没想到,只转了两条街,秀芳就消失了。武汉文惊讶,在自己熟悉的地盘上,他居然把秀芳跟丢了。

晚上掌灯时分,秀芳再次回到武家老宅,一住,就是三天。

那是武汉文一生当中最幸福的三天。花轿抬回来的新娘,没有让他做成新郎官,这个从面口袋里摸出来的姑娘,则成了他真正意义上的新娘。除了两支熊熊跳跃的红烛,没有新娘服,没有盖头,只有两双手热热地握在一起。"我一定正式娶你一次,抬着大花轿,雇上响班子,一路吹吹打打娶你进门。一定!"武汉文看着秀芳被烛光映红的脸庞,幸福得语无伦次。秀芳把武汉文的手抓住,放在自己胸口,喃喃道:"感觉到它的跳动了吗?我们不需要繁文缛节,我们只需要这颗心,真心!"

武汉文也抓过秀芳的手,捂在自己胸口:"一颗真心,我也是!"两颗真心,在浍水古城度过了幸福而短暂的时光。这三天的幸福时光,让武汉文回味了一生,也支撑了他的一生。

临别时,武汉文要秀芳给他布置任务。秀芳道:"非常时期,有些事情暂时不能告诉你。现在,你知道得越少,越安全。你是我党在浍水古城隐秘的力量!关键时刻,党需要你!中国正处于黎明前的黑暗之中,地下党的工作会越来越艰巨,随时会有牺牲。正如我们在入党时宣誓的那样:随时准备为党和人民牺牲一切,永不叛党。汉文,中国的天就要亮了,我们即将迎来崭新的日月!"

两个月后,武汉文再次和秀芳在浍水城相遇。天上飞着炮火,地上是日军的马蹄和枪炮。共产党的游击队,在浍水城外和日军打了一场恶仗,日本兵遭了埋伏,吃了大亏,撤退到浍水城里后,派兵把守着四面的路口,要在城里找到潜藏的女共党。

这段时间,因为武汉文的母亲生病,武家只得举家从老圩子村搬回浍水城老宅,没想到,碰上日军对全城的大搜捕。在浍水城南牲口行的空地上,城里的居民被赶到一处。武家老老少少,包括出嫁回来看望母亲的武汉文的两个姐姐及其家人、孩子,都和城里的乡亲裹在一起,站在牲口行里,面对闪闪发光的刺刀,心惊肉跳地等待着一场不可预想的可怕事情发生。武汉文从自家茶馆浍水阁被日本宪兵拿枪指着,朝牲口行赶。他没能和家人待在一起,而是混在其他乡亲当中。站在牲口行人群里,他觉得身旁捂着羊肚手巾、穿着破旧衣衫的大娘非常特别,便猛地回头看一眼,这一看,他差点叫出声来。

秀芳!

那么,日本人要搜捕的女共党,就是秀芳了?

武汉文立刻心惊肉跳起来。两人失去联系两个月有余,没想到以这种方式相见。上次临分别时秀芳叮咛,中国的抗日战争进入白热化,小日本在中国的日子不会长久了,叫他先待在浍水城,以不变应万变。

这个万变,包括秀芳以此种方式和他相见吗?

秀芳深情地看着他,千言万语都在眼神里了。两人没敢说一句话,连小手指头也没敢拉一下。大敌当前,空气已凝成胶状了。

"我们得到可靠消息,有个女共党,混进浍水来了,就在你们中间,或者,被你们窝藏起来了。现在给你们五分钟时间,交代出女共党的下落。否则,每隔一分钟,杀掉一个孩子!"

翻译官话音刚落,立刻有小孩子哭出声来,马上被大人捂住嘴巴。

五分钟,比一个世纪还要漫长!

武汉文听到秀芳咬牙的声音,听到她双拳的骨骼在嘎嘣作响。

突然,日本宪兵伸手抓过前排的一个大爷,问他女共党在什么地方。大爷还没反应过来,日本兵的刀子随即落下,大爷当场毙命。

"这是皇军在试刀呢!"日本军官通过翻译官大声宣布,"皇军的大刀,果然是好刀!"

没有人敢抬头,也没有人哭泣。人群陷入死一般的沉寂之中。

五分钟一到,日本人伸手捞出一个孩子。武汉文一看,是大姐的儿子,他的亲外甥!五六岁的小孩,已经吓傻了,连哭都忘了,只呆呆地惊恐万状地看着人群。紧接着,七八个孩子,被日本宪兵一齐从人群中拉了出来。立刻有大人去抢夺孩子,被日本兵的枪托猛砸一阵,哭声响成一片。

被拉出来的孩子们就像是在梦中,呆呆地排成一排,仿佛等着做一个梦游般的死亡游戏。

聚集在一起的大人,互相捂住了对方的嘴巴,甚至连声咳嗽都没有,只是男的把女的抱住,女的把更小的孩子抱住。聚在一起的百姓,抱成了一个肉团。一时间,空气里弥散着浓重的死亡气息。

这会子您会想到一个什么词?手无寸铁!对,我老石头想到了这个词,武汉文也想到了这个词。武汉文不能眼睁睁看着孩子们被杀掉,他要冲上去,告诉日本人,他是共党!他要以一个共产党员的名义,去解救孩子!

正在这时,"老大娘"黄秀芳突然把嘴巴凑到他耳边,小声说:"别冲动,他们要找的是女共党,你是男的!不要做无谓的牺牲!记住,把我鞋子里的信送到城外的郝大庄,庄后并排七棵柿子树,放中间那棵树底下,埋结实了!"秀芳嘴巴里呵出的热气,暖暖地护住了他的耳根,定住了他的身子。然后,秀芳又小声说了句:"不准死,好好替我活着。党需要你!"

秀芳扯掉了头上的包头毛巾,赤着双脚走出人群,威风凛凛地说:"这就是传说中的日本武士道吗?哈哈,这就是对着中国儿童下手的武士道!"

一九四五年的初夏,浍水河湾子河沿岸的麦子地,小麦花正无声无息地开着,阵阵小麦花的香气,缠绕在牲口行的上空。日本人的刺刀,在小麦花的香气里无耻地放着寒光。武汉文手里握着一双半新的黑布鞋,两只鞋靠里侧的鞋帮上,各绣着一个浅蓝的"芳"字。

鞋子里藏的密信,被他安全送到郝大庄后面的柿子树底下,并顺利抵达新四军手中。不久,新四军与游击队联手,给驻扎在浍水的鬼子来了个瓮中捉鳖,以少胜多。除了极个别鬼子逃到彭城捡了一条命,其余全被歼灭。在抗战取得全面胜利前夕,浍水城率先解放了。

抗战胜利后,武汉文终于可以去彭城找他的男同学、秀芳的哥哥黄秀波了。但是,黄秀波已随部队打仗去了。没想到,把日本人赶跑了,中国的仗还要继续打下去。一时间,武汉文有些伤感。他想到秀芳被捕前的话:"不准死,好好替我活着。党需要你!"他想,秀芳没有了,秀波打仗去了,而他还在;中国共产党正在为人民最后的胜利而战,此时此刻,他要好好待在浍水,无论多艰难,他都要好好活着,时刻准备着听从党的召唤。

淮海战役打响后,武汉文终于见到了黄秀波。这已经是一九四八年的深冬季节。其时,淮海战役总前委指挥部,就设在浍水河上游一个村庄的祠堂里,解放军的几个大官,在总前委指挥部坐镇指挥。浍水城及周边地区,成了淮海战役的主战场,一天到晚,枪炮声就没停歇过。武汉文默默地履行着一名共产党员的职责,发动佃农和长工,尽数拿出家里所有的手推车,支援前线。他还把老圩子村的房屋,拆除半数屋檩、门板,绑成担架抬解放军的伤员。一时间,镇上的小车队、担架队,来来往往,川流不息。

这天,武汉文刚从老圩子村回来,在浍水阁茶馆里做短暂歇息。听着远处轰隆隆的枪炮声,他内心期盼着战争早日结束,还百姓一个太平。这时,一名解放军军官走进了浍水阁。武汉文抬头一看,立即冲上去,和来人紧紧拥抱在一起。没想到,老同学黄秀波看他来了。一时间,两双眼睛都红了,泪水在眼眶里直打转。虽然不提秀芳,可心里的痛彼此感知得清清楚楚。黄秀波已经是营级军官,此次随部队开拔到此,是参加攻打双堆集的战斗。"汉文同志,中国的天就要亮了!"黄秀波紧握武汉文的双手,猛灌了一气儿棒棒茶,"你早已是中共党员,因为是在特殊时期入的党,彭城地下党组织又遭到破坏,我又东奔西跑地打仗,你入党后,一直没有走转正程序。但我已经记录在日记本上了,等打完这一仗,我就向党组织汇报。你的党龄,从一九四五年三月十二日算起,放心吧。"

武汉文心里猛地一暖,激动地说:"我可以告诉大家伙儿,我是中共党员吗?"

黄秀波想了想说:"现在形势比较复杂,等全国解放了,你再给大家一个惊喜。我已经听说了,你一直以一名共产党员的标准要求自己,积极地为党做事。老圩子村你家的房子,已经扒掉一多半了。你家商铺里存放的粮食布匹,也都运给兵站了。"

"我是党的人,为党做任何事,都是应该的。否则,我活着有什么意义?"或许想到秀芳说过的话,他眼圈一红,但马上调整好情绪说,"我还能做什么,你快说!"武汉文要求有新任务下达。

"如果有条件,能否搞点药品,送到野战医院,就在离这里不远的丁大桥村。医院最缺的是麻醉药和抗生素。"

"好,放心,我和上海的叔叔联系。浍水河的南码头,有我家自己的商船。"

战事紧迫,来不及多叙,黄秀波起身就走。"战场上枪弹不长眼睛,你一定要格外小心。"走出几步远,黄秀波又折转身,"平原地带,没有掩体,敌人的炮火打得低,不要弯着腰走路,这样容易被子弹打到身上,要跳跃着翻滚着前行。一定要注意安全,一定!"

武汉文送黄秀波到茶馆门外,两人再次握手惜别。

一名解放军的战地记者正好遇到这一幕,就举着照相机拍了下来。背景是浍水阁老茶馆,画面上两人握手而立,一个穿军装,一个穿便服。

武汉文突然有事做了。他很快弄到一批药品,带着药铺的两名伙计,赶往四十里外的丁大桥村解放军临时野战医院,路上跟支前的车队会聚一起。半道上遭遇敌机空袭,炸弹掀起泥土,将人和独轮车一起掀翻。几个人爬起来,看到独轮车轮子被炸飞,只得把药品绑在身上,继续朝前走。飞机低低地盘旋着,狂吼着,冬季的大平原上,地上的人无处可藏,支前车队成了很容易被轰炸的目标。武汉文的背部就是这时候被炮弹咬了一口,紧紧跟随着的两名伙计也不幸遇难。武汉文告诉自己不要倒下,他咬着牙,连滚带爬,等到了野战医院,身上的衣服已经被鲜血和泥糊浸透了,而被塑料纸包裹着紧紧绑在他身上的药品,却完好无损。

武汉文把药品送到了野战医院,也把自己的命送到了阎罗殿跟前。由于失血过多,他昏迷不醒。

浍水城担架队的人,捎来了武汉文被炸身亡的消息。在镇上武家的老宅,武汉文的娃娃亲妻子给公公婆婆磕个响头,嘴里反反复复叨叨着"他不在了,他不在了……",当晚便吞金自尽。

武汉文伤好后回到浍水城时,他和妻子的牌位已经摆放在武氏祠堂里了。那个杨大财主家的三小姐杨三妮，没念过一天的书。

武汉文死而复生归来，武家老少自是一场欢喜。武母却是泪流不止："自打她嫁到武家，你一句话也不跟她说，看都不看她一眼。儿啊，你可知道，我病重的时候，一直是三妮热汤热水地照顾着，她是个贤孝的媳妇啊！你对不起她，也对不起祖宗啊！"

武汉文朝母亲跪下了。他父亲这一脉，只生他一个儿子。四年来，他抗拒着杨三妮，以致让杨氏无嗣而逝。他在心里诅咒着自己……

全国解放前夕，武汉文父母相继病逝，两个姐姐及家人随同叔叔一家去了上海，再转香港定居。武汉文坚决不离开浍水古镇，他说，这一生，他欠着两个女人的命，他要在这里吃斋、赎罪。

解放后，武家的田产房屋，在土改时被尽数分给了农民。老茶馆浍水阁也被收为公有，先是开了一段时间茶馆，不久就变成了公社的铁木业社，后又做了粮站的仓库。武汉文在浍水中学当教师，住在教工宿舍。

尽管成分不好，武汉文在学校里，甚至在浍水老街上，一直受人爱戴，这跟他在淮海战役中冒死为前线送药品有关。武汉文佯装买妾救女共党的事，送密信给新四军，从而歼灭占领浍水城的日本鬼子的事，也在镇上传得很热。但关于他是中共党员的事，拿不出任何证据。两位介绍人都牺牲了。黄秀芳为了救全镇老少的性命，献出了年轻的生命；他的同学黄秀波，也在攻打双堆集战役中壮烈牺牲。虽然武汉文有一张和黄秀波在浍水阁门口的合影，但那只能说明他们熟悉，最多是同学关系。武汉文找不到一个具体的人，来证明他是一名中共党员。因为当事人已经牺牲，真实的事，倒显得像传说了。武汉文想，那他就自己证明自己，以实际行动，履行一名共产党员的职责。早晚有一天，会有人来证明他。

当教师的日子倒也安稳。有同事好心劝他入党，他说，他早已经是一名中共党员了。说得多了，别人就不劝他入党了。

哎呀，您可听累了？瞧我这啰唆样，总是说不到正点子上去。那我就抓紧点，拣重点来说吧。

前面说过了,武汉文当中学教师,过了几年的安稳日子。他把宿舍整理得干干净净,穿着中山装,口袋里别着钢笔,戴着一副眼镜,一副知识分子的样子。课余时间,他总喜欢在浍水老街上走动,摸一摸现更名为铁木业社的自家茶楼浍水阁的门窗,再顺着沿河老街、西大街、东大街和北大街转一个圈子,就把前后左右的老街道走个遍,也把古镇瞧个遍,然后坐在灯下读书。也有人给他介绍对象,他总是一摆手,说,一个人惯了,不连累别人了。

武汉文的安稳日子,仍然被打破了。他因为地主出身和海外关系,不能继续当光荣的人民教师,他必须接受批判,到劳改队劳改。他为自己争辩说,他是中共党员,解放前就入党了。批判他的人呸了一声说:"就你,也配？证据呢？"

他无言以对。不久,他被发配到石料厂干活,在石料厂抬石头被砸伤后,老圩子村的村民用担架把他接了过去。

老圩子村的青砖大瓦房,在淮海战役中,屋檩被拆了不少,用来制作担架。新中国成立后,村民就把屋顶苫上了麦草,还是能住人的好房子。现在的老圩子村,房子分作了两种:纯瓦顶的屋子,是没拆过檩条的;苫麦秸顶的屋子,是拆过檩条的。现在,这片武汉文祖上的产业,住着老圩子村贫下中农几百口子人。老圩子村的老村长也在淮海战役战场上抬过担架运过伤员,曾经和武汉文一样,爬过死人堆。他跟社员们说:"武汉文是不是中共党员,我没法证明,但他当年推着解放军急需的药朝野战医院送,我们一起挨敌机炮弹轰炸,他还差点把命丢了,这个我能证明。还有我们住的高门挑檐的大瓦房,也是武家祖上的,解放前是我们住,土改时又分给我们住。就凭这两点,我们把武汉文抬到老圩子村,让他做咱老圩子村的村民,没啥不妥。"

就这样,武汉文在老圩子村一待就是十八个年头。如果说我这块老石头,趴在浍山脚下的石头堆里千百年,被朱太平的脚趾踩了出来是个漫长的岁月,那么,武汉文待在老圩子村的十八年,也一定是个漫长的岁月。从某个角度讲,他是被老圩子村的全体村民藏起来了,也因此,他躲过了一次次运动。武汉文是喝墨水长大的,不会种地,村长就安排他看守生产队的瓜地。那片瓜地离浍水河不远。浍水河是条弯弯曲曲的长河,从浍水城往东往西的数个村庄,都被浍水河串联了起来。老圩子村就紧傍着浍水河北岸。武汉文看瓜地,就吃住在瓜棚里。瓜棚搭建得很结实,从外表看就是座普通瓜棚,进去才知道,瓜棚嵌在地下一米多,垒着砖,砖下面覆盖着塑料薄膜,防潮又保暖,像一座铁壳样的房子。瓜棚分为外间和里间两个房间,老圩子村手艺最好的几名瓦匠、茅匠,拿出看家手艺,修建了这座瓜棚。老圩子村的人,有意不喊武汉文的名字,一律喊他大先生。

大先生除了看管队里的瓜园,也不闲着,他找来纸笔,把二十四孝故事用小楷工工整整地默写了出来。老圩子村的小孩,没事喜欢去瓜棚找大先生玩,听他讲淮海战役的故事,也听他讲二十四孝故事。一旦哪个孩子背会了二十四孝中的一个故事,他会自作主张,奖励一只小甜瓜。所以,在浍水镇,老圩子村出的孝子最多,孝顺媳妇也最多。

大先生武汉文回到浍水镇,是一九七九年的事。这一年,他恢复了工作,继续在浍水中学当教师。政府给武汉文补发了一笔工资,他全部拿出来,加上海外亲戚的资助,他找到相关部门,在老圩子村北边的荒岗子上,建了一座烈士陵园。他给陵园取了个简单的名字:铭园。无名的人,有名的人,凡是牺牲在淮海战役战场上的人,包括支前民工,他都在铭园里给留了位置——竖起一座墓碑墙,把他们的名字刻在上面。不用说,铭园里也有黄秀波和黄秀芳的墓碑。秀芳被日本人抓走后,关进了彭城的大牢里,不久壮烈牺牲。彭城烈士陵园也有她的墓碑,但彭城是彭城的,铭园是铭园的。据说,铭园的黄秀芳墓里,放着一块包头毛巾和一双棉袜,都是秀芳被捕前留下的。

修建铭园后,武汉文找到学校的党组织,要求补缴党费。关于他一九四五年就加入中国共产党的事,他自己拿不出来证据,而学校党支部也找不到证据,就没法接收他的党费。武汉文说,他攒着,等证明他的人到了,他再一起补缴。

浍水阁老茶馆,在一九八〇年划归武汉文私有后,成了老茶客们围拢在一起说话喝棒棒茶听大鼓书的好地方,整条浍水老街热闹起来了。茶客们喜欢拢一起说过往的事。未来是不可知的,但前五百年的事,前一百年的事,哪怕是前几天的事,都可以拿出来说。老茶馆除了供人喝茶聊天,还是议事的地方。不知是从哪一朝开始,四邻八村谁家有了争执,都会选在老茶馆议事,让茶客们集体主持公道,还议事者一个公正、公平、公开的"三公"结果。而在浍水阁议事,权威仲裁者,除了众茶客,就是大先生武汉文。

一九八六年,六十岁的武汉文光荣退休。他退休后的生活,就是开茶馆,用退休工资,免费供老茶客喝茶。武汉文每周都会去铭园一趟,这里走走,那里看看,絮絮叨叨说会儿话。他有时带上酒,大部分时候是提着一大茶壶棒棒茶,用粗瓷茶碗盛着,在每一个墓碑前洒上棒棒茶。

无论外面起多少风雨,进到浍水阁,就呈现一片风平浪静,一片祥和。屹立在浍水老街上的浍水阁,真的成了浍水古镇的定海神针。

瞧瞧我这个老石头,没边没沿地说了这么多关于武汉文的事,其实我还没说够呢,如果不是怕您着急的话,我还可以再絮叨一会儿。得,咱改天再说。您且听听,沸满天又在浍水阁唱哪一出了。您听到了吗?对,他的大鼓书改词了:

> 夏天到来百花艳,
> 古镇上走来了仨青年,
> 立下雄心与壮志,
> 要给咱古镇文化谱新篇。
> 这三人,古镇生来古镇长,
> 打打闹闹把书念,
> 念了书本成人才,
> 能文能武智双全。
> 能文的回到家乡把官来做,

能武的兴业办厂挣大钱。
建工厂,有财权,
挣回大钱报恩家园。
饮着报恩泉甘甜水,
修复这老街和古茶馆,
茶馆并老街都修复,
还有那老字号商铺店……

初　心

　　夏小荷带着回归故乡的初心,以最快的速度,和浍水镇政府达成协议,把小荷服饰有限公司的总部,搬回浍水镇工业园区。正好工业园区内有一片旧厂房,镇里免费提供使用。

　　这是一座建筑完好一直没有使用的厂房,原先是做羽绒被加工厂的,没想到,厂房建好了,企业却没如期入驻。说起来也是一个很长的故事。当时陆文昌正像打了鸡血般,为新规划的工业园区找入驻企业,正巧本镇在苏州打工的刘某,年关回家时得知这一商机,自告奋勇领来他打工的企业的老总(刘某已做到总经理助理),在此兴办一家羽绒被加工分厂。淮河之北的大平原,养殖大户不少,原料不是问题。这家企业很感兴趣,经过几轮谈判,最终工厂落户镇工业园区。没想到的是,厂房建设好,正待安装设备时,那家企业出了大事——总经理的婚姻因为小三上位,导致家产被分割,资金流严重断链,投资在浍水的厂房成了空壳。这一空就是四年,厂房大门紧锁,工厂成了空壳。

　　这对夏小荷来说,是最好的机遇。陆文昌安排政府办相关部门,把工厂内外重新翻修,安装水电等一应设施,这边夏小荷马不停蹄地进设备建生产线,上海、浍水两边来回跑。她跟郑秀玉也进行了一次较为深入的谈话。

　　夏小荷和郑秀玉的关系,一直不温不火地维持着。正如夏长生活着的时候,和郑秀玉不远不近地保持生意关系一样,她也延续着爸爸的风格,和郑氏之间有着生意往来。武汉文爷爷以墨水滴到浍水河里来比喻肚量大小之说,一直影响着夏小荷。肚量是口语,实指心胸。心胸有多宽,预示着能撑开多大的天,这是时刻萦绕在她脑中的话。小时候从上海偷跑回浍水后,她再没主动见过郑秀玉。郑秀玉也能做到不来看她。浍水这个地方,是需要郑秀玉鼓足勇气才能回来的地方。夏小荷不能原谅她的,就是她不该以假离婚骗了爸爸的信任。其实真的提出来离婚,以她对爸爸的了解,爸爸一定会同意的。郑秀玉完全不需要使出欺骗的手段达到目的。尤其是郑秀玉以同样手段,把夏小荷骗到了上海,不让她回来,但她无论如何也要回到浍水,回到爸爸身边。她已经是爸爸的唯一,对爸爸的维护,就是让爸爸不要再失去唯一的亲人——女儿,不要再受到任何的伤害。

夏小荷第一次主动去上海找郑秀玉时,已经是个二十二岁的大姑娘了。

是一个想法,让她下定决心,要好好跟郑秀玉谈谈。

夏小荷想开办一家服装加工厂。

是镇子里发生的一件事,让她有这种想法的。

其时,镇上和附近村庄的人,外出打工成了再正常不过的事。年年掀起的春运民工潮,是专为进城务工者唱响的咏叹调。而春运之后,空落落的村庄和土地,陷入又一次的等待之中,等待又一个春运高潮的来临。儿想娘、爹想儿、妻念夫、夫恋妻的亲情裂变中,许多泪水都变作空气中的尘埃。镇街东南角靠近浍水河的司胡同村的司家,父母均生病躺在床上,司家的儿子去城市里打工挣钱,司家的女儿去城市里打工挣钱,独留下司家的媳妇,在家种着地,养着娃,照顾着老人。贫困的生活、生病的老人、过于负累的生产劳动,让这个女人觉得生活无望。在漫长的早春时节,司家的媳妇跑到了浍水河边,对着河水大哭,呼喊着:"苦够了,累够了,活够了,你收了我吧,收了我吧!"扑通朝河里一跳。到报恩泉拉泉水的老茶客发现了她,把她捞上来。她求茶客不要救她,让她死了吧,死了就解脱了。夏小荷正好从那里经过,她骇了一跳,急忙蹲下来,脱掉薄大衣,披在司家媳妇身上。夏小荷问她:"如果你的男人回家做工,小姑子回家一同照顾老人,你还会死吗?"司家的媳妇头摇得像拨浪鼓:"要是那样,我哪里会寻死啊。"

于是,夏小荷去了一趟上海。她见到了郑秀玉。

这是自分开后的十四年里,她们母女的第一次相见。其间有过电话,在电子信箱写过信,也互发过照片,都是郑秀玉积极主动在前,夏小荷被动在后。但真人相见,是第一次。

郑秀玉已经是个典型的上海中年妇女,有着上海女人的精致和讲究,人清清爽爽的,不见老。郑秀玉早已再婚,并高龄生下一个儿子。夏小荷觉得跟郑秀玉之间隔着一层什么。不去想那么多吧,她需要探讨的,是如何开办一家服装加工厂。

说到开办工厂,郑秀玉的眼睛明亮起来。她滔滔不绝地说起了服装加工业的起伏变化和面临的诸般不易,并提出可行性意见,就是,夏小荷所在的浍水镇,要办一家什么样的乡镇服装加工厂?"来料加工,这是首选。"郑秀玉出谋划策道,"这样利薄,但风险小。"

"我需要多一些就业岗位。人不缺。"夏小荷说,"我想让许多乡亲有工可做,不用再做春运大潮里的弄潮儿,离乡背井,家不像家,夫妻不像夫妻,亲人不能相聚。"

郑秀玉知道夏小荷找她的原因了。以夏小荷的性格,为了自己,她是不会来找她的,但为了别人,或者往大里说,为了浍水镇众乡亲的事,她完全可以放下一切来找她。夏小荷的性格里,有夏长生的执着,也有她郑秀玉的聪慧。夏小荷不是个盲目的人,她有自己的方向。

"我的厂子淘汰了一批设备,做普通牌子的服装加工,没问题。我可以低价转让给你办厂。"郑秀玉本来想说把设备送给夏小荷,怕她有想法,会拒绝她,就改了口。

在条件不能达到理想的标准时,夏小荷是可以屈就的。她总是想到那个把她揽在怀里,一字一句教她背"春江潮水连海平,海上明月共潮生"的女人。八岁之前的记忆是多么美好,让她对"妈妈"这个称谓,有了某种程度的谅解。而且,没有郑氏的支持,以她夏小荷目前的能力,办一家服装厂,还是有困难的。一滴墨水滴到浍水河里,浍水河依旧滔滔东流,不染尘埃。

轰轰烈烈把设备从上海运过来,申请办厂的批书也下来了。夏小荷推倒自家老宅后院的旧屋,建起了一家规模不大的服装加工厂。有厂房,有设备,还不行,关键是还要有技术。只有完全具备了生产能力,才可以接单。夏小荷默默接受着郑秀玉的帮助,新招的五十名男女工人,分批次到上海郑氏集团服装加工企业当学徒。这批工人里面,就有司家的媳妇,也有司家的女儿司凤英。待一切成熟了,小荷服饰有限公司挂牌了。紧接着,第一批订单如期而至。

从五十名工人,增加到百余人,夏小荷的制衣工厂,做得风生水起。中间做过一次技改,能接外单了。外单的加工中,有手工刺绣的环节,这恰恰适合劳动密集型的乡镇企业,许多心灵手巧的女工,在照顾好老人、接送孩子上学放学的空余时间,到工厂的手工车间工作,采取计件制,既能按时完成手工活,同时又照顾了家庭。夏小荷最为享受的,就是工人们骑着自行车或三轮车来厂里上班的情景,她甚至在之前开店的门面房里,夹出来一间当作活动室,让坐着女工三轮车来"上班"的老人,有摸小牌的地方。家乡、爱情、事业,三者一起滋养着夏小荷,还有遥远的上海亲情的支持,让她的事业如鱼得水。如果不是那个陆文昌盲目招商和过度扒屋炸石,如果不是联保资金贷款的风波,或许,夏小荷的人生,就是另一种样子了。

上海四年,夏小荷的工厂,仍然延续着服装代加工和部分接外单的生产模式。从在浍水初办工厂起,一直就是这样。哪怕到了上海,做自主品牌的产品加工,还是梦想。这一点,夏小荷非常清楚。不是她学历不够能力欠缺,而是这一行不好做。要创办自己的服装品牌,可谓困难重重,需要强大的实力和科技团队,需要超拔的国际眼光,需要丰厚的资金支持。在上海的这几年,夏小荷对国内服装制造业有了更明晰的了解,在服装制造品牌已经成为主流的当下,服装行业开始进入个性化、多元化和时尚化的消费。妈妈郑秀玉家的郑氏集团,发展了百余年,由海外而国内,成功注册了一家品牌服饰,并在国内有了数十家门店。夏小荷目睹了郑氏服饰由兴而衰，再由衰而稳的全过程。起初，郑氏集团热血沸腾地在全国大中城市孵化门店后，又痛楚地关闭了门店。在电商化的当下，扑朔迷离的商机连郑氏这样的老牌企业都难以把控，何况夏小荷的小微民企？因此，她的工厂只做两样事：一是来料加工，利润低而风险小；一是包工包料，利润高风险大。来料加工，工厂赚取的只是加工费；包工包料，复杂多了。工厂要掏钱进购布料，无形中就加大了投资成本。布料价格，辅料价格，绣花、印花、洗水费用，一整套做下来，费力费神。夏小荷拿出百分之五十的财力做包工包料加工，主要是接外单。这要感谢郑氏集团亲人们的相助，夏小荷力争把外单产品做到最好，不要被郑氏的人小瞧。为了进到质优价廉的布料，她要跑许多地方。她跟郑氏集团的总当家人郑秀坤——她的大舅舅说，她夏小荷做制衣工厂，一是不能丢夏家的人，二是不能丢郑家的人。

上海四年的峰回路转，转眼又要改弦更张，坐在郑秀玉面前的夏小荷，一脸凝重。郑秀玉决定跟这个从不喊她妈妈的女儿，进行一次深层次的沟通。从夏小荷的脸上，她看出了小荷的无奈和决绝，疑虑和困顿。从某个层面说，女人做企业，比谈场恋爱或走入一场婚姻更重要。情感的事，收场时伤到的是个人的内心，而企业倒了，损害的就太多了。

两人喝着棒棒茶谈事，约等于在浍水阁的老茶馆议事，这是每次夏小荷和郑秀玉说事时必备的。两人喝饱了三大杯棒棒茶，夏小荷也把自己所思所想和盘托出。

"来到上海，我依赖的是郑氏集团的鼎力支持，所以才能很快站稳脚跟。"夏小荷捧着棒棒茶，平心静气地说，"我的工厂，大部分的订单，是为郑氏集团代加工服装，哪怕是外单，也是您牵线搭桥促成的。虽然我有一批固定的从家乡带来的工人，不会为用工问题伤神，但在上海这样的地方，我是无法冒尖的，我不能由着自己的性子做事。在上海，我永远做不到服装品牌的规模企业，方方面面仍要依赖您的关照。这是我想重回浍水的原因之一。另外一个原因，回到大浍水，是我此生的精神归依。"

回归故乡,是夏小荷最大的决心。因为,这样才不违背她兴办工厂的初心。在家乡办企业,让家乡人在自家门口就业,这本是小荷服饰兴办的初始原因。她必须回去,把企业一同带回去。只有企业的根生在家门口,众乡亲才不至于再当春运中的候鸟。

"现在政府提倡振兴地方经济。振兴靠什么?肯定不是玩嘴皮子就能实现的。振兴首先靠人。没有人力资源,说振兴,那就是嘴上抹石灰——白说。浍水镇地处大平原,最不缺的就是人,可是,这些年,多少人都跑走了,跑到天南地北,去实现人生的理想,去帮着别的地方振兴经济了。这是时代的问题,我没有能力改变。我所要改变的,就是我自己。"夏小荷继续着她和郑秀玉的议事,"我把工厂放在上海,工人们就跑到上海了,而我建在家乡,他们就不用背井离乡。如果有机会,您可以去浍水镇看看,那些乡村,您曾经熟悉的地方,土地上忙碌着的人群,都是'六一、三八和九九重阳',这是对留守妇女、儿童和老人的统称。尤其是留守妇女,她们肩负重任,既要种地,又要照顾老人和孩子。也有不少妇女外出打工,把孩子和土地,都留给老人耕种。如果我能把工厂搬回到浍水,至少,我厂里的工人,不用再过夫妻分居,老人、孩子留守的日子了。"夏小荷抬起清亮的眼睛,直盯着郑秀玉,"经济振兴就包括产业的振业。我的服装加工厂,也算推动产业振兴的一员啦。在上海,我的工厂微若草芥,但在浍水,可以成为振兴本地经济的支柱。正好上海的厂房的租赁期也到了。我恳请您从心里支持我。"

对于夏小荷重回浍水且把工厂也搬迁回去的想法,郑秀玉知道自己拦不住她。从内心里,她明白夏小荷从未放弃过浍水,正如她年轻时候没有哪一天放弃过上海一样。

"知道当年你从上海跑回浍水,我为什么没再去接你吗?"郑秀玉没有正面回答夏小荷关于搬迁工厂的议事,她目光炯炯地看着夏小荷,发出这样的提问。

夏小荷在心里说:那是你不敢接,也接不回我。但她不能这样回答郑秀玉。她已经不再是小孩子了,不能说不靠谱的话。而且,她现在正跟郑秀玉商量着搬迁工厂的大事。

"因为我没有理由阻止你回到自己的家乡。对家乡的思念,我是深有体会的。"郑秀玉的眼睛湿润起来。

夏小荷愣怔了一下。看来,她还没有读懂郑秀玉;从一个层面讲,这些年,她可能误读了郑秀玉。

"生活的处境,有时会给人带来某种错觉,一旦过了那个节点,你心里最真实的想法,就会执着地涌现出来,占据你所有的思想。当年,我还年轻,从上海迷迷糊糊来到浍水,接受命运的安排。而我的骨子里,从未放弃我的家乡上海。所以,机会一来,我就回归了。你也是。你是属于浍水的,回到浍水,是你的初心。我支持你的初心。"郑秀玉抽过桌上的纸巾,拭了拭泪湿的眼睛。

"谢谢……妈妈!"夏小荷情不自禁地喊道。

"谢谢!谢谢小荷能喊妈妈。我很高兴,真的……"郑秀玉又抽出一张纸巾,"其实,我没有骗你爸爸,我确实打算离婚后,我和你先回上海,然后,再把你爸爸安排到上海。但实施起来并没有那么容易。你在上海上学的那个学期,你爸爸其实是到过上海的,他有意不让你见到他,但你爸爸偷偷看过你上学放学。你爸爸去上海,是你的外公外婆从香港回来要见他。我原以为他们会接纳他,没想到,你外公外婆很直接地请你爸爸离开我,既然离婚了,就不要再扰乱我的生活。我也哭求过你外公外婆,但他们态度很坚决,说,嫁给一个淮河北的农民,太不合适了。这话是当着你爸爸的面说的。他们就没想过,当年我下放淮河北当农民时,他们在哪里?你爸爸离开上海时跟我说,他不会怪罪我,也不会怪罪你外公外婆,他希望这事不要让你知道。如果你愿意留在上海,他也不会反对,一切让孩子自己选择。结果,你半道偷跑回了浍水。请原谅我没能再回浍水,做不到了。人都是自私的,软弱的……"

"我早就理解你了,妈妈。对不起,我后来撕了你的信,也没跟我爸爸说。"

"我知道你是有主见的孩子。当时就想再做一次努力，让你去上海或香港念书。跟你爸爸事先沟通过的，没想到，你直接把信撕了。我知道，你是有志气的孩子，比妈妈坚定。"郑秀玉用手指摩挲着茶杯，"都过去了。孩子，你现在要做什么，也是考虑充分后决定的。我支持你。那么，阿宝和浍浍呢？"

夏小荷顿了顿，说："我会认真考虑的。我和阿宝，那是秃子头上的虱子——明摆着的事啦。"

"你一定要慎重，毕竟还有浍浍。"郑秀玉轻叹一声，"阿宝蛮优秀的。有些事，是没法选择的；而有些事，则可以视情而动。"

"谢谢妈妈提醒。我记住啦。"夏小荷看着郑秀玉小心藏在发髻里的白发，鼻子一酸。

搬迁一个公司，比不得搬自己的小家，前前后后需要张罗的事很多，终于，一切安排就绪，小荷服饰有限公司成功入驻浍水镇工业园区。看着在阳光下闪闪发亮的厂房，看着骑着电动车的男女工人们，在工厂鱼贯而出；看着工业园区的空地上，停放着一长溜等待拉货的厢式货车；听着浍水镇的老街上，又响起了外地人的口音，夏小荷长呼了一口气。她快步走到浍水阁，情不自禁地告诉汉文爷爷，在上海，她喊郑秀玉妈妈了。

"富友爷爷，来一出《罗通扫北》啊！"夏小荷点着要沸满天唱大鼓书。

沸满天假装为难了一阵，立刻掂着鼓槌，在鼓面上敲击着，先唱段书帽取乐：

> 大鼓不响怨皮厚，
> 梆子不响没掏透；
> 才娶的媳妇噘着嘴，
> 怨她在娘家没过够……

第六章　波澜

> 大天白更一天的星，
> 树梢子不动刮怪风，
> 河里面撑船逮兔子，
> 高山上捉住个鲤鱼精；
> 东西路画成了南北道，
> 堂屋里挂帘门朝东……
>
> ——淮北大鼓

他呼通一声蹬掉凳子

陆文昌急忙赶回东岗要办的事，非常急迫，是非回去不可的。

那个张了四年的口袋，终于可以收起来扎上口了。

刘丽雯惊喜地把网上QQ聊天记录打开给他看，热切地看着他，等他拿主意。

"照他说的做。切记，越到关键时候越要沉着冷静，千万不能露出马脚。"陆文昌看着QQ聊天窗口，见那个即将进网者，又摇头晃脑地上线了，便假借刘丽雯的口吻，跟他聊了起来。

为什么要用四年时间布下这个网阵？这要从四年前陆文昌招来的那个外商说起。

那时候，陆文昌已经对老街"杀"红了眼，他的整个思想和头脑里，只有不断崛起的楼房和光滑平展的水泥地。当然，他也多次去过浍水阁老茶馆，当着武汉文的面对天发誓，他绝对要把老茶馆浍水阁给保留下来，绝对，因为这也是他的念想。但他没法保得了其他的建筑。"这些碍手碍脚的破烂，留它何用？不破不立嘛。"这是陆文昌的名言。他的手指向哪里，哪里的旧屋就要成为瓦砾，当他把西大街、东大街、北大街几条老街上破烂的老建筑灭掉，尤其是把老字号的盐铺大浍楼推倒的那一刻，他的外号"一指没"，也在一夜之间，响遍浍水古镇的大街小巷。而让"不破不立"鼓胀得志得意满的陆文昌，已经顾及不到世人如何评判他，他只想着如期交出来一份满意的现代化小镇的答卷。同时，镇里吃紧的财政，也让他不遗余力地寻找着与外商合作的时机。他终于招商过来一个外地商人。

这位叫袁成功的商人是个南方人，在浍水这一片，对南方人通称为蛮子。袁成功跟着陆文昌一起，在浍水老街上指点江山，描绘着一幅幅雄伟的蓝图。这里要推倒，那里要扒掉，购物中心，独幢别墅，商业一条街，听得老街上的人心惊胆战，不知道这个蛮子要干什么。

为了证明自己的实力，袁成功带着陆文昌考察了他在南方的企业。那真是一家大企业啊。在淮河北的浍水镇周边，甚至在浍州市或浍县周边，都很难看到这么气派的企业。现代化的大厂房，连成一大片。袁成功隔着车窗玻璃，让陆文昌走马观花地参观了他的两家企业，一家汽车配件生产企业，一家塑料模具加工企业。一边参观，袁成功一边如数家珍介绍着企业的发展现状、销售状况、产值和利润，陆文昌听了佩服得五体投地。然后，袁成功把陆文昌安排到气派非凡的超五星级宾馆，像招待总统那样款待着陆文昌。不但住高级套房，还顿顿海鲜美酒地伺候着，又买来国际名牌的皮包和衣服、领带，赠送给陆文昌。出手之阔绰，非大企业主不能为也。当然，陆文昌是一分钱的贿也不敢收受的，但不收下礼物，倒显得是小地方小人物做派，会被看不起。因为陪他吃饭的袁成功的一帮朋友，都拿到了跟他一模一样的礼物。袁成功很随意地把礼物朝各人手边一扔说："一点小意思啦。"

大家就很随意地收下了这点"小意思",陆文昌也很随意地收下了。如果不收下这点"小意思",他显然不够意思,而且会让这些财大气粗的商人,笑话他这个淮河北的浍水人没见过世面。当然,礼物带回来后,在镇政府办公会议上,他如数交公了。他正当年轻,在他成长的轨道上,是一直朝前走的人,他不可能被这点"小意思"绊住了手脚。

南方的大企业家袁成功能被陆文昌成功招商过来,也是有条件的。袁成功答应先期拿出来一千万元,作为第一笔资金,投入浍水镇的建设当中,但他的胃口不是陆文昌许诺的商住楼开发,他要浍山三年的开采权。

浍山在浍水镇的东北方向,离浍水镇三里路。那是一座树木稀疏的石头小山,海拔不过三百米,因为石质坚硬,土层薄,存水量少,山上的树木,恐怕长几百年了,仍然像长不大长不高的样子。山上的树木,大都是当地的树种,野枣树、野桃树和野石榴树居多,也有少量的楮树、楝树和青檀树。杂树都长在半山腰上,山腰朝上,除了一些坚韧的红茅草,全是灰乎乎的石头。袁成功在协议里写得很清楚:总投资五千万元打造浍水新镇的资金,会在浍山开采一年后全款付清。而浍山的开采权,他要三年。陆文昌找到在省城工作的同学,同学的父亲在大学里当教授,教授桃李满天下,其中就有在省级部门当领导的桃李。历尽千辛万苦,居然就把荒山开采权给批下来了。与此同时,袁成功的成功商贸有限责任公司,也在浍水镇揭牌,他承诺要投资的第一笔资金一千万元,也拿到手了。

袁成功投资的这笔钱,是在浍县农发行贷出来的。

聪明的南方商人袁成功,眼睛盯上的,是国家的银行。

其时,县里几家银行刚刚推出联保资金贷款政策,袁成功要享受这样的政策。作为好不容易被招过来的外商项目,陆文昌对袁成功几乎有求必应。袁成功已经数次许下承诺,先做小城镇开发,再建工厂。一想到袁成功在南方的企业,今后有可能孵化落户到浍水镇工业园区,陆文昌的心里就充满无限渴望。浍水镇最缺的就是两千万元以上产值的规模企业啊。

既然袁成功要享受银行推出的新政策,陆文昌就给他联系联保贷款的企业。无论陆文昌把眼睛抻得多长,哪怕抻出了铁钩子,在浍水这样的乡镇,能直接落在他眼里的企业,不外乎就是大浍水粮油商贸有限公司和小荷服饰有限公司两家企业。稽成煊和夏小荷两位民营企业主,成了陆文昌心中不二的选择。

夏小荷的服装厂开在浍水河古桥北岸的沿河老街上,是她家的老房子改建而成的。规模不大不小,百十名工人,却做得稳稳当当,不但赚了钱,还赚了人气。她厂里的男工女工,都是浍水镇和周边村子里的农民,她的厂子,也是浍水镇乃至浍县最大的服装加工企业。稽成煊的大浍水粮油商贸有限公司,也做得风生水起。为了适应市场需求,稽成煊正着手实施技能改造,而夏小荷也要上马一套国外进口设备,都需要银行贷款来充实资金。但他们不想做联保资金贷款,因为联保资金贷款看似给企业大剂量"输血",实际上银行是零风险,企业的风险却很大,既能一荣俱荣,也会一损皆损,一不留神,会瞬间倾覆。他们不熟悉那个袁成功,袁成功展示给浍水镇的,就是打印机打出来的规划图纸和措辞夸张又扑朔迷离的宣传小册子,一旦袁成功有个闪失,他们这两家本地企业面临的危机可想而知。当然,在做联保资金贷款前,银行会实地考察参与申请贷款的几家企业,企业的实力是否与申请数额相匹配,企业的资金流水如何,可存在潜在的风险。新成立的成功商贸有限责任公司,光银行考察这一关,就不好通过。但他是外商,本身就有着特殊性。而且,陆文昌在力挺袁成功。陆文昌知道,他必须站出来,相助袁成功,只有这样,才能真正意义上把这个财大气粗的南方商人留下来。陆文昌被政绩烧煳了脑壳,稽、夏二人可没有,多年做企业的经验告诉他们,这是一项冒险行为。他们不想给自己的企业增添风险。但是,陆文昌先挑起了稽成煊的野心。

稽成煊一直想扩大企业规模,上马一套新的面粉加工流水线设备,而现有的厂房,是在自家老宅上兴建的,周边都是居民的房子,无法再扩大规模。所以,当陆文昌指着镇东那片工业园区的空地,以上下翻飞的唇枪舌剑,向他展开攻心术,许诺会以优惠的政策,让他入驻工业园区,成为当地的龙头企业时,他真的动心了。特别是陆文昌拍着他的肩膀,说出那句"今后浍水镇就是咱哥俩的天下"狂话的时候,他从心里已经答应了陆文昌的请求。

稽成煊答应了和袁成功的企业合作做联保资金贷款,夏小荷岂有不答应的道理?尽管她和陆文昌尚没有明媒正娶,但两人的关系,已经是浍水镇人公认的未婚夫妻了。

三家企业共向浍县农发行贷款两千万元,其中袁成功贷款一千万元,夏小荷和稽成煊各贷款五百万元。

三个人在浍水阁老茶馆议事时,夏小荷和稽成煊要陆文昌当着武汉文的面发誓,不要再打老街的主意。陆文昌答应得干脆利落。但是,他没有兑现诺言。因为那个袁成功,不但喜欢对浍山动刀动斧,还喜欢在老街上做文章。

老街人口稀疏,许多无主房屋的拆迁是镇里说了算,这样就减少了投资压力。这正是商人袁成功看重的地方。而正在势头上的陆文昌身上强大的冲劲,已折服了镇上的其他领导,他们放权给陆文昌,希望借助这位年轻人敢拼敢闯的活力,让浍水镇成为一个旧城改造的典型,成为让人学习、参观的现代化集镇。如果不是沸满天李富友的舍命一搏和袁成功的躲猫猫,浍水老街说不定连一块囫囵的老砖头都剩不下来了。

毫不夸张地说,是沸满天拿命保住了老街。

舍命一搏保古街的行为,是陆文昌准备拆除沸满天家隔壁的旧茶馆时发生的。有人说,沸满天不仅仅是为保自家的老宅,也不仅仅是保那座民国时的老茶馆,他要保的,是整条老街。为了这个计划,他谋划了许久,甚至跟武汉文和铁脚朱太平商量了许久。他要跳出来跟陆文昌叫板,只有他跳出来最合适。他是个艺人,他不仅会唱大鼓书,艺人能哭能笑能打能闹的本领,他都有。他做到了。当挖掘机开到老茶馆跟前,正举着大挖机的爪子准备向老茶馆的门楼砸下来时,他从家里冲了出来。

"看好了,我这手里的绳子会变。"他摇着手里的一截麻绳,冲着开挖掘机的司机上下抛动,他一忽儿抛向空中,一忽儿抛到地上,紧跟着,那根绳子,像变戏法儿似的,一圈圈缠绕到了他的脖子上,就像一条长蛇盘在他的脖子上。开挖掘机的司机是个年轻人,先是看着沸满天手舞足蹈地耍绳子觉得热闹,当看到沸满天把绳子缠在脖子上时,机械手还呵呵笑了一阵。然后,沸满天就站到老茶馆的门楼底下了。他把绳子朝门楼的大门梁上一搭,飞快地拽出大门后面他早就藏好了的一只方凳,人就站在方凳上,门梁上的绳子已经挽成了一个绳套。沸满天把脖子朝绳套里一插,冲着开挖掘机的司机做了个鬼脸,站着不动了。

直到这个时候,开挖掘机的才知道,沸满天玩耍了老半天,原来是有预谋的,沸满天当着他的面,把自己神不知鬼不觉地玩到上吊自杀的程序。早知是这样,挖掘机司机早就一爪夯下去,把老茶馆的大门楼夯得荡然无存,让沸满天没地儿挂脖子。现在,说什么都晚了,明眼人一看便知,只要沸满天把脚下的凳子一蹬,被吊死的结局再清楚不过了。

机械手不敢动了。

街上的老邻居三三两两跑了过来。有人大老远就高声喊:"李富友,你千万别来真格的,你要是死了,谁还唱大鼓书给大家听?"

"沸满天,就算要死人,也轮不到死你呀,要死,就死那个该死的!"

早有人打手机通报给陆文昌。城镇改建还没成气候呢,死人的事可不能发生,否则,一切玩儿完。陆文昌紧跑快赶过来,正看见沸满天把脚下的凳子踢倒。陆文昌抱住吊在绳索上摇晃不止的沸满天,连声叫着:"爷,爷,你可别吓唬我啊,可别吓唬我啊!"直吓出一身冷汗。

沸满天舍命保老街的壮举,让拆迁陷入僵局。他也因此番折腾,造成轻度脑中风,走路和说话都不利索了,一条胳膊也废掉了。

紧接着,老街一些常住户,联名写信,并摁上指印,选派几名代表,直接上访省城。

老街拆迁被迫暂停。

有人说,这是武汉文背后出的点子,他太老了,阻止不了陆文昌,只能出此下策。对这种传言,陆文昌没闲心去管,他急等要做的,是把建设现代化小城镇的使命完成。现在,他的政途规划,出现了令他愤怒的走向,他当然不死心。这时候,袁成功开采浍山的事,也出现了意想不到的波折。更让陆文昌没想到的是,袁成功居然玩起了躲猫猫,坐实了他陆文昌因为记恨夏小荷和稽成煊,从而让两人背负债务、公司破产的事实。

逮住袁成功,一定活捉住他!这是陆文昌放在心底决不收兵的坚定信念。哪怕后来他到了东岗,从最普通的办事员做起,他依然坚持着这个信念,并开始实施。

四年的努力,眼见就要成功了。这就是他此刻跑到东岗乡,急切来见刘丽雯的缘由。

收　　网

刘丽雯是东岗乡中学的教师,八〇后。有一天她晨跑结束时,发现她常常跑步的乡政府后面的杨树林荫道上,迎面跑来一名男子。那个男子有点帅,有点忧郁和陌生。后来总会在晨跑中遇见,有点清高的刘丽雯居然率先打声招呼。刘丽雯考上教师编制并分到东岗乡中学教书,有几年了。她书教得不赖,其间有调到浍县一中的机会,但她不去争取。她喜欢待在这个自然风景不错的乡下,远离城市的喧嚣。城市里发生的那场爱情,把她吓住了。说起来也是很落俗套的桥段,刘丽雯的闺密夺走了刘丽雯的同居男友。刘丽雯自己省吃俭用,做出美食把闺密喂得珠圆玉润,把男友喂得叶茂枝繁,两个饭来张口的人却联合起来把她欺负了。一想到这一层,刘丽雯就心痛胃疼。她喜欢在干净的乡下疗伤。

在疗伤的苍茫岁月里,陆文昌的出现,仿佛阴霾的天空闪烁的那几粒星星。刘丽雯愿意玩味这几粒星星。

两人总是不期而遇于晨跑的光明里。早晨的阳光,打在大平原的每片枝叶上,光彩夺目。穿着运动衣的刘丽雯,英姿飒爽,反倒衬出陆文昌的沧桑来。

东岗乡离浍水镇并不是遥不可及,一枝梅陆文昌给了刘丽雯许多好奇。

她觉得这个被人取了外号"一枝梅"的男人，只不过是在打造自己野心的时候，没有把握好分寸而已。记得她曾想着把那一对男女杀了，但她突然对着他们展眸一笑，那种笑倒像已经杀死了那对男女。这就是她刘丽雯把握的分寸。陆文昌显然越线了。

就算未婚妻被捉奸在床，也不至于把人家辛辛苦苦做了许多年的厂子给整趴下了。何必不给自己留条后路呢？她不由得劝说起陆文昌来。其时他们正约着在傍晚散步。

"不是你说的那样子的。"陆文昌苦笑一下，"每个人都喜欢传说别人，每个人又都像一个传说。不是吗？"

这话倒有几分道理。

"有什么新的打算？"刘丽雯问得很脸谱化。

"我要捉住一个人，那个日娘的袁成功。"陆文昌忍不住爆粗口，说得咬牙切齿，倒叫刘丽雯上心了。她在乡下的岁月太平淡了，如果能帮着陆文昌捉住那个"日娘的"，那真是很刺激。

"他在哪里？"她问陆文昌。

"消失了。手机停机，以前的座机也停机。一切线索都没有了。"陆文昌找出手机里袁成功的照片给她看。

其实陆文昌曾去南方找过袁成功。

在那个工厂林立的南方，他迫不及待地造访了袁成功带他参观的那两家企业。让他意想不到的是，两家企业和袁成功一毛钱的关系都没有。袁成功只不过带着急于招商的他，在工厂区坐车走马观花一番，随意用手一指，就把两家工厂当作自己的厂子介绍给了陆文昌。陪同袁成功的那些朋友，也客串成企业家，一路相随，一路吹捧着袁成功，陆文昌想单独和袁成功待一会儿的机会都没有，让他这个北方嫩后生，根本无暇甄别袁成功的真假。随后袁成功又拿出厚礼相赠，完全一副大企业家不拘小节的做派，更加坐实了他就是个不折不扣的成功企业家。

"人啊，只要经过了，就会留下痕迹，哪怕他跑到了天涯海角。就像蜗牛行走一样，只不过，蜗牛留下的是明痕，人留下的是暗道。"刘丽雯自信地一笑，"我是网络高手。你放心，我一定把这个人给你人肉出来。"

陆文昌一听，眼睛里立即放出光来。四目相碰，不由得火花四射。

两人立即投入寻找袁成功的网战里。

陆文昌调到东岗乡后，除了忙手头的工作，还想把袁成功这个大骗子抓到手。他绞尽脑汁想出了以其人之道还治其人之身的招数。首先让刘丽雯以真实姓名注册了一个QQ账号，连照片和身份信息都是真实的。然后，刘丽雯忙不停地人肉着袁成功，陆文昌又发动开网吧的另一个同学相助，终于大海捞针般找到了疑似袁成功的QQ号，把袁成功钓了出来。刘丽雯的QQ号是和陆文昌共有的，陆文昌可以随时上去跟袁成功聊天。袁成功的网名叫"诚实的猫"。诚实的猫仍然以一副成功商人的身份自居，陆文昌就跟他聊人生，聊做教师的不容易，袒露出对他这个成功商人的顶礼膜拜。袁成功开始非常警惕，陆文昌就越发说得没心没肺又可怜兮兮。渐渐地，袁成功放松了不少，得意之余，更加吹嘘自己有多少厂房，资产上亿，北、上、广都有他的加工企业。陆文昌更加羡慕了，恳请诚实的猫能带自己发点小财。然后，就说出了自己当教师十几年来，省吃俭用积攒了二十万块钱，一直不知做什么用场。炒股不懂；也不会做生意；理财吧，不放心；炒房子吧，钱太少炒不起。还说，在他们学校，像"她"这样的老师，还有十几个，大家手里握着不多的一点小钱，一时不知做点什么，才能让小钱生出小钱最后攒成一捆大钱来。

袁成功渐渐上心了，他说，如果信得过他，可以把钱投到他的企业里，按月分红利。但陆文昌说，怎么能相信他是真的还是假的企业老板呢？他们十几个老师，加一起，有三四百万块钱的积蓄呢，这可都是大家十几年工作攒下的血汗钱；而诚实的猫只是个网上自称是企业家的人，谁知真实的他叫什么，又是做什么的？谁能把几百万块钱交给一个素未谋面的人呢？除非，他邀请他们一帮教师去他的工厂参观考察一下（陆文昌知道袁肯定不会答应），或袁成功亲自到东岗来一趟，让他们一帮教师见见真人，而且袁成功要来的话,还得带着企业的营业执照过来,否则,他就是来了,他们也不信他,也不会把钱拿出来投给他。他们当老师的,都是诚实的人,也是稳妥的人。

袁成功又开始警惕起来。

陆文昌和刘丽雯合作跟袁成功聊天,基本都在刘丽雯宿舍,用刘丽雯的电脑。这样的好处是,他们的合作不会穿帮。刘丽雯看着陆文昌用五笔输入法噼里啪啦打着字,不由得心内佩服起陆文昌来。她的嘴巴不自觉地贴在陆文昌的耳朵跟前,哈出来的一股股暖暖香气,激起了陆文昌聊天的文采,使他跟袁成功的对话,就像电视剧的对白一样精彩。

"你要是在公安局工作,一定是个好警察。"刘丽雯贴着陆文昌的耳朵根,小声夸赞着他。陆文昌受到鼓励,跟袁成功的聊天更是纵横捭阖,动人感人。那头的袁成功,仿佛也受到了感染,把辛苦的园丁们夸赞了一番,信誓旦旦一定帮助阳光下最纯洁的职业者们发一笔小财。

但是,袁成功太狡猾了,世上只有他骗的人,还没有骗他的人。他岂能轻易上当?

那么,怎么能把袁成功从隐秘的网络里,调到光明的现实里来呢?那就必须拿出真实版的刘丽雯和同事们,让拥有阳光下最纯洁职业的他们,大鸣大放地给他看,把他的胃口吊得足足的,让他情不自禁地"旧情复燃""旧梦重温""旧招重启"。

天下骗子都有一个通性,即面对诱饵时,总会在适当的时机出手。

那就给他创造一个适当的时机,让骗子现身。

"这就看你的本事了。"关掉聊天窗口,陆文昌猛灌一通茶水,目光炯炯地看着刘丽雯。

刘丽雯脸有些红,陆文昌这才发现,他刚才喝下去的那杯水,是刘丽雯的。

刘丽雯朝前微微曲着身体,神色慌乱地摇晃着鼠标,想关掉电脑。她曲线毕现的身体,正横陈在陆文昌的胳膊上方,陆文昌的手还傻傻地放在键盘上。刘丽雯娇羞的脸,那双像燃着火的眼睛,颤动的长睫毛,湿润的红唇,犹如一盘珍馐,散发出香喷喷的气息。坐在电脑椅上的陆文昌一个转身,就把刘丽雯严严实实抱在怀里了。

那会子,陆文昌已到东岗上班两年零三个月了。他正大张旗鼓地对旧街道旧房屋修旧如新地改造着。东岗是一九六四年才划出来的乡,之前只是一个骑着国道的村庄,没有古旧的房屋,不存在扒拆古建筑一说,但陆文昌仍然到村民家座谈,一家挨着一家地谈,收集到村民的集体意见后,形成文字,呈现在乡政府班子会议上。根据群众意见,或让居民在原宅基地上扒了旧屋盖新屋,或直接对质量尚可的旧屋进行维修。半年时间不到,东岗乡完成了街道绿化亮化工程,当景观树景观石和村民文化广场一亮相,东岗街道就像一位半老的徐娘,显出深藏的娇艳丰姿。

东岗乡因地制宜修旧如新改造小城镇建设工程,是陆文昌给乡政府写了保证书的定点工程。他要用一年时间,给东岗来个旧貌换新颜。现在,计划实现了。老百姓得到了实惠,东岗乡成为全县学习的典型。陆文昌一不留神,又把自己推到了前台,成了被学习的对象。这次,他没有之前的那种急功近利和热情似火,县里举办的表彰会,他没去参加,是书记和乡长去的,他只待在刘丽雯的宿舍里,在刘丽雯的电脑上布着"口袋阵",让袁成功早点现身。

无形之中,陆文昌把刘丽雯培养成了一名出色的演员兼导演。为了让袁成功百分之百地相信她,刘丽雯把手机带到了课堂上,打开视频聊天镜头,让袁成功看着她如何给同学们上课;没有课的时候,她就跑到别的班级听课,录下其他老师的视频,再发给袁成功看;或者,通过 QQ 镜头,直接让袁成功观摩老师们的课堂教学。参与这场演出的老师,刘丽雯都现场"说戏",因此,操场打球的视频,食堂吃饭的视频,甚至教研组一起开会的视频,都是袁成功那段时间学习的"必修课程"。尽管每次视频时,袁成功都会把镜头遮蔽起来,让刘丽雯看不到他的真实面目,但陆文昌本能地感觉到,镜头那端,绝对是袁成功。

为了稳套住袁成功,陆文昌狠狠心,让刘丽雯把身份证件也拍成照片发给袁成功。这一下,袁成功彻底相信了。

敢情这东岗中学一群老实本分想发点小财的教师,正捧着三四百万块钱等着他来拿呢。袁成功知道舍不得孩子套不住狼,他终于开着小车,顺着高速公路,来到了东岗。因为联保资金贷款跑路后,他上了黑名单,已经被限制坐高铁和飞机了,只能自己开车。

陆文昌正是那次和稽成煊、夏小荷在浍水老街上散步说话时,接到刘丽雯电话的。他扔下一起谈事的稽、夏二人,心急火燎地赶到东岗,一边和刘丽雯商量着如何给这场大戏收场,一边给派出所打了电话。

"收口袋"的战斗打响了。派出所出场,给每个帮着收网的老师做了战前动员,之后开了两辆社会车辆,远远跟着。陆文昌和刘丽雯并肩作战,陆文昌握着刘丽雯的手机,和袁成功保持着紧密联系。袁成功告诉了陆文昌到达东岗的时间,却不肯说出自己的车牌号。陆文昌先不着急,与袁成功约在一家饭店门口见面。

然后,刘丽雯和几位东岗中学的老师,夹着公文包,来到饭店门前,东张西望地等着袁成功。陆文昌随同派出所的民警,坐在一辆奇瑞汽车里,在暗处观察着。袁成功非常狡猾,见到视频中的那几位教师在饭店门口徘徊,尽管验明了正身,他并没有下车,甚至连车都没有停,直接开过去了。他再次联系刘丽雯,让她和几位教师听他的指挥,到靠近高速入口的那家加油站旁边的小吃店会合。陆文昌手机指挥刘丽雯照袁成功说的做。刘丽雯和几个老师,钻进一辆出租车,直奔加油站方向。

在小吃店门口,戴着墨镜的袁成功,刚刚从车门里伸出半只腿,另一条腿还没来得及站稳,手铐啪的一声,就逮住了他那双贪欲之手。

尽管不说出车牌号,但那辆外地号牌的小汽车,下高速后就被派出所盯上了。等车开上去东岗的县道,民警便确定开车之人是袁成功无疑。偏僻的东岗,不是逢年过节,外地车辆太少了。

袁成功从十几岁就是骗子,以骗起家的他,面对可以欺骗的对象,总难以忍住不下手。骗了这些年,上了年纪后,决定收手,在南方办了一家厂,是用他小孩舅的名义办的。拿出家底,加上开采浍山卖石头的钱,连同赖掉不还的一千万元银行贷款,他的确可以咸鱼翻身。

在南方,陆文昌跟着警察和法院的人,实实在在地参观了袁成功投入使用不久的新厂房。陆文昌拍着袁成功的肩膀说:"你其实是个人才,只可惜用错了地方。"

袁成功强撑着朝陆文昌鼓着眼:"彼此彼此。"

大戏收场了,刘丽雯惊喜无比。枕着陆文昌有力的臂膀,刘丽雯感到,陆文昌并没有像她想象的那样,显出获胜后的狂欢。他似乎满腹心事,郁郁寡欢。

"找到了骗子,追回了钱款,这下,你可以对你的发小们有个交代了。"她把指头放在陆文昌的鼻翼两侧,轻轻划拉着,从鼻子到额头,再到脖颈。这是她疼爱陆文昌的方式。

刘丽雯看到了陆文昌眼里深井般的忧伤。

天一亮,陆文昌就急着往浍水镇赶。

"我要跟你一起去,正好是周六,没课。"刘丽雯急着穿衣服。

陆文昌拂拂刘丽雯的一头长发,苦涩地笑了笑。

第七章　纠结

四个瘸子抬花轿，

四个瞎子打着灯；

四个哑巴吹喇叭，

四个聋子跟着听。

瘸子说，阳关大道不好走；

瞎子说，纸糊的灯笼咋恁明；

哑巴吹着喇叭张大嘴，

聋子说，恁好的调门咋听不清……

——淮北大鼓

困　　惑

夏小荷比谁都着急。不是钱的事。钱不算事，被人为地拖着项目不落实不开工，才是事。

拖她事的，是政府部门的人。

近阶段，夏小荷被一个词"立项"牢牢套住了。

这个要确立的项目，就是浍水河沿岸绿化美化工程和复建浍水河南码头的工程。

"立项"这个词，对夏小荷而言，并不陌生。只是跟政府部门打起交道来,她才觉陌生。做企业这些年,她只知道如何守法守信地把企业做好,获得经济和社会效益。经商这些年,跟政府的人打交道并不多,特别是单枪匹马去奋战,是头一遭。那些坐在办公室啪啪啪敲着电脑的小科员,那些坐着大班椅子的科长副科长,主任副主任,冰着一张脸,朝她撂出来一撂撂的话——调研,受理,审查,决定,批复,夏小荷陷入行政主管部门的职权游戏里面了。这些握着小权的人,哪一个部门都够她等上个一年半载的。她被一个叫"立项"的词,彻底困住了。

其时,夏小荷牵头成立的浍丰银行,刚刚开业不久。所以,钱不是问题,浍水河美化绿化工程及早立项,项目开工,才是问题。

她不得不去找陆文昌商榷。

自从刘丽雯来浍水镇,热心热肠地和夏小荷打了招呼,夏小荷觉得,她跟陆文昌要有距离了。小刘那个女孩子,在她的那一方天地里,陆文昌显然是她的天。自己也有过这样的年纪,把男人当天的年纪。现在,她自己就是自己的天了,她有这个能力了。

那么,她最好不要伤害到那个女孩。不管陆文昌怀着怎样的心思,她和陆文昌之间,已经不需要有私情了。尽管拴宝还了自己清白,但在清白无法被证明是清白的日子里,她受到了伤害——不被信任的伤害。如今回到浍水,是回到自己的故乡,并非回到旧情里。这是她看到刘丽雯的那一刻起,更加明白的事理。

回到浍水,不需要大道理去说回来的理由,只要站在镇东的工业园区内,看着停车场等待拉货的大货车,工人们上下班的忙碌身影,那一片蓝天下亮晃晃的厂房和厂房外生机盎然的庄稼地,所有的大道理都是多余的。

正如妈妈郑秀玉所言,谁也阻止不了她夏小荷回到家乡。

回来,才能心安。

而且她知道,她坦然地回到浍水,已经走出了那个带着私情的小我之境。

汉文爷爷曾说过,守着,才能心安。汉文爷爷一守就是几十年,守到快九十岁,依然守候着。他守着的,就是自个儿的内心;他等待的,也是那份恒心。

她何尝不是?她回到浍水,就是为了自己心安。

制衣厂再度在家乡响起了机器声,她心安了。下一步,她要着手办的,就是兴建浍水河的南码头,完成南码头两岸两公里区域内河道美化绿化工程。

在陆文昌的手里,有一张浍水古镇修旧如旧规划图纸,严格意义上讲,这只能算是一张草图。陆文昌拿着自己绘制的这张草图,在镇政府办公会议上展开讨论,获得班子成员一致赞同。现在的问题是,修旧如旧的钱从哪里来?需不需提前请省里设计院的专家,对古镇老街修建做一个合理的设计和评估?要实现这些,打前锋的,就是钱。镇政府力争从国家小城镇建设专项扶持项目中,获得最大的资金支持,但仅靠此一项,要完成图纸上规划的建设项目,相差太远了。

这时候,夏小荷先出手承建浍水河两岸美化绿化工程。只有这样,南码头才有落脚之地。复原了南码头,绿化了浍水河道,再把沿河老街其中的一段还原成碎石大街的真实面目,成为青少年教育基地。在此基础上,修复浍水老街,指日可待。她夏小荷要先打响修旧如旧文化古镇的第一仗。

修复浍水河南码头,对浍水河两岸进行美化绿化,需要县里的两个部门审批,一家是县水利局,一家是县林业局。正是跟这两个部门打交道,夏小荷深深体会到,什么是门好进、脸好看、事不办,或门难进、脸难看、事不办的奇怪现象。

浍县水利局那位姓任的科长,态度谦和,听着夏小荷关于河道堤坝美化绿化的讲述,频频点头,安排工作人员不停添加茶水,让夏小荷觉得人家办事认真,给予的回答也合情合理。但是,去了五次,看到五次任科长的笑脸,得到的仍是同一个版本的答复:要派专家对浍水河流经浍水镇的那段河流的地理位置、河道绿化潜力、绿化范围、土壤结构、周边农田村庄、电力设施等进行实地勘察。时间嘛,专家也不是为你一个地方服务,专家总是很忙的,领导也总是很忙的啊。哈哈。再讲吧。再讲吧。再讲吧。和蔼可亲的态度,让你找不到生气的理由。

浍县林业局的那位扈科长,就显山露水地不给好脸子了。在任科长处,至少还赚个笑脸,在扈科长处,那就是冰霜雪剑。

这权力是你自己独有的吗？显然不是。这是你作为公职人员,国家赋予你的权力,而这权力,不是为你自己办事的,是为人民办事的。面对那张冷脸,夏小荷心里大声说着这样的话,但这些话,显然是被倔强的嘴唇挡住了。她还没天真到如此地步,毕竟她在浍水镇长大,知道小衙门的厉害。

当然不能一棍子打死,不是所有的脸都难看,所有的门都难进。那个难进的门,难看的脸,只是其中的一扇门一张脸罢了,然而,就算只有这一扇门一张脸,也把夏小荷难住了。

甚至说,令夏小荷沮丧了。

她是打满鸡血想做成一件实事的啊。

打了报告,递交以上部门审批。七八条审批依据,哪一条不符合都过不了关。《水法》《防洪法》《行政许可法》《河道管理条例》《河道管理范围内项目建设规定》等等,夏小荷给自己恶补了这些课程,并逐条对照,生怕有什么差池。她要绿化的这段河道工程,必须符合防洪规划和河流治理规划,对河流沿线、河势稳定、水流形态、冲淤变化没有影响,不妨碍河道行洪,对堤防、护岸及其他水利设施没有影响。这是坐在县林业局那间办公室里,听那个扈科长说的话。他脸色难看,但讲起来头头是道。其时,夏小荷拿着文件袋,从袋子里掏出事先打印出来的申报材料:《河道管理范围内建设项目工程建设方案审批申请表》。建设项目依据文件一份,建设项目涉及河道与防洪部分初步方案、防洪评价报告等等,材料齐全。

材料放在扈科长桌子上,他并不看她送上来的材料,而是对着电脑屏幕在打字。他敲字很慢,是拼音输入法,从打字速度上看,他平常根本不打字,因为他放在键盘上的手的位置都是不对的。他只用一根指头找拼音字母,半天找到一个,就用一根指头敲上去一个。老半天,他都没能打出来一行字。

他在用这种方式来挫伤夏小荷。

"你们这些发了财的人哪,总是想方设法不放过任何一个发财机会,哪怕一片水,一条小河沟。"扈科长突然停止打字,深深地看了夏小荷一眼。夏小荷发现他的左眼角,有一朵鲜黄的眼屎。

夏小荷不想再多待。她克制着被冷落的情绪,礼貌地站起来说:"请多费心啦。我没有发财,只是想完成一个夙愿。"

扈科长头也不抬,冷冷地说:"放那吧。"

这是第一次去。

过了一个礼拜,夏小荷再去时,扈科长说,他已将报告呈送到上级部门审批了,让她等着。

夏小荷一共去了五次县里找扈科长。她急是有道理的,趁着没有入冬,开工建设正当时,一旦冬季来临,早晚会有霜冻,不利于施工,而且水边的作业,在冬季是很受罪的,她要考虑到施工安全和工人的辛劳。

"程序走到哪一步了啊,扈科长?"她第五次坐在扈科长的办公室,拿出最大的诚心问道。

"还在走程序。"扈科长仍旧用一根指头点击着键盘,做出日理万机的样貌。夏小荷非常想知道他键盘下面,到底藏着什么。

"已经两个月了,扈科长,您能催一催吗?"夏小荷拿出最大的耐心,像个小学生那样看着扈科长。她觉得,自己一个中年妇女,固然年老色衰,但也不至于衰到被人视为无物的地步。做企业时,多少次出入谈判场合,她是游刃有余的,甚至可以说光华四射,但在扈科长面前,好像一无是处。

"是否,我们先建设,再等批书下来?"她终于拿出谈判桌上的气势,说了一句。

"谁给了你这个权力?如果都按照你说的这样来做,国家还设立我们这个部门干什么?"扈科长脸色铁青,把那根点敲键盘的指头,撤退到拳头里面,握成随时打架的姿势。

夏小荷只得落荒而逃。如果再多待一分钟,她就会爆发,会说出连她自己都不能把握的粗话来。关键时刻,她怎能得罪林业部门的领导呢?

只得搬出来陆文昌。本来不想跟他打太多的交道,但这时候,似乎陆文昌是唯一可以拿出来的战将了。这个摸爬滚打的小政客,在与政府部门打交道时,一定有强于她的方略。

陆文昌不在办公室。夏小荷凭感觉推测,他应当在稽成煊正在兴建的饲料厂——大浍水立腾生物科技有限公司的建设工地上。

果然。

入驻工业园区的企业,五年内免地租金,这是浍水镇给予的最大优惠政策,对企业而言,可谓利好多多。尤其是陆文昌摆开的口袋阵,给他们两家企业追回了被袁成功骗取的联保资金,等于给两家企业雪中送炭,增强了财力和动力。等企业做出成绩后,陆文昌还可以帮助他们争取项目资金的支持。当然,申请项目扶持,也得有恒心和协调能力。国家或省里每一笔项目资金的到来,落到县里相关部门后,分配给哪一家企业,是要经过很激烈的竞争才能得到的。不光是企业的实力,还有方方面面需要"达标"的。其中之一,就是感情的"达标"。

稽成煊的大浍水粮油商贸有限公司落户浍水镇工业园区后,紧接着又注册了一家生物饲料厂,名字也取得响:"大浍水立腾生物科技有限公司",并获得了农业部的专项资金支持。这是一个大项目,农业部资金支持五百万元,全省只有两家企业获得。之所以能落到大浍水立腾生物科技有限公司头上,是有根由的。稽成煊新建的饲料厂,同样属于涉农企业,和农业农民有着紧密联系,能用微生物转化浍水镇及周边三个乡镇的小麦和大豆秸秆做成饲料,仅此一项,就为农民增收百分之三十。稽成煊在项目申报材料里面,专门提到"产业链"这个词。看来,稽成煊在德市几年,真是收获不少,把外地经验直接搬过来为自己的企业服务了。无论是加工粮油的"大浍水粮油商贸有限公司",还有生产饲料的"大浍水立腾生物科技有限公司",还是正在他心里处于萌芽状态中的其他产业,现在的稽成煊,已经有板有眼稳扎稳打地做产业了。当然，他之所以敢这样做，除了他自身的胆识，还有陆文昌的推波助澜。陆文昌带着稽成煊考察了周边省市做农业的龙头企业后，说出了那句掷地有声的话："要实现乡村产业的振兴，就得做好大农业文章，你仅仅办一家粮油商贸是远远不够的。"稽成煊知道他的话是有道理的。"产业链"这个词，就像长城一样威武，深深印在稽成煊脑海中，也嵌在振兴乡村经济的符号里面。

在大浍水粮油商贸有限公司厂房后面，堆放着做厂房的钢架，虎视眈眈地注视着夏小荷。钢架生产厂家，正在组织人马安装，现场一片热闹。夏小荷心里猛地一热。这个稽成煊，他做得比她大多了，而且，他的企业接地气。自己要做的，是不是有点花拳绣腿了？男人的野心，真是没法形容，一旦扩张开来，是难以再收拢的。但她同时有着隐隐的担心，说不上来这种担心究竟为了什么。

稽、陆二人都戴着安全帽，背对她站着，夏小荷在背后深深挖了他们几眼，站着看了一会儿。只见陆文昌张着手指东指西，就像指点江山一样。夏小荷脑中蓦然冒出陆文昌的专属外号"一枝梅"。陆文昌，他是否喜欢他现在的角色？指点江山，运筹帷幄？

仿佛两人感到后面有双眼睛，一齐回头，居然看见了夏小荷。

"哈，稀客啊。"稽成煊先打招呼。

夏小荷笑道："瞧你这生龙活虎的阵势，不发达都不行啦。"顿了顿，又说，"我是来找陆文昌救命的。不然，我斗志都被挫折到零下二百度了。"

陆文昌连忙说："肯定是南码头的事。晚上我们去茶楼坐坐，议一下。现在我还得跟成煊议议农业部项目落地的事。"

看看西天即将落下的太阳，夏小荷点点头。

武汉文睡得早，怕耽误老人休息，陆、稽、夏三人匆匆吃过晚饭，马上去了浍水阁。

拴宝烧好了几竹壳茶瓶开水，慌慌地夺路而逃。夏小荷笑道："拴宝，跑啥跑，不就那点小事嘛，你心里还放不下啊。真是的。"

拴宝咯噔站住了,但不敢站在灯光下,他站在了廊柱后面的阴影里。

武汉文笑道:"要他从羞愧里走出来,还得些时日呢。谁让他做错了事。老实人做错事,心里的别扭,没有个三五年,哪能解得开呢。"

几个人齐声笑起来。

"早点回家帮凤英带带娃,她白天也忙得很呢。"夏小荷朝外撵拴宝,"以后不用这样勤快当跑堂的啦,多顾顾家吧。"

"家里顾得过来,我爸爸妈妈腿脚还利索。只要汉文爷爷不撵我,我就一直在这里当跑堂的。没有汉文爷爷救我爷爷,哪有我们这一大家子?"

淮河战役支前时,拴宝爷爷也是小车队的,挨敌机轰炸时,武汉文跃身扑倒拴宝爷爷,就地一滚,才算护住了他的命。躲过了炮弹,武汉文的头部,却被地上的石头磕出一条大血口子。

武汉文笑呵呵地冲拴宝摆摆手:"今晚放假,明天再来。"

拴宝在老虎灶那里摸索了半天,才放心地离去。

议事进入正题。

"两张脸,一个笑得天晴水暖,一个冷得寒冬腊月,但效果都是一样的,就是不给你办事。"夏小荷猛灌了一碗棒棒茶,"汉文爷爷,您老说该怎么办?我是没辙儿了。真叫人想不通,做好事也这么难。"

武汉文看着陆文昌说:"现在吃公家饭的人哪,真是不好说啊。当年支前时,只要说需要檩条子绑担架,老百姓二话不说就扒屋杀树,哪会跟政府讲条件?现在好,百姓求政府办个事,要看脸子,还得琢磨心思,都不知那心里咋想的。我看哪,这回得文昌出马协调了。"

自从陆文昌在去年底被人大会议选举为浍水镇政府镇长,他明显比过去忙多了。他现在的做派,和几年前明显不同,也因此,陆文昌就明显地比之前要操心,要累。人不可能两次走进同一条河流,人也不能犯同样的错误。陆文昌绝对要避免犯同样的错误,不但不能犯,还要修整过去他留下的疤痕。

陆文昌双手交握,陷入思索之中。作为一名基层小官员,对小官场的潜规则,他是明白的。吃拿卡要看似刹住了,但暗流潜涌,明面上不要,背地里,仍然变着法子要。当着几位的面,他不能直说。过了一会儿,他才说话:"小荷这是陷入不作为门了。"

"什么意思?"夏小荷急道,"什么门?"

"现在不是流行什么什么'门'嘛,你就是被不作为门困住了。无论是笑脸对你的,还是冷脸对你的,一律都是不作为的表现。"

"难道可以这样复杂吗?他们究竟想怎么样?"夏小荷愤愤道。

"他们手里的权力是谁给的?人民给的,那就得为人民办实事嘛。"稽成煊插话道,"他们到底想怎样才会出手办事?"他不由得深看了夏小荷一眼,欲言又止。

夏小荷脸一红道:"稽成煊你什么意思?难不成我……我这么大年纪的人了,我已经卖笑给他们了,还想怎么样?"

陆文昌一摆手,说:"这两个人,我之前打过交道的。水利局的那个笑脸任南平,他笑着拖延你,就看你可能读得懂他笑里的意思,他要你有所表示。尽管上面查得严,但仍阻挡不了某些人的受贿欲望。"喝了一口茶,转动着手里的杯子,"那个冷脸扈文学,名字起得多好啊,文学。做事缺乏文学的含蓄性,太喜欢摆在面子上。他半年前受了处分,有情绪。给某人办事,硬是向人家索贿五千块,还要人家一台照相机,听说那人出事了,马上主动上缴赃款赃物,反应多灵活啊。没有法办他,就从科长降为一般科员了,但那一块还属于他管,也没有新科长上任,这也是奇葩之事哈。虽非科长,仍行使科长之权,一个科长,权力能有多大,但就有权拦截你,不给你办事。不作为啊,真是可怕的不作为!"

"照这样拖着的话,我都没信心了。"夏小荷沮丧道。

"真真假假,虚虚实实,这就是小官场的生态。看来,要花时间协调了。"陆文昌道,"现在办事情,需要的是协调。"

"科长是多大个官呀,也要这样设道布阵?"武汉文叹道,"咋不想想是谁给他的权力呢?"

陆文昌说:"爷爷,看来我要跟他们过过招儿了。"

"可不要冒险,更不能犯法。"武汉文严肃道。

"肯定不会的,只是想个办法,协调协调,破破他们的招儿。明天,我和成煊、小荷去一趟县里。正好成煊的那个项目,也要到县农委去协调一下。"

"好,你们三个一起去,我就放心啦。"武汉文捋着白胡须,冲三人叹息一声,"但愿这些握实权的人,能有所作为。"

浍水大道的道

又该轮到我老石头说话了。您该说了,几个年轻人都生龙活虎地做着振兴大浍水的大事要事了,哪轮着你这个老石头废话呢?

我还真得说道说道。

因为浍水镇要修建一条浍水大道了。

我的主人铁脚,已经不再拖着我拉地上走了。他把我握在手掌心里。只有在他最高兴的时候、心情愉快的时候,才会把我握在掌心里,用手指肚安抚我。

这段时间,铁脚就给了我这个待遇。他时时把我从芝麻粒喷香的衣服口袋里摸出来,握在掌心里,一边走路,一边跟我说话。

那句"有个嘴,要吃人"的话,他暂时收回去了。他换了一种说法:"浍水大道,有道。"

这下您该明白了,因为要修建浍水大道,我的主人铁脚的腔调改变了。他腔调的改变,证明着他心情的改变。心情一改变,他弯腰走路的姿态,也有所不同了。似乎,像弓一样弯着的脊背,角度打开了一些,不那么弯了。

这个浍水大道对我的主人铁脚而言,真的太重要了。因为,这条大道,从浍水河的南码头,顺着浍水老街一直往北,穿过老街道和新街区,延伸到浍山跟前了。

浍水河的南码头,是个老码头,夏小荷牵头修建了起来。修建老码头,绿化美化浍水河两岸风光还不算,这个小妮子理想大,她要让老码头连接上浍山,让山和水连起来,形成一条观赏茶文化古街和山水文化的观光大道。这样一来,水活了,山活了,古镇也活了。

您有所不知,这个小妮子夏小荷,那真叫有本事,她开了一家银行。开银行这个事,是一般人敢做的吗?要有多少钱才能开得起银行啊,夏小荷就开起来了。关于她是如何开银行的,后面的故事里,您肯定能看得到啦。

咱先说说浍山。

浍山,那可不是一般的山,那是我的主人铁脚出生地浍南村的山。当然,严格意义上讲,浍山是国家的山。但浍山长在浍南村的地界上,在浍南村所有人的记忆中,这座山就是浍南村的山,是护佑浍南村人老几十辈几百辈的秀山灵山。这座秀山灵山,没有被小日本的飞机炮弹轰炸死,也没被老蒋的飞机大炮轰炸死,却让陆文昌招引来的那个奸商在光天化日之下炸死了。

在这里,我不得不插播一段铁脚带着众乡亲守护浍山的故事了。

您瞧,一不留神,我用上了电视里常说的"插播"二字了。

这是五年前的事了。

浍山杵在浍南村的地界里,人老数辈的浍南村人,都把浍山当成自家的山,当成祖宗,对山上的一草一木一石一凼,都像爱护眼珠子一样护着。浍山不高,不足三百米;面积也不大,顺着山周围走一圈,也只有三里望路,是一座独立的小山。浍南村在浍山的南边,紧傍着浍山,祖祖辈辈耕种着山跟前的土地,尽管山跟前长满石头疙瘩的茅草地让村里人均土地比别的村要少,而且那些长着石头疙瘩的土地耕种起来有点费劲,但村人乐意,人老数辈,就那样无怨无悔地守护着这座石头山,像守护着祖宗的灵牌。谁能想到,祖祖辈辈守护的山,就要让人给炸掉了。

浍南村整个村庄的人都闹起了情绪,我的主人铁脚情绪最大。当第一声开山炮响起来的时候,浍南村的人,都觉得自己的内脏被炸开了一道口子,一村的男男女女都跑出来了。跑到山跟前一看,不得了啦,有人要用刀斧和炸药毁了这座山。浍山露出地面的海拔不高,但长在地下的深不可测,石头都是好石头,炸山的人,就先从山根炸起,然后朝下面深挖。浍山胸腔里的那些青幽幽宝石般的大石头,正被装在大汽车上朝外运。有人大喝一声:"谁敢炸我们祖宗的命根子!快放手!"

您可猜出来这大喝一声的人是谁了?正是我的主人铁脚,朱太平。

我的主人铁脚朱太平的故事,前面也说过不少了。他是土生土长的浍南村人,祖祖辈辈倚着浍山居住不少年了。那些石头和山上的桃树榆树梨树,也看着浍南村的人生生世世不少年了。山和村庄,石头和村人,你看着我,我看着你,共同见证历朝历代的事,或会心一笑,或心知肚明,都彼此护佑着、温暖着,这如今,浍山居然要被人炸塌掏空,这不是把村里人和浍山之间联络的血脉炸断了吗?

但是,村里人只能远远看着,飞溅的石头不长眼睛,已经朝跑在最前头的我的主人铁脚朱太平身上头上砸了,不是被人拉住不给往前再走,铁脚可能就被石头灭掉了。离开了山体的石头,已经没了灵性,见谁都能砸都敢夯。铁脚哭了起来。村里的一帮老人,也跟着流起了眼泪。但是,他们没有招儿。村里的青壮年劳力都不在家,老头老奶会使出什么招数呢?

而且还听说,这浍山是被授了杀伐权,可以任刀劈斧剁,炸平挖死的。

我的主人,五年前七十七岁的铁脚朱太平,带头擦干了眼泪,直朝镇上跑去。对,是跑,不是走。尽管脚上有几十年的老伤,但不影响朱太平的步履,他走路的姿势磕磕碰碰了几十年,我是习惯了,他自己也习惯了。他急起来的时候,身子朝前一挖一挖地撅拱着,速度可是不慢,这对他来说,就是跑步了。铁脚朱太平跑到了浍水镇上,在浍水阁老茶馆喝了一整天的茶,我也在他的口袋里闻了一整天的芝麻粒味儿。铁脚的脸上乌云密布,大先生武汉文也是一言不发。那个时候,沸满天因为上吊没死成,脖子可能被绳子勒了一道印子,正在镇医院里打吊水。浍水阁里没有沸满天的大鼓声,没有他沙哑着嗓子的说唱声,一下显得空寂了。两个老伙计在猛不丁的空寂里,互相看着,吱吱地不停喝着棒棒茶,一声接一声地叹息着,想不出来好主意。天黑透了,铁脚朱太平才蹒跚着步子,从镇上回到浍南村。

浍山跟前，依旧炮声隆隆，雾气沼沼。铁脚朱太平勾着头朝前走，两只朝里勾的大脚，使他的步履磕碰得更加厉害。

那个南方商人袁成功，炸山的速度惊人，他日夜不停地炸山，仿佛他一停手，那些石头就会自己再长回到山壁上。一直炸了三个月，已经把浍山胸前的石壁掏出了一个大窟窿，掏得山体形成一个深不可测的大水坑，掏得浍山村全体村民胸部剧烈疼痛时，浍南村的人终于出动了。

全体村民出动的事由，是要为浍山举办一场声势浩大的葬礼。

是我的主人铁脚朱太平连着去了七天浍水阁老茶馆喝茶后，浍南村的人才决定为浍山举办葬礼的。铁脚和武汉文之间的谈话，我不想在此多说，您是明白人，哪需要我啰唆呢？您只管接着朝下看，就一目了然啦。

那天一大早，太阳刚刚从东方天边冒尖，待在村里的男老人和女老人集体出动了。这些男老人女老人，把自己武装了起来，个个披麻戴孝，人人手里举着一炷香，直朝浍山跟前逼近。他们并没有贴近流石乱飞的浍山跟前，而是直直地跪在大路上，那是浍山前面唯一的一条大路，路两边都是深沟，拉石头的汽车正装满了一整车石头准备驶离，就被齐刷刷跪着的老人拦住了道。我跟您说啊，您没亲眼看见，您要是亲眼看见了，一定会被眼前的一幕震撼到。白花花的一片老人哪，从头到脚都被白孝布罩住了，跪得纹丝不动。您在农村待过吗？要是您对农村的乡俗有所了解的话，您一定知道，全身穿白布的孝服，那叫重孝，都是至亲的孝子贤孙给老人送葬时穿的。现在，全部浍南村的男老人女老人，一齐给浍山穿起了重孝。他们浑身白雪、一动不动地跪着，一齐朝天祷告，手里点的香飘扬着微弱的蓝莹莹烟雾。那些微弱的烟雾飘扬了一阵之后，就绕行在浍山的上空，久久不散。我的主人铁脚朱太平，趔趄着站起身来，把用白孝布包着的黄豆和麦子，朝身边的地上撒着，每撒一把，就大叫一声："回来吗？"跪着的男老人女老人齐声应答道："回来啦！"这是在给浍山叫魂。一声声"回来吗？""回来啦！"的叫魂声，穿过炸山的隆隆炮火，传到了浍山的上空，筑起了一道铁甲般穿心扎肺的哭泣声。在乡俗里，哪家孩子的魂丢了，大人就抓着粮食，从家门口开始，沿着村道朝外走,走到田野,走到山跟前水跟前,边走边撒粮食边喊叫,两个人一起,一个负责喊魂,一个负责应答,在呼与应之间,魂魄就顺着撒在路上的粮食,自己摸回家来了。一时间,"回来吗？""回来啦！"的应和声,响彻浍山四周,老人们的声音越喊越响亮,声声如巨雷,盖过了炸石头的爆破声。

炸石头的炮声被逼停了下来。

太阳亮亮敞敞地在头顶上照耀着,初冬的小风吹得男老人女老人身上一阵阵寒冷。开货车拉石头的男人先受不住饥饿,撂下一车石头,跑到镇上去吃喝了。而为浍山举办葬礼的浍南村老人们,则哭泣有序祭拜有序,一帮披麻戴孝的老人,先回到村里吃过喝过,再换回另一帮老人回去吃喝。这种轮班倒的作战秩序,也是淮海战场上流传下来的。当年的小车队支前,累了饿了,就是这样轮流着拉车补给食物啊。这种换班制作战,日夜坚守,再冷的夜晚也不撤离,有身体好年岁稍小的老人,带着被子过来了,把被子披在身上守夜。祭祀的烛火在夜晚亮得扎眼,烛火后面的浍山,就像一座大坟！

浍南村的男老人女老人,连续三天给浍山举办葬礼,终于召来了躲避着的陆文昌。袁成功一直没有露面,据说他怕被人揪头,浍南村的人要拿他的头祭山,要把他的头揪下来,扔到山跟前被他挖的深水坑里,他哪敢出现。陆文昌也有顾虑,他怕村民当场发飙给他难堪,尽管他是本地人,尽管他有薄薄的一层官服在身上护卫着,可是他心虚。他太心虚啦！他没有想到,浍南村的人会有这么激烈的反应,会用这种方式阻拦开山采石。

刚刚经历了沸满天上吊的事件,陆文昌在和浍南村的老人对话时显得格外小心。老人们燃放了一挂鞭炮,再次把手里举着的香烛点燃,青烟阵阵,雾气蒙蒙,老人们的咳嗽声一阵紧接一阵。

陆文昌也跟着剧烈地咳嗽起来。

"没有别的条件,唯一的条件,就是停止炸山。"我的主人铁脚朱太平是村民谈判代表,他没有听从陆文昌的建议去镇政府谈判,他不愿意挪窝,不愿意临阵逃脱,谈判地点就在炸山的现场。我的主人铁脚站着跟陆文昌谈判,而其余的男老人女老人,仍旧跪着,一遍遍朝浍山磕着头,一遍遍低低呼求着,夹杂着小声的啜泣。陆文昌被这奇怪的阵势惊住了。他努力控制着自己的情绪,低缓地一板一眼地说:"太平爷爷,您是浍水阁茶馆的老茶客了,对国家的政策,比一般百姓懂得多。浍山虽说是长在浍南村的地界上,但它是属于国家的山,不属于浍南村,这是其一。"他又加大了声音,对着祭山的老人们说,"其二是,对浍山的开采权,也是国家相关部门批下来的,不属于无证开采,是合法的。"

地上跪着的老人,对陆文昌的话无动于衷。我的主人铁脚朱太平,盯着陆文昌的眼睛狠狠地看了好一会儿,才说:"你的祖上也是推过小车支援过淮海战役的,他们的血汗也洒在这片土地上,他们若地下有知,一定会跟你讲:不能见死不救。当年支援前线,咱们浍水河湾子河两岸的人民,喊的就是这样的口号,都齐心协力支前,护卫着我们人民的军队,支援着前线的战斗,直到最后取得胜利。现在,这座长在咱浍水大地上的祖宗山,要被炸平炸死,村民能见死不救吗?"

见陆文昌鼓着眼没能接话,我的主人朱太平又加重了语气:"你不像共产党,共产党是为人民办事的,你是为自己升官发财办事的;共产党保护人民的家园,你破坏人民的家园!"

铁脚朱太平的话音刚落,仿佛平地起了一股大风,呜呜响着直朝陆文昌猛袭过去。陆文昌觉得自己节节败退,他再看一眼皑皑白雪般长跪不起的老人,有点晕眩。他摸出手机,正要打电话给镇派出所所长,手机突然响了,一个电话,像急着投胎一样闯进来。是袁成功,那个炸山的南方商人。他急切地催促,要陆文昌无论如何把村民赶进村里,给他装石头的汽车让出道来。那辆车,已经停了几天了。司机是按天收费的。

陆文昌在电话里耐着性子跟袁成功说不要急,他正在处理。放下电话,看一眼皑皑白雪般静跪着的老人们,陆文昌的头上冒出了一层冷汗。

这时候,我的主人铁脚朱太平,呼地从白孝布大褂里掏出一面铜锣,咣咣咣敲响了。铜锣一响,陆文昌怔住了,而地上跪着的村民,一齐站了起来,嘴里发出狂风吹劲草的声响。铁脚更加起劲地敲着铜锣,并大声呼喊着:

"当年上前线,只要这面铜锣一响,全村人一齐出动,推上小车上前线。老蒋的大炮没怕过,老蒋的飞机扔炸弹没怕过,现在是保卫自家的山,我们更要理直气壮。"

咣咣咣,咣咣咣,铁脚手里的铜锣越敲越响,震得浍山上挨了炸的碎石直往下滚落。那些白衣白帽的老人,呼隆一声,集体让起了身。慌得陆文昌连忙跨上摩托车,一溜烟儿跑了。

从此以后,我的主人铁脚,就成了守护浍山的忠实卫兵,和村民们轮班为浍山站岗放哨。开山的炮声,从此成了哑炮。这才保住了浍山一大半的山石,而山石跟前那只孤傲的深水坑,则成了铁脚眼里"吃人的嘴",他落下了一个神神道道的毛病,这几年里,每天雷打不动地去浍山跟前,捡地上的小石头,去喂那个"吃人的嘴"。

现在,要修一条浍水大道了,从浍水河边的南码头起,穿过整条浍水古街,穿过北大街和新街,朝北延伸到浍山跟前的那个深坑边,还要在水坑里装上亭子。我的主人铁脚朱太平,去掉了那个"有个嘴,要吃人"的毛病,新添了一句神道话:"浍水大道,好道。"他说的"好道",可是有着很深刻的内涵哪。您该问了,是什么内涵呢?我搁这里不说,您来猜。你们人类有个老圣人,叫老子是吧?是比我小还是比我大?我算一下,嗯,比我这个老石头年岁小,他就是研究道学的哈。道可道,非常道,真是深刻得很呢。我的主人铁脚没有那么大的学问,他只在心里悟出来一个道,叫"好道"。这修起来的浍水大道,就是个好道嘛。

这会子,南码头已经开工兴建了,古街上的老房子,也陆陆续续修旧如旧地修缮着。浍水老街北头和北大街相连处,原来是丁字街的,靠北街的地方,只有一个小胡同,现在,要扒开一个缺口,把通往浍山边的路取直了,修成浍水大道。这能不是一条好道吗?

此刻,我的主人铁脚朱太平,就站在浍水大道尽头浍山跟前的大水坑边,望着深水坑里浍山山壁的倒影出神。那被炮轰药炸利斧狠劈的山体,伤疤清晰在目,就像人的肚子被整体掏走,独留下根根刺目的肋骨。

有一辆车开过来,卸下一堆圆木柱子,地上还有一大堆水泥包。我的主人铁脚虎视眈眈地看着他们。那几个说说笑笑的工人,被这个弯腰老头严肃的面孔吓到了。其中一个是镇上的匠人,认识我的主人铁脚,他朗声大气地说:"铁脚爷,这回呀,没人敢再炸山啦,不但不炸山,还要在深水坑里建个亭子护山呢。"

"伤可以遮住,疼痛能治好吗?"铁脚嘟囔出一句话,再次看着伤痕累累的山体,半晌无语。您有所不知,我的主人铁脚朱太平是不放心哪,他生怕还有谁来打浍山的主意。谁让他受到过惊吓呢?那日夜引爆炸药轰炸浍山的惊吓,他是一辈子休想忘掉喽。

第八章　越界

站在高山望湖泊，

新坟没有旧坟多，

新坟头上飘白纸，

旧坟头上长草棵。

路东旁埋的是汉高祖，

路西旁埋着汉萧何。

那山前埋的是韩信，

卧龙岗前葬着圣人叫诸葛。

这些人掐算推理使得乾坤转，

百年后哪个能躲过王阎罗……

——淮北大鼓

两场谈话决定一件大事

夏小荷是被钱困住时，才决定开银行的。

开银行的念头一闪现，连她自己都吓了一大跳。

而冯家宝带着浍浍来到浍水镇，撂给她的一句话，更坚定了她开办银行的决心。

当然，还有刘丽雯请她在今夕何夕喝咖啡的倾心长谈。

冯家宝说,他已经做到能吃熟蒜瓣了。在火锅沸腾的香汤里,洁白的蒜瓣就像潜水的鱼儿,不再那么令人恐慌。甚至,那些活泼跃动的蒜瓣,还带着诱人的香气。冯家宝克服着多年来不吃大蒜的心理障碍,居然夹起一个蒜瓣,放进嘴里。这是在大浍水古镇地锅鸡招牌店里吃土麻鸡炖皇藏峪蘑菇火锅时,冯家宝现场吃给她看的。浍浍用黑眉豆般的大眼睛,看着冯家宝,再看着夏小荷,她奶声奶气地呼喊:"爸爸是勇敢的战士!"

夏小荷盯着冯家宝,冯家宝脸红了:"浍浍在鼓励我呢,在她不会说话时,就看着我练习吃蒜瓣;从她会说话起,她就这样喊了。勇敢的战士,是浍浍对我的嘉奖。"

浍浍坐在冯家宝的膝头上,冷静而骄傲地看着夏小荷。这让夏小荷想起许多年前,在上海舅舅的家里,她也用这样冷静的眼光,审视着郑秀玉。她在心里激灵灵打了个寒战。

"人和人最大的区别,就是把灾难降到最低限度的能力的大小。"这是她重回浍水镇之前,妈妈郑秀玉赠她的箴言。这也是郑秀玉多年人生经验积累的名言吧。

夏小荷把冯家宝膝头上的浍浍,揽到自己怀里。浍浍没有反抗。相反地,她把弱弱小小的身体,朝夏小荷怀里偎了再偎。

夏小荷听见眼泪滴答掉落的声音。

她和冯家宝的重逢,是在她二十八岁去上海时。二十八岁,不再是八岁,也不再是十八岁。其时的夏小荷,已经过了意气用事的年纪,对待她的妈妈郑秀玉,也多了温情,少了排斥。因此,郑秀玉让她去上海参加服装展销会,她是不拒绝的。当然,每到上海,如果时间允许,她会去看看妈妈。郑秀玉后来嫁给了一个海归,日子过得不错,他们有了一个儿子。海归是二婚,前妻留下一双儿女后过世了。有了自己的孩子后,郑秀玉当后妈当得很敦实。那两个孩子后来早早出国定居,国内的这两口子,守着小儿子,活得安恬自在。海归男算不得是夏小荷的后爸,她把他当长辈尊重着。她和郑秀玉的相见,都是私底下的母女相见,夏小荷从不去郑秀玉的家里,郑秀玉也没邀请过她。两人只是去西点店坐一会儿,喝喝咖啡,聊聊天。夏小荷发现她和妈妈有相同的爱好——喝咖啡。居然,多年来大碗喝古镇的棒棒茶,并没淹没掉她骨子里对咖啡的喜爱。也许,这就是强大的遗传基因吧。夏小荷遗传了爸爸夏长生的执着和直肠子,也遗传了妈妈上海滩的小资情调。

和妈妈见面,喝咖啡聊生意,有时也随同妈妈参加一些饭局。就是那一次,她与冯家宝相逢了。其时,冯家宝已经留学回国,在国内一家银行做到中层了。郑氏集团和这家银行有着业务往来,贷款和企业资金流水,都在这家银行。也就是那次,夏小荷才知道,郑氏集团居然有着三个多亿的银行贷款。夏小荷惊得张大了嘴巴。学金融的冯家宝,轻描淡写地说:"哪家企业没有贷款呢?越是大企业,贷款越多。大企业是我们的客户,是上帝。银行生存是靠他们的,否则,银行怎么办?"

饭局结束后,冯家宝邀夏小荷去外滩走走。

外滩的灯光,扑朔迷离,行走的人,五光十色。大都市的迷人夜景,是浍水古镇没有的。两个忆旧的人,各自揣着惊喜,使私聊显得温馨浪漫。

"你那时候走掉了,把我害得不轻。"冯家宝恢复成先前的阿宝,"你家姆妈第一个找到我家,我阿爸狠狠揍了我一顿。你说我冤不冤?"

夏小荷只是哧哧地笑。她确实对阿宝和他的阿爸有过利用,但最终,是她自己偷跑掉的,阿宝没有做掩护,他的确很冤。

"一直到后来,我在银行工作了,你姆妈才说起你们的事。"阿宝说,"小荷,你真是个了不起的人。"

"有什么了不起的,我只是个乡村女子而已。"

"上海都留不住你,你仍回到乡下,就这点,不是每个女孩子都能做到的。"

"浍水是我的故乡,那里的水土养育了我,我是属于浍水的。"夏小荷定定地看着阿宝,"正如你对上海的热爱,你在国外留学后,不照样回到上海吗?"

"那是不一样的。上海的发展,早已超过国外许多地方。"阿宝说,"而淮河以北的浍水小镇,和上海却有着千差万别。"

"我是有根的人,根就是故乡。"二十八岁的夏小荷自豪地说,"如果说我有理想的话,那就是用尽全力和智慧,做一个给家乡添彩增光的人。目前,我做到了一点点。我的工厂有一百二十个工人,他们不用背井离乡外出打工,不用让父母当留守老人,妻儿当留守妇女儿童。只是,我一个人的能力微不足道,淮河北的乡村,有着太多的留守老人和妇女儿童了。"夏小荷的神情黯淡了下来。

"如果有需要,阿宝愿意全力支持你。"阿宝表着态,"毕竟,我们是老同学。"

夏小荷被逗得哈哈大笑起来:"同学是有些老喽,但我们一起同学的时间太短了。"

"情谊不在长短。"阿宝没心没肺地问道,"你嫁人了吗?"

"没呢。嫁人不能过早,先立业,后成家。"夏小荷坦诚道。

"我估计,意中人肯定有了。"阿宝酸溜溜地说。

夏小荷抿嘴微笑不语。

"那就是说,我是可以追求你的啦。"阿宝认真地看着夏小荷。

"别抬举我啊,大博士。"夏小荷说,"我的男朋友,可是练家子。练家子懂吗?就是练过武术的人。"

阿宝连忙做出恐惧状:"吓死宝宝了。"

或许后来郑秀玉告诉了阿宝有陆文昌的存在吧,总之,阿宝尽管说出要追夏小荷的话,只是当玩笑话说说而已,却没有追求她的举动。直到夏小荷从浍水只身奔逃到上海,两人才开始真正意义上的拍拖。

夏小荷到上海,把工厂总部也安在了上海,浍水镇的厂子,只是一个加工点了。司胡同村的司凤英在浍水负责加工点的工作,不久,凤英和拴宝结了婚,并生下了儿子,浍水这边厂里的事,她成了总负责。夏小荷和她签了合约,凤英成了承包者,拿的不是工资,而是分成了。这也是夏小荷不在的日子里,小荷制衣能在浍水生存下来的原因。

奔逃上海的第一天,夏小荷住在上海外滩的一家酒店里,花起钱来不再心疼。她约了阿宝一起喝酒。这个典型的上海男人,酒量真的一般般,说话也糯糯的。他为小荷大杯喝白酒的气势所折服。夏小荷直到把自己喝得接近底线了,才说出她想在上海发展的想法。阿宝开始不信,一直到小荷把厂子办起来了,他才知,她不是开玩笑的。后来的事,就顺理成章了。冯家宝以一个南方男人的似水柔情,猛追浑身伤痕和委屈的夏小荷,夏小荷和冯家宝走到了一起。后来,因为两人性格差异太大,婚姻中的摩擦越来越多,最让冯家宝难以忍受的是,美丽聪慧小巧玲珑的夏小荷,居然生吃大蒜、大葱和萝卜,而从小就不吃这些玩意儿的冯家宝,忍耐的极限终于被夏小荷突破了。新婚宴尔之后,第一场吵架,就是那盘凉拌黄瓜。清辣刺鼻的蒜味,把整个房间装得满满的,让冯家宝无处可逃。阿宝捏着鼻子,让夏小荷把蒜拌黄瓜赶紧倒掉,夏小荷却吃得津津有味,她用灵巧的竹筷,夹起青脆的黄瓜片片,边咀嚼边陈述美食的妙不可言,说得阿宝忍无可忍。但这个上海男人,他最终忍受住了。因为夏小荷怀上宝宝了。肚子里有了宝宝,夏小荷的饮食难免有些怪异,这是作为男人的阿宝必须要忍受的。后来,生完宝宝的夏小荷,吃生大蒜的毛病有过之无不及。冯家宝忍不住跟岳母大人声讨夏小荷,郑秀玉的一句话彻底把他打绝望了:"生吃大葱大蒜,这在淮河北的洤水镇,再正常不过了。"或许冯家宝的绝望眼神令郑秀玉生了怜悯,她又补充了一句,"当年下放洤水,多苦的活我都能忍,就是吃生蒜的事忍不了。那时候人穷,蒜臼捣蒜就是一道农家菜,就大馍吃的。许多时候,我只能干吃馍而无菜。小荷的爸爸,从来不吃生蒜,连熟蒜都不吃,也不吃生葱生萝卜,他为了我,把这些都戒了。哪承想被小荷这丫头,发扬光大了。"

夏小荷在上海的企业,做得红红火火,而婚姻生活,除了女儿洤洤是唯一的馈赠,则谈不上多少好,几乎到了不想吵架也不想一起生活的地步。不仅仅是饮食习惯问题,还有阿宝身上南方人小家子气的性格也是她所不喜欢的。对男人的审美,夏小荷喜欢那种刚对刚的男人,大碗喝酒大块吃肉,兵来将挡,水来土掩,而不是啰里啰唆家长里短。这审美标准多少有陆文昌的影子,也是她淮河北浍水沿岸人的血脉使然,是绑着生葱背着大馍当干粮,一路推小车上前线的爷爷夏贵和的血脉使然。夏小荷把冯家宝对她的沉默不语,称为家庭软暴力。她最受不了的,就是冯家宝生气时的不言不语。对这样的软暴力,她也到了忍耐的极限。

终于有了逃离上海回归家园的理由。武汉文的一个电话,让夏小荷即刻归心似箭。她怀疑自己,是否一直在等着汉文爷爷召她回去的这个电话。大不了像当初离开浍水那样,再把上海的工厂移师浍水。当初小荷到上海办工厂,得力于郑氏集团的大力支持,这点,小荷心里一清二楚。有时候,可以意气用事,有时候,可以屈尊折腰。小荷希望能尽快在上海站住脚,让浍水镇上的厂子有活干。不久,她就源源不断地把订单分到浍水的厂里,让工人有活做,但订单太少,百余人的工厂,还是萎缩到只有三四十人了。大部分工人,她又安排到上海的厂子里,夏小荷接收着家乡来的工人,内心里,她是渴望着重新回归故里的。

果然,该来的,真来了。

夏小荷把下巴杵在浍浍柔软的头发上,母爱的柔情波涛翻涌。怎么着,她也不能让浍浍像自己一样,从小失去母爱。她要浍浍回到浍水。

"从浍水坐高铁到上海,从上海坐高铁到浍水,只有三个小时。"冯家宝湿着眼睛说,"距离不是问题,问题是人心。你的心,变了吗?"

夏小荷看着冯家宝那双和浍浍一样的黑眉豆般真诚的眼睛,坚定地摇摇头。

"好。我先吃熟蒜,再吃生蒜。"冯家宝又夹起一个雪白的熟蒜瓣,放进嘴里,眉头都没皱一下,就吞了下去。

这正是夏小荷喜欢的,这个南方男人,他是个心诚的人,没一点曲里拐弯的地方。

"可以不用这样。我来改掉自己的毛病吧。"夏小荷伸出筷子阻拦道。

"妈妈,我要爸爸做勇敢的战士,不然,妈妈就不要爸爸了。"浍浍瞪着黑眼珠阻挡着夏小荷。两口子相视一笑,前嫌有所缓解。

然后，夏小荷忍不住谈起所面临的资金麻烦。

夏小荷现在的厂房，是上一家企业扔掉的厂房，因为上一家企业拖欠镇工业园区地租和建筑商工程款及农民工工资，镇里只能接手这个烂摊子，代发了农民工的工资，还清了工程款和材料款，留下了这个空空的厂房。现在这厂房产权归镇里所有，五年免租金、五年免税的政策，是浍水镇招商的优惠政策，这让夏小荷回归故乡显得理直气壮。那么，除了政策之外，企业面临的困难，就得企业自己想办法。比如，产品的研发和销售，市场潜在的风险；比如，资金链。

资金链就是企业的供血系统，相当于一个活人身上的血管。任何时候，血管必须是畅通的，否则，不是偏瘫，就是一命呜呼。这是每个企业经营者再清楚不过的事。

自从夏小荷回到浍水镇，自从她接下修复古码头和浍水河景观带的工程，她就陷入了资金随时紧缺、四处修补找钱的困境。虽然，镇里另划一片一百亩工业用地供她无偿使用，以回报她修复古码头的举措，但在一百亩土地上兴建新的厂房，对她而言，困难重重。这一切，皆因资金不足。她的资金链，不像她自己设想的那样，是固若金汤的，是顺畅永通的。相反，那些正在流动的钱，刚刚被她抽出来一小股用于修建古码头，资金链条就出现了中风前的微颤。那种微颤，就像一个正常的人，突然不能动弹，思维陷入混沌。这时，夏小荷被吓住了。

上顶下地赊欠古码头工程用料，招标承建商时把垫付资金作为首个条款，都只是一时之举。承建商也有承建商的难处，他们不能一个劲儿垫资下去，等着工程全部验收后才要工程款，而是分五批次要夏小荷支付。即，在一年的建设工期中，每两个月结算一次。支付工人工资、供料商的材料款等等，成为承建商和夏小荷必须商榷并共同面对的事情。如果不能及时付现，那么，一旦工程出现烂尾现象，夏小荷回归故乡做的第一单作业，就会缺斤少两，甚至不堪入目，这是她坚决不愿意看到的。

"我是学金融的，对你和稽成煊回归故土发展家乡的经济建设完全赞同。但你们应对建成自己的经济王国当有一个清晰的规划,而不是意气用事一般拿自己的企业冒风险。企业的利润没那么高,特别是涉农企业,可以说是微利。要支撑起古镇的修缮,还是蛮吃力的啦。不如开办一家自己的银行。"阿宝最后的话让夏小荷震惊住了。

"我是学这个的,我来给你分析一下,你就知可行不可行了。"说起自己的专业,阿宝可是如数家珍,这也正是夏小荷当初迷恋他的地方。

"根据《中华人民共和国商业银行法》第十三条规定,设立全国性商业银行的注册资本最低限额为十亿元人民币。设立城市商业银行的注册资本最低限额为一亿元人民币,设立农村商业银行的注册资本最低限额为五千万元人民币。注册资本必须是实缴资本。"

"就是说,我要创办的,正是农村商业银行,注册资本最低限额为五千万元人民币。可对?"夏小荷一听就懂。

"没错。注册银行的手续是:先到市银监局填报资料,然后经市局提交到省银保监会核发金融行业许可证,最后到开办地方选址,办理营业执照。"

"就这么简单?"夏小荷问。

"根据《中华人民共和国商业银行法》第十六条规定,经批准设立的商业银行,由国务院银行业监督管理机构颁发经营许可证,并凭该许可证向工商行政管理部门办理登记,领取营业执照。根据《中华人民共和国商业银行法》第十七条规定,商业银行的组织形式、组织机构适用《中华人民共和国公司法》的规定。"

"那么,钱呢?而且是现金缴纳?"夏小荷瞪着眼睛。

"这一切交给你老公我来做好了。我是干什么的?融资的。"冯家宝骄傲地挺了挺身子,"在上海,有钱的人多,投资一家银行在内地省份,对他们而言,是赚钱的营生哦。"

促使夏小荷下定决心办银行的另一件事,是刘丽雯来找她。

刘丽雯要她放过陆文昌。这个男人已经跟她好了两年,却迟迟不说出那句话,原因是中间有个夏小荷。

"他心里放不下你,我知道。"刘丽雯有着淮河北女人的率真,说话直来直去,"本来,我觉得自己年轻,有优势。可是,当我第一眼见到你,就明白,我的胜算不多,比不了你。你身上的气势,能压倒一群小女生。"

夏小荷内心挣扎了一下。她用三秒钟时间问自己:真的会放下陆文昌?

她能在冯家宝面前趾高气扬,其根本原因,不正是有个陆文昌在那里垫底吗?特别是拴宝在老茶馆浍水阁帮自己洗白了冤屈之后,陆文昌看她的眼神明显多了内容。

但是,这个男人在最关键的时刻,不是选择了不相信自己,玩起了逃避吗?

而且,现在,她有了冯家宝,最主要的,她有了浍浍。

相同的错误,不能发生在两代人身上。如果说当年郑秀玉对人生的选择身不由己,那么自己现在的选择,可以任由自己说了算。

小我和大爱,私情和公理,在夏小荷的脑中互相纠缠。显然,目前的情况,她必须放下曾经的私情。人不能两次踏进同一条河流,这句名言是多么对啊。人必须对自己的抉择负责,从浍水跑到上海,走出旧事一大堆,迎接新生活,是她夏小荷以一个成年人的心智做出的选择。而今,再次回到浍水,虽然会遇见故人,却不是来和故人相会,她是来实现从未放弃的梦想。她要让武汉文爷爷眼里的浍水古镇,要让老辈浍水居民眼里的古码头,要让她这一辈人眼里的古街道,要让新生代的浍水镇居民,看到一个复原的大浍水,一个传统文化全面复兴的大浍水,一个千年流韵的大浍水。这,才是她眼下正着手要做的。至于其他,她得全部放下。

以她的力量,加上冯家宝的斡旋,她开办银行的前景一片灿烂,她回归故乡的事业也会一片灿烂。而陆文昌,他该有属于自己的生活了。

从刘丽雯的脸上,她看到了五六年前的自己那份永失我爱时的悲怆。她不能让刘丽雯经受这种伤痛。她伸出手,紧握刘丽雯的手,说出这样一句话:"你要抓好他,这个人,有野心哪。"

"夏姐姐请放心,我知道他的软肋在哪儿。"刘丽雯说得春暖花开信心满满。

然后,就有了那场在浍水阁的议事。

几个人在浍水阁老茶馆气定神闲地坐下来,棒棒茶的香气,缭绕在茶馆古色古香的纯木质房梁和廊柱间。除了武汉文一脸沉稳地微笑着迎接西装革履的冯家宝,陆文昌和稽成煊,都是一脸的惊讶。特别是陆文昌,完全可以用惊悚来形容。

刘丽雯是抱着浍浍进来的。她把浍浍放在地上,小家伙立刻欢呼雀跃着跑了过来。她没有奔到夏小荷的怀里,而是直奔铁脚朱太平身边。铁脚朱太平正把玩着一片光润的青黑石头。浍浍出神地盯着那块石头看,铁脚便把石头放在她小小的掌心里,让她紧紧握住石头,问道:"你可听见石头说话了?"

浍浍黑眉豆般的眼睛一闪一闪,清脆地说道:"我听见石头在唱歌。"

然后,浍浍奶声奶气地唱了起来:"有一个美丽的传说,精美的石头会唱歌。这是我爸爸教我的。"

"浍浍宝宝真可爱。"刘丽雯夸赞道。

"只要努力,你们也会有宝宝的。"夏小荷笑着,冲着陆文昌和刘丽雯直闪眼睛。只有她自己知道,她说这句话时,内心响起了一片刺心的阵痛。

"那么,我们来议议开办银行的事。"冯家宝的话,说得恰到好处,把各自内心波涛汹涌的情感风浪,切换成现实频道。夏小荷不由得挺了挺身子,插话道:"我要让浍浍顺着浍水大道,唱着歌谣,一直跑到浍山的跟前,对着大水坑照镜子。阿宝,你接着说。"她冲冯家宝竖了竖大拇指。

"就像你小时候一样,顺着老街城南城北地跑。"武汉文也插了句话,"浍浍长得跟你小时候一模一样。看到浍浍,我觉得自己只有五十岁。"

"老爷爷现在有一百岁吗?"浍浍的问话,让茶楼里响起一片欢快的笑声。

镇长你来验验俺的羊肥不肥

陆文昌周一早上雷打不动的工作安排是开会,主题不但有乡村振兴,还围绕扶贫工作展开讨论。"两不愁、三保障""贫困村顺利出列""人居环境全面治理",各项工作逐步完成后,精准扶贫进入攻坚期。

散会了,陆文昌下了楼,打算去稽成煊厂里看看他新上马的技改生产线,还没走出镇政府大门,一群淮北山羊呼啦啦围过来,把他包了个圆儿。

"陆镇长,陆镇长,你给俺验验这羊肥不肥?"

随着话音儿,一个汉子挤进来。五十来岁,看着面善,一时半会儿却没想起是谁。陆文昌心里嘀咕:羊肥不肥还要镇长验,这唱的是哪一出哇?莫非哪个村整个新景儿,让扶贫户来谝谝脱贫成果?

遂点点头,应付道:"肥,肥。"就想抬脚走路。

"陆镇长,你说说,我这羊到底肥不肥嘛?"汉子的口气有些缠人了。

"我说了,肥啊。"陆文昌从挨挨挤挤的羊头中间拨出个缝儿来,直朝大门口钻过去。

汉子急了,一把拽住他:"你光说不管用,还得给俺写个证明,盖上政府的大印。不然,俺不好交代。他们不依呀,他们非说俺这羊不肥,说俺不孝顺。镇长啊,你得给俺写个证明啊……"汉子没头没脑嚷嚷着,末了居然就地一蹲,大巴掌往脸上一捂,哇哇哭出了声。

这不是羊肥不肥的事了,这是另有隐情啊。陆文昌咯噔站住,一把拉起汉子:"哭个熊嘛,有啥话你说。你指定还有别的事,来了就别藏着掖着,照直说。"

陆文昌把汉子领到了二楼自己的办公室。那群羊就拴在门口几辆电动车上,由门卫看着。羊们仿佛找到了组织,亮开嗓门咩咩咩地欢叫起来。

"我好像在哪里见过你吧?"陆文昌递过一杯热茶。

汉子抹抹脸,接过茶,带着哭腔说:"可不咋的,你想起来了?你那会儿在浍水当副镇长,俺是浍湾村的村主任哪——"汉子仿佛想到了什么,顿了顿,转了个话头,"当年那事儿……你贵人多忘事,忘了好。俺叫路进步,已经不是村主任了,是贫困户。"路进步攥着茶杯不沾唇,反倒打开了话匣子,"两年前我就撂挑子了,村主任可以不干,但孝敬村民的事不能不干。这个包袱长我身上了,穷死也扔不掉了。"

后面几句话陆文昌一时没听进去,路进步头一句就把他当年为扒浍水古镇老屋惹恼村民集体上访,丢了乌纱帽的往事勾上心头,往事不堪回首啊,也罢,不堪回首那就不回首了。浍湾村?是不是在浍山东北角,傍着浍水河支流湾子河的那个行政村?

"俺浍湾村在浍山东北角啊。"路进步仿佛看进了陆文昌脑壳里,"陆镇长啊,实不相瞒,我计划用一个月,牵羊来镇里堵你,没想到,这才来三回,就堵住了。你绕了个大弯,在东岗乡干出了成绩,再杀回浍水当镇长,这回马枪杀得好哇!敢吃回头草,你就是一匹好马、烈马,俺老路佩服。你能把东岗那偏僻地方做成先进,还怕搞不好浍水,搞不定浍湾?这回你可得为俺做主啊。"

办公室正对着大门口,陆文昌一抬眼就能看到那群羊牵着绳子绕着电瓶车打转转,羊屁股一撅,电瓶车踏板上就多了一堆羊屎蛋蛋,防盗锁吱哇吱哇叫起来,一时压倒了咩咩咩。陆文昌说:"你不是在养羊吗,这群羊少说也得有二十几只吧?"

"这都是孝敬那些土地流转的村民的。要不是一到过年就杀羊送羊肉给他们,俺哪还有命在哟,不是看在羊肉的份儿上,他们早就把俺打死喽!"

这是哪里话,云里雾里的,陆文昌不由得皱了皱眉头。路进步眼一斜,马上言归正传:"陆镇长,你可记得镇里实行第一批大宗土地流转承包那事?就是从俺浍湾行政村开的头。俺村五千多口人,是镇里最大的行政村,土地也多。"

陆文昌记得这事,不过影影绰绰记不大清了,那会子他主要不是在土地上做文章,他眼里盯的是古镇浍水和浍山的开山炸石,是招商引资。

"陆镇长忘了?不碍事,不碍事,这原不是你抓的事儿,那会子是王镇长在抓嘛。"路进步又说,"俺村的路大进,在外打工有不少年头。他打工跟别人打工不一样,别人是当工人做苦力,他是帮着人家种大棚蔬菜,一年承包十个大棚,十几年下来,可赚了不少钱,家里盖起了二层楼。那一年他回村过年,俺就跟他说,你马上奔五十的人了,还往外跑啥,种大棚也能在咱村种啊,又不是挣不着钱——那时候咱镇里大会小会常讲,要实行土地流转,支持能人当种粮大户。俺琢磨着,路大进就是俺村的能人,要是俺村能出个种粮大户,不也是支持镇里的工作嘛,俺村里也光彩啊。俺就劝路大进说,咱俩打小一块儿长大,你这个人踏实,天生是块种地的料,回村承包土地,当种粮大户,也能挣大钱,国家还有补贴。他听俺一说,就不去打工了。俺帮着他流转了行政村三个自然村的土地,建了一座大农场,还取了个响当当的名字:浍湾农场。啧啧,两千亩地呀,多带劲,多风光!谁想到后来他跑了,两千亩地背到我身上,愁得俺整夜合不了眼,好不容易眯一会儿,还净做噩梦……"

陆文昌听得直发愣,怎么,浍水镇还有这样的事?离开浍水镇四年多,陆文昌重回故地时,就听说有个行政村的村主任换届被选连任,却说啥也不愿意再干,村民也怪,坚决不肯选别人,搞得村里只有书记,没有主任。

"原来,不愿意干村主任的人,就是你路进步呀。"陆文昌盯着路进步说。

"对,就是俺。俺咋干?再干,俺更翻不了身了!"

"说说看,到底咋回事?"陆文昌说,"现在我是镇长,不管是什么遗留问题,都在我的职责范围之内,我必须得管。"

路进步厚眼皮一掀,小眼睛闪着亮光:"陆镇长,小孩没娘,说来话长,不如你跟俺去浍湾农场看看吧,路上也能好好说道说道。"

陆文昌想了想,点点头。

路进步赶上他那群肥羊,浩浩荡荡出了镇政府大门。陆文昌紧随其后,朝浍湾农场走去。

此时正值深冬,路两边的村庄里,新楼房老砖屋比肩而立,相顾无言,村庄外杨树楮树残叶落尽、满目萧条,只有田里的麦苗,尚存一抹倔强绿意。

镇政府到浍湾农场不过六华里路程,还没走近地头,路进步就竹筒里倒豆子,把浍湾农场的前世今生说了个原原本本。

那一年,村主任路进步鼓动富裕户路大进,信心满满签下了两千亩土地的承包合同。不过这合同不是跟村民签的,是跟浍湾行政村签的。这里头有讲究——村民不愿意跟私人签合同,没有村里出面盖大印,私人哪能信呢?路进步无奈之下,只好代表行政村出面,签下了一个三方合作的合同:先是三个自然村四百户村民,跟浍湾行政村签下了两千亩土地十年的租赁合同,每年每亩土地租金八百,一年一付款;然后浍湾行政村再跟路大进签个同样的合同。等于说行政村替路大进做了担保。

"路大进又不是外人,他搁外面混得不赖,挣了大钱,又有种地经验,他能流转种植这两千亩土地,当种粮大户,是俺行政村的亮点,更是镇里的亮点啊!"路进步口沫横飞,眼光迷离,往日的荣光仿佛就在眼前。

只一瞬,这荣光就被前方不远处一片荒草地吞没了。陆文昌和路进步,不约而同站住了脚。

路进步拿手一指,又带上了哭腔:"这就是浍湾农场。"

陆文昌头一次见到这么大的一片荒地,蒿草总得有一人多高,枯黄的草秆上结着褐色的草籽,毛刺刺,硬扎扎。草秆和草秆紧紧相连,萧瑟冬风里起起伏伏,果然好似一场噩梦。

陆文昌呆住了,这一望无际的蒿草地竟然就是昔日的良田!他记得读中学时有个同学的父母,跟邻居争一溜儿地边,一溜儿不过半犁头的地边,跳脚、叫骂、拔拳相向,头破血流,混斗中那同学甚至断了一只胳膊,半学期都挂着绷带。眼前这是两千亩良田,两千亩啊,说抛荒就抛荒了?!

蒿草地有条硬踩出来的小路,路进步赶着羊,顺着小路朝里走。陆文昌紧跟着。带刺的蒿草突然发了威,纷纷扑上身来,直朝陆文昌衣服上扎。

走不多远,一片大棚映入眼帘,塑料棚罩早被风雨撕扯得不知所终,钢筋骨架如巨兽般狰狞,却只能趴着,任蒿草穿透其骨骼,荒蛮如天地初开。

"这是一百亩大棚区。钢架大棚二十个,当时投资两百万哪。"路进步捶胸顿足道,"路大进真是铁了心想干好啊,可谁知道干农业成本这么大。"

路大进在外打工十多年,全部积蓄五百多万,加上国家的扶持款项,建成了两千亩土地的浍湾农场,开启了浍湾行政村的新征程。首批投资就耗尽了路大进的全部积蓄和国家的扶持款项,这包括:一年一百六十万元的土地租金,兴建灌溉沟渠和行车运粮道,打深井,建大棚,种子和化肥,等等。好在冬小麦正当季,一台双后轮大马力播种机一天播种三百亩,不到十天就全部播完;新育的莴苣苗、黄瓜苗、西红柿苗,在温暖的大棚里面可着劲儿长。刚进腊月天,蔬菜大棚喜获丰收,拉菜的汽车排成长龙,源源不断地将蔬菜从农场运出,运到城里的批发市场。

整个冬天,路大进的心跳都是怦怦响的,那是快乐的心跳。他眼见着自己在家门口办农场这样成功,眼见着村民在农场里干活,成了吃地租又拿工资的新农民,真有说不出的兴奋。

翻过年来,大棚里育上了新菜苗,地里的小麦蹿身个儿,端午节没到就丰收了。又抓紧预订大型收割机,抢收麦子,抢种玉米。路大进心里开始拨拉算盘珠:下半年这一千九百亩糯玉米,都是市场抢手货,不愁卖不上好价钱。还有一百亩地里的二十个大棚,来钱更快。只要风调雨顺,两三年就能把成本收到手,第四年就能净赚钱了。

玉米长到一人高,正是一年当中最热的暑天,空前的干旱悄然降临,高处的庄稼地连天晒着大太阳,叶子已经干枯。路大进啥也来不及想,起早摸黑抽水抗旱,二十五眼深水井架着抽水机,日夜不停。但地下水毕竟有限,一天一夜,一口井不过浇灌亩把地,又过了几天,水井再也抽不上水来,都罢了工,玉米棵呼呼喘着热气,一个劲儿地喊渴啊渴啊,喊得路大进脑门儿着火,来找路进步。路进步也当不了老天的家呀,连着四十天青天白日头滴雨不见,三十七八度高温烘烤,小沟小汊早已干透,湾子河底变作硬邦邦的泥地,就连常年清水哗哗的浍水河,也只余河底一坑泥水,恨不能三盆两碗就能舀净。上哪儿能找到抗旱的水源?

路大进眼见着玉米棵由青变黄,怀抱着没来得及长籽的棒子,喘息着,哭泣着;眼见着蔬菜大棚里菜苗一片片垂下头,枯萎了,死透了。他的心几乎跳不动了,眼窝干干地流不出一滴眼泪。这个本该收获五六百万斤玉米和蔬菜的农场,这片本该为他长出真金白银的庄稼地,就这样一片死寂,毫无生机。回乡创业的梦,碎了。尽管此后的一场猛雨连着下了三天,也没能浇醒已经枯死的玉米棵、青菜苗。路进步把希望放到来年,梦想咸鱼翻身。然而来年至少要先支付四百户村民一年的地租,还有种子、化肥、机器耕种的成本。此时的路大进,别说没本事拿出来一百六十万地租钱,就是六千块钱,也掏不出来啦。

路大进坐在路进步家堂屋门槛上,一根接一根抽烟,路进步陪着抽,也是一根接一根。从下午三点到晚上更深夜静,五盒纸烟抽完了,半簸箩老烟叶也卷巴干净。找银行贷款?找朋友借钱?求政府想办法?求村民缓一缓?俩人把能想的都想了。路大进眼前现出一条坑坑洼洼的路,前头黑漆马虎,看不到头。绝对不能再朝前走了,一步也不行!搓去指头上的烟灰,说了声"俺头疼",路大进踉踉跄跄走了。第二天凌晨,路大进带上老婆孩子,再次背井离乡,出门打工。

而路进步的日子从此地覆天翻。

四百户土地被流转的村民,接二连三来家问他要土地租赁费。村级财政账上不过区区几千块钱,啥问题也解决不了,路进步只有掏出一火车皮好话。开始人家还能听进去,毕竟他是村主任。但好话说多了就抵不上放屁,唬不住人。路进步又想把土地还给村民,农场不办了,各家领回各家的地,合同作废。村民更不干啦:行政村和村民签下了白纸黑字的合同,红手印还没干哪,哪能说作废就作废?吐在地上的唾沫还能再舔回去吗?!一亩地一年八百块,这么低的租金,还一签十年,当初要不是你村主任磨破嘴皮子,好话几大筐朝外倒,乡亲们哪能认命攒劲支持?现在倒好,你又上下嘴皮一碰,舌头一打弯,说不租就不租?支出来的大棚,垫起来的大路,挖出来的水沟和水井,把庄稼地都划拉成啥样了,叫俺自己领回去种?咋种?种你祖奶奶！

路进步心里清楚：人人心里一本账，出租土地比自家种地强，雷打不动一亩地一年拿八百块钱租金，还能在农场帮工拿工资，还不妨碍农闲时到周边工地上做小工挣俩活钱，傻子才愿意收回去呢。

既然不愿意收回土地，那就得继续支付租金。路大进跑到天边跟他们无关，村民是跟行政村签的租赁合同，这个钱，就得由行政村来付。

租赁合同成了一张白纸，明着说是村里收拾这个烂摊子，实际上只有路进步自己收拾。四百户土地被流转的村民，轮番在路进步家进进出出，就像按时按点到他家上班一样。晚上坐一屋子的人，要钱；白天坐一屋子的人，还是要钱。路进步被盯得死死的，跑也跑不掉。到他家的人，见到香烟拿起就抽，见到好衣裳穿上就走。电瓶车被人骑走了，挂在墙上的液晶电视机也被摘了去。还有人扬言要扒他家的楼。这边刚煮好面条，一帮人过来端上碗，拿起筷，掀起锅盖就盛，就跟在自己家一样，盛了面条，坐到堂屋大桌子上，吸溜得山呼海响。

没过几个月，存粮都要吃光了，路进步老婆哭着进城当了保姆，路进步不敢跑，天天待家里接受村民对他祖宗十八代的问候。路进步想，俺去种这两千亩地得了，种得好至少能抵上一年的地租。托亲戚找朋友，想让人找机子把地给犁了种小麦。亲戚朋友把种子、化肥的成本一五一十跟他算了一遍，路进步愣了：要五十万哪。这还只是第一笔，后面还要喷农药、上化肥，又得几十万。这还是风调雨顺时候的投资成本，要是再赶上个旱灾、水灾、虫灾啥的……

路进步当了几十年农民，怎么种自己的一亩三分地，他心里一本清账，但一下种两千亩庄稼地，他就糊涂了。不过再糊涂，他也听清楚了硬邦邦的几组数字。几十万？五十万！他上哪里找怎多钱去？他当村主任一年工资，加上种地收成，也只能裹住日常开支，何况现在他是个粮食都吃不起的贫困户。

既没能力去种这两千亩地，也不想再听人骂祖宗，黔驴技穷的路进步，也想偷跑出去打工了。——家里的楼房是没人真敢扒掉的,村主任做到这个份儿上,成了返贫户,已经是活受罪了,难不成还会有谁来开除他的地球籍?走吧,出去不一定赚着钱,至少不会挨饿受骂。没想到他前脚跑出村,后脚就有人跟着行动——四百户村民联手出交通费,派了三个年轻力壮的村民,跟了三个省,就把他逮住了——他没有打工经验,只能投靠在城里打工的亲戚,在这个信息发达的时代,一找一个准。

"你个龟孙,还想跑?就是跑到美国,也能把你抓回来。不信恁再试试?"路进步终于认命了,哪里也不去了,就蹲在家里,随便人说随便人骂。

原本,浍湾行政村是有村书记的,县里派下来的,看到这种情况,工作期限一到立马回城。只有路进步,无处可逃。

熬到行政村换届,终于可以不再担任村主任了,他返贫了,成了需要救助的贫困户了,但是村民坚决要选他——他得负责还钱哪,除了他,谁敢来当这个村主任?于是换届后的浍湾行政村只有村书记,没有村主任。

这两年,路进步和浍湾农场相看两不厌,成了一道风景。路进步唯一能做的是养羊,一年养上二三十头,见天牵着羊去浍湾农场吃草。有时候做梦,梦见这些羊变得跟大象一样魁梧,三两口吃光了荒草,露出庄稼地,庄稼又重新长了出来……羊到过年时就真的长大了,路进步杀了羊,一家一家送羊肉,孝敬着四百户村民,稍稍压一下他们满心的怒火,但那一大片荒地再没有长出庄稼来。路进步每每从噩梦中醒来,满眼是泪,两千亩地的包袱压得他喘不过气来了。

"这么肥的庄稼地,蒿草都长得一人高了,可惜呀。俺一点儿都不怪路大进,搁我身上,我也得跑。俺不但不怪他,还觉得亏欠他。当初要不是俺撺掇他当种粮大户,他能返贫还欠债吗?你说说,陆镇长,怎么就谁种地谁折本呢?"路进步抱住一丛蒿草,也不怕草籽扎脸,"俺一个人受点罪不算什么,这两千亩庄稼地荒着才让人心焦啊。陆镇长,你见多识广,手握大权,你得给俺想个办法呀,给这片庄稼地想个办法啊。"

路进步蹲下来抱着头,羊群静静地围过来,一只大羊拿羊角轻轻蹭他的背。

"你说得没错。你要脱贫,这片庄稼地更要脱贫!"陆文昌再次抬眼打量这荒草地,锋芒毕露的草籽如钢针般扎着他的眼珠,蔬菜大棚宛若骨骼铮铮的巨鸟,展开双翼,向他扑将过来。陆文昌不是庄稼人出身,对土地的感情或许没有一位老农深厚,但两千亩庄稼地无谓地荒芜荒废,令他痛彻心扉。这绝对是比贫困更加严重的事情。在浍水的地盘上,他不允许这片庄稼地再继续荒芜下去,贫困下去。

陆文昌拍了拍路进步的肩膀,路进步抬起脸,竟然看到镇长眼里蓄满泪水。他慌忙站起了身。

陆文昌克制了一下情绪,把路进步身上缀着的草籽摘下来,说:"你放心,这片地,不能再这样荒下去了。我一定会想办法,一定要让这两千亩庄稼地重新长出庄稼!"

陆文昌用了一个多小时,沿着两千亩地快步走了一圈,不觉出了一身透汗。浩荡的冬风从四面八方朝他扑过来,穿透了羽绒服,他却仿佛怀揣着一盆火——他心里有了一个大胆的构想,有待求证,有待实施。

朝浍水镇上走时,陆文昌接到了稽成煊的电话,说是技改后生产的第一批面粉下线了:"来我家吃饺子吧,尝尝这新面粉跟以往有啥不同。"

"太好了。我正好有事要找你说。"陆文昌大步流星朝浍水镇上走去。身后,路进步的群羊,咩咩咩地吟唱起来。

第九章　送宝

正月十五闹吵吵，
家家户户吃年糕。
新娶的媳妇把锅掌，
老婆婆哼哼唧唧把锅烧。
老婆婆出门去把干柴抱，
新媳妇光看锅里的热年糕。
在娘家生就了一张好吃的嘴，
一伸手揪住了一块热年糕。
拿起了年糕正要咬，
咋就那么巧，老婆婆抱着柴火进来了。
新媳妇一看害了怕，
一慌张，热年糕掖进她的棉裤腰。
就听到刺啦一声响，
可不得了哇，新媳妇肚皮上，
烫出了一串红泡泡……

——淮北大鼓

铁脚狠狠捏疼了我

哎呀呀,是不是该我老石头出场了?您可能不急,但我老石头已经着急喽。您瞧瞧,这几个人又来浍水阁老茶馆议事了。这回是议大事来了。我不跟您说道说道这场议事,那我不是失职吗?

趁议事还没开始,我得先说说陆文昌。

因为这场议事,和陆文昌去浍湾农场有关。

就在前不久,浍湾村的前任村主任路进步,要陆文昌验验他养的羊肥不肥,就把陆文昌忽悠到一大片荒草地跟前了。这一大片荒草地,一下把陆文昌满身的血液给点燃起来了。他围着荒草地转了一个大圈子,又去稽成煊家吃了一顿用稽成煊厂里新上马的机器刚磨出来的麦子面包的饺子,心里就生了一个想法,一尥蹶子跑到了浍水阁。他找到武汉文说:"爷爷,这几十年来,镇上流传的各类传奇里,最著名的一条是关于爷爷您的:坐镇浍水阁,尽知天下事。我现在就遇到一件难事了,您老快给我支个着儿。"

武汉文笑道:"夸张了,夸张了,我哪有那本事啊?不过,天南海北,倒确实有几位铁杆朋友联系着。这回,你要借用哪款哪?"您瞧,这九十岁的老头,说话幽默着呢。

陆文昌回答得也及时:"这回的款,得跟咱农业有关,也得跟成煊、小荷为古镇做的事有关。冯家宝的话说得没错,我们不能光让企业冒险,我们还得为企业护航。看过浍湾农场,听了冯家宝在茶馆议事时说的话,我很有触动。虽说冯家宝的话大部分是围绕着办银行说的,但对我的思路也有所启发。"陆文昌喝了一气儿棒棒茶,皱起了眉头,"看到那一大片良田变成荒草地,我真的很心痛。我就在想,农业要怎么干,才能自己救自己?企业要怎么干,才能规避风险?我脑子真的有点乱。爷爷,您说,几年前我让他们两家企业马失前蹄,这会子要是再出个什么差错,我还有脸活吗?"

武汉文面色严肃起来。他的指头在粗瓷茶碗周围摩挲了好长一会儿,轻轻放下茶碗,说道:"看来,他该出山了。我请他来给咱们的浍水支支着儿,把把脉。"

"爷爷,他是谁?"陆文昌急急问道。

"省农科院的专家,对农业,对茶,都有研究。"武汉文欣慰地一笑,"他说这一生一世,都让我喝最好的棒棒茶。他从不食言。"

"原来,寄最好的棒棒茶的,就是他啊。"陆文昌道,"那我马上去省城,把他请过来。"

"我发个短信息给他试试。"武汉文在手机上操作一阵,很快,对方回复了。"他正好在省里。瞧瞧这句回复多好:'谢谢您给我机会,让我再看到浍水。'我马上写个信给你带着。"

"爷爷,这位贵人,他也来过咱的大浍水?"陆文昌忍不住好奇地问。

"小家伙,别问那么多。这天南地北的朋友啊,哪一个不是跟浍水有着缘分呢?你只管去请这位农业专家,让他来给古镇出点子,给那片荒废的农场把把脉,找个出路。"

拿着武汉文的信,陆文昌像得了宝贝一般,一尥蹶子朝省城跑去。

老实讲,我对陆文昌是没有好看法的,这一点和我的主人铁脚如出一辙。我爱着铁脚的爱,恨着铁脚的恨,没办法,谁让我和铁脚是腿连筋筋连腿的关系?但这一回,我对陆文昌的看法有些改变了,正如我的主人铁脚在半夜梦话里嘟囔出来的那样:"这个家伙有什么来头?他咋不像过去那样拼红了眼睛抻长了脑袋抢官帽子了?"瞧瞧我的主人铁脚,他嘴里不承认陆文昌变样了,可是梦里嘟囔出来了。他这一嘟囔,就更加证实了陆文昌确实变了,往好里变了。

陆文昌的变化,不光表现在不像当年那样急红了眼抢官帽子了,他还稳妥了。比如,这次他有了新的构想,先是和稽成煊商量沟通,然后还是没把握,就又朝武汉文讨主意,还去省里找农业专家来论证。要是搁在过去,他才不管这一套,他脑子一闪,想到什么做什么,大刀阔斧地做,一条道走到黑地做,才不去费那个时间论证呢。

陆文昌真的请来了省农科院的专家,来给那片荒草地把把脉,也来给整个浍水镇的农业把把脉,给稽成煊接下来要做的涉农企业把把脉。

就像路进步想着法子让陆文昌去看那片荒草地那样,陆文昌也想着法子请农业专家去看了那片荒草地。

在农业专家看过浍湾农场那片荒草地后,陆文昌再把农业专家请到了浍水阁,喝着棒棒茶议事。

这回,我的主人铁脚表现得很理性,在完成了去浍山边"填嘴"的工作后,他没有嘟嘟囔囔前三年后五载地瞎说,而是坐在浍水阁静候。铁脚还给我"放了假",不再把我装口袋里闻浍水烧饼的芝麻粒香,他把我从口袋里拿了出来,握在手里来回盘着。盘我,也是铁脚多年来养成的习惯。只是,有时候他盘的次数多,有时候,他一天就盘个次把,其余,让我自个儿待在他口袋里想前尘往事。

沸满天的表现,在外地来人的时候,出格地好。就算不能再敲铜板伴奏,但灵巧的鼓槌加上他的沙哑嗓音,同样把大鼓书唱得有板有眼,铿锵震耳。沸满天今天的不同,还在于他把头脸收拾得不错,干干净净,清清爽爽,衣服也穿得簇新。带图案的紫红绸布中式盘扣唐装,青色长裤,窄脸布鞋,宽檐呢帽,外加一副圆片墨镜。那样子,一看就是民间艺术家。看来,为了迎接省里的专家,他把压箱底的行头都拿出来了。

沸满天戴帽子有过,戴墨镜也有过,但穿得这么正式,帽子、墨镜一齐上场,真是少有。连很少开玩笑的我的主人铁脚,都忍不住朝沸满天丢过去一句玩笑话:"老李,瞧你穿得周吴郑王的样儿,比当新郎官还正式呢。"

沸满天的面部表情差不多都叫墨镜遮住了,他只拿鼓槌朝鼓面上敲击一下,算是回复铁脚。他的头昂得高高的,是一副志得意满的做派。

大先生武汉文也很正式,老早安排了拴宝去买茶点瓜子。拴宝把浍水几条街上的点心店跑了个遍,见样买些回来,三刀酥、羊角蜜、炸麻叶、小蜜果和炒花生等,七碟子八碗地摆了一桌面。对省里的专家,要款待好,款待到位。这是武汉文叮嘱的。

先是陆文昌的声音,接着是个洪亮的外地口音,一起涌进茶馆里了。外地口音就像广播电视里播音员的声音一样好听。浍水镇的人称这种腔调为普通话。这么好听的话,咋能叫普通话呢?应当叫好听话顺溜话才对。浍水镇人讲的话,才叫普通话呢。太普通啦,您说可是?

一群人在说说笑笑当中进到了浍水阁里面。

沸满天不失时机地唱了起来。他迎接客人的方式就是唱大鼓。一张口,他就整出一小段开场书帽:

> 小板凳,凹凹腰,
> 娶个媳妇不很高,
> 待屋里,怕老鼠,
> 待外头,怕鹰叼,
> 跑到浍水河洗裹脚,
> 跟癞痢猴子摔一跤……

刚刚进屋的一群人,还没坐下来,先笑出声来了。我看得清清朗朗的,那位农业专家,一边笑,还一边鼓起掌来。

陆文昌赶紧安排农业专家在厅里坐好。这边拴宝就提着竹壳茶瓶,给粗瓷茶碗里冲上开水,棒棒茶的香气就和沸满天的大鼓词绕在一起啦。

农业专家刚刚捧起茶碗,沸满天鼓槌一顿,又换了新词:

> 棒棒茶水飘香气,
> 各位看官听仔细,
> 先不唱唐朝诗歌宋朝词,
> 也不说木兰替父从军事,
> 咱就唱淮海战场风烟起,
> 浍水的民工支前急。
> 夫推车来妻拉襻,

父子上阵出力气。
小车上绑着军鞋和子弹,
还有面来还有米……

沸满天今天唱的内容有所不同,他心知肚明今天来了谁,就有意整出些大浍水的特色来。大浍水的特色,除了棒棒茶、三刀酥、羊角蜜,当然就是支前,就是淮海战役。

鼓槌一落,农业专家站起身,朝着沸满天深深施了一礼。沸满天稳稳接住了这个礼,满脸得色,由着性儿又唱了一段:

瞧客官您真年轻,
步子矫健身板儿挺,
鼻直口方目光炯炯,
天庭饱满是智多星。
喝了俺浍水的棒棒茶,
就要为浍水谋前程……

农业专家并不老,看起来五十不到。他知道沸满天在唱他。沸满天不知道唱了多少来茶馆喝茶的人,对"各位看官",他都有层出不穷的唱词。您也是"各位看官"中的看官,您要是见着了沸满天,他一准也会把您给唱一唱的。

瞧我这个老石头,又扯远了。咱还是来说说茶馆里的事吧。这位农业专家,他听沸满天唱了自己后,猛地灌了一气儿棒棒茶,连夸茶香,又品尝了三刀酥和羊角蜜,再夸点心香。然后,沸满天的鼓槌就歇场了,整个茶馆都静下来。农业专家发现,茶客们的目光都落到他身上了。

农业专家知道,下面是他的主场了。

"我来到浍水,看了几个地方后,我有了三个心痛。"农业专家的"心痛"

刚刚落音,我的主人铁脚朱太平,猛然把我攥紧了,疼得我差点就叫了起来。您可别不信,我现在真的有痛感了。自从铁脚天天带着我去浍山跟前填"吃人的嘴",我的痛感就产生了。奇怪吧?真是奇怪,可能疼痛也会传染吧。暂且先这样解释。我感受到铁脚的疼痛,长此以往,我也就有痛感了。不过,我的痛感很轻,轻到可以忽略不计。反正这次我觉得铁脚把我攥疼了。当然,我真的叫起来,也不会有谁听得到的。人们听见的,是我唱歌的声音,比如,铁脚把我朝老茶馆门前的石墩上敲一敲,虽然敲得我有点疼,但人们就说我是在唱歌了。您瞧,一个人,不,一个石头,哪怕是疼得叫起来,也被认为是在唱歌呢。这就叫误读。

您可明白为什么铁脚要攥紧我?是农业专家说的三个"心痛"里,就有对浍山的心痛。因为,农业专家在看了两千亩的荒地后,又去看浍山了。

陆文昌敢领着农业专家去看浍山,是需要勇气的。就如现在大家常说的那样,他是直面他犯下的罪行。按我的主人铁脚的话说,他犯下了滔天罪行。

又扯远了,还是听农业专家怎么说吧。

"那片荒地,长在大平原上,就像一个遭受陨石猛砸的大疮疤,那么触目惊心,我真不知用什么来形容它。"农业专家再次捧起棒棒茶,猛灌了一气儿,"那片丰饶的土地,本是用来长庄稼的,现在却长满荒草。荒草拔光了地力,吃光了墒情,就像大地上长出来的一片嘲讽。我们中国有十四亿人,而能长出庄稼的土地,也不过人均一亩而已。我们有什么理由,这么奢侈地让大片土地荒芜下来?这是我的第一个心痛。"

农业专家旁边有位年轻人,是他带的研究生,正在笔记本电脑上噼噼啪啪记录着他说的话。

陆文昌也在记。他用的是手写本子。

"我也是从农村出来的。我的故乡在豫东平原。"农业专家的语调和缓下来,"我读中学的时候,责任田到户了,那年我家小麦大获丰收,我帮父亲拉着板车去乡粮站交公粮,一路走一路唱。我父亲唱的是豫剧。按父亲的话说,他长这么大,第一次拉着满满一车自家的粮食。那时候,农民是把土地当命一样看待的啊!"

众茶客一齐看着农业专家,一齐支着耳朵,用期盼的目光,听着他朝下说。我的主人铁脚,再一次狠狠捏疼了我。是的,这一次,他用的是捏。他之所以这么狠地捏我,是农业专家接着说的话,让他手上加大了力道。

"站在浍山跟前,我看到的是另一个大伤疤。"农业专家接着说,"这是一座多好的山啊!浍山、浍水,互相依存,彼此护佑,是天然的和谐,然而这种和谐差点就被打破了。一座山,开膛破肚般,生生被挖走了一半!那些哭泣的石头,天知道它们流落到何处!或成为俗人的玩物,或移民为他乡之石,甚至谈不上是石了,而是碎末。这是我的第二个心痛。"

我的主人铁脚,呼隆站起身,他努力地想把腰直起来,然而,他做不到了,他就用固定的弯腰姿势,对着农业专家说了一通话。他弯腰的样子,就像是在给农业专家鞠躬。所以,在他说话的时候,农业专家也站起来向他鞠躬还礼,并称他为"老先生"。

铁脚"老先生"是这样说的:"这位专家,你要是早来几年,咱这座浍山,可就全活了,就不会被人开膛破肚了。"

铁脚的话,引出茶客们的议论,一片嗡嗡声在茶馆大厅里盘旋着。老皮匠安大丰、老铁匠洪德顺,还有浍水老街上的老居民,谁不知道铁脚在浍山被炸时给浍山办葬礼的事?

我去看每位茶客脸上的反应。对,我现在都称他们为茶客,进到浍水阁喝茶,不是茶客是什么?您要是过来,您也是茶客,不管您当什么官,多大的官,县长也罢省长也罢,只要您到了浍水镇,坐进浍水阁喝棒棒茶,您就是浍水尊贵的茶客。

我扫一眼茶客夏小荷,她正不动声色地看着陆文昌,她脸上传递出陆文昌不被原谅的表情。但只一瞬间,她就换了另一种神态,好像明白她是来议事的,是不能带着个人恩怨来的。今天要议的是大事,是如何把浍水镇打造成绿色环保的浍水,经济小康和文化小康的浍水,大农业产业链的浍水。专家都请来了,大家要听专家把脉,她自己要把心态放平和,哪能去想那些小我的恩怨呢?

我看见夏小荷朝稽成煊看过去。我也随着夏小荷的眼光去看稽成煊。稽成煊没有记笔记,他双拳交握,双眼一眨不眨,盯着农业专家。我不能老叫农业专家了,我听陆文昌喊他齐教授,稽成煊也喊他齐教授,那我就喊他齐教授吧。

稽成煊看齐教授的眼光就像看救星一样热切。因为接下来齐教授的话让每位茶客听着都心跳加快。齐教授说出了他的第三个心痛。

"这是我对农业的心痛。"齐教授一脸忧戚,"我是农民的孩子,当年高考填报志愿时,我第一个填写的就是农业大学。大学毕业留校,我当了十几年教师,然后调到省农科院。这些年,我一直跟农业打交道。在中国,岂止浍水镇有这样的荒地?中国的许多地方,荒地不计其数。为什么会这样呢?"齐教授看着大家,语气更加沉重,"为什么把土地当作命根子的农民,又抛弃了土地呢?因为,土地的收入太少,投入太多,农民去城里挣钱的门路多了,生存不再依赖土地了,对土地的感情相对淡漠了。但这并不能说明土地不重要了,相反地,中国的可耕地越来越金贵了。现在的问题是,如何把有限的可耕地,交到乐意耕种并能种好的人手中。"

茶馆里很安静,安静得能听见棒棒茶在粗瓷茶碗里翻动的声响。齐教授这最后的一个心痛,是对整个中国农业现状的心痛啊。果然,齐教授的口吻更加沉重了。

"这些年,有许多喜欢农业的人,不止一次说,农业不好做。为什么不好做?因为农业投入大,周期长,见效慢,风险大,这就是农业面临的现实。那么,我们就不做农业了吗?在座的各位,你们有做企业的,有当地方官的,有以种地为生的老农民,有曾在城里打工的年轻农民,那我就来跟大家讲讲中国的农业。"

拴宝的脚步,踏过这片安静,给齐教授的茶碗里倒上新烧的泉水,也给每位茶客的茶碗里续上泉水。加了泉水的棒棒茶,便升起阵阵香气,在茶碗上空飘荡。

"中国农业有多少年？中国的农民哪一年开始耕种土地？这不是大学课堂，我不讲专业知识，也不朝远里说，就说当下——当下的农业，当下的农民，当下的土地。现今时代，是传统农业和现代农业共同呈现的时代。什么是现代农业呢？"

齐教授略作停顿，茶客们的目光齐刷刷盯住他。连我也屏住呼吸，支起耳朵倾听了。尽管铁脚再一次捏疼了我，但这时候我已不护疼了。

"生产规模化、科技化和专业化，就是现代农业。再往细里说，就是生产出来的产品要高效、安全，生产设备要现代、科技含量高、竞争力强。我不朝远里说了，就说说浍湾农场。是叫浍湾吗？"齐教授朝陆文昌看过去。

"是的，它坐落在浍湾行政村，所以叫浍湾农场。"陆文昌连忙站起来解释，就像学生听课时回答问题一样。我的主人铁脚斜眼看着陆文昌，咯吱吱再猛捏了我一会儿。我听得到他心里想跟陆文昌说的话：你这个鳖孙，这下子你该老实了。

"浍湾农场要走的路，必须是现代农业之路。"齐教授接着朝下说，"只是，承包者没有按照现代农业的模式去经营。我要质疑的是，政府对承包者的能力考量做得是否到位？他仅仅在两千亩土地上播下种子，长出庄稼，就算完事了吗？就算经营成功了吗？非也。"

茶馆里没有其他任何声音，只有齐教授温和但不乏严肃的声音，和着棒棒茶的香味，一起缠绕。

"农业的重要性，大于天！"齐教授声如洪钟，撞击每个人的耳膜，"或许有人会说，已经是高科技时代了，城市里高楼林立，农村里林立高楼，大家吃穿不愁，开小车，坐飞机，哪一项不比农业重要啊？错！中国有句老话怎么说？人是铁，饭是钢，一顿不吃饿得慌。饭是什么？是粮食！粮食从哪里来？从土地上长出来。一个人，可以坐车乘飞机，也可以步走，可以穿高档衣服，也可以穿普通衣服，甚至，可以什么都不穿，但不可以不吃饭。一天不吃，没关系，两天、三天、七天，你不吃饭试试！不是饿得慌了，是没的慌了，因为饿死了！这就是农业的重要性大于天的道理,农业有着对生命的承载和担当。做农业需要三个因素:天、地、人。天,除了我们头顶的苍天,还有地域的先天优势和地方政府给予的后天条件;地,就是我们脚下的土地;人,在座的每一位都是生力军。现在,我要和做成了领头羊的涉农企业家稽成煊探讨了。"

齐教授把脸转向了稽成煊:"刚刚在浍湾农场,我和稽先生已经进行了初步探讨。我想在此略作补充:这两千亩土地交给你,你仍然按照之前的传统模式经营吗?不行,你得做大农业,形成自己独一无二的产业链,产业链就是能量球。有了这个能量球,企业就会自己拯救自己。如何打造这种能量球呢?我可以赠一个设想给你:你做面粉加工,首先你要有一个种植基地,一个非同一般的大农场,你的产品,必须出自你自己的农场。这个非常重要,因为你可以控制粮食的质量。保证面粉的质量,你才能把产品做成精品,进入大型超市,可以生产高筋粉、低筋粉等各类质量上乘的面粉,可以让面包生产企业、蛋糕生产企业成为你的固定客户,甚至,你可以研发附加产品,这样一来,企业会是什么利润啊?显然,浍湾农场太小了,你可以用孵化的形式,让全镇的土地,都成为你的农场,全镇的农民,都拿土地入股你的农场,成为与你共同经营农场的小农场主,这才是你的能量球!"

哗,哗,哗!掌声拍得山响,我的主人铁脚拍得最起劲。他终于不再捏我,他要把两只手用在鼓掌上,只能把我装进口袋里。立即,我所熟悉的浍水烧饼芝麻粒的香味,再次把我包拢起来。

掌声过后,齐教授又和陆文昌进行了探讨。我发现,今天的陆文昌,反复红脸好几次,虽说两千亩荒地不是他一手造成的,但现在已经和他有了关系;而浍山的被开膛破肚毁容,就是他专权时的"杰作"啦。他的脸能不红吗?看官您说,我讲得可有道理?

"陆镇长啊,浍湾农场的前世暂且按下不表,但它的今生,可是和你完全连在一起了啊。"齐教授笑得意味深长,"你是一方父母官,上面千条线,下面一根针,这针朝哪里用劲,你这个镇长的韬略和敢于担当的勇气,可是非常重要的。在普通百姓眼里,你就是政府!"

陆文昌呼通站起身,朝齐教授深深鞠了一躬:"谢谢,谢谢!齐教授您的话,一语点醒梦中人。我多年在基层工作,眼界是局限的,急功近利也让我交足了学费。您说得没错,作为一方父母官,一举一动老百姓都看在眼里,百姓心中有杆秤,准星就是良心。一旦行为偏离了良心,就是给政府抹黑了。我们是政府的工作人员,政府的权力、我们的权力,那都是人民给的。这不是大话,是实话,是从工作实践中得来的。比如……"

"比如,你向浍山开炮。"我的主人铁脚猛然截断陆文昌的话,但并不看着陆文昌说,而是看着齐教授,"专家,你还没说山呢,浍山的山。"铁脚早就想朝齐教授发话了。他发话的同时,再次把我掏出来,用指头狠狠捏我。疼啊,疼啊,我连连喊。可是,他的手指更加用劲了。他还不时瞥一眼陆文昌,那眼光我是读得懂的:你这个浑球儿,我就要把你屁股上的屎给亮出来,让专家评评,浍南村的人保护浍山可有错?我老铁脚保护浍山可有错?

"昨天晚上,入住浍水大酒店后,我要求一个人走一走,其实就是想在浍水阁坐一坐。"齐教授看着铁脚说,"武老先生告诉我,浍水镇的三个娃又聚集在一起了,浍水有希望了。果然,今天我见到了这三个娃。哈,抱歉,这样说有点不够尊重,我只是借用武老先生的话。我见到了夏小荷、陆文昌、嵇成煊。夏女士是企业家,又是银行家;陆文昌是浍水镇镇长,算浍水镇的高官啦;嵇成煊嘛,他是未来做大农业的专家啦。武老先生还说道起朱太平、李富友、老皮匠、老铁匠,你们个个身上都有故事。比如,朱太平老先生,或者说铁脚老先生,听说你手里有块灵石会唱歌,能让我观赏一下吗?"

您明白了吧,我要跑到齐教授的手里了。拴宝的脚步比铁脚的快,他一闪身,就把我从铁脚手里抓了出去,是的,他是抓,他就那样很小心地抓着我,生怕我掉地上摔碎了。那拴宝就多虑了,我可不是那么容易碎的,就算敌人的枪炮也奈何不得……齐教授把我放在掌心里,仔细地看着我说:"我听武老先生说,这是块有故事的灵石,就像朱太平老先生也是有故事的人那样。老先生,我听说,你的铁脚威震四方,硬是把浍山给保住了。否则,这偌大的浍水镇就只有浍水,没有浍山啦。"

我的主人铁脚一脸骄傲:"那是,就算拼了老命,我也要把浍山保住。那可是老祖宗留下的宝贝,咋能说炸就炸没了?我拼得值!"

这时候,我的主人铁脚一下耍起了小孩脾气,只见他把脚上的棉鞋脱了下来,又把袜子抹了下来,就这样,我的主人铁脚把断了半截脚趾的左脚暴露了出来。他有点扭捏地说:"我哪里有铁脚?我就只有一截断脚趾嘛。"

铁脚的举动,把我都骇了一跳。铁脚可是百般护卫这只"铁脚"的,他保卫浍山的时候,喜欢朝地上跺跺脚,再甩出一句口头禅:"我是铁脚,我怕你不成?"这些年,谁都知道他的断脚趾上套着皮匠安大丰私人定制的皮套,戴着铁匠洪德顺私人打制的铁环,现在一看,空空如也!

茶客们不禁好奇起来。只有武汉文不动声色地坐着,还有沸满天,还有皮匠安大丰、铁匠洪德顺,也都面露微笑,安之若素。当然,还有我这块老石头。这样跟您说吧,我的主人铁脚,早就不戴铁环和皮套了。他只在年轻的时候戴过,后来年岁一到,走路磕磕绊绊,那只骨节变形的老脚板,对"身外之物"已经有抗拒力了。但我的主人铁脚仍然做着样子,见到皮匠就大声喊:"给我留块好皮子哟,皮套松啦,该换新的啦。"见到铁匠洪德顺,也是这样高喊:"你的铁砧烧红没?要准备抡大锤打铁啦!""那是肯定的啦!"铁匠和皮匠这两位老伙计,回答得声如洪钟,一个街上的人都知道,铁脚的脚趾,要换新行头了。

众目睽睽之下,我的主人铁脚重新穿上鞋袜,拴宝连忙端来半盆清水给他洗手,不然,棒棒茶怎么喝吗?还有,我又怎么在他手里待吗?

我重新回到铁脚的手里,他双掌相合,把我团在掌心中间。铁脚的手真热乎,还带着棒棒茶的香味。

浍水阁的这场议事,要宣告结束了。齐教授的徒弟,对,我觉得叫徒弟比较好,噼噼啪啪敲打笔记本电脑键盘的手停下来了,并合上了电脑,装进电脑包里。看时针指到中午十二点了,武汉文这才发话:"齐教授,谢谢你,累了整整一上午,你这是送宝给浍水啊。瞧他们几个,眼珠都亮得像灯泡,欢喜着呢。"

齐教授不再是那个滔滔不绝讲农业大课的教授了,他成了一个略显腼腆的晚辈。只见他走到武汉文跟前,拎着竹壳水瓶给武汉文的粗瓷茶碗里倒上泉水,小声问候道:"老人家身子骨蛮好的,要注意多晒晒太阳啊。"又走到放下鼓槌正喝棒棒茶的沸满天跟前,朝沸满天的粗瓷茶碗里续上泉水,轻声道,"您老人家也要多多保重,脾气放宽松些,对身体有好处呢。"

众茶客看着齐教授的做派,一时有些迷糊,好像他是他们两人的亲戚似的。这时候,武汉文朗声道:"今天齐教授来到浍水,我要给他摆个大席,让他尝遍浍水的美食,要把镇上几家饭店的招牌菜,一齐端到浍水阁来。拴宝,准备齐全了吗?"

"都齐全了,就等您老一声令下了。"拴宝连忙说。

"好,摆席!"武汉文大声宣布。

拴宝马上掏出手机,挨个打电话。不一会儿,镇上几家饭店的伙计,分别提着食盒过来了。一时间,浍水地锅鸡、浍水面鱼、浍水葡萄鱼、浍水面皮、浍水酱包瓜、浍水羊肉、浍水响肚、浍水培乳肉、浍水硬面大卷和马蹄烧饼等一大堆美食,摆在了浍水阁茶桌上。齐教授像个孩子似的蹦了一下脚,说起了河南话:"中啊中啊,这么多美食,真香啊!"

大家分别落座,一时间,茶馆成了美食店。武汉文每见齐教授下筷子,就小声问:"味道怎么样?"

"中,中!"齐教授埋头猛吃,已经顾不得说话了。

"得闲了,你年年来,来了就给你摆大席。"武汉文笑道。

齐教授连连点头。

吃过中饭,武汉文带着齐教授楼上楼下参观了一番浍水阁,说道:"昨晚不得眼,没瞧清楚,今儿个你站楼顶望望。"

齐教授站在浍水阁楼顶朝南望望,朝北望望,又朝东朝西望望。然后,武汉文让大家坐在茶馆里喝棒棒茶消消食,他指着沸满天说:"富友,我俩陪齐教授去老街上转转,消消食。"

见陆文昌、稽成煊想跟着逛老街,武汉文连忙说:"咱还有一位客人哩,你们几个陪着齐教授带来的专家喝茶歇息,成煊温习一下齐教授上午讲的课,有不懂的,马上再问齐教授。"

陆文昌和稽成煊迟疑了一下,只得讪讪地重新坐下来。

您肯定也疑惑了,这种时刻,怎么就他们三个人逛老街啊?应当是众人陪同才够礼貌嘛。我这么跟您说吧,这个齐教授,就是在沸满天李富友家住了一年的那个河南小孩!

世界就是这么小!

世事就是这么巧!

还是听我老石头说给您吧。

当年那个河南小孩和他的娘,在浍水镇沸满天家住了整整一年。让我老石头算算是哪一年,嗯,沸满天李富友三十六岁的本命年,是一九七四年。在浍水,娘儿两个也不咋出门,好吃好喝的,都是沸满天买了带回家。小孩喊沸满天伯伯,他娘让他喊爸爸,小孩低头不语,沸满天摆摆手,不难为孩子。然后,一九七五年,小孩的亲爹找上门来,给恩公沸满天连磕三个响头,就把娘儿两个领回家了。这事并没到此完结。小孩的娘念着沸满天的好,单衣棉衣做好了,就从邮局寄包裹给沸满天。但不是直接让沸满天收,是让武汉文代转。沸满天也把积攒的钱,逢年过节寄给小孩娘,同样也是托武汉文代寄。武汉文就再添些钱进去。小孩上中学后,家境仍旧不太好,考上高中就不准备念了,想早早当农民,分担家里的负担。这些信息都是孩子的娘托人写信来给武汉文说的。那会子武汉文早已离开瓜棚恢复工作,刚刚从镇中学教师岗位上退休,正坐镇自家的浍水阁,煮棒棒茶和老茶客们一起泡茶馆,说古道今呢。考虑到小孩长大了,懂事了,武汉文就直接写信给小孩,鼓励他一定要考上大学,学费的事,不必操心,他来资助。这回武汉文就不要沸满天出钱了,沸满天钱也不多,而武汉文是有退休工资的。直到齐教授大学毕业,资助才算画上圆满句号。大学毕业后,齐教授留在省农业大学教书,并在省城娶妻生子。然后,他又调到省农科院,专门研究和农业有关的事。

　　您该说了,齐教授在还不是齐教授而是齐老师的时候,就应当到浍水来拜谢资助他的恩人。您说得没错。齐教授确实说过要到浍水来看看,他念农业大学的时候就说过了,但一时半会儿也没有合适的时间过来。有句老话是怎么说的?听话听音儿,锣鼓听声儿。武汉文听得出来,齐教授对浍水这个地方,既有感恩之情,又有羞怯之意。这份情和意掺杂在一起,就形成了顾虑。齐教授在浍水镇待了一年,是在特殊情况下待的一年。他离开浍水的时候,五六岁的年纪了,已经有点懂事了。他的娘带着他给一个他爹之外的男人当了一年老婆,总不是件光彩的事,这成了长大后的他比较忌讳的事。武汉文不能让他作难。再者,武汉文和沸满天资助齐教授读书这件事,本就是件平常事,那就让这件平常事平常地来,再平常地去,无须为外人知道。武汉文跟齐教授说,得闲了就来,无须多虑,如果哪天真的需要齐教授帮忙,会直接说的。武汉文相信,早晚有一天,齐教授到了一定年纪,会放下心里的顾忌,到浍水来看看。齐教授人不来,但心意尽到了,因为也研究茶叶,他就把最好的棒棒茶寄给武汉文。浍水阁的棒棒茶,有一多半是齐教授寄来的,或齐教授的学生寄来的,其中武汉文喝的顶尖棒棒茶,是齐教授专供的。

　　齐教授常年和武汉文保持书信往来,互通有无。对沸满天,齐教授总有些不好意思,在和武汉文的通信里,就提得不多,回回都是武汉文主动说一些沸满天的事。通信发达后,电话聊天的事常有。几年前听说沸满天中风,齐教授就托人找到涡河北边离亳州很近的一位十代中医传人,开了中药,制成药丸直接寄过来,才保住了沸满天中风后还能唱能敲,生活自如。这回武汉文能派陆文昌去省城请齐教授来,是因为他觉得,现在的齐教授,已经到了能放下一些顾忌的年纪了,但他仍然给齐教授留着余地。"天知,地知,我们三个知。"这是武汉文在短信息里说的。也因此,浍水镇上的老茶客们,以及陆文昌、稽成煊、夏小荷们,迎接的是送宝来浍水的农科院专家齐教授,而非喊了沸满天一整年伯伯的齐教授。

现在您该知道为什么只有武汉文和沸满天陪齐教授逛浍水老街了。天知,地知,他们三个知,那就只能是他们三个一起逛一起说会儿话了。

从刚才齐教授站在浍水阁门楼上朝四下张望的眼神里,武汉文读出了齐教授很想在街上走一走看一看。他心里想着念着这个地方哩。武汉文怎能不找个借口成全他?

走过几条街,齐教授不时感叹,说浍水变化太大了,新楼房建了不少,老街上的石板路大都变成水泥路面了。然后,齐教授咯噔站住脚,说:"我去伯伯家看看。"

沸满天一听,居然一下扭捏了。尽管他戴着宽檐呢帽和一副圆片墨镜,把表情遮起来了,但他的腔调暴露了他。

"家里乱得不成样子,太难看了……"沸满天完全不像个能说会道三江五湖天上地下的大鼓书艺人了,他口齿结巴起来。

"去,一定要去看看。"武汉文微微含笑,领着齐教授,直接走到沸满天家门口,直接进到院子里。

齐教授在院子里东走走西看看,摸着老得皱皮剥落的老屋墙,连连说:"这屋得修了,不然就成危房了。"

武汉文接道:"已经着手在做了。要不多久,古镇修旧如旧的成果就出来了。修缮后古镇开街时,你还来吗?"

"我肯定来!"齐教授说着,像进到自家屋里一样,走进沸满天的堂屋里,搬出来一条长凳,"请二老稍坐片刻,休息一下吧。"

武汉文笑道:"瞧娃多孝顺。好,富友,走了这一大会子,该歇歇脚了,你也把帽子、墨镜摘掉,让娃好好看看你。"就带头坐了下来。见武汉文坐下了,沸满天不好意思地笑笑,也坐下了,并摘下帽子和墨镜。

两人刚刚坐定,齐教授立刻双膝点地,扑通一声跪下,对着两人连连磕了三个响头。武汉文稳稳地接住了这三个响头。沸满天抬起那只能抬的右胳膊,单手捂在脸上,哭了。

"娃,地上凉,赶紧起来吧。"武汉文搀扶起齐教授,"你成了研究农业的专家,为中国的农业和农民做了这么多好事,我们值!你富友伯伯为你娘儿俩挑了一年报恩泉的泉水吃,值!"

三个人走回浍水阁的时候,都披着一身的好阳光,显得神清气爽。茶厅里坐等的人一齐站起身,迎接着。

又坐着说了一会儿话,喝了一会儿棒棒茶,齐教授站起身与众人告辞。武汉文送到茶馆门口道:"这几个娃,立志要把古镇变好变美,把古镇的茶文化、美食文化立起来,今后遇到什么难处,还要向你求救啦。你在省里,信息灵通得多,认得的人也多。"

"只要您老先生一声令下,我责无旁贷。"齐教授眼睛亮亮地与陆文昌、稽成煊、夏小荷握手。拴宝带来了一大堆浍水镇的土特产,不用说,羊角蜜、培腐乳、三刀酥、培乳肉等等,装了一纸箱。齐教授推托不要,武汉文笑道:"这可不是企业家给你买的,也不是政府的人买的,这是老街上的手艺人、我的街坊们做好后自觉自愿送来的,他们感谢你来给古镇把脉送宝,今后还要请你再过来。几块钱的物件,齐教授啊,你可不能嫌弃啊。"齐教授只得收下,双手抱拳说着感谢的话。这时候,拴宝又提着两只硕大的塑料桶过来了,每只桶里装满清水,两只桶足足能盛一百斤。

"想着齐教授肯定喜欢这个,"武汉文笑道,"我老早就让拴宝装好啦。这报恩泉的水呀,别处可是没有的。报恩泉的水,还要和一样物件放在一起,才相配。小荷,去我屋里一下,把我箱底的宝贝拿过来。"

夏小荷像小姑娘一样,蹦蹦跳跳进到浍水阁,出来时,手里多了一只铁罐。她展眸一笑道:"这可是汉文爷爷压箱底的宝贝——顶级棒棒茶。这每根棒棒呀,可都带着汉文爷爷的故事呢。"

武汉文把棒棒茶放到齐教授手里道:"这是朋友赠送的棒棒茶,我借花献佛啦。你也是研究茶的,你尝尝和你的棒棒茶有啥区别。"

齐教授连忙说:"好啊好啊,我一定好好品尝一下这款顶级棒棒茶。"

武汉文笑道:"送我棒棒茶的这位年轻朋友,从他家跑商船的老太爷那辈起,就和武家有交情。浍水河边的南码头,可没少停泊他家的商船;天南地北跑一圈子,到浍水来,总要给我们武家带回棒棒茶。如今传到他这里,仍然沿袭着当年的传统,难得呀。不需要船送来了,从邮局直接寄就行啦。"

茶馆门口送客的人群里,独独少了沸满天。齐教授张望了几眼,见不到他影子,只得和众人拱手作别,拉开车门朝车里进。这时候,茶厅里响起了大鼓声,一个洪门烟嗓顺着茶馆的台阶直朝外滚。您该猜到了,这是沸满天李富友,正以他特别的方式送客呢。您听他送客的内容多么特别吧:

滔滔浍水向东流,
送来欢喜带去忧。
送来的欢喜甜似羊角蜜,
带去的忧愁随水走。
省里专家支高着儿,
给古镇把农业大课来讲授。
专家把那大课来上,
再给咱浍水添风流。

搭起台子唱大戏

陆文昌带着一嘴燎泡回到浍水,他在外面整整跑了一个星期。夏小荷说那燎泡是他口吐莲花换来的勋章。陆文昌心说:我走南闯北去考察,还不是因为你夏小荷一句话?

"我可是把台子搭好了,就看你怎么唱戏了。"夏小荷所说的搭台子,是指她办了一家银行。冯家宝在后台指挥、融资,夏小荷在前台跑许可证,很快,浍丰银行在浍水镇成功亮相。

银行开业时,夏小荷当着稽成煊和陆文昌的面,说了一句粗话:"日他奶奶的,我看谁还敢断咱们的粮!"这个"粮",就是企业的资金链。

在那么短的时间内创办浍丰银行,陆文昌打心眼里服气夏小荷。他说这是什么速度啊,夏小荷说:"这是上海速度,今后也是浍水速度。"

陆文昌觉得他首先要亮出来一个浍水速度。想到就做。靠齐教授牵线搭桥,陆文昌按图索骥,到南方看了一家古镇的文化旅游项目,朝北看了一家五万亩的大农场。

给他震撼最大的,不是南方古镇的小桥流水、亭台楼阁,而是北边那个五万亩的农场。那正是齐教授的故乡所在地。中原大地,一片辽阔,农场就像一颗闪闪放光的珍珠,镶嵌在豫东平原上,映着高天流云,枕着辽阔大地,威武壮观,又美不胜收。经营农场的是位回乡大学生,齐教授的高徒,三十出头的年纪,朝气蓬勃,斗志昂扬。他带着陆文昌,两人共骑一辆双脚踏自行车,转了大半天都没把整座农场看完——这是座动态的合作社模式的农场,农场之外还有农场,随着当地农户的不断加盟,农场的疆域也在不断扩大。

边看边听,让陆文昌开了眼界。返程的路上,他心中就矗立起一个宏大构想。因此,刚回到浍水,他立即找稽成煊商榷。

当然,夏小荷也必不可少。

这一回,仨人破例没去浍水阁老茶馆喝棒棒茶议事,而是直奔浍湾农场。陆文昌觉得,站在这片两千亩的荒地上,说出来的话,接地气,有冲劲儿。

腊月的风很硬,直割人脸。荒草随风起伏,左摇右摆。仨人先在长满草的运粮大道上走了一段儿,俩男人就顺着小路朝荒草地深处去。夏小荷迈步跟上,伶牙俐齿的草籽立刻粘上她的羊毛长裙。这就是姆妈当年下放的地方啊,她提起裙摆,继续向前。带毛刺的草籽扎透了裙子,扎到连裤袜上,没走几步,疼得受不了,她只得先停下来,弯腰去摘那些草籽。两个男人穿着牛仔裤,皮糙肉厚,只顾一边说话一边朝里走,直到好一会儿后边没人搭话,才发现小荷落了单。两人不约而同跑回去,一人蹲一边,替夏小荷摘草籽。

热气飞上脸,小荷低头看看,两个男人头顶居然都已微秃。大家都是一身风霜渐近中年,不再是当年的小儿女了啊。几十年了,三个人分分合合,居然又都回到浍水这片地方蹦跶,还怀揣上同一个梦想。夏小荷心头一热,裙子一拽:"哎呀,哪有那么娇气啦。"

两个男人头也不抬,直到摘净草籽才站起身,陆文昌手里多了几粒刺麻苔。夏小荷惊呼:"怪不得扎得人生疼,原来是刺麻苔呀。"浍水人管苍耳叫刺麻苔,小荷倒是没有忘。

陆文昌举着刺麻苔笑道:"嫁得那么远,想撒刺麻苔扎你都摸不着门儿。"

浍水当地新娘子出嫁,好事者往往搜罗一捧刺麻苔,专往新娘子身上撒,要摘老半天才能摘净,碰巧撒到头发上,再碰上急性子的新郎,拽下几绺头发的事也是有的。陆文昌终于能用这种调侃的口吻,说出他对夏小荷远嫁上海的醋意和遗憾。

夏小荷装傻地笑笑,顺着荒草的梢头朝远处看,想看出地阔水远的样子。但荒草太高了,已经扰乱了她的视线。她灵机一动说:"你不是快办喜事了吗?我要是往刘丽雯身上撒刺麻苔,可不许心疼啊。"

算是打了平手。陆文昌不言语,也就默认了刘丽雯存在的事实。昨天回不去,那就珍惜今天,珍惜当下吧。

倒是稽成煊,必须要把个人问题解决了。稽成煊的问题,已经不是他的个人问题了,而是他们三个人的问题了。想到此,夏小荷脱口而出道:"我的助理叶明芬,老大不小的姑娘了,从上海跟过来,真不错,她喜欢上了北方,喜欢上了浍水。上海姑娘喜欢北方,真难得。成煊,你别嫌她个子矮,我给你们说合说合吧。"

"小荷,咱是来做什么的?谈宏伟蓝图的,怎么做起媒来了?"成煊脸红了一阵,故作生气道。

"小荷说得没错啊。我们先议个人问题,再说宏伟蓝图也不迟啊。家和万事兴,老话不就这么说的吗?"陆文昌接话很及时。

"成煊,我是认真的。你心里有个准备。明芬是在孤儿院长大的,人很好,非常能干,你们一定合适。"夏小荷继续着做媒的话题。顿了一下,夏小荷轻叹一声:"我刚才看到你们俩快谢顶的聪明脑壳,心里怪难受的。唉,你俩操的心太多了。记得小时候,我们去茶楼议事,议事的内容叫'不分开',瞧,可不就是不分开嘛。人生一世,草木一秋,我们在浍水土生土长,又是从小的玩伴儿。毫不客气地说,我们也算浍水顶尖的人物,如果借助我们的能力,把浍水变个样儿,把农场救活,让这片庄稼地长出庄稼来,多大的付出都值当。这是我的真心话。我现在就得把这刺麻苔兜起来攒着,到时候你俩择个日子一块儿办喜事,我就可以好好地朝新媳妇身上撒刺麻苔了。"

一番话说得三人都笑,眼窝却湿了。

"好,小荷,今晚,叫上刘丽雯和叶明芬,我们去大浍水地锅鸡大吃一顿。可惜冯家宝不在。"陆文昌说着,用湿润的眼睛看着夏小荷,又看着稽成煊。

"没关系,到时跟他视频好了。"小荷乐得一拍手。

陆文昌看前方荒草稠密,草种子众多,前路艰险,对夏小荷不利。草种子欺负不到牛仔裤,专攻针织衣服。他干脆直接朝松软的土地上一坐说:"咱们就在这里说吧,正好晒晒太阳。"

"姆妈那时候干活累了,不知道这样坐过没。"夏小荷没有她姆妈讲究,朝地上一坐,感叹着,"真软啊,这是块好地,不能荒废,不能返贫。"

陆文昌拿出包里的手写笔记本,朝地上一摊。上面记录着他在外一周的所见所闻,还有所思所想。夏小荷先翻看起来,边看边笑道:"看不出来,文昌你还蛮有文学天才哩,瞧瞧这段描述:'站在南方的古石桥上,听流水潺潺,仿佛看见岁月的手,带去青春,留下思潮阵阵。'"

夏小荷故意撇着普通话,陆文昌一把抢过笔记本,翻到下一页,让夏小荷再细看。

"这个南方的文旅小镇,给我很大启发。讲真的,小镇的人文包装很成功,正是这成功的包装,让原本模糊的文化气韵,显得脉络清晰起来。而我出生的古镇浍水,曾经是繁华的城市,甚至做过都城,至今还有两段遗存的老城墙立在那里,这是多么清晰的文脉啊!还有那些古街、老字号的商铺,有些还完好地存在着。还有古码头和名人故居及传说,还有当地'非遗牌'的特产,最主要的,小镇处在淮海战役主战场,如果整体进行人文包装,相信我的故乡小镇浍水,绝对超过这个南方小镇,会成为淮河北数得着的历史文化名镇。"

夏小荷换用浍水本地话读完,正色道:"文昌,你是镇长,手里的权力虽然不大,但指挥浍水这片地方,绝对游刃有余。我和成煊,一个左膀,一个右臂,全凭你指挥。我的银行提供资金支持,成煊做的是涉农企业,咱们争取让这脚下的这片庄稼地早日脱贫。"

"对,良田是长庄稼的地方,良田不是自己要荒下来贫困下来的,是人为的。现在,我们再让它回归良田的本来模样。"陆文昌感慨道,"我之前想得最多的是打造文化古镇,现在,我要把精力多放些在脱贫攻坚上。大家都把重心放在人的脱贫上,忘记了这片贫困土地了。或许是有意忘记的,因为这片土地太复杂了,是烫手的山芋啊,谁挨它,它烫谁。咱就先从这两千亩庄稼地开始吧。百斤的担子你俩挑八十,我就全力做好服务工作喽。"

"文昌你这是老头拽着胡子过河——谦虚过度了。我先跟你说说眼前的事。"夏小荷快言快语道,"我那一摊子报告批下来后,就加班加点朝前赶进度了,下大雪前,钢筋混凝土的老码头底座一定先建好。浍水河两岸的绿化,趁着冬季,也要完成一大半的栽种。实在需要春天栽种的花木,那就等到来年春天完工。日子过得飞快,我们几个人,不能停留在纸上谈兵,是吧?特别是我,我不像成煊,他那厂房,说立就立起来了,饲料厂也投产了。下一步,这个浍湾农场,也是成煊的啦。我的新厂房,最快也得明年夏天动工,眼下资金重点要投放在修复古码头上。我希望浍水古镇早日修复成功,浍水老街早日开街。哎对了,文昌,这两千亩荒地的脱贫工作,跟修复浍水古镇、古码头和老街早日开街,不矛盾吧?"

"当然不矛盾啦,它们还会并驾齐驱呢。"陆文昌道,"要早日修复古镇老街,首要任务是兴建产业。产业兴,则经济兴;经济兴,则文化兴。经济和文化的兴旺,才是打造浍水古镇和老街的主题!"陆文昌目光炯炯有神,夏小荷不禁想起五六年前,那时候陆文昌的眼珠也是这样炯炯放光,几乎一直炯炯放光,这回陆文昌可不能再"膨胀"了。

或许看出来夏小荷的担心,陆文昌收回目光,笑道:"激情是催人奋进的助推器,没有激情,咋会有干劲?当年,从整治镇上的老菜市街起,开启了我的兴建之路。一转眼,十多年过去了。该交的学费,也交足了。我们都在成长。但人生总是有变数的,计划和变数,会比肩而立。以不变应万变,核心就是,我们走的是正道,做的是好事,所以,千变万化当中,我们心里是有准星的。"

说罢,陆文昌又从包里拿出一张图纸。最近,他的包里总是装着随时更新的图纸。这张图纸是他连夜画出来的,上小学时就喜欢速写,这会子倒是派上了用场,一次性黑水笔画在 A4 纸上,形象逼真。浍水河古码头的老石板堆砌的阶梯,老城门荟贤阁的门楼,大门口石狮子两边蹲守。看得夏小荷扑哧一笑:"这狮子嘴里还衔着黄鳝,你这画画的功夫没有丢呢。"

"那是,咱这是童子功,丢不了。"陆文昌得意道。

"文昌,你脑子真好使,我就光听汉文爷在老茶馆讲,没想到你都画出来了。"稽成煊说。

陆文昌说:"嗨,这就是个草图,还得经汉文爷爷过目点头,到时候再请专家来设计。"

"那么,现在要从纸上谈兵变为直接向现实叫板。先从这片荒草地开始。"夏小荷提醒陆文昌。

"喏,那就先从这片地说起。"陆文昌道,"我心里有谱了,这是考察北边那家大农场带来的启发。这片两千亩土地的租赁合同,成煊你先接手过来,措施改一下,十年租期不变,但租赁费以利益共摊的形式支付。具体是这样的:让土地流转的农户,成为农场的合作伙伴,收益按五五分成。也就是农场里的每一份收成,农户都可分得百分之五十。这样,就逼着我们保证农场的年收入远远大于传统种植利润,不然,所谓的五五分成就成了画饼充饥。

还有一点须心知肚明,农户的五五分成所得,要超过他们的地租费用加工资,不然,何必提出来五五分成的概念?余下的,才是农场的收入。只有这样,这片土地才能活起来,才能脱贫成功。不过成煊你放心,这次我的把握很大。我考察的北方农场,虽然不能照搬过来,但可以做一个适合我们的经营模式,就是改良版的农场。"

稽成煊眼睛亮了起来:"文昌,你是王二麻子当军师——点子真多,我咋就没想到呢。这些天夜里睡不着,就想着浍湾农场今后咋办,出路在哪,想半夜也想不出个头绪。"

"你瞧瞧我嘴上这圈燎泡。"陆文昌道,"过几天,我要把四百户流转土地的村民请过来,就在浍湾农场这片荒草地上开现场会。人心都是肉长的,好好的庄稼地荒废着,要说村民不心疼,怎么可能!也就是赌着这口气罢了。当初租赁时好话说得满天飞,结果却是昙花一现竹篮打水。村民就看着村干部咋收场。现在,我们就来拯救这片庄稼地,给浍湾农场找个好去处,补签一份合同,只等来年开春着手运作。我相信,浍湾农场会有一个新开始。脱贫攻坚的战鼓,就从浍湾农场这片土地上擂响!"

夏小荷鼓起掌来:"佩服,佩服。你这口吐莲花的功夫,可是越来越厉害了。不过听起来好像没我啥事了嘛。"

"非也非也。"陆文昌得了上风扬石磙,继续卖弄三寸不烂之舌,"夏总少安毋躁,且听在下慢慢道来。成煊是做涉农企业的,那就在'农'字上下足功夫,用两三年时间,以孵化的形式,快速让浍水镇的土地,尽可能地成为浍湾农场的延伸农场,或叫子农场。成煊做大农业,小荷你做金融业,做加工业,然后,我们才能有足够的财力,完成古镇浍水修旧如旧的大工程。记得银行开业时你说过一句话,你已经搭好了台子。言外之意,经济搭台,文化唱戏。而这戏,绝不是独角戏,是我们仨人齐唱的大戏。你看,你不是已经拉开了古码头和浍水河两岸绿化建设工程了吗?这相当于女生先起唱了嘛。"

三个人互相看看,夏小荷朝陆文昌竖了竖大拇指:"你现在办事,可是接地气多了。"又朝稽成煊竖了竖大拇指,"我的银行朝你大门敞开啊。虽说我占股份少,但五家股东其中的郑氏,我还是有话语权的。"

稽成煊连忙说:"到时肯定要麻烦你的。浍湾农场的启动资金,一定得向浍丰银行借贷不可。"

"放心放心。银行办在自家门口,当然自家人先用啦。"夏小荷面露得色。

"自家人的利息,可是分文不少啊。"陆文昌学着夏小荷的腔调说。

"瞧你小气鬼的样儿。银行的发展,与企业是绑在一起的,一荣俱荣嘛。否则,都是死账呆账,银行还不关门啊?"

见陆文昌把图纸朝包里装,夏小荷又一把抢过来:"让我再看看这两只衔黄鳝的石狮子。画得蛮形象的啦。"

"汉文爷天天讲,形象我都刻脑子里了。"陆文昌说。

"可惜找不到真的石狮子了,都让日本鬼子的炮火轰炸碎了。我听说汉文爷爷城外李圩子庄的祖宅门前,曾蹲着两座石狮子,后来破'四旧'时被砸了,也许被扔了,到底在哪里,好像还是悬案呢。如果能找到的话,放在复原后的荟贤阁门前,真不错。"

"下一步,就是发动大家找石头,献石头。说不定,会有意外收获呢。"稽成煊道,"我妈妈说,我老舅家就有老石头。"

"等落实好浍湾农场的事,下一步工作,就是找石头了。"陆文昌站起来,再看一眼荒草地,朗声朗气道,"老草们,你们暂时再得意些时日吧。年前就让机子犁掉你们,先给地晒晒垡。"

"我刚才又想起一件事。这样,我先不说,我出去几天,回来后,再告诉你们。"离开浍湾农场时,夏小荷突然说。

"回上海去吗?"陆文昌连忙问。

夏小荷白了他一眼,打起电话来:"明芬哪,晚上到浍水地锅鸡吃饭哈。没事,就是几个朋友聚聚。"收了电话,才跟陆文昌说:"该你了,快给丽雯电话啊。"

等陆文昌放下电话，三个人坐进车里，夏小荷才说："我想到的这个事，不成熟，有点模糊。但一旦成功，就会助古镇浍水早日修复一臂之力。如果可行，不但助力我们的银行，更能助力成煊的农场。"见两个男人没有插话，她又说，"我一个同学，哈，上海小学同班一学期的女同学，在上海附近做家庭农场很成功，我曾去那里玩过。现在，我要去她那里取取经。至少，会给我一些启发。你陆文昌能带着满嘴燎泡四处跑，我也能。你俩就等着好消息吧。"

第十章　风生

天留浮云地留金，
人留后代草留根。
人留后代为防老，
草留根来等来春。

——淮北大鼓

不是野心是真心

夏小荷去上海前，到浍丰银行找叶明芬，问她有没有需要捎带给俞妈妈的东西。俞妈妈是明芬待过的孤儿院的义工。其时，叶明芬已经念中学了。俞妈妈慈眉善目，说话和风细雨，叶明芬从骨子里跟俞妈妈亲，俞妈妈对叶明芬也格外照顾，休息日时，就请叶明芬去家里吃饭，和她的女儿一起做功课，给叶明芬家的温暖。虽然叶明芬一直住在孤儿院，相较孤儿院大家庭的温暖，叶明芬更沉醉小家的温馨，她把俞妈妈的家当作自己的另一个家。从中学到大学，叶明芬和俞妈妈一直保持着联系，从内心，她一直把俞妈妈当妈妈看待。离开上海到淮河北的浍水工作时，她告知俞妈妈，这边工作稳定后，邀请俞妈妈来浍水住些日子。

叶明芬知道夏小荷要回上海，早就买好了浍水镇的土特产，主要以小酱菜为主。俞妈妈喜欢早餐时就小酱菜，而浍水的传统酱菜培腐乳和培包瓜，好吃得不要不要的啦,俞妈妈肯定喜欢。

夏小荷见明芬给俞妈妈准备了这么多好吃的,叹道:"真是孝顺闺女,我就没想到这些。我是北方人,不敢给俞妈妈买吃的,怕不合她胃口。我找见了老街坊珍藏的八尺老布,四十年前手工织的,提花呢的老粗布。想不到吧?我准备送一块给我妈妈,也送一块给俞妈妈,让她们压箱底当纪念品。"夏小荷说着,从包里拿出一只环保袋,里面叠着两块红绿粉白几种颜色织就的格子呢粗布,叶明芬看了好生喜欢。夏小荷笑道:"你在浍水,不愁找不到宝贝,稽妈妈的箱底,不知藏着多少宝贝呢。"说得叶明芬脸儿一红,娇嗔道:"夏姐姐又拿妹妹开心啦。"

叶明芬大专学的是财会专业,后来通过自考,拿到金融方面的本科文凭。在小荷服饰有限公司,叶明芬既是夏小荷的助理,也是小荷服饰有限公司的财务总监。浍丰银行在浍水镇成立后,夏小荷直接把县人民银行的副行长朱跃文挖了过来,担任浍丰银行行长,年薪比之前的翻了一倍。同时,也把自己的得力助手叶明芬,推荐到浍丰银行做行长助理。

朱跃文也是土生土长的浍水镇人,最关键的,他和夏小荷、稽成煊、陆文昌是同班同学。既然不是外人,挖他过来时,也不需要遮遮掩掩。往大里说,为了支持家乡经济,他这个金融界的人才,得助力家乡建设;往小里说,同学们的事无小事,况且可保他收入翻番。朱跃文思考了三天,就辞了公家的饭碗,到私营银行当了行长。

夏小荷之所以忍痛割爱,把自己的助理推荐到浍丰银行任行长助理,这当然有她的打算。作为创办浍丰银行的牵头人和股东之一,她忙于开办自己的工厂,不可能天天到银行转悠,而且金融方面她不是内行,需要一个人守在银行里,里里外外为她打理着,这个人,当然非叶明芬莫属。

虽为民营股份制商业银行,但运作模式和国家银行不差分毫。浍丰银行的第一笔业务,是从大浍水粮油商贸有限公司贷款开始启动的。稽成煊申请的企业贷款为三百万元,金额不高,主要用于兴建饲料加工厂。公司的基本情况、法人代表履历、资产证明、验资报告、销售合同、公司财务报表等企业贷款所需的全部材料,一一摆在叶明芬桌上。作为行长助理,她必须先期仔细审核贷款企业的全部情况后,再向行长做具体汇报。因此,她对稽成煊这个人和他从事的企业,在未见其人之前,已经有了先期了解。没想到的是,夏小荷为她长了个心眼,想把她介绍给稽成煊。

"我的发小,货真价实的憨厚老实又集各种大智慧于一身者。"夏小荷认真看着叶明芬的眼睛,"全世界的人,也只有把你交给他,我才是放心的。"想了想,扑哧一笑,补充道,"全世界的人,也只有把他交给你,我才是放心的。"

对于他们三个人的故事,叶明芬并不陌生。夏小荷不止一次跟她说起过。夏、陆、稽三个人,从小到大,膀靠膀心连心地成长,有江湖义气里的义,也有手足相连中的亲,最后以为会有"风尘三侠"式的美丽结局,结果最终成为一桩憾事。好在三个人很快把旧账翻新篇,继续在古镇书写续集。正如夏小荷所言,打断骨头连着筋的关系,这世上不多,经历了这么多事,大家相逢一笑泯恩仇,会倍加珍惜当下,珍惜一起走过的那些岁月。

浍丰银行行长朱跃文不在,到县里金融办开会了。夏小荷见中午业务不太忙,就邀叶明芬去老街上走一走。两人从银行后门出来,先站着晒一会儿太阳。银行后门正对着一条小巷,虽是小巷,名字却取得响亮:嵇康巷。嵇康巷窄小的路面,尚存参差不齐的几块老石板,大部分路面被薄薄的一层水泥遮盖着。相传这条小巷住过历史名人嵇康,在浍水镇叫作浍城的年代,嵇康曾在此打过铁,弹过琴。当初相中这座曾在民国时期做过钱庄的老宅,除了老宅做钱庄的背景外,还和传说中嵇康居住在钱庄背后的小巷有关。夏小荷决定将浍丰银行开办于此。有文化背景在后面撑着,就不发虚。在修葺时,五家股东开会决策,夏小荷坚持严格按照修旧如旧的原则,采用原材料、原工艺、原结构、原形制,全方位复原老钱庄的原貌,让文物活化——不能因为开办银行,而坏了古镇修旧如旧的规矩。复原文物,在获得相关部门批准后,也无形中增加了投资成本,但从长远来看,是值得的。股东大会全票通过。当然,本着国家对银行在消防、安全方面的规定,对银行内部也做了加固处理,让外观不失钱庄的原始样貌,而内在的坚固,更具银行所必有的安全稳妥。五家股东的全力合作,使古色古香的浍丰银行成为浍水镇第一家民营商业银行,也成为浍水乃至周边城镇唯一一家有民国建筑风格的银行。那段时间修葺,夏小荷像个合格的监工,整天忙得水都顾不得喝,嘴上起了一圈水泡。这些,叶明芬全部清楚。

此刻,两人站在银行后门的嵇康巷,晒着淮河北暖融融的太阳,明芬忍不住问道:"夏姐姐,你的人生理想,究竟有多大?"

从明芬的话里,夏小荷听出了她对自己的某些误解。作为自己的下属,虽说姐妹相称,但明芬有着分寸,不会事事探秘,而夏小荷,也不可能把所有的设想告诉她。今天,倒不妨跟明芬说道说道。她粲然一笑道:"我知道你想问什么。你是说我的野心有多大吗?我告诉你吧,明芬,那不是野心,是真心,是对生养我这片土地的真心。"

说罢,和明芬并着肩,顺着巷子朝南走。不远处有一株老柳树,虽然冬季里柳叶全无,只有枯枝一树,但柳树威武的气派宛然。夏小荷指着柳树说:"据传嵇康打铁的炉子旁,就有一棵大柳树。当年嵇康选择此处安居、打铁,可见浍水河北岸的这片地方是多么好。镇上的老铁匠洪德顺,祖上就曾跟嵇康学过打铁。洪师傅吆喝着祖上的手艺不能丢,确实不能丢。"

经过一片长着两棵高大构树的空地,小荷又站下了,指着构树下面的一片茂盛草地说:"这里曾有个瞎子市,我听汉文爷爷讲过。"

"为什么叫瞎子市?"明芬很好奇。

"本来是个说书场。一逢集,说书人就来这里说书,盲人由家里人牵着手,带过来听书。时间一长,盲人听到大鼓声、扬琴声,就能自己摸过来听书了。周边的盲人都来此听书,时间一长,这里就被叫作瞎子市了。"夏小荷眯缝起眼睛,看着构树撑起的蓝天,"古镇修复的项目里,瞎子市是一定要复原的。"顿了顿,又说,"其实人是活在念想里的。这不是属于一个人的念想,是古镇全体居民的念想。明芬啊,我可没啥野心哪,世界那么大,我只想给故乡做点事情,把全体居民的念想再打捞出来。"

不知不觉，走到小巷南头，南头正是东西走向的沿河老街。夏小荷顺着老街朝西一指道："明芬哪，你不知我们的大浍水遗留了多少故事。你看这条老街，当年被日本人的大炮轰炸，整条街燃起熊熊大火，整整烧了三天三夜，连街上的石板路都烧碎了。街上的老居民就把沿河老街叫作碎石大街。这碎石大街，就在我们的脚下。我听汉文爷爷说，一九五四年发大水，碎石大街泡在水里许多天。后来水退了，泥浆铺了厚厚的一层，把碎石掩在下面了。以后多次修街，碎石大街就成现在这样的沙石路面了。我的念想里面，就有复原碎石大街的愿望。至少要复原一段路面，街名呢，沿河老街仍然叫着，但中间要辟出来一段，叫'碎石大街'。它是刻在我们心里的痛，也是民族的痛，必须让今人和后人记住。"

叶明芬听夏小荷说着，忍不住拉住她的手说："夏姐姐，你的人生真有意义，你能力大，想到就去做，我从心里佩服你的勇气。像我吧，就比较胆小。"

"明芬，我也佩服你呢。你专业过硬，为人忠诚，坚持原则，这是难能可贵的，正是我喜欢的呀。咱们俩一静一动，相得益彰，多好的姐妹啊。"当初在上海做服装加工厂，看到叶明芬投来的简历，夏小荷一眼相中了。不是她学历多高，大专学历在上海太不起眼了，主要是她的眉眼，一双沉静的大眼睛，带出来她一脸的云淡风轻，有这样五官的人，一定是认真忠诚的。果然，叶明芬把夏小荷厂子的财务做得科学严整，甚至对财务风险的评估，她都有自己独特的判断，这正是夏小荷所需要的。

北风顺着浍水河吹过来，有着冰人的冷意。新做好的老码头钢筋水泥底座，在太阳下像一位敦实的老人，默看河水滔滔东去而无声无语。浍水河里结着薄冰，负责打捞水面漂浮垃圾的小船，静泊在河边歇工了。规划出来的沿河两岸栽种花木的地带，像没有理好的头发一样，这里耸一丛常绿树木，那里空一片黄泥巴地。一群套着袖套捂着帽子的老年男女民工，正在给新运来的常绿树苗分棵、栽种。夏小荷叹息了一声说："现在年轻人都离乡进城了，这留下来的，都是老年人了。我小的时候，这些老年人也是进城的农民工大军哟,只不过年纪大了,又回乡了。可是,现在进城的农民工,都成了城市居民了。没想到吧,农民也会断代。"

"所以,你想把浍水镇修复得比城市还要好,还要吸引人,让走出去的人,再回归故乡。"叶明芬说。

"是呀,这就是我的真心哟。"夏小荷把叶明芬脖子上的围巾往紧里系系,"你想,如果浍水镇的人逐年减少,没有生力军,只有老年军团,这经济怎么振兴呢?我就是要把生力军召唤回来!"

叶明芬紧紧握住夏小荷的手,声音微微打战道:"夏姐姐,知道吗?你最吸引我的地方,就是你身上的这种执着精神,敢拼精神。这是大爱精神呀,也叫奉献精神。"

"哎呀,明芬妹妹,你这是拔高我啦。在我们大浍水,如果说大爱精神,那可轮不到我呀。像汉文爷爷,铁脚爷爷,还有许多当年的支前民工,他们身上的,才是真正的大爱精神呀。那时候,为了支援淮海战役前线,扒自家的屋,拆自家的梁,牵自家的牲口,要什么就给什么,连身家性命都舍得拿出来,那才是大爱。特别是汉文爷爷,他这一生,吃过大亏,受过大难,但他的心从未改变。在最艰苦的年代加入中国共产党,却无法证明他入了党,他就守在老茶馆里,等待着证明他的人出现。这就是执着和忠诚。多少年来,他一直以一名共产党员的标准要求自己。他拿出一生所有,修建烈士陵园铭园,又把老茶馆浍水阁,开得红红火火,让老茶客们有个说话的地方。和前辈们比,我也就是实现一点点自己的理想罢了。"

"反正,你夏姐姐就是了不起的人,是我的榜样。"

"那我首先不能辜负你。"夏小荷得意道,"所以,这次去上海,我要把同学农场里的经验搬过来,在这里落地生根。"

走到浍水老街,浍水阁楼顶写着大大"茶"字的黄旗,在冬阳里飘扬着。夏小荷拍拍叶明芬的手说:"你该上班去啦,我去看看汉文爷爷。"

一地的太阳光,把浍水老街的街面,照出明亮的暖色。夏小荷脚步如飞,快步走动的样子,也明亮起来。

南方鸡蛋　　北方鸡娃

"必须面谈,必须!"夏小荷一回到浍水,忙不迭地打电话给陆文昌和稽成煊。

陆文昌忙是忙,但基本守在浍水,不是去村里精准扶贫,就是到县里开会,顺便协调协调有关部门,把国家的扶持项目,争取在浍水镇落地生根。

稽成煊也忙。他不可能天天守在厂里忙,他要走访周边的客户,察看市场,趁着浍湾农场没有正式启动,他得把客户的维护工作提前做好、做足。生物饲料厂开业后,紧接着又在饲料厂旁边,投资兴建了微生物研发中心。浍州市职业技术学院微生物研究专家,带着两名研究生,把这里当作微生物研发基地,挂牌"大浍水立腾生物科技研发中心",为微生物饲料的生产提供菌种原液。这对稽成煊来说,可谓如虎添翼。业务增加了,业务员的队伍扩大了,他也更忙了。紧邻浍水镇的涣河镇几家养殖场,鸡牛羊们吃了他厂生产的微生物饲料,体壮膘肥,都成了他的固定客户。连全国知名乳企设在珠城的养殖基地,也成了他的大客户。稽成煊看到了产业链带来的好前景。

但这次外出去河南,却是为着一批假冒面粉的事。业务员跟他反映,在皖豫交界处,发现一批打着"大浍水"标志的面粉,足足有百十吨。稽成煊一听头就大了。这还了得,明目张胆地假冒自家品牌。他让业务员先待在原处,这边就去县里相关部门进行汇报备案,之后,立刻驾车直奔河南地界而去。

夏小荷打电话的时候,稽成煊已经对假冒"大浍水"面粉的来龙去脉,做了清晰调查,当地工商部门也出动配合处理。听说夏小荷从上海带回了"南方经验",他连夜驱车返回。

第二天,三人见面时,稽成煊双眼布满血丝。夏小荷却目光炯炯有神,恨不能立刻分享她从上海带来的珍贵消息。但听说稽成煊的产品被人假冒了,她连忙转移话题问:"怎么样,都处理好了?对企业的影响不大吧?"

稽成煊道:"幸亏发现及时,当地工商部门已经查到生产企业并做了罚款处理。我不想往大里整,只想给对方一个教训。大家都是做企业的,都不容易。不过话说回来,再不容易,也不能走歪门邪道呀。"

陆文昌插话:"你就是个活菩萨,要是我,必须法庭上见,让他尝尝教训——"见夏小荷朝他翻白眼,立即转换频道,"我是说几年前的那个我哈。现在不了,哈哈,不了。我从成煊身上学到了大善和大义。"

几个人的谈话仍旧选在浍水阁。大先生武汉文握着一把老茶壶暖手,一边听着几个娃在说"大事情",一边朝沸满天李富友使眼风。沸满天的脑子里转动着新词,却迟迟不落鼓槌。铁脚朱太平说:"看来沸满天的大鼓今天开不了张啦。"

沸满天得意地眯眯眼,轻轻敲了一下大鼓的边缘,哑哑地小声说唱了两句当作回答:"老将暂且藏刀枪,先听娃娃说文章。"

"富友现在学得文雅了嘛。"武汉文忍不住夸了句沸满天。然后,几个老茶客一起听这边的"娃娃们"激烈地"议事"。

"坐着高铁,一路上我都在想,如何让南方的鸡蛋变成北方的鸡娃。"夏小荷快言快语,恨不能把脑子里所思所想全部磕出来,"直到在浍水下车时,我心里才有了清晰的轮廓。"

"但说无妨。"陆文昌学着沸满天的腔调,调侃道。

"叶明芬你好好记录着,可别少了一个字。"稽成煊朝叶明芬一笑。

这次茶馆议事,邀请了叶明芬参加。是夏小荷向浍丰银行行长朱跃文"借"来的,让叶明芬感受一下浍水阁的传统项目"议事",同时让她做记录。叶明芬对夏小荷的"别有用心"心知肚明,配合默契。而茶馆里来了一位土生土长的上海女孩,老茶馆的议事也多了一层新鲜。

叶明芬展开笔记本电脑,拿出微笑来听,拿出认真来做记录。

"何谓南方的鸡蛋,又何谓北方的鸡娃?"陆文昌好奇地问道。

"这次去上海,我听了做农场主的同学如何打造新农场的经验,我称她的经验是'南方的鸡蛋'。"夏小荷开讲了,"我同学又带着我去周边的大小农场进行了考察,我们一直跑到了浙江。不光是看农场,我还要看古镇。水乡小镇、绿色小镇、文化小镇、长寿古镇,我把南方小镇、农场的经营理念糅合在一起,然后,我脑子里就蹦出来这样一句话:'南方的鸡蛋,北方的鸡娃'。"

见大家听得入神,夏小荷面露得色,忍不住学起沸满天唱大鼓的那一套腔调:"各位看官你该要问了,如何让'南方的鸡蛋'变作'北方的鸡娃'呢?请听在下慢慢道来——"这时候,沸满天举起鼓槌在鼓面上轻轻一敲,约等于给夏小荷的"说唱"伴奏。夏小荷朝沸满天竖了竖大拇指,喊一声:"谢谢俺爷!"再接着朝下说,"这个'南方的鸡蛋'在南方做鸡蛋做得很好很成功,但到了北方,鸡蛋必须变作鸡娃,才能更好更成功,这就叫因地制宜。具体来说,在我们浍水,如果仅仅兴办南方模式新农场,也就是家庭农场,显然是不现实的,因为我们这里是平原,没有山水,只有一望无际的庄稼地。那我们必须建一座真正意义上改变土地命运和收益的大农场,并且和修复古镇结合起来,打造出大浍水旅游产业链。

说得似乎足够透彻,但具体的鸡娃是什么,大家仍然不太清楚。见大家都盯着自己,夏小荷接着细细分说:"我跟稽成煊回到浍水,浍水镇政府给我们提供发展平台,我们两家企业担负着振兴古镇经济和文化、打造大农业产业链的重任。但打造这样的大工程,不仅仅是企业一个劲儿地往里投钱——这是个误区——而是如何就此生钱。这要感谢我老公冯家宝,是他的吸资计划启发了我。"夏小荷顾盼神飞,"我一路坐高铁,一路抠脑壳,下高铁时'鸡娃'终于跟着下来了。那就是采取吸资方式来盘活浍水古镇的旅游资源,盘活浍湾农场这片土地。前提是,先成立一家大浍水生态农业旅游发展有限公司,浍湾农场再拿出来五百亩土地,做成'智慧+旅游综合示范农场',简称智慧农场,形成农业观光休闲体验的引擎。有了智慧农场,就能招徕认领智慧农场土地的主人,土地会贴上认领者的姓名标签,认领的成本很低,一平方土地一年只收一块钱,一分土地一年才六十块钱。在你认领的土地上,你可以自己来耕种和采摘,没空来就让农场员工负责帮你耕种管理。除了种子和有机肥料需要认领者购买,代为管理和耕种都是免费的,土地一年四季的收益都属于认领者。以上的认领吸资其实是不赚钱的买卖,甚至可能会赔本。关键是后面的附加条件,具体来说,每位认领智慧农场的地主,需交纳智慧农场加盟费,也就是会员费,一次性,终身制,每位加盟的地主一次缴纳会员费三千元,大浍水生态农业旅游发展有限公司赠送加盟者一辆价值两千八百元的新型豪华山地自行车,自行车归会员所有,可以直接骑回家,也可以放在大浍水生态农业旅游发展有限公司统一免费保管。如果时间充足,会员可以每天过来,骑着自家的自行车免费游览古镇,看浍山浍水,骑着自行车去自己认领的土地上劳动、收割,一个人过来也行,带着一家人来体验更好。首批可投放五千辆自行车。而自行车,我们可以和生产厂家签订购买协议,首付百分之三十的购买款。算算看,五千辆自行车,五千名会员,除掉首付自行车生产厂家百分之三十的款项,会吸资多少?有了这笔资金,下一步,我们复原古镇建筑,指日可待。而浍湾农场,有了先期的智慧农场做铺垫,就可以大刀阔斧地打造大农业产业链。如果说智慧农场是鸡蛋的话,浍湾农场就是鸡娃。一旦鸡蛋变作了鸡娃,浍湾农场满地的荒草不仅能变成良田,还会插上翅膀高飞!"

陆文昌站起身,啪啪啪拍起了巴掌:"不得了,小荷,你这个鸡娃计划,将助力我大浍水早日完成脱贫攻坚任务。你来当浍水镇的镇长吧!我脑壳生锈了,不称职啊。"

沸满天紧跟着朝大鼓上大声大气地敲了三下,唱出一声长调:"哇呀呀——小女子,不简单,长篇大论见淑贤。"

"小荷啊,你是智多星啦。"武汉文夸赞道。

夏小荷得意道:"汉文爷爷,我这脑子瓷实,那可是喝着咱浍水河的水长的。"突然又不自信起来,"北方鸡娃的构想,可是幻想啊?"

"很实际。具体细节咱们一起琢磨。"陆文昌道,"成煊,明天,我们就在浍湾农场开现场会,邀请四百户土地被流转的村民参加,再抽选部分村民代表,租一辆车,外出参观南方和北方的农场。这些土地被流转的农户,今后可都是经管智慧农场和浍湾农场的管理员和技术员啊。"

"咚,咚咚。"沸满天那边厢又敲起大鼓,"红旗展,战鼓鸣,且看我跨马提枪待点兵……"

人心都是肉长的

陆文昌不太喜欢跟许多人一起扎堆说事,茶楼议事除外。大庭广众之下,被许多人围着,被七嘴八舌地口水喷溅着,对他而言是件苦差事。或许几年前被浍南村的人围着发难,被浍水镇的原住民朝他翻旧账搞怕了,陆文昌一想到被人拢着,就焦躁不已。但这次,他想不出更好的办法来跟四百户村民说一说两千亩地的事儿。没有比浍湾农场的荒地更合适的会场了,那些淤积在村民心里的恼火,那些他想表达的歉意,也许只要看一眼起伏无边的荒草,就不用多说什么了。

这次把四百户村民召拢在浍湾农场的荒地上议事,表面看是稽成煊召集大家过来议议两千亩土地何去何从,实际上他陆文昌才是幕后导演。他才是来给这片贫困的庄稼地找具体出路的人,也是来给浍湾行政村前村主任路进步解套的人。

村民三三两两朝浍湾农场走来,有把手笼在袄袖里步行来的,有骑着电瓶三轮车来的,也有扛着留守的小孙子来的。来的人,面上都堆着一层苦相,没有一张脸带着笑模样。也是啊,这片荒草地,哪是路进步一个人的心病啊,这是全体四百户土地流转农民的心病呢。

看着一起过来的夏小荷和稽成煊,陆文昌给自己的开场白再打一遍腹稿。他心里不虚,因为这片地不是从他手上荒废到现今这个模样的;他心里又有点虚,因为现如今这片地和他勾连了起来,不解决这片庄稼地的出路问题,脱贫攻坚战打得再热闹,也不算赢。

村民陆续到得差不多了,陆文昌要等的,是路进步。尽管浍湾行政村现任书记、主任一肩挑的路文化早已到场,但关键人物路进步不到场,陆文昌就不能开始发话。他朝远处望望,大路上还没见路进步的身影。先到的人已经开始互相打招呼了,有人就问,听说镇长今天过来,谁是镇长?一边问一边睃着他们仨,因为生面孔就他、稽成煊和夏小荷三人。路文化怕大家说出啥不中听的,连忙给大家介绍陆文昌:"这就是咱们浍水镇的陆镇长。"陆文昌点点头,问声好,人群立刻就沸腾了,开始七嘴八舌朝陆文昌喂口水,路文化一连说了好几遍"静一静,静一静",但谁也不听——现在的村民,没有谁会对镇长这个官战战兢兢,更不会从了村书记的命令。

"嚯,镇长来了就好办了,看这样儿,是来给咱们补发租地费了?"

"你呀,做梦娶媳妇——净想好事。哪有恁简单。"

"人民干部为人民,群众事无小事,电视上不都这么说吗,总不是瞎白话吧?"

"嘘——当心得罪人,还是小心为妙啊。"

"怕啥?俺平头百姓一个,还能开除俺地球籍咋的?"

陆文昌拿出耳朵收听村民的七嘴八舌,眼睛却睃来睃去,找寻着路进步。大路上没见他影子,荒草丛里倒是慢腾腾地冒出来一个人,和那群羊。不是路进步又是哪个。或许他早就在荒草地里蹲守多时,就等着大家到齐了,说过瘾了,他再现身。

路进步从荒草丛里冒出来,就像一个电影镜头。他也不跟陆文昌打招呼,直接往地上一蹲,大声号哭起来。

四年多的光景,多少辱骂,多少刁难,几乎将路进步打到十八层地狱里。今天,他从地狱最底层仰头看到乍现的曙光,各种滋味海潮般涌来,将他扑倒。他终于可以当着几百村民的面,张开少了一颗门牙的嘴巴,恸哭不止。

咩——咩咩——与路进步形影不离的群羊齐声喊叫。过年还有段时日,羊们的末日尚未到来,羊们也看不见末日,任性地长得膘肥体壮,这会儿却被主人的号哭吓到,齐声尖叫起来。

羊叫,人哭,乱哄哄的人群慢慢静默下来。

七嘴八舌、理直气壮的村民住了嘴,没人上前劝,只是几个大娘抹起了眼泪,不讲究的用袄袖,讲究的掏出旧手巾、纸巾,不知是谁,顺手递给路进步一张。

没有什么不可以原谅，大家都是一根藤上的苦瓜。陆文昌脑中突然冒出这句话。

路进步接过纸巾，朝脸上狠劲擦，鼻子眼睛腮帮一齐擦，最后还捏着鼻子擤了把鼻涕，这才把眼泪止住。再一抬脸，大伙儿突然哄笑起来。但见路进步脸上挂着星星点点纸屑，就像画了个花脸，眉毛上还粘着一片，忽闪忽闪，像风里振翅的麦蛾子。连陆文昌也忍不住笑出了声。

气氛一下子轻松起来。陆文昌觉得，他可以开场了。

"我叫陆文昌，在浍水镇担任镇长。"又一指稽成煊和夏小荷，"这两位是稽成煊和夏小荷。稽成煊做粮油加工和微生物饲料，夏小荷做服装加工，兼顾着开银行。"

路进步的悲声把陆文昌事先准备好的开场白哭没了，他只能这样简单开始："今天召集大家过来，就是解决浍湾农场土地闲置问题。闲置下来的土地，其实没闲着，它不长庄稼，专门长草。良田成了荒草地，就像人返了贫，长草的土地就是贫困的土地，因为它颗粒无收。草长在地上，也扎在我们的心窝子上。今天，我们就把这些扎心窝子的草，全部拔掉！把这片返贫的庄稼地，再改成良田！"

陆文昌见大家眼巴巴看着他，他拉过稽成煊："这位稽成煊，就是帮助我们拔掉心窝窝草的人，就是来激活这片贫困土地的人。他也是农民出身，高中毕业就创办企业，发展到今天，已经做成一家涉农大型企业了。那么，这位农民企业家，将为我们的浍湾农场带来什么样的转变呢？我们不妨听稽成煊跟大家说说。"做了个邀请的手势。陆文昌长出了一口气，终于由成煊替换自己了。

"我今天来，就是和大家商量商量，由我来接手浍湾农场，可行？因为能否接手经营这两千亩的浍湾农场，不是我说了算，是在场的父老乡亲说了算。我想听听大家的意见。"稽成煊说话不绕弯儿，他看着大家大眼瞪小眼地瞅着他，没人插话，又接着说，"这片地租赁期限是十年，我还接着租赁，接着种地。你们可同意？"

"看这样子,你比路大进本事大,那就接着种呗。不过,这几年差的地租款怎么结算?结算了才能开工嘛。"有能人很快接话了。

"地租款肯定不能少。请大家移步跟我朝地中间走走。"稽成煊率先朝草地深处走去,大家眯瞪了一会儿,有人就跟着他朝里走。陆文昌、夏小荷紧随其后。路文化赶紧抢到头里开道,陆文昌笑笑。这荒草地他早进来过了,他不怕那些扎人的毛刺。夏小荷这回也不怕了,她穿着高筒靴和紧身牛仔裤。——都是有备而来的。

稽成煊站下脚,大家也跟着站下脚。稽成煊看看陆文昌,陆文昌朝他使了个鼓励的眼神。稽成煊指着掩映在荒草丛里"瘦骨嶙峋"的大棚架子,语气变得沉重起来:"这片土地的故事我听说过,变成今天这个样子,自然有它的原因,但好模好样的庄稼地成为现在这个样子,肯定是大家都不想看到的。我想先听听大家的真心话,听听大家的良心话。"

朔风从荒草梢上掠过,草籽上的毛刺都支棱起来。路进步又把手捂在脸上,那群羊很配合地哀叫起来。

"也不是咱有意要为难路进步。"先开口的大爷是浍湾行政村大路庄的,也姓路,叫路大彪,浍湾姓路的占一多半。路大彪老早当过生产队队长,说话有板有眼:"就是想看看他把这片地咋个弄法。开始征地的时候,整天脚底板抹油连天加夜地串门子,叫我们给城里打工的孩子打电话,孩子们都通融得很,说,响应政府号召,听行政村安排,把土地流转出去。可不过年把时间,地就抛下不问了。你要没有那把金刚钻,何苦揽下这个瓷器活呢?整天喊着土地流转、土地流转,土地真流转了,又抛荒了。这几年谁心里好受啊。人心都是肉长的,总是难为路进步,俺们心里也别扭。"

"就是啊,看着地荒在那里,哪个不心疼?开始时,去路进步家吃他的喝他的,不过是想逼他拿出个主张来。他有机会跟政府打交道,俺们只能跟他打交道。你说,这地租也租了,合同也签了,只撑了年把时间,就完了?这不是开玩笑吗?"

"俺家里几亩地都在这里了。开始想,也好,流转就流转吧,就算叫浍湾农场了,这片地也还是俺家的地,俺还可以在这里干活,俺喜欢干活。现如今地抛荒在这里不能种庄稼,俺手脚都闲得发慌了。本想来种俺家那片地,可真不好找哇,腿连筋筋连腿的,地块搞到一起了,都弄混了,上哪找去?种错了算谁的?"

"俺也想来种这片地的,俺老表提醒说,地属于浍湾农场了,签过合同,摁过手印,白纸黑字红手印,私自耕种是犯法的事哩,咱可不敢。"

七嘴八舌说着浍湾农场的前世今生,话撵着话,人看着人。这几年苦挣苦挨的时光里,路进步终于听到真实的声音了,他拿掉捂脸的手,眼圈又红起来。有人咋呼:"路进步,你也别光顾着养羊给各家送肉了,大家过年吃着你送的羊肉,看着荒地,心里不好受,肉也不是肉滋味了。你干脆再当村主任,带着大家好好种这片地得了。"

陆文昌觉得,这时候,他要抢稽成煊的话头了。他看了看周围的人,再看看东边不远处浍水河的支流湾子河。冬天的湾子河两岸,杨树叶子全落光了,光秃秃的树枝直伸到天空,像一双双瘦骨嶙峋的手,挣扎着,想要抓住什么。

"小时候,爷爷跟我说,湾子河浍水河,是两条有故事的大河。两条河沿岸村里的百姓,在淮海战役打响后,为了支援前线,不惜拆屋子卸门板绑担架上前线,父子齐上阵,夫妻并肩抬伤员。这湾子河沿岸的土地上,可都留着支前民工的足迹,响过他们抬担架时呐喊的号子,洒过他们的鲜血呀。"

陆文昌话音刚落,路大彪接话道:"俺大路庄的路大胆,他可是生擒了七个国民党兵呢。那叫智取。记得我小时候,专门听路大胆讲过这个故事,他可是我们大路庄的骄傲呢。"

"俺小路庄也出了一个值得全庄骄傲的路二林,他冒着枪林弹雨,给解放军带路,解放军打了个大胜仗。淮海战役胜利的时候,路二林受到政府表彰,戴过大红花呢。"说话的是小路庄的路解放。浍湾农场流转的两千亩地,差不多都是大路庄和小路庄村民的承包地。

本来是稽成煊要说浍湾农场的,现在变成了淮海战役故事场,各村都有淮海战役的支前故事,在场的几位老人争着说起来,有说别人的,也有说自家爹娘的。陆文昌觉得,他无意掀起的这个故事场,比吹在脸上的北风要软和,稽成煊这时候再说他的计划,说不定正是时候呢。

陆文昌意味深长地看了稽成煊一眼,按捺不住激荡的心潮,大声说:"在浍水河湾子河两岸,在浍山周围,在我们站着的这片土地上,处处都有可歌可泣的故事。生养我们的这片土地,是子子孙孙为之骄傲的土地。在这片无数先烈热血染红的土地上,我们做任何一件不该做的事,都会脸红,也对不起前辈。我们的前辈,哪家没有人上过战场,帮着解放军拉过枪弹,送过棉衣军鞋?大路庄的路大胆路广祝前辈,小路庄的路二林前辈,还有牺牲在战场上的前辈,如果他们知道,这片他们用生命换来的土地,如今长满了一人高的蒿草,他们会做何感想呢?"

稽成煊心领神会,立刻接道:"听到这么多故事,我对这片土地有了一个深刻的认识,对今后经营浍湾农场,也增加了信心。"停了停,接着说,"刚才我说对浍湾农场今后的出路有自己的计划,现在,我就全盘说给大家听听,看看可在理儿。"

"浍湾农场不能再荒着了,你先把这片庄稼地给脱贫了,后面的事咋着都好说。"有人插话。

"就是,你先把地盘活了再说,无论如何,不能再荒下去了,不然,会遭天打五雷轰的。"

"庄稼地是绝对不会再荒下去了,但也不能像以往那样耕种,否则,走的还是传统种植的老路,经济效益无法提高。"稽成煊朝东一指,对着湾子河的方向说,"靠近湾子河的这一片地,辟出来五百亩,我要做一个家庭新农场,名字都取好了,叫智慧农场。先让智慧农场活跃起来,然后,它会带动和激活浍湾农场。"

"智慧农场?那就是有头脑的农场了。有意思。"有人开始顺着敲边鼓。

"没错,智慧农场如何发展,全靠我们人的大脑来指挥。"稽成煊说,"咱们浍水这片地方有句老话怎么说的？同样的活儿，看出自谁手。比如这两千亩地的浍湾农场，放在我手里，我就要让它变出花样来。当然也不是盲目地瞎变，要遵循常理来变。具体是这样计划的：辟出来的这五百亩做智慧农场，喜欢种地的人可以来认领，认领哪块，哪块就贴上自己名字的标签。一平方米土地一年只收一块钱，一分地一年也才六十多块钱。只要认领了土地，你随时都可以过来耕种，采摘。你要是忙，没空来，农场有专门的管理员负责帮忙，免费！你只要自己买种子和有机肥料，一年四季的收益就都是你的。大家觉得咋样？"

"听起来很赚钱的样子，可是掐指一算，好像是贴本的买卖嘛。"路大彪不愧当过生产队队长，脑子比普通老百姓活泛。经他一提示，其他人也伸出指头计算起来。大家一算，乖乖，智慧农场不智慧，绝对贴本。

"没错，确实不赚钱，买种子化肥还得贴钱。"稽成煊笑道，"我们还有另一个配套方案，容我慢慢跟大家说道。"

所有人都把目光投向稽成煊，看得出来，大家对他的配套方案充满好奇。稽成煊微微一笑道："加入智慧农场还有一个附加条件，我们私底下把这个方案叫作套餐，就像咱们吃的方便面，打开包装盒，不光有面，还有几包配料。这个套餐计划具体来说就是：首先，我们要成立一家'大浍水生态农业旅游发展有限公司'，每位认领智慧农场土地的人，只要一次性缴纳会员费三千元，就能成为终身会员。我们准备第一批吸纳会员五千名。会员费投入农场经营，至少先把这几年欠下的土地租赁费分批次补发给大家。"

听到补发土地租赁费，人群立即响起嗡嗡的议论声，声浪一波一波朝荒草地里滚去。

既然把土地租赁费这个"结"拿出来说了，作为镇长的陆文昌要出来讲几句话了。他把手放在稽成煊的肩膀上摁了摁，眼睛扫过在场的每一个人，掷地有声地说："之所以把大家召集到浍湾农场这里开现场会，说明我们不是纸上谈兵，是站在现实的土地上，解决土地的现实问题。刚才稽成煊很详细地向大家介绍了智慧农场和浍湾农场的经营构想，我这样告诉大家，智慧农场不仅仅是自身要发展，它最主要的功能，是给浍湾农场输血。在我们的扶贫工作中，有一项提法叫输血式扶贫，就是让贫困户直接得到真金白银，脱贫立竿见影。但输血式扶贫是急救型的，可以解一时之急，就如一个人正处于饥渴当中，你要马上递给他一碗水解渴，而不是先去打眼水井，不然，等你打好井，他早渴死了。但，打井仍然是必须要完成的。这就上升到扶贫工作的另一个层面了，那就是，造血式扶贫或免疫式扶贫，才是打赢脱贫攻坚战的最根本保障。"说到这里，陆文昌脸上的表情凝重起来。

现场鸦雀无声，目光齐刷刷投射到陆文昌身上。作为当地政府的官员，他说出来的话，一口唾沫一颗钉，吐下就不能收回了。

"智慧农场的融资做法，就是给浍湾农场输血，让浍湾农场直接脱贫。"陆文昌放慢语速，继续说道，"浍湾行政村没有贫困村，但有贫困户，在场的，有的就是贫困户。路进步就是其中之一。浍湾行政村还有一大片只长荒草、颗粒无收的贫困土地。在扶贫工作中，大家都绕开了这片地，嫌它麻烦，怕它烫手。今天，我就要当着老少爷们的面，在这里宣布，镇政府将与两家企业和浍湾行政村联手，共同为这片返贫的庄稼地——浍湾农场脱贫！"

噼里啪啦响起一阵掌声，现场气氛顿时活跃起来。有人踮脚朝荒草地里看："瞅瞅，那一片，草最高的地方，就是俺家的地，地壮着呢。"

陆文昌朝大家摆摆手，轻咳了一声，接着说："刚才我听到有人小声说，哪里会有这么多人来认领智慧农场的地啊？我来给大家做个分析。在城镇化进程中，乡村人朝城市里拥，城市居民扩大了数倍。城市居民，分为原住民和移民，移民又分为首批移民和后期移民。在场的各位，肯定也有移民到城市居住的亲戚或自己家里人。智慧农场的会员，主要是从首批移民中产生的。这是个全民怀旧的时代，进城工作三十年以上的人，开始怀念故乡，怀念童年，怀念村前的桃树、村后的小河，怀念一望无际的庄稼地和乡村四季风景，他们多么想听到小麦成熟前炸芒的声音，听到鸡鸣鸭叫，看到牛羊成群。在食品安全备受人们关注的时代，他们更想耕种一片自己的土地，收获放心的粮食和蔬菜。智慧农场就是为他们量身定做的。"

"俺好像听明白了。陆镇长,那俺是不是又可以在浍湾农场干活拿工资了?"嗡嗡响的人群,有欢喜在暗自潮涌。

"是的,你们会是智慧农场的管理员、技术员,啊不,"稽成煊抢着回答,"你们还将是浍湾农场的股东!作为股东,浍湾农场一半的收益属你们所有。今后,浍湾农场、我、乡亲们,咱们三方的关系,是一荣俱荣,唇齿相依的关系。刚才陆镇长分析了智慧农场的市场潜力,潜力是巨大的。我们周边的城市有六七个,周边的集镇有十几个,想想吧,这些城镇居民当中,会有多少人想成为智慧农场的会员?我们可以称这些会员是'小地主','小地主'们正跃跃欲试呢。所以,首批会员我们先控制在五千名。有了五千名会员融资,顺利完成浍湾农场的脱贫攻坚任务指日可待。"

"既然话题又扯到脱贫攻坚上,我再说两句。"陆文昌顺着稽成煊的话道,"先输血,再造血,这正是浍湾农场脱贫后持续发展的有力保障。但造血工程是一项艰巨的工程,具体来说,有产业,才能造血;振兴产业,就是给自己造血。我们要把浍湾农场打造成一个庞大的集种植业、养殖业和农产品加工业于一体的大农业产业链,有了这个产业链,我们才具有坚实稳固的造血机制,这片庄稼地,也才能永远充满生机。这需要我们在场的每一位付出努力。这是大家的土地,浍湾农场是属于我们在场每一个人的。彻底消除贫困,全面实现小康,不是说出来的大道理,它就是我们农民幸福的彼岸!"

咩——咩咩——路进步鼻尖上冒着汗,正想找空发表一番感慨,与他亦步亦趋的羊们倒率先发言了。咩咩的羊叫又给人群带来一片欢腾。有人就向这位前村主任明示,这羊过年不要宰了,留下做种羊吧,省得明年再买小羊羔。

"我要说一句,"路进步直起身子,"刚才听到陆镇长说大农业的种植、养殖、加工产业链,其中的养,肯定有养羊了,我就加入稽老板的养殖队伍。这几年,我养羊都养出门道了。"

稽成煊连忙说:"只要你愿意,我们可以合作建一个大型现代化养羊场。我们还要有自己的电商平台,让产品通过网络,辐射周边乃至全国市场,让大农业产业链成为像航空母舰那样抗风险能力超强的产业链。"

"养啥羊,养啥羊,你这几年还没养过瘾呀。"路大彪冲路进步说,"你还是接着当村主任得了。是吧,陆镇长?是吧,路书记?"

浍湾行政村书记路文化没接茬,只是边鼓掌边欣赏,这会子灵机一动,马上看向陆文昌:"下面,有请我们的陆镇长为大家发表重要讲话!"

陆文昌在心里笑了。他一直在讲话,不用巴掌欢迎他也要讲话。但现在一开口,他的讲话就成了被群众噼噼啪啪掌声请出来的"重要"讲话了。在群情激昂的当口,他不可能泼冷水,但要指出形势的严峻性,同时把美好的前景展示给大家。陆文昌从口袋里掏出一张折叠齐整的 A3 纸,展开给大家看:"这是一张规划图,包括浍水镇古建筑修旧如旧计划,浍水河绿化美化计划,浍水河老码头复修计划,浍水镇老城门复修计划,打造浍山的绿水青山计划,打造浍水镇生态农业、旅游观光农业、亲子教育农业、研学农业计划,还有种养加一体的大农业产业链计划,浍湾农场建设计划。都在这里了。"说罢,又小心翼翼把纸折叠好,放进随手拎着的提包里。夏小荷打眼一溜就明白,陆文昌昨晚又开始"画画"了,这张纸,是一幅新作品。

"这张纸很小,很轻,但要完成纸上的计划,在天时地利人和的情况下,全力以赴也得两年时间。时不我待啊。"陆文昌说着,语气深沉下来,"先说古镇修旧如旧工程,开工的时机还没找到,因为不成熟,因为万事俱备,还需东风,在这里我不展开讲了。我只说农业。为什么现在提倡大农业?什么是大农业,有小农业吗?这样说吧,我们之前从事的农业就是小农业。小农业的特点是小富既安,是老婆孩子热炕头,是一年两季庄稼麦子和黄豆,是间种的玉米花生这样的传统耕种模式。小农业只能顾住温饱,只够眼前,没有前景。而大农业呢?我在网上查了资料,有权威机构已经对大农业有了精准定位。大农业是立体的,多功能开放式的,是种养加一体的综合模式。大农业具有现代农业企业化管理和宏观管理的特点,在自然科学基础上融入了农业科学技术,形成良好高效的生态农业,大幅度提高了农业劳动生产率、土地生产率和农产品商品率,使农业生产、农村面貌和农户行为发生了重大变化。具体落实到大农业产业链上,是这样的方式:浍湾农场包括今后不断扩大的种植基地、不断加盟的子农场,将成为稽成煊从事的产业所需要的放心粮食基地,有了这放心的原材料,产品才能做精做优,输出的价位也会大幅度提高;而要保证粮食质量,就要施有机肥,有机肥哪里来? 靠科学,靠微生物。我画个三角形给大家看。"陆文昌朝空中画了一个等边三角形,"这个角,是种植业;这个角,是养殖业;这个角,是加工业。三个角紧密相连,高科技微生物融入其中,形成一个能量球,也叫生物工程循环农业产业链。朝细里讲,农副产品的秸秆、果渣转化为生物发酵饲料,供应养殖场;养殖场牲畜的粪便加垫料经过微生物发酵,生产生物有机肥,有机肥再还田;加施生物有机肥料的土地生产的粮食,是绿色有机产品,可以走向高端化精细化,达到利益最大化。这就是种养加一体的大农业产业链,也是生物工程打造的循环农业产业链。涉农企业国家都有扶持项目。做大农业,缺的不是国家的重视和支持,缺的是我们自身的胆识。如果你路进步有这个胆识,我现在就可以答应并支持你做养殖大户,为你申请扶贫专项资金,给你在镇工业园区辟出一片地盖养殖场,年前就能动工,这边盖养殖场,那边你去规模养殖企业学习三个月。学成归来,春暖花开,你就是养殖场场长,你不但能成功脱贫,而且会成为脱贫致富带头人。"

路进步听到这里,两眼发痴,手使劲在羊头上撸来撸去,都快把羊毛拽下来了:"陆镇长,可是真的,可是真的? 我身上有污点,也能当养殖场的场长?"

"你有啥污点? 浍湾农场的前世不是你的污点,今生更不是你的污点,一不留神,倒能成为你的亮点哩。"陆文昌笑道。

"那就好,我当村主任有不少年头,也有人脉资源,对管理略知一二,不信就管不好一个养殖场。"路进步说得一身是劲,说罢,眨巴几下眼睛,"陆镇长,那个,我把路大进喊回来,可行? 你保证不要罚他啊。不要让他在外漂了,让他在家直接脱贫吧。他如果在浍湾农场干,那可是一把好手啊。"

"这个没问题。"陆文昌道,"一事归一事。遗留问题我们会妥善解决,不可能再让折本又返贫的路大进背债还伤心了。"

"太好了!"路进步像孩子一样跳几下,"这下我的噩梦就要结束了,就没负担了。"

见火越烧越旺,陆文昌决定给现场降降温:"现在话题再转到智慧农场上。刚才说到会员缴纳会费认领土地自种自收,是为今后发展农场的重要措施,有一件事大家可想到没?"眼睛环顾四周,确定没人会想起还有啥没有想到的事,陆文昌接着说,"是件什么事呢?有位女士一直没有说话,现在,我们掌声有请夏小荷女士发表真知灼见!"

和稽成煊、陆文昌相比,夏小荷的吸睛力度要大许多。其实自从夏小荷来到浍湾农场,大家就没少看她,甚至有人还小声嘀咕:"那不是小郑的闺女吗?比小郑年轻时还齐整呢,真好看。"还有人小声议论她姆妈当年下放生产队干活的事。夏小荷已经隐约听到了这些话。来到姆妈当年下放的地方,她有种敬畏感、紧张感。她觉得,她站在这里,约等于代姆妈故地重游。她们娘儿俩长得太像了。夏小荷一直没说话,或许还没到她发表意见的时候。作为陆文昌的发小加死党,夏小荷知道陆文昌会给她一个恰当的说话机会。

周围的目光哗啦一下投到夏小荷身上。被这么多眼睛盯着,她略略有点紧张。这不是在她的企业召开职工大会,也不是谈判桌上和合作方进行谈话,这是面对四百户村民代表在讲有关大农业的话题,讲脱贫的话题,更主要的,她在和当年跟姆妈说过话的人对话。她既要讲得清楚明了,也要讲得合乎情理。

夏小荷极速调整好思路,眼睛笑成弯弯的月牙样,轻声慢语说开了:"首先要说,感谢这片土地,感谢大家!当年我妈妈在这里劳动、生活,得到了众乡亲的厚待和关怀,这片土地也洒下了妈妈辛苦的汗水。今天不忆旧,先谈智慧农场的吸资。"话题转得快,重点抓得准,聚精会神的听众还在想着小郑把麦苗当韭菜割的情景呢。"为什么我们有把握首批能吸引五千名会员,成为智慧农场土地的认领者或者说小地主?真的完全是智慧农场巨大的吸引力把他们招引过来了?我要说,智慧农场只是吸引力之一。"

听众被夏小荷的话带入一种紧张氛围当中。夏小荷觉得自己话题转得太快,而且太过严肃了,但她一时轻松不下来,毕竟话题本身就够严肃的。她稍稍清清嗓子,说:"小地主们看中的,不单单是智慧农场带给他们亲耕亲种亲收亲摘的真实农耕体验,还有与智慧农场相配套的旅游产业链。智慧农场,主要用来造势。等我们完成了古镇的修复工程,古街开街了,智慧农场的小地主们不仅是来种地,他们更是来旅游的。骑着自行车,游览古镇,顺着古码头,聆听碎石大街的故事,看古城楼荟贤阁,古镇的老街、古城墙、老字号,烈士陵园铭园,然后去看浍山的石头和碧水亭台,再到智慧农场,体验耕种收割、摘菜收果。这就是为今后游览古镇浍水造的势,这个势,就叫乡镇旅游产业链。我们要把浍水打造成以古茶馆和棒棒茶文化为主题的'文旅古镇'。浍山跟前的浍南村,我们将把闲置的房屋改建成民宿;而咱们的大路庄小路庄,也可以让空闲的房屋改建成民宿,让小地主们在民宿里自己做饭,吃自家种的粮食和蔬菜,像是住在自己家里。"

"原来到智慧农场做小地主,还会有这么多福利啊。"路进步说,"我们大路庄就有不少空置的楼房,只要房主同意,打开大门就能当民宿。多好的楼房啊。唉,谁能想到,拼死拼活打工盖楼房,盖好了自己不住,偏偏到城里租孬房子住。"

"一旦我们做活做好了乡镇旅游产业链,将会给浍水镇的脱贫攻坚增加活力和动力。不出几年,我们的浍水镇,将是淮河北最出色的文化古镇、旅游重镇、产业兴旺强镇。"夏小荷看着众乡亲说,"那些撇下老人孩子进城务工的人,看到家乡产业兴旺,你不喊他回来,他自己就跑回来啦。"

"回归故乡的人,可以自己创业,成为大农业产业链的生力军!创业和就业,就是造血,就是最广泛最高效的脱贫之路振兴之路啊。"陆文昌道,"妇女同志,可以到夏小荷的制衣厂就业,也可领料自己在家加工;男同志,可以到稽成煊的饲料厂、粮油面粉加工厂,未来的有机肥料厂,浍湾农场和智慧农场当管理员、技术员,还有产品销售团队,岗位多得是。住在自家楼房,在家门口挣工资,不做城市的候鸟。这就是新时代的大农业,新时代的农民。这农民的后面,还可以加个括号,括号里面写上产业工人。"

"我带了一份新合同,关于这两千亩土地租赁的合同,大家拿土地入股,收益五五分成。这几年拖欠的地租费,我要用三年时间,分批偿还。都写在合同里了,如果可能的话,今天就跟大家补签一下。"稽成煊说着,从包里掏出打印好的一式三份的合同书,朝村民亮一亮,递给浍湾行政村村书记路文化一份,递给路大彪一份,让他们看后再给大家传看。

"可以提出不同看法,合同修订后再签,也来得及。"陆文昌补充道。

"我儿媳妇就在你厂里干工呢。"路小庄的一位大娘上前扯住夏小荷的衣襟,"小郑的闺女,长得真好看。你跟你娘说一声,乡亲们盼着她回来看看呢。"

夏小荷微笑道:"我回头一定跟姆妈说……我姆妈也多次说过,她做梦总梦见这片地方。等古镇开街时,我保证她会从上海赶过来。"

现在该是路文化表态的时候了。作为现任村书记,浍湾农场的遗留问题,也是他攥在手里烫手、丢下又要砸脚面的山芋。上任半年多了,把浍湾农场作为遗留问题谈来谈去,谈得他都心虚了。合同上鲜红的印章,其中有一枚可是浍湾行政村盖上的,谁掌印,谁担责,他心里清楚。拿路进步作挡箭牌,只不过是权宜之计,早早晚晚,他这个现任村书记,要把遗留问题当作现有问题加以解决。路进步每天赶着羊在他面前走来走去,一句话不说,无声胜有声的压力,并不比大声诉求小啊。这次他要感谢路进步,幸亏路进步赶着羊去镇政府堵了陆文昌,把陆文昌带过来,才有了浍湾农场命运的转机。讲真的,路进步是老党员,他采取的措施是坚持,在别无选择的情况下,他坚持着,尽最大努力和村民搞好关系,也正是他的坚持和尽全力为乡亲们养羊送羊肉的温和做法,才使大局稳定下来。这长满荒草的两千亩庄稼地,就是埋下的炸弹,真有哪位村民去县里、市里或省里上访,问题就升级了。

"合同我仔细看了,"路文化表态说,"合同上写的哪一条,村民都不吃亏。我感谢镇政府领导勇于担当,联手为这片土地脱贫;感谢接下这烫手山芋的农民企业家。我当书记时间不长,已经深感浍湾农场带来的压力。这不能怪村民,只怪我们没把这片土地经营好。现在,我可以表态,我会尽全力和乡亲们共同打造浍湾农场、智慧农场。陆镇长你放心,你指哪儿,我打哪儿。这个合同,我相信大家也都传看了。签,当场就签!就在这片荒草地上签。签好后,明天,我就找人带着机子过来,先把荒草推掉,再平整土地。稽老板,你说,接下来怎么个干法吧?"

稽成煊道:"路书记你是个爽快人。谢谢!我还是想听听乡亲们的真心话。"

"那还有啥说的,签字,我带头!"路大彪第一个签字。很快,在村民七嘴八舌的议论中,合同签完了。有不识字的,就伸出指头摁指印。陆文昌担心没有红印泥,结果路文化口袋里正装着行政村的大印和印泥。真是有备而来。

"路进步,你做好当养殖场场长的准备吧。现在国家出台了不少扶贫政策,我给你争取扶持项目,得到资金方面的支持。"陆文昌拍拍路进步的肩膀说,"但你要有个思想准备,养两千头羊和养二十头羊,是两个概念。"

"我小五十的人了,不怕!我要挑战自己。"路进步像小伙子一样拍着胸脯子说,"我还不信这个邪了,能养不好羊?"

"好。我这就给豫丰养殖场打电话,你准备一下,过几天就去学习取经,从小徒弟做起。这片地的平整,交给路文化来处理,你就安心学习养羊技术吧。"

风从湾子河那边吹来,挟着沁人肺腑的凉。在哄哄响的人潮里,夏小荷替姆妈看一眼这片土地。想着姆妈十几岁从上海来到这里当农民种地,她突然从内心涌出一股歉疚和心疼。

咩——咩咩——路进步的群羊欢叫着,你追我赶地跑出荒草地。路进步跟在后面边追边喊道:"狗东西,往哪跑,站住!谁不听话,今后不给谁住现代化的大场房。"

"明明是羊,怎么是狗东西。"有人打趣。

"他一直这样骂羊是狗东西。"路大彪笑道,"这几年,他也就只能拿狗东西的羊出气了。"

人群又哈哈哈地笑开了,欢笑声和咩咩声飞上敞亮的天空,一径飞向更遥远的天边去。

第十一章　水起

牙板一响这个鼓点落,
众宾朋听我唱段劝人歌。
劝阁下腰里别刀你可别磨,
双筒子洋炮你可别装药,
水缸里多挑上两挑子水,
锅门口少抱一些烂柴火。
年轻人你可别乱认干亲家,
小大姐你也不要瞎认干哥哥,
为啥不叫你把干哥哥认,
干哥哥干妹妹那就是非多……

——淮北大鼓

铜夹板就是说话的嘴

我这个老石头啊,这段时间说惯了话,一时真歇不下来呢。您不会怪我多嘴多舌吧?

我这么喜欢多嘴多舌,也是和我的主人铁脚朱太平有关系的。铁脚吃过早饭嘟嘟囔囔去浍山跟前"填嘴"的事,仍然没有更改,不过,不再朝大水坑里扔石头了,而是站在大水坑跟前看山看水。大水坑跟前放着一堆修亭子的料子,用彩条塑料布盖着;还堆着一堆黄沙,也用彩条塑料布盖着。"怎么还不开工呢?"铁脚心里想着啥,嘴里就嘟囔出啥。是啊,怎么还不开工呢?我也跟着说。铁脚听不见我的多嘴多舌,那只有我自己来听,顺便我也说给您听。

您可别怕吵得慌啊。

今天早饭后铁脚带着我巡浍山,站水坑边说着"咋还不开工"时,就从口袋里掏出了我。已经开春了,剩下的半拉子浍山上,萌出几片浅浅的绿。浍山土层薄,长不了大树,只有一些矮身子的灌木和当地的杂树。光秃秃的杂树上也萌起了绿点点红点点,绿点点是不开花的树,红点点是先开花后长叶的树。我的主人铁脚朱太平,把我举在手里,透过我身子中间的小洞眼,去看浍山。看着看着,他突然猛一扬手,作势要把我朝浍山的山石上抛过去。铁脚的举动,把我骇得不轻。他当然没有真把我抛向浍山那怪模怪样的胸膛上,他只是做个样子。做样子要抛我的铁脚,开始数落起我来:"你呀你个老石头,你要真是灵石,你就长到浍山上去,念一句咒语,把浍山破了相的石头都给修整好;你要真是灵石,你就钻到地底下去,把地底下的老石条全部找出来,去铺咱们的浍水老街、茶馆老街。"

现在您该明白了吧,我的主人铁脚,心里忧愁着浍水老街迟迟不能开工兴建的事呢。我也在纳闷,茶馆里都议事好多回了,大先生武汉文后院柴火垛里藏的老石条也掀起面纱被众茶客看了,我的主人铁脚,也领着老茶客们到后街我们住的武家老宅,参观西屋紧锁着的宝贝老石条老拴马石了,怎么就是不开工兴建呢?叫我说,该刨的刨,该挖的挖,该铺的铺。这些宝贝老石板老石条,总能铺一段浍水老街了。浍水老街铺上老石板,那就是古色古香的古街了。

这样一比较,还是夏小荷的手脚快,夏小荷已经把老码头的底座做好了,浍水河两岸的景观带她也拾掇得差不多了。就是老城门的门楼还没有开建。

老城门的门楼荟贤阁,那是要和浍水老街一起开建的。浍水老街没动静,老城门也没动静。

一直到今天,陆文昌领着省里设计院的专家和专家带来的学生,沿着浍水老街走个来回,又来到浍水阁议事,我这个老石头才知道老街和老城门楼迟迟没有开建,浍山跟前大水坑架亭修池不开工的原因了。那位专家说:"河畅,水清,堤固,岸绿,景美,浍水河风景带已经达到这样的效果。"专家肯定了夏小荷美化亮化绿化浍水河沿岸景区的工作,但他话锋一转说,"修复浍水古镇,是个大工程,要严格按照修旧如旧的原则,原材料、原工艺、原结构、原形制,全方位复原老建筑原貌,打捞出全体古镇人民的记忆;要重现古镇茶文化风貌,老字号茶馆、商铺、盐铺、钱庄风貌,让文物活化,这是对古镇文化遗产强有力的抢救和保护,也是对文物的最好保护。"

您是明白人,您一定知道专家这番话的深刻含义了。我是听不懂的,我这个老石头,看起来是灵透透的样子,其实就是石头疙瘩一个,人间的许多事,我都吃不透,拿不准。我的主人铁脚对专家的话也不一定全懂,但浍水镇的镇长陆文昌,做大做强了大农业产业链的稽成煊,聪明伶俐混过上海滩的夏小荷,肯定能领会专家的意图。但有一点,我似乎听懂了,那就是反复出现的几个"原"字——原材料、原工艺、原结构,原形制。我明白为啥铁脚埋怨我不能钻到地底下,去找消失了的老石条老石板了。那些老石条老石板,可都有同一个姓氏:原。

设计院的专家,是陆文昌通过省农科院的齐教授请过来的。他姓孙,大家喊他孙教授。孙教授说他参加了省里的志愿者服务总队,义务为全省许多地方的古镇古村落的修复设计图纸,制订方案。这次到大浍水,同样是义务工作。这位孙教授,戴着黑框大眼镜,一说话,眼镜朝下一掉,他就用手朝上一推。他是个南方人,比淮河南还要南很多的人,三四十岁的样子,可是长得老相,很沉稳。他称他的家乡叫徽州。他说徽州有很多非物质文化遗产传承人,像石雕、砖雕、木雕,还有做罗盘的,还有唱山歌的、做漆器的,都有传承人。孙教授说到传承人的时候,沸满天李富友一脸的骄傲,因为他也是淮北大鼓书"非遗"传承人。

"我们这里的传承人李富友,把淮北大鼓唱得沟满河平,好听着呢。"大先生武汉文果然把沸满天推了出来,"他有一帮徒弟,全国各地跑得哪里都有,唱红了四面八方。这都是以前的事啦。现在电视多了、手机多了,都看手机和电视了,当面听真人唱大鼓反而少了。"

"所以才叫文化遗产嘛。"孙教授说,"但遗产不能消失,要传承下去才行。比如浍水古镇的古建筑,留存下来的东西太少,或被战争毁灭,或被人为破坏的。今天我们要把曾经毁坏的东西复原,是需要费一番功夫的。"

武汉文点点头。您可知道啊,大先生武汉文一直在为实现修复古镇的愿望而努力,瞧瞧他柴火垛里那些姓"原"的老石条老砖瓦,您就明白啦。他一直在收存古镇的原物件,看似很多了,真要做起修复工程来,肯定差得很远很远哩。

大先生武汉文拿出了许多老照片,也让镇上的老茶客们把能找到的老照片都拿过来,给孙教授做参考。武汉文还陪着孙教授到老街上转圈,浍水老街、沿河老街、西大街、东大街、北大街,还有几条小巷,嵇康巷、裁缝巷、琴书巷、茶壶巷。他陪着孙教授和他的学生,给古镇走出一个四四方方来。后面跟着的沸满天、我的主人铁脚、老皮匠安大丰、老铁匠洪德顺,还有陆文昌、夏小荷、稽成煊、拴宝,都跟着走了个四四方方。孙教授年轻,个高腿长,大先生武汉文也是个高腿长,不输于孙教授。孙教授说,这哪是九十岁的老人走路呢,快得他要跟着撵才撵得上呢。

在老街上边走边看,哪怕对着残墙断瓦,孙教授也能知道建筑物建造的年代。他说他不是学这个专业的,但经常给古镇修复做设计,跟在文物专家后面转,自己也学了一点皮毛。他说浍水古镇的建筑,应当属于明清时代:"浍水古镇位于南、北过渡区域,因此,建筑风格有着北方建筑的厚重,围合度高,特点较朴实。或许曾是商贾云集之地吧,南方北方的人聚集于此,因此,建筑物也有着南方的元素,比如砖制封火山墙、门面房的活动板门等。"

在走到沸满天家门口时,孙教授站住了,他指着大门头上方的砖、木、石三种浮雕说:"这个大门头做得讲究,是个大商户。"又朝里看了看,"这是明显的前店后宅式建筑,有着亦商亦宅亦坊的特点。可见当年房主家境殷实,生意兴隆。"

我告诉您呀,这会子有个人最紧张了。谁呀?一枝梅陆文昌啊。他怕沸满天说出几年前他扒老街被人叫作一枝梅的事。我都看见他腿肚子转筋啦。还好还好,沸满天白了陆文昌一眼,说起了自家的故事。他中风后嘴不利索,大鼓也不在身边,不能举着鼓槌敲着大鼓说家史。但他已经养成了念白就不口吃的本领。他像说大鼓书时念白那样,说道起他住的这个宅院来:"当年水码头和陆路畅通的浍水古镇,商号多,店铺多,说书的艺人也多。这个富商家经营茶叶和丝绸,批发兼零售。富商的小儿子不喜欢经商,跟着一位唱大鼓的师父学唱大鼓。兵荒马乱年月,富商一家人逃的逃,死的死,就活下来小儿子一个人,因为会唱大鼓书没有饿死。他就是我师父。"停了停,他脸上带着追忆的深情,"我师父一生未娶,晚年时我投奔过来,成了他的关门弟子加养子。师父百年后我养老送终,在浍水镇,我李富友如今也活成一个老人精啦。"说得有板有眼。孙教授说:"你这个'非遗'传承人名不虚传,没鼓没槌,你也说唱得这么地道,不简单。"

"可惜战乱当中,后院被炸没了,就只留下这个大门脸还是原样,后面的两间厢房我住到如今,修了几次,一直拿木头檩顶着,再不修护的话,也不姓'原'了啊——"沸满天拉了声长腔,腔调里有点悲凉的意味。

就这样,一群人顺着老街走了个四四方方,孙教授亲眼所见加上亲耳所闻,他心里有了谱子。回到浍水阁,大家坐下喝棒棒茶,唠嗑。孙教授说,他晚上就加班画个草图,先给大先生过目。

我跟您说啊,如今这天下,真是个好天下。我这个老石头活了几千年,经过了多少朝多少代,我如今净碰上什么都不图的人。像之前的那个农业专家齐教授,还有眼下的孙教授,他们就是什么都不图,就想把自己的本事使出来,把思想变成现实,造福一方。还有眼下的稽成煊、夏小荷,我听老茶客们议论,他们一腔热血建古镇,拿出办企业挣的钱,在做贴本的事。他们的钱也不是大风刮来的啊。夏小荷开银行不假,但银行里的钱,哪是要拿多少就拿多少的,而且也不是她一家的钱。更是什么都不图的人,武汉文排在首位。多少年了?我的主人铁脚带着我认识他,有好几十年了。拿出命到淮海战场上去拼,差点把命丢了;逮着机会可以享清福了,又把自家的老茶馆拾掇拾掇,无偿供茶客们喝茶聊天。他家的老茶馆,是古镇仅存的一家老茶馆了,如果不是他守着,拿出退休工资养护着,说不定也不存在了。浍水阁,就是全镇人的念想,是老茶客们的念想。

我老石头又扯远了,太啰唆了。咱还是说孙教授一行人吧。陆文昌要请孙教授和他的学生吃饭,孙教授说,吃饭可以,要 AA 制。他们是志愿者团队,吃住行都由自己负责。那顿饭选在大浍水地锅鸡饭店,真的就是 AA 制,陆文昌、稽成烜和夏小荷几个陪吃的,不舒服了半天,觉得对不起人家。

第二天,我的主人铁脚早早来到浍水阁。他吃过拴宝家的辣糊汤和烧饼,没有急着去浍山跟前和大水坑说话,而是坐在浍水阁等孙教授一行。我知道铁脚的性格,他是要早点看到孙教授绘制的古镇浍水的复原图纸呢。孙教授果然吃过早饭就来了。这一天,茶客们满满腾腾坐在茶厅,沸满天在大鼓上敲了一阵子,唱了一出开场白:

  夏消暑来春提神,
  秋季解燥冬暖身,
  常饮常喝延年寿,
  细观慢品知乾坤。
  要问这是啥宝物,
  大浍水棒棒茶传神韵……

沸满天在唱棒棒茶呢。这是来了新茶客时他必唱的大鼓书。武汉文一边看图纸,一边和孙教授说道。最后,他使眼色给沸满天,让沸满天敲鼓示意大家安静,武汉文开腔道:"我要代表古镇全体居民感谢孙教授,你把古镇当年样貌复原了。我好像走在八十年前的古镇上,你画得传神啊。古镇修旧如旧工程,指日可待啦。烦请孙教授到时给我们举荐能工巧匠。"

"朝北,不远,三百里路,一座古城,叫谯,是药都,谯城的古城修复建设工程,就是我一个同学做的。到时,我请他过来。"孙教授说得很肯定。

"现在我们最缺的,就是姓'原'的物件。"武汉文是对孙教授说的,也对满堂的茶客说的。

"就是掘地九丈,也要找到老物件。"

"我记得,我们家墙头下面,还埋着几块老石头,我回家就扒墙头。"

"我小孩姨家的老屋基下面,肯定也有。"

……众茶客议论纷纷,热情高涨。这时候,我的主人铁脚朱太平,站起来在茶厅窄小的地方来回转悠,他弯腰转悠的样子,像只陀螺。转悠了一会儿,他把我从口袋里摸了出来。我的确有些闷了,我想在众茶客面前再亮亮相,特别是孙教授来了,我想让孙教授近距离看看我,我也看看他。

"我要带着我的老石头,去找更多的老石头。"我的主人铁脚举着我,向众茶客说道。

"铁脚,你不拿石头填吃人的嘴啦?"有人调侃。

孙教授果然发现了我。他放下粗瓷老茶碗,几步走到铁脚跟前,把我捧在手掌心里欣赏。我闻到了棒棒茶香。这个香味,比普通的棒棒茶香要浓厚,这是大先生武汉文压箱子底的好茶,是专为招待贵客的。这也是大先生小小的一点私心。压箱子底的棒棒茶,是远方的朋友寄赠的,如果拿出来给众茶客泡饮,一次就消灭光了。

"这是磬石。"孙教授指着我说,"书上记载它'声如青铜,余音悠长',可以做成打击乐器。早在三千多年前,就有人用它制作'编磬',我国第一颗人造卫星对外播放的乐曲《东方红》,就是用编磬演奏的。"

一说到演奏,我的心就呼通呼通直响。我穿透几千年光阴,再一次念想起我的第一位主人,她衣袂飘飘,舞姿曼妙,最后血染罗裙……不能陷入回忆。历史太沉重,而我这个老石头,已经身残志弱。

"请借为一用。"孙教授借来沸满天的鼓槌,对着我轻轻一敲。我听到了自己发出的声音,在座的茶客也听到了我的声音。只是,那不是我自愿发出来的,不是从我心里讲出来的话,那是外力击打出来的,他们称之为"唱"。

"唱得真好听。"茶客们都在夸我。

孙教授把我交还给我的主人铁脚,铁脚紧紧握住我,忍不住左右细瞅了一遍。我知道,铁脚怕我被碰伤了。我心里又呼通一声,暖暖的。我跟铁脚说:"老伙计,你说说,咱们什么时候去找石头?"

这一回,我的主人铁脚完全听懂了我的话,他说:"我要带着我的老石头,去找更多的老石头。"

"拴宝听令啊——"这时候,沸满天发出了响亮的大鼓书念白。

拴宝立刻放下给众茶客续水的竹壳茶瓶。

"拿上这个,去湾子村找方白话。"

沸满天交到拴宝手里的,是一副夹板。这副黄澄澄的纯铜夹板,是有来历的,它是沸满天的师父留给沸满天最大最厚的遗产。敲着这副传家宝,沸满天唱红了淮河南淮河北,唱得自己的名讳李富友变成了"沸满天"无人不知无人不晓,唱得徒子徒孙数不过来。自从中风以后,他的左胳膊彻底下岗,只能靠右手敲鼓槌唱大鼓了,这副传家宝,偶尔会被他拿出来把玩,用右手捏着击打一会儿过过瘾,就收起来了。您该问了,他右手不是好好的吗?用右手打夹板啊。您要这样问可就是外行了。大鼓书的主要工具是什么?是大鼓。没错,大鼓书大鼓书,没有大鼓怎么说书?大鼓是首当其冲的。余下的,就是鼓槌和夹板了。沸满天如今只剩下一只右胳膊能活动,那右手的主要功能是拿着鼓槌敲大鼓,过去是,现在还是,只要大鼓敲响了,大鼓书也就开场了。沸满天左手握夹板的工作歇菜了,相当于少了伴奏,没有脆生生的夹板伴奏,那肯定有遗憾,但对于沸满天来说,少了夹板,他仍然唱得有板有眼,板和眼,就靠那只鼓和手里的鼓槌了,当然,还有他那张巧嘴。

"铜夹板就是我的嘴,他们都懂。"沸满天补充了一句。

拴宝接过夹板,捧在手里,看着大先生武汉文,像是等待命令。武汉文微微一笑:"拴宝,你拿着我的礼帽,装夹板。"

武汉文有一顶灰呢子礼帽,冬天出门他戴着,配上那件长大衣。

"老伙计,我要借你的宝贝一用啊——"鼓槌猛击鼓面,停下鼓槌,沸满天看着我的主人铁脚。

仿佛对沸满天的要求心知肚明似的,我的主人铁脚,就把我从他第二颗扣子的扣眼上摘取下来,再次把我捧在手里。他低头对我笑一笑,朗声道:"老石头,就看你的啦。"

我跟您说啊,只有在这一刻我才明白,我要暂时离开主人铁脚,去完成一项老石头找老石头的使命。

我的耳朵灌满平原风

您瞧瞧,我这个老石头,想停止啰唆都难,我不说,您哪里知道拴宝带我去做什么?

拴宝开着他的小电车,带着我,直朝正北而行。

小电车是什么车?在浍水这一片,小电车就是电动车,无论是三个轮子的,还是两个轮子的,或者四个轮子的,只要是靠着电瓶发动的车,就叫小电车。

拴宝的小电车,是三个轮子带拖斗的,平常只拉泉水。他店里的菜和肉,香油猪油芝麻啥的,都有专人送上门,只有给浍水阁拉报恩泉的泉水,他才用得上小电车。

湾子村在湾子河的正北。湾子河是浍水河的支流,浍水河东西流向,湾子河南北流向。浍水镇在湾子河西侧,我们的路线是顺着湾子河坝下面飘带一样的小路,朝北进发。我和沸满天的铜夹板一起,待在大先生武汉文的礼帽里,礼帽放在拴宝小电车的车斗里。呼呼的河湾风,从我的耳朵边咮溜溜吹过,一下把我的耳朵眼灌满了。我还听到沸满天的铜夹板,咣当咣当发出脆嘣嘣的声响,有的声响,是他自己撞自己发出的,有的声响,是撞击我发出的。我听不懂夹板在说些什么,正如他也听不懂我说什么一样。

这时候,我顾不得去想沸满天的夹板到底在说什么,我的兴奋点在于,我居然走出了浍山的地界。这些年,我的主人铁脚,最远就带我去过浍山,浍山朝北的地方,我好久没去过了。不像以前,铁脚年轻的时候,还能时不时去走一走老表家,走一走三姨家,现在,他家里的老亲戚差不多都不在人世了,就算有健在的,他也走不动去看他们了,铁脚走不动,我自然就没机会远离浍水镇。

浍山之北,湾子河两岸,大平原上的风吹得狂,直割脸。拴宝把小电车开得飞快,八里路,最多不过九里,紧依着湾子河朝西拐的拐弯处,湾子村到了。

一个长着长眉毛的老头,手心里咔哧咔哧捏着两丸紫皮核桃,正站在村口。

拴宝放慢速度,跳下小电车,喊:"方白话,方师父。"

方白话看着拴宝,脸上写着"我不认识你"。

趁机我来打量一下方白话。

小个子,瘦骨嶙峋,光头,没胡子,除了一双长眉毛,脑袋上没别的毛。

拴宝捧出了武汉文的灰呢礼帽,呈送给方白话。

方白话低头接过,只瞅一眼,连忙把礼帽放在拴宝小电车的车斗里,双拳紧抱,朝南拜了几拜:"师父啊,您老安好啊!"然后再次捧起礼帽,轻轻抓过铜夹板,同时也抓住了我。

我身上的白棉线绳子足够长,已经弯弯绕绕缠着铜夹板好几道箍。方白话双掌相扣,捂了好一会儿铜夹板,才拿开,又举到嘴角亲了亲,这才很轻薄地捏了我几下,眼睛里闪现几束属于江湖艺人的嬉笑之光。他捧着礼帽,冲拴宝微微点个头:"小兄弟,谢谢你传达了我师父的旨意。不能留你吃饭了,我得出门,完成师父交给的任务。"

拴宝冲他招招手,骗腿儿骑上小电车,回镇里了。

方白话也有小电车,也是三个轮子带拖斗的。他家里还有一个老太婆。他推出小电车,把灰呢礼帽放进车后面的拖斗里,冲着老太婆喊一声:"我去小杨庄了。到地方就回来,别忘做我的饭啊。"

老太婆把他送到大门口时,顺手在车拖斗里放一只拧紧瓶口的保温杯和两块烙饼,说:"饿了路上吃喝。早去早回。"

就这样,我跟着方白话朝小杨庄赶去。

平原风再一次呼呼朝我灌来,撑得我耳朵眼生疼。在风和车子的颠簸里,铜夹板再一次在我耳朵眼跟前叮叮当当。我听不懂他的话,我就不听,我听风的声音。我在想,要是我的主人铁脚带着我一起踏着平原走在风里,会是多么威风!其实以前铁脚也带我快步走过,虽然他的一根脚趾有点小故障,可是,不影响他大步流星,只是比平常人的大步流星少了一点宽度。我拴在他的扣眼上,尽管待在他的口袋里,也能随着他大步流星。唉唉,现在,我的主人老得不能大步流星了,他的腰折叠起来了。

得,先把我的主人铁脚放一放,趁着去小杨庄的空闲,我说道说道方白话。

方白话这个人,我早听沸满天说过。沸满天在老茶馆,除了唱大鼓,就是和老茶客们叙话。三皇五帝管说,张三李四能论,说得最多的是他那些徒弟。沸满天有句口头禅:"顺着浍水河湾子河朝北走朝南走朝西走朝东走走上十天半月三年五载,我都饿不住渴不住冻不住热不住,有人管我吃,有人朝我磕头。"说的就是他的那些徒弟。收徒最旺的年代,是几十年前的事了。现在,沸满天老了,他的徒弟也不年轻了。有的徒弟还在说书唱大鼓,有的徒弟在跟着戏班子跑路挣钱,有的改行进城当农民工了。不管是哪种行当,只要沸满天一声招呼,徒弟们就会一呼百应。

沸满天的徒弟,个个有绝活,人人有故事。沸满天喜欢在老茶馆显摆徒弟们的故事。方白话的故事,我都能倒背如流了。

这片地方,艺名不说是艺名,说外号。不用说,方白话也是外号。这片地方,白话的意思是空话、大话、夸夸其谈。方白话的外号是咋得来的呢?

他夸夸其谈了啥?

方白话,他用七七四十九夜,白话成了一房媳妇,还是个年轻的媳妇。

就是刚才递给他一保温杯开水让他路上喝,做好饭等他回家的媳妇。

请容在下慢慢道来——您瞧,一不留神,我学起沸满天唱大鼓的腔调了。

话说这一年,刚过罢年初五,人闲,说书的靠着一副夹板一面鼓一只鼓槌,开始敲敲打打走村串巷,把青黄不接的慢春天,变成了一个个热热闹闹的说书场。前三皇后五帝,寻常百姓热闹官家,各种故事带着扼腕和泣泪,在村街上流淌。这时候,方白话跟着沸满天学唱大鼓早已满师并在外游走江湖足足五个年头,他说唱的技艺,已经有些名声,但只能是小名声。方白话并不急着出名,他着急的是能尽快娶个媳妇。娶媳妇对于方白话来说,是一件难事。有三个原因:一、家穷;二、弟兄多;三、长相平平还是个艺人。想必您对艺人也是知晓的,这艺人哪,是分等级的,哪像现在,唱歌的跳舞的弹曲的,比搞科研的还红呢。那时候可不这样,凡是走江湖唱戏唱大鼓卖膏药的艺人,连普通百姓都不如,是低人一等的。总觉艺人是玩嘴的,多的是花言巧语,开玩笑没分寸,少了本分。这当然有误读的成分。反正不管误读与否,方白话的媳妇一时半会儿没着落。

一转眼,方白话就二十六岁了,算是大龄青年了。这个慢春天,方白话被刘大寨村的人请去唱大鼓。方白话的名气,已经达到可以被人请的地步了。那时候唱大鼓,村里人家家凑钱,论天算账,十天半个月唱完一部书,才结账走人。

方白话在刘大寨,拉开架子唱起了《呼家将》。这部书其他艺人也唱过,刘大寨也有人听过。但各人有各人的腔调,各人是各人的夹板,艺不一样,唱出来的味道也不一样。在方白话会唱的几部书里面,最拿手的,就数这部《呼家将》了。刘大寨是个大庄,所以他得拿出看家本领,唱好这部书,扬自己的名。

第一场书,他就认清了坐在中间的听书人,生产队的队长。这个队长没什么可巴结的,反正按天算账,大不了唱得人家不中意,早结账早走人。那,方白话不巴结队长,他要巴结谁?我跟您说呀,方白话要巴结的,是坐在队长身边的那个大闺女。十七大八的闺女，长得唇红齿白柳眉杏眼，一根拖到腰间的大辫子，一路香风地走过来，当场就把方白话迷得云里雾里的了。当然，方白话明白自己是来唱大鼓的，不能分心走神，否则三天唱不满，就被人撵走了。看着漂亮的大姑娘，方白话说唱得更加卖力气。他总是有意无意去瞄姑娘那双听书听得入神的水汪汪大眼睛，心里扑通扑通跳个不停。方白话在心里喊，乖乖，要是能把这个十七大八的队长家的闺女说唱得跟着自己跑了，那才叫本事。

有句老话这样评价艺人说书，"各人心里生巧能"。方白话在刘大寨说书，就把全部的巧能都拿了出来。唱到苦情处，他甩着长腔，拖着慢板，把自己唱得肝肠寸断泪水涟涟；唱到激越处，战马咴咴，飞烟滚滚，女人的痴情，男人的才貌，那叫一个到位。您肯定不陌生那个年代，乡村的少男少女，只能从草台班的戏曲里和说书人的泣泪悲啼中，感知什么是男情女爱，什么是海誓山盟。男女间的那腔真情，就这样被方白话用大鼓书的形式，递到了那个梳长辫子的大闺女耳门里，再从耳门灌进大闺女的心房里了。

方白话从大闺女看他的眼神里读懂了她即将迷上他了。

其实方白话也没和女人谈过恋爱，他仍然是青草一丛，或叫荒草一片。自从十七八岁跟着师父沸满天唱大鼓，那些有着男情女爱故事的《对花枪》《王天保下苏州》，已经给他的胃囊里喂饱了一大堆爱情草，现在就等春风吹动草发芽了。如果唱完了这部《呼家将》，爱情草能发芽，那真是天公相助！但真的能实现吗？方白话心里没底。或许，书唱完，人醒透，拎着大鼓夹板走人，是最后结局。想到这些，方白话胃疼心疼。他心生一计：拖延唱书的时间。时间有助于爱情成长、成熟。拖延时间的择唯一选择，就是给书兑水。本来能说唱半个月的一部书，兑了水，就能说唱二十天。但兑水也不是瞎兑，水兑多了，就成没滋没味的涮锅水了，成懒婆娘的裹脚布了，又臭又长，书没唱完，人就被撵走了。

方白话有他的策略，他先从开场兑水。一般说书时，每一场的开头，总要来段书帽，书帽可长可短，可多可少。嘴皮子顺溜、心灵嘴巧的艺人，书帽就唱得入神入心,妙趣横生。这恰恰是方白话的特长。在方白话喜爱的说唱事业中,他最钟情的是唱书帽,他装了一肚子各种风格唱古讽今的书帽。他在书帽里掺进一些情趣和细节,每天不同,使书帽更加吸引人。书帽拉长了,还得丝丝缕缕朝书的内容里面兑水。他发现自己兑水的本领也非常人可比。只要看到队长身边那个水灵灵的大闺女,他脑子里的水花就五彩六样起来。

队长是个大鼓书迷,他很快发现了方白话在兑水唱书,因为这部书他之前听别的大鼓书艺人说唱过。但他也明白,方白话的"水"兑得恰到好处,不叫人烦。相反地,把一些好听的情节,拉得长一点,唱得细一点,反而增加许多意味。每一场结束时,队长就说:"你真能白话,有本事,你白话一个月,算你本事大。"

方白话真就跟队长打了赌,硬是把能在半个月之内唱完的《呼家将》,唱了整整一个月。方白话的外号就是在这时候落下的。当然,他能落下"方白话"这个外号,不是他成功兑水延长了说书时间,主要的因素是,那个队长家十七大八的闺女,挽着一只小包袱,跟着他走江湖了!

方白话靠着会白话,拐走了一个大闺女,那可是不得了的事。尽管湾子村离刘大寨四十里路,中间还隔着一个乡镇,但方圆百儿八十里地找一个人,不是难事。那个火冒三丈的队长,当天就带着一个队里的男劳力,扛着抓钩,拿着扁担,赶到了湾子村。方白话早就料到这一点,带着队长家的闺女,直接从刘大寨远走高飞了。方白话靠着他唱大鼓书的本领,在苏鲁豫皖四省交界处,来回踅摸,把名气越唱越大,而队长几次想抓他,硬是没抓着。最险的那次,队长带着人走了三天三夜,终于打听清楚方白话在安徽和山东交界处的一个村子里唱书,就堵住了村口,甚至堵在了方白话晚上"下榻"的队里的车屋门口,硬是没见着方白话的影子,只能空手而归。据说,全村人超级喜欢听方白话唱大鼓,他们集体藏起了方白话和他的媳妇——方白话和他媳妇两人,被藏在生产队的仓库里了。队里的仓库,那可不是随便什么人都能进的。您说,这方白话唱大鼓书的本事有多大吧,他把人心都唱折服了。

后来方白话领着媳妇和俩儿子，辗转多年回到了湾子村。刘大寨的队长老丈人，也只得认下了这个女婿。自从闺女跟方白话跑了之后，这个队长从此不再请说书的进村唱大鼓，村里的人都想死大鼓书了。方白话就领着老婆孩子一跪三拜去了刘大寨，免费唱了三天三夜的大鼓书，总算皆大欢喜。

我这个老石头啰唆到现在，也把方白话的故事讲个差不多了。方白话也是小七十的人了，早就不能赶门串户唱大鼓书了，大鼓书的市场，也早已不旺了。他就在家带孙子，平常没事，就拿出鼓槌和夹板，敲唱给老婆听。那个梳长辫子的大闺女，也是个六旬老太了。老太一辈子当家做主，一辈子听方白话唱大鼓书，活得滋滋润润的。在浍水阁老茶馆，沸满天每当说起方白话时，总要这样感叹："这个方白话，他不仅会白话，他也没白活。"

方白话守孝懂礼，逢年过节，都会来看师父沸满天，骑着小电车，带着牛羊肉和点心。沸满天中风住院的时候，方白话就在跟前照拂着，他还拿出师父的夹板，像今天这样，找人传送，徒弟们看到夹板，纷纷赶来，排着班，轮流照顾沸满天。

您瞧，这一路啰唆着，我一耳朵里都是平原风，都把我的耳朵胀疼了。幸好，小杨庄到了。

小杨庄离湾子村，按小电车的速度，要走二十分钟，距离再远也不超过二十里路。小电车没走村村通的公路，而是走田间小路，七扭八拐的，就到目的地了。

方白话直接进村，直接骑到一座红砖小楼跟前才停住车。他冲院子门喊："七岁红，在家吗？"

出来一个妇女。抬头一见方白话，连忙问："方白话，哪股风把你刮来的？"

方白话跳下小电车，呼哧呼哧直喘："哪股风，俺师父的夹板风。"递过灰呢帽给七岁红看。七岁红接过帽子一看："乖乖，令箭来啦。好，大兄弟，我也不留你吃饭了。我这就去田小楼，找点不停。放心，五天之后，夹板完璧归赵。"

我这么跟您说，我有五天时间，和沸满天的铜夹板做伴，在淮河北的大平原上打转转。我一律坐着小电车，耳朵眼里灌了满满当当的平原风，在颠簸中一路收听铜夹板发出神奇的叮当声。是的，我已经在心里把沸满天的铜夹板添上"神奇"二字了。你说神奇不神奇，凡是见到铜夹板的人，二话不说，骑着小电车就出发，找到下一个人，下一个人见到铜夹板，也是二话不说就出发，再找下一个人。从湾子村的方白话，到小杨庄的七岁红，再到田小楼的点不停，再到靳沟口的响满天……五天当中，我见到过十几个艺人，他们传递"令牌"的方式一模一样，都是小电车。我后来才知道，这些艺人有的是沸满天的徒弟，有的是沸满天徒弟的同行，都是一起走江湖或搭台唱戏的艺人。在这五天当中，我在五个村庄过了夜，最后一夜，是在方白话家过的。方白话接过彭郢子村小蛮腰送过来的"完璧"——武汉文的呢帽、沸满天的铜夹板和我，留小蛮腰吃饭喝酒，把小蛮腰喝晕了，结果那天小蛮腰没走成，住下了。那晚我光闻到浓浓的白酒味了，很冲鼻子的白酒味。沸满天的铜夹板却不言不语，估计完成了使命，要歇息了。我还听到了方白话的老太婆和方白话的私房话。方白话的老太婆任性地说："你唱，他跳，我要听，我要看。"

第二天吃罢早饭，我方才破解了方白话的老太婆夜里私房话的意思。放下饭碗，方白话打扫好院子，搬出鼓架子，支好，放上大鼓，手握夹板，咚咚咚敲了起来，边敲边说："兄弟，咱俩来一出？"小蛮腰立刻甩下老棉袄，挺直腰杆，气沉丹田。只见他双手朝上做成盛开的莲花的样子，腰胯左摇右扭，伴着方白话的鼓点，扭动起来。六十多岁的老头子，架势那么一亮，活脱脱成了一个少女版的小蛮腰。方白话唱的是《霸王别姬》，鼓点时而缓慢时而激越，腔调时而婉转时而悲凉。"……虞姬女鼻子一酸泪双飞，暗想到不能再把千岁来追随；倘若不跟着千岁走，他定能单枪匹马破重围。虞姬女目含秋水双泪滴，樱桃小口一声长叹一声悲，把当年两人定亲的宝剑挥，一缕香魂随风吹……"方白话的唱腔,猛然把我打回到两千多年前,那四面楚歌的时代。而小蛮腰扭动着的有花鼓灯味道的舞蹈,顷刻间让我觉得他不是小蛮腰,"她"是我遥不可及的女主人。我万万没想到,在方白话家,我居然和我的"女主人"再次相遇。我的耳边回旋着四面楚歌,我忍不住哭了,大声地哭。但方白话听不到,小蛮腰也听不到,方白话的老太婆却听到了,因为她眼里含着泪花,她分明在陪着我一起哭泣。

我知道六十岁的老头子,为什么要被叫作小蛮腰了。他舞出来的千般柔肠万种风情,不亚于一个少女的舞蹈。

唱罢舞罢,小蛮腰套上大棉袄,骑着他的小电车回彭郢子村,方白话也骑上小电车,急速朝浍水镇赶。躺在武汉文的呢帽里,泪痕未干的我,听着铜夹板一路咣当个不停。

大先生武汉文捧着棒棒茶粗瓷碗,在浍水阁安静等待着;沸满天敲着大鼓,换着花样唱书帽,同样在等待着。方白话一进茶馆门,武汉文马上撂下老茶碗,沸满天即刻停止唱大鼓,其他的老茶客都把眼珠射向方白话。

"师父,徒儿圆满完成了您老人家交代的任务。"说罢,身体前倾,双手捧着武汉文的呢帽,毕恭毕敬奉上"完璧"。沸满天的铜夹板一得意,就碰疼了我,而我顾不得跟他计较这些了,我挂念着我的主人铁脚好几天了。没有我,他拿什么壮胆去浍山跟前和大小坑说话?他夜里又跟谁唠嗑?

铁脚一把抓起我,在手掌心里盘着,左看右瞅一番,连着说了三个"好"。

我一直纳闷,为什么要把我和铜夹板绑在一起"出使"各村游走四方?后来才明白,这道令牌的意思是:沸满天昭告徒弟和同行们,赶快行动起来,一起找老石头,送到浍水阁。

呢帽代表着浍水阁,铜夹板代表着沸满天,而我,就是明显的一块老石头。

不久,一汽车石头拉到了浍水老街,卸在老茶馆浍水阁的大门南旁。这车老石头,有囫囵着的,也有半截子的;有的老石头上粘着泥巴,有的粘着麦苗的绿叶。那些得着沸满天铜夹板令牌的徒弟和徒弟的同行们,不但自己忙着找石头,也发动了亲戚朋友找石头,把老院子的墙脚下、茅厕的后墙上、猪圈羊圈当门板使的老石条,通通扒出来,运过来。

"这下该管开建老街了吧?"众茶客一齐望着武汉文。

大先生微笑不语。

他的微笑连我都能读懂:还差很多老石头哩。

我跟您讲啊,在找老石头这件事上,陆文昌也是拼了,他把全镇各个行政村的村书记和村主任召集到镇政府会议室,开了一个动员会,要求每个行政村,按人头算,一人一块老石头。像当年支前一样,人人有责,人人尽责。全镇的行政村一起响应,又是几大汽车的老石头,运到了浍水阁老茶馆门前。

要是不信您来看,顺着浍水阁朝南,一百米的长度,都摆放着老石头、老石条和老石臼,连老石磨老石槽都拉过来啦。这样跟您说吧,凡是姓"石"的老物件,都汇集到浍水老街上来了。

可是,大先生武汉文还没举起开建老街的响锤。他似乎在等待着什么。

我的主人铁脚有点按捺不住了,他天天问:"还等啥,还等啥?"

"太平,不急,不急。"大先生拎着茶壶,把香香的棒棒茶斟进粗瓷老茶碗里。他斟给自己,也斟给老茶客们。拴宝抢着要斟茶,老茶客们也慌慌地站起来阻挡,他都不许。他要亲力亲为。大先生边斟茶,边说着"谢谢"。他在感谢老茶客们,这些年攒满劲把能找到的老石头,都送到浍水阁来了。

这时,街面上响起四轮拖拉机突突突的响声。响声在浍水阁门前戛然而止,然后,一个年轻人亮着嗓门喊:"汉文爷爷,汉文爷爷!"

武汉文稳步走向茶馆门口,众茶客也一起朝门口奔去。

一名壮汉迈腿从四轮拖拉机上跳下来,笑出一口白牙齿:"俺爷说,这是您家门前的老物件,他给您藏起来了。现在,俺爷叫俺送过来还给您。"

四轮拖拉机的车厢里,蹲着两只青石雕成的石狮子。湿漉漉的石狮子,披挂着一身青灰的塘泥。这两座青石狮子雕像,正是武汉文位于老圩子村祖宅门前的镇宅之宝。新中国成立后,武家老宅被分给了十户村民居住。运动期间,武家门前的两座石狮子雕像首当其冲,成为被砸的对象。大门左旁的狮子的眼睛,被人用锤砸瞎了一只,当天夜里,两座石狮子莫名消失,成了悬案。原来被人偷偷沉进了水塘里。看到石狮子重现真身,武汉文乐坏了,双眼含泪,双手颤抖不止,摸着狮子的瞎眼说:"好,这下好,你可以慧眼独具地待在荟贤阁门楼前喽。"

然后,望了望众茶客,朗声道:"浍水老街,可以开建啦!"

您现在该明白了,大先生武汉文,等待的就是这两座石狮子啊!

第十二章　担当

浍水古镇历史悠久，
古老的城墙似龙盘，
城南脚下浍水河，
河中央立着报恩泉。
报恩泉水汨汨淌，
养育着浍水儿女数千年。
大浍水风流数不尽，
大地上故事唱不完。
老街巷藏着贤人打铁炉，
碎石大街记着民族血泪斑斑。
浍山周边留着小车印，
淮海支前奔走欢。
浍山浍水大农场，
新时代里谱新篇。
浍水阁，老茶馆，
棒棒茶水香又甜，
抽着旱烟听大鼓，
各地新闻发布响耳边。

——淮北大鼓

到底唱的哪一出

稽成煊的电话,让陆文昌刚刚展开的眉头猛地紧锁起来。

"什么?挖机都开过来了,要直接把你的厂房顶扒掉?谁这么大胆?反了天了!"

嘴里说着大话,心里却明白问题的严重性。陆文昌握着手机的手在颤抖,脸色大变。其时,他正在镇医院陪老婆做一月一次的例行孕检。刘丽雯怀孕七个月了,肚子挺出来老大,已经提前跟学校请了假,专心待产。

陆文昌小声说:"成煊那里有麻烦,你照顾好自己。"扔下刘丽雯,让医院熟人用私家车送他直奔镇工业园区。

稽成煊新盖不久的生物饲料加工厂,一片混乱。新厂房披着阳光,闪闪发亮,却显得无辜无助。旁边三台带着大长臂的挖掘机,威风凛凛,正高高举着一张一合的大爪,向人示威。稽成煊被几个人围住,正吵得不可开交。

陆文昌几步跨过去,掀开人群,来到稽成煊身边,问道:"怎么回事?"

稽成煊见到陆文昌,眼泪都要掉下来了:"你也看到了,正要拆我的厂房呢。"

"什么意思?镇工业园区的厂房,说拆就拆,事先怎么不跟镇里通气?"陆文昌一头火。

按规定,县里任何部门,在乡镇执行公务时,是要和镇里打招呼的,甚至,有些事,要协商,达成共识。扒厂房这样的大事,陆文昌居然事先不知。

旁边一个四十来岁中年男人,陆文昌看着面生,想必是县里来的部门领导。稽成煊连忙做着介绍:"这位是县国土局的夏局长。这是浍水镇陆镇长。"

夏局长尽管一脸严肃,仍然先上前握手道:"抱歉陆镇长,我们在执行公务。"

"怎么没见过你,新调来的?"陆文昌不想把事态扩大,息事宁人地掏出烟,递给中年男人。

"哦,从市里调来的,不到一个月,还没机会拜访陆镇长。"夏局长摆手不接烟,接着说,"事先和稽成煊多次沟通,也和你们镇领导有接触,给稽成煊两周时间解决问题,两周之内他还不把厂房扒掉,那我们只有请人来扒。今天,正好两周。我们在依法行事。"听夏局长口吻,没的商量。

陆文昌心想,看来,事情比想象的要严重。发生这样大的事,稽成煊居然一点不透露给他,让他措手不及,同时也听得一头雾水。什么意思?稽成煊的厂房成违章建筑了,还是他欠人家钱不还,被执法部门上门执法来了?

这时候,稽成煊把陆文昌拉到一旁,小声说:"事情确实有些棘手。这两栋饲料厂厂房,外加微生物研发中心,有三分之二是盖在基本农田上。县国土局通知要求扒掉,我看你最近忙得焦头烂额,农场的事、养殖基地的事、脱贫的事,已经把你困住了,就没找你说了。我想自己扛一扛,就去县里找一些人协调,没想到,有人告状到省里,省里直接下文,让县里给个解决方案,县里就来扒厂房了。这位国土局夏副局长,很横的,不好说话。"

陆文昌一听,头大了。这事确实有点麻烦,而且不是一般的麻烦。他马上对着夏副局长堆出一脸的笑,说:"夏局长,不好意思。这事镇里也有责任,这家企业是我负责招商引资的项目。我们找个地方,好好说说这事。"

夏副局长脸上公事公办的严肃表情略有缓和。从行政级别上讲,他并不比陆文昌高,刚才他已经让这位镇长见识了执行部门的威风,现在可以见好就收。见陆文昌热情邀请,夏副局长及随同人员一起去稽成煊的小会议室,坐下来好好商谈。

一拨人就一起到稽成煊公司二楼的小会议室坐下来。

稽成煊马上安排工作人员摆好烟茶水果,这才说了事情的经过。

三年前,大浍水粮油商贸有限公司入驻浍水镇工业园区,正准备兴建厂房时,镇派出所副所长方向明向稽成煊推荐了一位本地建筑商,承包厂房建设工程。稽成煊问建筑商要资质证书时,对方拿不出来。这就为难了。兴建大型厂房,没有资质怎么行,那不是开玩笑吗?方副所长说,他可以做担保。"担保也不行!"稽成煊一口回绝了。现代化钢结构厂房,没有获得国家资质证书的单位,是无权承建的。

通过招标,省里一家承建商承担了大浍水粮油商贸有限公司的建设项目。稽成煊忙于如火如荼建设厂房,早已忘记镇派出所方向明副所长推荐施工单位这档子事了。随着工程建设的推进,方向明又找到了稽成煊,意思是他作为本地企业家,应当支持本地的建筑公司,何必把钱都让外人赚去呢?就再次推荐本地的那位建筑商,希望承建大浍水粮油商贸有限公司的仓库。稽成煊想了想,就同意了。仓库也属于重要工程,好在工程比较单一,不像厂房那么复杂。按合同规定,开建时,先付百分之三十的工程款给对方;工程全部建好时,稽成煊再付百分之三十;等工程验收合格,再付全部尾款。没想到的是,仓库建好,稽成煊付了两次工程款共计百分之六十的款项,等待相关部门验收时,建筑商跑路了。而工程验收前的一场大雨,仓库漏雨严重,不用验收,明眼人一看就知道,仓库根本不能使用,属于不合格建筑。稽成煊找到方副所长,请他这个担保人想办法联系到承建商,让其修整仓库。因为他打电话,对方号码是空号了。方副所长诡秘地一笑,说他也联系不上了。这事的结果是,稽成煊重花一笔钱,找建筑单位重新加盖仓库顶盖,尽管如此,因为基础没做好,仓库在使用时修缮不止,遇到恶劣天气,还时不时漏风渗雨。

一个月前,跑路两年多的建筑商回来了,一回来就到稽成煊这里,讨要余下的工程款。稽成煊见到他,一头火,呵责对方工程没验收就跑路,怎么联系都联系不上,是典型的跑路神,而且承建的工程根本不合格,还有脸来要尾款?岂有此理!拒付尾款。

跑路神连着来了几次,非要稽成煊付他五万元的工程尾款不可。本来钱也不多,但稽成煊觉得,这样把钱给了他,根本不合理,仍然拒付。"那我就告你拖欠农民工工资,让你的厂子办不下去。"跑路神丢下一句狠话,愤愤地走了。稽成煊想,这跟拖欠农民工工资搭不上边,是典型的讹诈,根本占不上理。

因为觉得对方理亏,稽成煊就没太当回事。他认为,只不过遇到了一个想占便宜又不讲理的家伙。而智慧农场开发和新流转的三万亩土地加盟浍湾农场,农民以土地入股成立了合作社,忙得他和陆文昌两个在一起举办了婚礼后,蜜月都没外出度假,就整天脚不沾地地跑。讨工程款这个事,他就没跟陆文昌说。觉得是一件小事而已,他完全能应对。

后来稽成煊打听到,这个跑路神,根本没有自己的建筑公司,就是一个黄牛。他跑路的主要目的,是躲债。他欠下赌债,被人追讨,只好一跑了之。让稽成煊没想到的是,这个跑路神,拿出光脚的不怕穿鞋的套路,跟稽成煊摽上了。

跑路神真的去省里上访稽成煊拖欠农民工工资的事了。截访的正是那位派出所副所长方向明。方向明把人直接送到稽成煊面前,说:"你看这事吧,说不是事,也是事。他真要去省里上访你拖欠农民工工程款,你还真有麻烦。你现在是市人大代表,县企业家协会副会长,你的公司也是省里的龙头企业,要是被农民上访拖欠农民工工资,影响不好。要不,就把欠的工程尾款给他得了。你这个大企业家,还少这一点钱啊?"

方向明的口吻是大事化小,小事化了。他在做和事佬。

稽成煊看着跑路神一副猥琐样,又看着方向明助长小人志气灭他稽成煊威风的不负责任样,心里就来气。他说:"按照合同要求,你违约在前;我重新修建了仓库,已经多花了好几万块钱,这账怎么算?"

跑路神一甩膀子走了,边走边说:"看来,我还是接着上访吧。"

方向明也不去撵,任由他走。

然后,跑路神真的去省里上访成功了。给稽成煊定的几条罪状,完全出乎稽成煊意料:拖欠耕地占用税;套取国家项目;非法占用基本农田。

先是税务部门来人调查,然后是国土局来人。招商引资兴业办厂,镇里给入驻镇工业园区的企业有免税政策,而稽成煊后来建设的大浍水立腾生物科技有限公司,国家给予的扶持资金,都是有文件可查、有申报资料和批书可证明的,不属于套取国家项目,这项罪就免除了。但是,税务部门经查实后,责令稽成煊限时缴纳占用耕地税费包括滞纳金及百分之五十的罚金共计三百万元;国土局就不是要缴钱那么简单了,而是直接扒掉占用基本农田的厂房。两座后来兴建的大浍水立腾生物科技有限公司的厂房,加上一座微生物研发车间,有百分之六十是建在基本农田上的。三座建筑物必须限时拆迁。

税务部门限期缴纳税费,国土部门限期拆迁厂房,这是两项死命令。否则,便联合检察、公安部门一起,强制执行扒掉厂房,而欠税不缴,也将受到拘留等法律制裁。

稽成煊彻底蒙了。

但稽成煊还是决定这事先不给陆文昌说。在他看来,事情的主要原因,就是那个想要工程尾款没有要到的跑路神在作怪,他的最终目的,不过就是想要到那笔五万元的尾款。那就给他得了。稽成煊准备自己去县里找人协调。先找县企业协会会长。会长是本县有名的企业家,还是省人大代表,他一定会保护企业,不能因为外在原因而受打击。这时候,邻县有家小饲料厂,冒充稽成煊厂的商标,生产一批草食动物生物饲料,产品出现质量问题,导致一家羊场因胃肠道疾病而死亡三百只羊;一家养牛场也损失严重。两家养殖场场长,开车一起来找稽成煊,要和他打官司,让他包赔损失。稽成煊只能放下去县里找企业协会会长协调的事,先带着技术员去两家养殖场查看。一查才知,包装袋上确实打着"大浍水立腾生物科技有限公司",电话号码、地址都清清楚楚,但袋里的产品不是。稽成煊厂里的包装袋是大厂批量生产的,结实,色泽度好,而眼前的这个包装袋一眼就看出来是小厂的产品,颜色暗淡,表面粗糙。稽成煊抓起袋子里没有用完的产品,放在鼻子底下闻闻,义正词严道:"我以我个人及企业的声誉担保,这绝对不是我们大浍水立腾生物科技有限公司的产品。一、产品包装粗糙;二、产品内容颜色和味道也与我们产品不符;三、也是最主要的一点,我们厂销售平台没有你们进货的记录。我请问,这批货你们怎么进来的?"养羊场的场长如实相告:他们是从一个代理商那里进的,代理商有大浍水立腾生物科技有限公司的代理销售合同,直接送货上门,价格便宜。他们想都没想,就同意了。之所以敢用这批货,不仅仅是图便宜,还因为大浍水立腾生物科技有限公司的牌子响。稽成煊把假冒饲料带回公司,经生物研发车间化验员化验得知,假冒饲料不但所含营养不达标,里面添加的所谓微生物根本就是水,这些水让饲料变质,从而导致牛羊生病死亡。保留证据后,他来不及跟假饲料厂打这场必定能赢的官司,三台挖机就趾高气扬地开进了他的厂区——县国土局夏副局长带着工程队,强行执法来了。

听到这里,陆文昌非常吃惊。首先,跑路神怎能这么专业,连占用耕地税这样外人很难懂、很难了解到的事情,他都知道?更让陆文昌吃惊的是,稽成煊的厂房,部分建筑非法占用基本农田。基本农田可是红线,谁也碰不得。镇工业园区的土地,怎么可能有基本农田呢?在早期规划时,园区的所有用地,都是工业用地。这到底是怎么回事?

"我今天去县里找了县司法局律师事务所的律师,正准备和假冒我厂饲料、给养殖场带来巨大损失的那家公司打官司。刚递交了起诉书,一进厂,还没来得及喝口水,工程车就开过来要扒厂房了。"稽成煊一脸疲惫,嘴唇泛白。

这时候,夏小荷带着叶明芬、刘丽雯两个孕妇闯进来。屋里说话的人,都吃了一惊。夏小荷也吃了一惊。她接到刘丽雯电话,以为丽雯在医院有什么事,结果是说稽成煊这边有事。夏小荷正在银行处理另外一件麻头皮的事,不由分说,带着叶明芬、刘丽雯一起赶到稽成煊公司来了。以为几个人在说公司的事情呢,没想到会议室里坐了一排虎视眈眈的人,她自是吃惊不小。看来,稽成煊摊上事了。

陆文昌示意夏小荷把两位身子不便的女士带离现场,但他又不好明说。夏小荷的性格他是知道的,遇到这种事,你不叫她旁听,那是不可能的。说不定,关键时候,夏小荷的伶牙俐齿,也能发挥作用。陆文昌在心里苦笑一下。在去年浍水老街修旧如旧工程启动仪式上,按照夏小荷的周密计划,他和刘丽雯,稽成煊和叶明芬,在启动仪式的礼花鞭炮声中,共同举办了隆重的婚礼,两对新人手牵着手,顺着老街一路走,一路接受祝福。夏小荷的女儿冯浍浍,特地从上海赶来做花童。那场别开生面的婚礼后不久,他和稽成煊即成了准爸爸。然而,这样美好的事,本来是要好好庆祝的,但放在今天这样的场合,却一点也高兴不起来。陆文昌明白,如果拆迁稽成煊的两座厂房加一座微生物研发中心,约等于毁掉如日中天的大浍水立腾生物科技有限公司。拆,容易,拆后迁到哪里去?厂房是个整体,与之配套的仓储、冷库、恒温微生物车间,要一起搬迁吗?哪有那么容易。大浍水立腾生物科技有限公司,可是和生物有机肥料厂、浍湾农场、智慧农场、农民以三万亩土地入股的合作社紧密联系在一起的啊。刚刚建成雏形的生物循环大农业产业链,正如哺乳期的孩子,可不能断奶。

听罢稽成煊说出了事情的缘由,会议室里出现短暂的静默。陆文昌从大家此时无声胜有声的交流眼神中读出来,这个事,不一般。

这时候,叶明芬优雅地站起身,款款走到会议桌跟前,从随身的手包里,拿出一只亭亭玉立的小瓶子,打开来,给每个人的水杯里丢进一粒泡腾片。稽成煊的水杯是最后一个获得的。立刻,泡腾片在每只水杯里,吱吱有声,欢腾跳跃,奏响激情澎湃的大合唱。这集体的欢唱,有着祈祷般的虔诚。稽成煊有些紧张,忙站起来介绍说:"这是我爱人。不好意思。"

"天气燥,请大家补充点维 C。"温柔的南方普通话,微笑,点头,再招手示意,完成这一连串动作后,叶明芬款款走回座位。

陆文昌努力压抑住惊讶。他心里佩服上海姑娘叶明芬的淡定自如和聪明机灵。尽管挺着孕肚,她仍在用她的方式,帮助老公稽成煊,给紧张的气氛来点话题之外的轻松。就算夏小荷再胆大心细,她也做不出小女子叶明芬能做的事。夏小荷是淮河北的人,天生的直来直去性格,尽管身上有不少上海人的习性,但和土生土长的叶明芬比,相差甚远。

或许是泡腾片起了作用,端起杯子的人,说起了维生素的话题,猕猴桃与柠檬,哪个维 C 含量丰富;智慧农场种植的火龙果,是仙人掌科植物,居然在淮河北也长得有模有样。议论让现场轻松起来。

陆文昌觉得，这个时候，他得顺着维生素的话题朝下说。说了一小会儿之后，他把话题转移到智慧农场上。

"我们给正在做的大农业，定了一个新概念，就是循环农业产业链。智慧农场是我们开启循环农业产业链的首张牌。"陆文昌仿佛向夏副局长汇报工作似的，举着杯子示意夏副局长品尝富含维C的水，笑道，"在智慧农场，小孩子们惊讶地发现，原来果果们不是长在超市里，是长在土地上。几百亩地的智慧农场，被周边城镇有土地和劳动情结的人，全部认领。因此，我们才有了第一笔古镇修旧如旧的启动资金，有了支付拖欠的农民土地租赁费用，把浍湾农场荒草铲除掉，种上绿油油庄稼的可能。而牵头做这一切的，是稽成煊。他扩大了企业的投资项目，这些项目全是涉农项目。农业投资大见效慢，倒不可怕，令人担忧的是，做农业风险太大。好在，在浍水镇工业园区，我们兴建的养殖场，获得了省级无公害养殖农业标准化示范区项目的扶持；兴建的生物有机肥料厂，也获得了农业部综合开发项目的扶持。国家对农业的扶持，力度很大，只要我们愿意做，国家就会支持。有了国家的支持，浍水镇才有兴旺的可能。我手里的这张图，就是我们已经完成的初期规划。"

陆文昌又拿出了那张A4白纸。在他的包里，总有随时"创作"并不断更新的图纸。他朝在座的每位扬了扬手中的纸："各位已经看到了，浍水老街正在修缮当中，那些老石板老砖瓦，可都是镇上的原住民和全镇的老百姓自愿献出来的。当年，人民推着小车支援淮海战役，现在，人民同样各尽所能支援古镇建设。我感动着这一切。"或许意识到这不是那次召开全镇行政村书记、主任献石头的动员会，陆文昌收敛了话题，转到稽成煊的企业上，"我们好不容易做出来的循环农业产业链的雏形，会因为眼下这几座厂房的拆迁而止步。因为微生物研发中心不可一日停止生产，生物有机饲料不可一日停产，生物有机肥料也不可一日停产。否则，我们打造的浍湾农场和农场外延的几万亩有机农作物种植基地及基地土地持有者几千家农户组成的合作社，都将受到重大挫伤甚至夭折。做农业，真的太难了。"

说到这里,陆文昌控制不住自己的情绪,眼睛有些湿润,他看了看稽成煊,又看了看夏小荷,声音低沉下去:"夏局长,能否再宽限几日,容我们再想想办法。毕竟,新厂房的选址、建设需要时间,有了新厂房,才能安置现有的设备。比如,就我所了解的生物研发中心的十只微生物发酵釜,上百万元的设备,仅安装调试就要一个星期时间。请再宽限我们几天吧,啊?"陆文昌最后的腔调,已经是央求了。

"其实我们也不想这么做。"夏副局长脸上的表情已经完全缓和了,"我也是基层走出来的……如果仅仅发生在县里,我们可以调查,查实后再想一个周全的办法。现在的问题是,县国土局要给省里一个交代。上访户到省里上访,影响出去了,省局要我们马上处理,然后把处理结果及时送报到省里。"顿了顿,他看着稽成煊说,"瞧这事弄的,你得罪了哪位大爷啊,居然把事情捅到省里去了。"

"照夏局长这么说,就没有一点办法了?至少,镇里要查清楚,盖厂房的土地性质问题。浍水镇工业园区土地性质,在没上卫星之前,早就定下来是工业用地,不存在基本农田一说。这中间肯定有误会。"陆文昌再次恳切地说。

"我们已经调查清楚了,大浍水粮油商贸有限公司第一期建设的厂房,确实是工业用地,后期建的大浍水立腾生物科技有限公司,就是生物饲料厂,还有微生物研发中心的房子,有一大半是建在基本农田上。你再查也是如此。只能说明你们镇里工作出了问题。"夏副局长口气再次严厉起来。在基本农田的红线面前,谁也不能掉以轻心,否则,谁碰,炸谁。

"好,夏局长,如果是镇里的责任,我来担责。我是镇长,在土地性质未经核实、企业不知情的情况下,修建厂房占用基本农田,不能让企业一家承担,镇里也有责任;至于土地使用税费问题,我来跟税务部门协调。"陆文昌目光坦诚地看着夏局长,"请给我三天时间,我会调查清楚并给你个满意答复。"

"我劝你不要碰基本农田这个红线,不要冒风险,弄不好,会把自己前程也搭进去。"夏副局长严肃地站起身,"我友情提示一下,这事捅到了省里,县里可不好解决了。我们先回去。三天后,我等你电话。就算你不打电话,我们也会再来。没办法,奉命行事,我完不成上面交代的任务,我就得下班。"

一班人马离去后,厂房像幸免于难的无辜孩子,战战兢兢,惊魂未定。几个人重回小会议室,坐着商讨对策。叶明芬眼睛湿润地望着稽成煊,刘丽雯眼睛湿润地望着陆文昌,夏小荷眼睛湿润地望着每一个人。大家大眼瞪小眼,束手无策。陆文昌忍不住开口骂人:"×他小娘的!土地性质怎么会出现这样的低级错误,我居然都不知道!"他呼通站起身,"我先去镇里,查清楚土地的事,再去县里找人,时间不多了。"

"先在厂里食堂吃点东西垫垫吧,不能都饿着肚子走。"稽成煊看了叶明芬和刘丽雯两个大肚子女人,下面想说的话,咽了下去。

陆文昌想想也是,总得先填饱肚子。这会子太阳都朝西偏了,早过中午饭点了。

一行人在稽成煊的食堂吃顿简餐,边吃边说手头这件棘手的事。陆文昌想活跃一下气氛,叹道:"小荷啊,这几天,麻烦你帮我照顾我老婆啊。我得朝外跑了。这事,确实难度太大了。成煊也要跟我一起跑。对了,银行有什么事?"

他才想起夏小荷的浍丰银行也出了点问题。

"我这事,能拖,一时死不了。你还是先跑成煊的事。"

"常言说,好事多磨。夏姐姐,我真是好担心的。"刘丽雯的话有些娇滴滴的。

"丽雯,这不像你性格啊。记得你在网上套那个骗子袁成功时,可威猛了。"

刘丽雯朝陆文昌飞个眼风:"那会子,有种使命感啊。"

想到稽成煊的事,夏小荷忍不住咬牙切齿道:"刚才那位局长说宽限三天,七十二个小时,能干什么?就算坐着飞机去办事,能办成几件?这个无赖跑路神,怎么能捅出这么大一个娄子!"

"要不,我把欠跑路神的工程尾款给他,让他撤回上访。"稽成煊着急道,"马上进入十二月份,银行几笔贷款还款日期到了。先偿还了再贷出来,中间有一个月的时间,资金会紧张到十万火急。这种时候,哪有几百万给税务部门?"

陆文昌看着稽成煊,半晌没说话。他掏出手机,当着几个人的面打起电话来。

"什么,这次不属于上访,是举报?直接到省税务局和国土厅举报的?好,我知道了。"

放下电话,陆文昌一脸凝重:"这事确实有些棘手。跑路神的背后究竟是谁?以他的智商,他想不出这一招来。"

"怎么还这么复杂?他不就是想要回工程尾款吗?我给他就是了。这个亏,我认了。"稽成煊说着,当真就打了跑路神的电话。对方也接听了。然后,稽成煊把电话摔到饭桌上,大声骂道:"无赖,流氓!"

"跑路神加价了?他到底是唱的哪一出?好,满足他的狮子大开口。你账上紧张,我来给你想办法。"夏小荷说。

"他这是病猫变老虎,当场耍威风咬人了。人家不要尾款了,人家要的是国家的奖励,比工程尾款多多了。"稽成煊愤怒道,"举报偷税漏税,国家有奖励。"

"啊,怪不得。"夏小荷也震惊了。

"先不想那么多,现在我们分分工。夏小荷,你先打听一下跑路神的背景,他在浍水镇最服气的人是谁?或者说,谁有恩于他?晚上去茶楼,把他和他的恩人都找到了,我们一起议事。看他究竟想要什么,除了钱以外。我这就去镇政府,找土地所查看工业园区土地性质问题。你,稽成煊,坚守在你的厂子里,不能让厂里的工人有想法,不能让企业受影响。机器该转就转,生产照常进行。等我电话,晚上茶馆议事。"

匆匆吃过中饭,叶明芬留在厂里陪稽成煊,其他人一起挤进夏小荷的车回镇里。先把陆文昌放到镇政府门前下车,夏小荷问"娘娘"到哪里,刘丽雯说要陪着夏姐姐。

夏小荷要去银行,她和行长同学朱跃文有事相商。刘丽雯已经请了假,不用去上班,她就是多陪夏小荷一会儿。在去银行途中,她说:"前辈,我第一次领教你们伫拧成一股绳一致对外的气势,可谓摧枯拉朽势如破竹。"

夏小荷苦笑道:"哪有那么厉害,你没见过我们碰得头破血流的时候啊。现在这事,靠我们伫是坚决不行了。成煊这是摊上大事了。"

到了浍丰银行门口,刘丽雯和夏小荷道声再见,就顺着老街向浍水阁走去。她说要沿着前辈走过的路,感受一下前辈的威风。称夏小荷"前辈",是刘丽雯结婚后对夏小荷的新称谓。

夏小荷邀她进去喝杯茶歇歇,刘丽雯一吐舌头:"我傻啊,前辈要谈重要的事,我一个大肚婆在跟前,多碍事啊。"

"那好,你先打头阵,去茶馆打探一下跑路神的来路。"夏小荷冲刘丽雯摆摆手,疾步进到浍丰银行。

让陆文昌没想到的是,稽成煊的大浍水立腾生物科技有限公司和微生物研发中心,真的有一大半是建在基本农田上。这让陆文昌惊诧。他清楚地记得,镇工业园区在建设初期,已经对土地使用性质做了全盘规划和定性,即所有征用来的土地,必须改变土地性质为工业用地。怎么会有基本农田且正好被稽成煊的厂房所占用?也怪他大意。二〇一〇年,浍水镇征地建工业园区,他是参与者,征地情况是一清二楚的。工业园区的土地从周边两个行政村征用,这些年,工业园区一直在那里,征用的土地也一直在那里,怎么会有基本农田?

陆文昌仔细询问镇土地所的所长小于,小于先是沉默,后来如实相告:陆文昌调离浍水镇后,国家出台了最严格的土地保护制度(这些陆文昌当然知道),划定了永久性基本农田,并且上了卫星。镇工业园区土地使用性质,只有个别地方做了微调。三年前,招商引资入驻镇工业园区的大浍水粮油商贸有限公司,办公大楼和厂房,使用的是工业用地。而后来再建设的大浍水立腾生物科技有限公司和微生物研发中心,相当于大浍水粮油贸易有限公司的二期工程,在公司的后院,围墙之内,等于公司朝后拓展了空间,和公司是一个整体。谁也没有想到,一家公司的建设用地,前后院之间,会有土地性质上的差异。

"别人可以糊涂,但你怎么会不知道?"陆文昌紧盯着小于的眼睛说。

"我开始是真的不清楚。我去年调过来,接手龚所长的工作……因为土地早已经圈在大浍水粮油商贸有限公司的院子内,属于镇政府划给企业的建设用地,龚所长调离时也没有特别交代,我就没有细查。后来,大浍水立腾生物科技有限公司和微生物研发中心建起来了,我无意中翻看资料时,才发现,厂房的前半部分是建在工业用地上,而后半部分,是基本农田。为什么会有这样的纰漏,把基本农田也批给了企业,而且圈在院墙里面?我不好跟谁叫板,陆镇长您懂的。我想,关于土地的事,也没谁知道,主要是没人会想得到,就抱着侥幸心理,假装不知道这件事……"小于一脸愧疚,"陆镇长,我开始真的不知有一片土地是没上我们规划图纸没上卫星的。要是知道,我肯定会在稽成煊建厂房时率先提出来。"

"那么,这片土地的性质,镇里领导就没人知道吗?"陆文昌问。

"也可能有领导知道,也可能,大意了……"小于的声音低了下去。

"好,至少,镇土地所是知情者,你小于也是知情者。扒掉企业的厂房,会带来什么后果,你知道吗?大浍水粮油商贸有限公司,是我们浍水镇最大的招商引资规模企业,一旦因为土地性质问题被扒掉厂房,就意味着企业破产。企业家也是人,破产了,被逼到一定份上,也会成为上访户。大不了,我这个镇长不干了,而你小于,作为土地所的负责人,能说你自己没责任?"陆文昌气得几乎在叫嚣了,"对于国家政策,你比我清楚。出现占用基本农田五亩及以上的事件,镇里一把手要下岗;二十亩,县长要下岗。现在,生物饲料厂和研发中心共占用基本农田八亩。这不仅仅是扒厂房那么简单的事了,会牵连到镇和县里的相关部门领导。镇里就没有其他人事先知道吗?"

小于低下头:"这事,周副镇长是知道的……"

陆文昌不想再绕弯子,他直奔主题:"现在,有什么补救措施?"

"重新审定土地性质,上报县国土局审批,县国土局再上报省里……现在的土地性质,都入档上卫星了,至少一年以后,或者时间更长,才能有新的审批项目下来,土地的使用性质才能改变。国家对土地划规,越来越严了……"

小于的声音在陆文昌耳朵里突然飘忽起来,因为他陷入新的思考当中。当务之急,是如何能挽救稽成煊的厂房不被扒掉,因为一旦扒掉厂房,影响的绝不是稽成煊一家企业,而是好不容易打造成雏形的循环农业产业链面临断裂。大农业的梦想,振兴乡镇经济和取得脱贫攻坚最后胜利,都和稽成煊的工厂紧密相连,哪根线都不能断。他空茫地望着小于身后的窗口,直至小于连着喊几声"陆镇长",他才醒过神来。

那么,现在,唯一的办法,就是恳请国土部门法能容情了。

"小于,你先准备上报的材料,一定要做全做实,留作以后上报时用。我下午先去县里专门汇报此事。"陆文昌嘱咐小于一番后,立即让司机开车送自己去县里。

坐在车里,陆文昌猛然想起三年多前去浍水高铁站接夏小荷,与稽成煊三人相见时的情景。时间真快啊。没想到,把两位发小召回到家乡,又出了这档子事。这一回,他必须尽全力挽回,哪怕是自己这顶小官帽再次飞掉。

至于补税方面,比土地的难度要小些。当初镇里建工业园区时,除了免除入驻园区企业的土地租赁费用和营业税,还暂缓上缴土地使用税(县级工业园区是要缴纳的)。这些,都跟县里主管领导做过汇报了,县里也和当地税务部门达成共识。那么,之前定下的这些,还管用吗?

一路上,陆文昌都在整理自己的心绪,想着找哪位领导汇报才能最管用。这几年,他为了争取国家的扶持项目和资金更多落地到浍水镇,可没少跑相关职能部门协调工作,以致他只要进到县政务中心办公大楼,脸上的皮肉就自动笑波涌现,喜气洋洋的表情图已成了定格。一边想,陆文昌一边掏出手机,翻看电话联系人。想了想,给常务副县长季春风的秘书打个电话。经常找季县长,跟秘书也比较熟悉了,也不管他是否在午睡了。陆文昌问清楚季县长下午要来办公室的确切消息后,心里才好受一些。

进到县政务中心大楼,陆文昌先在一楼大厅坐下来,把气喘匀了,再打电话给季县长秘书。季县长到办公室还有一会儿,秘书让他等电话。陆文昌感到在政务中心大厅坐着太显眼,会遇到熟人,不停打招呼很尴尬,就起身去办公大楼后面的小花园转转。

小花园很漂亮,那些新栽的花草和树木,尽管在冬天里,但仍然显出一片生机,几树蜡梅已爆出倔强的花骨朵。陆文昌心潮澎湃,思绪万千。回到浍水镇三年半时间,他早已向有关部门递交了《古镇开发建设项目可行性报告》,但等米下锅的时间长了些,浍水老街的修旧如旧工程,不得不走先修缮后补相关手续的路子。修复古镇,除了智慧农场吸纳的资金外,还有两位企业家夏小荷和稽成煊的先期投资。等相关部门验收后,国家的专项扶持资金才会到位。批复早已到了县里,资金也到了县财政,但县财政不会及时发放给申请单位,必须配套到位,项目验收合格后,才会把资金批下来。这样的好处是,确保国家扶持资金落到实处,不会带来套取国家扶持资金的后果;坏处是,先期垫付资金会把承建者拖得很"贫血"——资金链就是企业的血液啊。目前,浍水老街已按当初的设想,部分修缮完工,一大批外地客商,看好了浍水的文化旅游前景,纷纷过来和镇里签订协议,入驻老街经商,也有几家酒店连锁企业,在新街区建设宾馆和餐饮。而被陆文昌招商回来的稽成煊、夏小荷的两家企业,也发展得不错,但因为先期垫资老街建设、老街通往浍山的道路建设、浍山的绿化美化建设,哪怕是有了智慧农场的吸资行为,有了浍湾农场不断壮大的合作社入股农民和土地的支持,两家企业仍然增加了投资贷款。如果在企业自身发展上稍有闪失,两家企业将面临重大危机。尤其是稽成煊,他的大浍水立腾生物科技有限公司和微生物研发中心,都是现代化标准厂房,每一座都有几百万元的投资,特别是生物研发中心,仅室内一组十只大型微生物发酵釜就投资百余万元,加上厂房,共有三百万。扒掉厂房不要紧,大不了再找地方盖,但一扒一盖之间,企业的损失相当严重,说不定会立刻让企业"断气"、破产。还有科技最核心部分的生物研发中心,一旦扒掉,首先得建新的中心,而重新建设、挪移安装那些设备的漫长过程,微生物停止生产,带来的多米诺骨牌连锁反应,必将直接让刚刚建立起来的循环农业产业链遭受重创甚至就地灭亡!

陆文昌在小花园快步如飞,思绪纷乱如麻,只想绝望地大喊大叫一阵。当接到季县长秘书打来电话,进到季县长办公室时,他双眼已是泪光点点,那张喜气洋洋的表情图,不复存在了。不是有意酝酿悲怆情绪,实是情不能抑。

季县长吃了一惊。他对这位和自己年岁相仿的下属,比较熟悉。私底下两人算是无话不谈,陆文昌给他的感觉,就是斗志昂扬、信心满满、百折不挠。自党的十九大提出乡村振兴以来,陆文昌向他汇报工作时,说得最多的就是振兴村镇经济和古镇文化。见陆文昌失态的样子,他直接问:"什么情况?"

陆文昌未曾开口,再次红了眼圈。他伸手抓过季县长桌上纸巾盒的纸巾,胡乱朝脸上抹一把,才把情绪稳住,将大浍水粮油商贸有限公司面临的危机和盘托出,恳求县长救救稽成煊和他的企业。"如果一家企业,不是因为经营问题、市场问题倒闭,而是因为当地政府的工作失误、相关部门的支持不力倒闭,那才叫人心寒。一家规模以上企业的发展,要数年甚至几十年积累,而让它倒闭,只是一瞬间的事,就像一座大厦轰然倾倒。季县长,现在只有您有能力救大浍水,救企业!"

陆文昌简明扼要汇报了稽成煊厂房占用基本农田面临被扒掉的现状,及扒掉后带来的连锁后果。汇报完毕,季春风没有发表意见,而是立即拿起电话。不一会儿,县国土局和税务局主要负责人前后脚进来了。当着季县长的面,两位部门主要负责人也没有什么可隐瞒的,就各自说出处理意见。那位主持工作的夏副局长向陆文昌点个头,一脸心照不宣的表情。陆文昌听明白了。本来不是什么大事,如果不捅出去的话,县里可以慢慢解决相关问题,但现在捅到省里了,省里要个具体处理结果,否则,举报者会上告省局办事不公,犯包庇罪。省里两家单位也紧张,责成市、县两级机构必须在规定时间内处理好相关事宜,并呈上处理结果的书面材料。

必须补缴耕地占用税费和一倍罚款?

必须!

必须扒掉占用基本农田的厂房?

必须!

省里下派干部、常务副县长季春风脸上的肌肉痉挛得直跳。

陆文昌如坠冰窟。

他看得出来,季县长欲言又止。面对几位下属,季县长不可能请教他们怎么办。工作汇报完毕,两位部门负责人先期离开。四点钟,季春风还有个会议。他看了下手表,对陆文昌说:"晚上再联系。办法是人想出来的。你等我消息。"

在县里,他这个镇长,能找得到并愿意帮他的人,就是季春风了。不仅仅季春风是分管企业的常务副县长,季春风还敢担事。因为上头有这位敢担事的副县长,他陆文昌也敢担事!

但敢担事,能不能有资格担事,担得了事?陆文昌反观自己的身份,出了一身冷汗。他这个芝麻官都算不上的镇长,出了浍水镇,谁认得他是老几啊?

看还有些时间,陆文昌又跑到同学的律师事务所,请教一些法律方面的问题,给自己增加些底气。比如,跑路神跑路了,工程不合格又回来要钱,属于什么性质?律师同学说,简单,敲诈勒索啊,直接起诉,抓起来,就老实了。可是,现在哪是抓起来就能解决问题的?陆文昌心里叹息一声,不便跟同学多说。同学要留吃晚饭,他心里装着一摊子事,哪有心情吃,便急急回到浍水。

不能拿企业垫背

晚上在浍水阁议事照常进行。

夏小荷居然真的请来了跑路神,不但请来了跑路神,还找到了跑路神的大恩人——不是别人,正是铁脚朱太平。

当年朱太平去湾子河边扒茅根,扒了一大筐,扛着往家走时,远远看见一个半大小子在树上掏老鸹窝。树长在湾子河边,是个弯腰老楸树,树腰朝湾子河里伸着,落光叶子的树枝黑不溜秋的。半大小子看不出哪段是枯枝,脚朝上一踩,咕咚一声掉进树下的湾子河里。湾子河结着薄冰,不经砸,半大小子很快被深水淹没,河水浸湿了半大小子的棉袄,河水不停地朝他嘴里灌。铁脚朱太平并不清楚小孩掉进了湾子河里,他只是习惯性地扛着草筐闷头朝家走着,又不放心似的朝后瞅了一眼,猛然一怔,因为树上掏老鸹窝的小孩不见了。开始他以为小孩下树后去玩了,可是河岸边并不见人影。他心里一咯噔,扔掉草筐就朝湾子河边跑。他并不像自己以为的那样健步如飞,他甚至还被河边的小沟绊了一跤,摔掉了右脚的鞋。但他顾不得了,仍然飞快地朝河边跑。刚刚跑到那棵树下,他就发现了河里时隐时现的小孩。铁脚赶紧扒下身上的棉袄,棉裤来不及脱,就跳进了河水里。他仗着水性好,终于游到小孩身边,一把抓过小孩,扛起,像扛草筐那样朝岸边顶。让铁脚没想到的是,灌了水的老棉裤实在太沉了,而穿着棉袄棉裤的小孩,也兜着一身沉甸甸的水,压迫着他,两人居然一齐朝下沉。铁脚脑海中猛然闪现那年那月推着小车子,踏着冰碴子,和敌人的飞机大炮捉迷藏的情景。他浑身长出了一股劲,像当年推小车那样,用头拼命推着小孩朝岸边拱,他自己则闷头在水里,连着喝了数口冰水。终于拱到水边,当把小孩拉上来时,他发现小孩已经没有声息了。他扒下自己沉甸甸的老棉裤,只穿了贴身的短裤,就扛着小孩朝家的方向跑,边跑边连声喊:"赶紧呀,牵头牛来呀!"

浍南村的人听到铁脚的呼喊,有人就牵着牛来迎铁脚。铁脚把小孩头朝下往牛身上一搭,说:"赶紧,控水!"牵牛的人,牵着牛走了几个来回,小孩子吐出来一肚子的水,活了。铁脚这才发现,他左脚上的鞋子也早不见踪影,那只套了铁环和皮套的脚趾,闪闪放光。

铁脚的老婆顶了一床被子跑过来,把被子朝只穿了一条裤衩的铁脚身上一披,铁脚就顶着被子走回了家。经过了那一场冻,铁脚感冒发烧整整一个月。

被救的小孩,连着好几年,逢年过节时,被大人领着,去浍南村救命恩人铁脚朱太平家走亲戚,见了面就跪地上朝铁脚磕个响头。小孩长大后,就自己来走亲戚。铁脚朱太平最后下达指令:老这样走亲戚,他受不了,再说,这也不算啥恩,就是碰巧而已。不光在浍南村,在整个浍水河湾子河沿岸,谁见到落水的人,都会救的。千万别花钱来走亲戚了,要是实在过意不去,就放心里吧,放心里,天知地知你知我知,就行了;还有,长大后当个明白人,不害人,那救他就救值了。

现在,这个已经长了四十多年小五十年的"明白人",就坐在朱太平的对面。朱太平盯着他看,看得他把头埋进裤裆里。

"浍东村的张明亮,你明亮个啥?你叫张瞎眼得了。"铁脚朱太平手里抓着那块老石头,数落着张明亮,把老石头抓得咯吱咯吱直响,像是要咬张明亮一口,"要知道你是这样的害人精,当年不如直接按湾子河里淹死你!"

等稽成煊和陆文昌赶到时,张明亮已经被铁脚数落得像断了颈的葵花头,耷拉了。

几个人眼光相对,用眼睛问陆文昌跑县里找人找得怎么样了。因为跑路神张明亮在场,不便多说。陆文昌苦笑一下,看着张明亮。张明亮瞄了陆文昌一眼,赶紧把头低下去。稽成煊不敢相信,那个隔三岔五去他公司叫板要工程款的人,那个跑到省里举报他,把事情弄到不可收拾地步的家伙,此刻脊梁骨居然塌了。

陆文昌和张明亮打个照面后,立刻觉得眼前这个人绝对不能撑事,绝对没有能力把事情闹腾到这种地步。他是被人指使的。被谁呢?派出所副所长方向明吗?今晚,张明亮愿意在老茶馆议事时做到心地坦荡荡,拿出良心向大家坦陈事情经过吗?

"这世上,最紧要的,是守住自个儿的真心啊。"大先生武汉文轻呷一口棒棒茶,看着张明亮说。

张明亮缩在角落里,两只胳膊支在茶桌上,头埋在胳膊中间。

"当初我就应当把你摁水里呛死,省得现在祸害人。"铁脚朱太平又补了一句狠话。

"我也没想到会是这种结果啊。"一直趴着的张明亮,开始低低絮语,"他说能帮我要到尾款,我信了。先前的两笔工程款,给他一半,说是他该得的介绍费。给承建商一半……我总不能一分钱没挣白忙活吧……然后,然后……稽老板就是不给尾款……"

"厂房盖成什么样子,你心里没有数吗?你要挣钱可以,光明正大地挣。你找的承建单位没有资质,都是现搭的草台班子,我也心知肚明。可是我想,既然你张明亮已经在做了,孬好我得认,再怎么着,乡里乡亲的,还能差到哪里去?谁承想,你半道跑了!我又重新花钱找人修。我本是为了照顾本地建筑企业,结果把自己陷进去了。"稽成煊气得嘴唇直哆嗦。

"谁指使的?"陆文昌低声而威严地问。

张明亮惶恐地抬头看他一眼,立刻又把头低下去了。

"你看一眼茶馆的匾额,念念这几个字,然后回答我。"陆文昌继续问。

浍水阁的后堂上方,挂着一块有些年头的老匾额,上书一行姜黄的大字。

"公正……公、公开……公平……"张明亮念得磕磕绊绊。

"那就公开说吧,别像娘儿们似的,声音大一些,无论什么理由,不妨直言。"夏小荷朝茶桌上一蹾茶碗。

"稽老板建大厂房时,方所长推举的也是我。其实我就是出个头。我没有建筑公司,接手后,要找别人来建,找谁也不是我说了算,是派出所的方向明……结果稽老板不给建,最后只争取到建仓库,工程量不大,钱也不多,东分分西分分,到我手里也没几个子儿了。我跑路是因为我欠了赌债,被人追要……然后是方向明要我回来,说能要到工程尾款。然后……稽老板不答应,我也没招儿了。想想还是出去打工吧。方向明说打什么工啊,有条道挣钱更快,然后我就顺着这条道走了……我也不知这税那费的,都是方向明提供的,说举报偷税漏税国家有奖励。我也不知道建工厂的占地问题,也是方向明……"声音又小了下去。

尽管说得断言少语,但断的言少的语当中,谁都听懂了。老铁匠洪德顺忍不住说:"背后使坏,天理难容啊。你这个坏人,做坏事就自己做去,不能拿企业垫背啊。"

"咱大浍水的人,怎么能干出这等挖自家墙脚的事?"老茶客们议论纷纷。

稽成煊插话道:"我听企业界朋友说,方向明是浍水镇周世界副镇长的小孩舅。还听说,周副镇长对文昌回到浍水有想法,觉得他当镇长的路子是被文昌堵死的。"

稽成煊是县企业协会的副会长,平常和企业界的同行打交道比较多,消息也灵通。

"这下明白了。"夏小荷说,"估计,成煊建厂房时,周世界是知道土地有问题的,他假装不知道,有意留个隐患。而方向明,一招一式不过是按照周世界的指使去做。比如土地使用税这种专业得只有税务部门才清楚的事,比如土地问题,连老百姓自己都不知道土地被征用后是建厂呢还是拉围墙养猪还是空那儿长草,只有镇土地所知道,如果不查的话,连镇里一般干部都不太清楚呢。比如,陆文昌就不清楚。"

事情议到这里,真相大白了。张明亮吭吭哧哧地说:"我再跑趟省里,就说我举报错了……"

"你说错就错了吗?你拿刀杀了人,说杀错了,人能复生吗?你拿国家法律当儿戏啊!现在已经上纲上线要处理了,只能静候处理结果了。"陆文昌声音由高而低,最后暗淡下来。

张明亮断断续续说完该说的话后,头抬起来了。陆文昌发觉,这是一张毫无主见的愁苦脸。张明亮的脸似乎没处搁了,就转过去看着大先生武汉文,突然深深鞠了一躬:"我真不配待在浍水了,我再待着也没脸了。明天,我就外出打工去,不混出个人样子,不回来。"又对着铁脚朱太平鞠个躬,"朱叔,大恩人,对不起,对不起……"起身就要离去。

"嚯,想来就来想走就走啊。"夏小荷的一声喝,吓了张明亮一跳,他咯噔站住脚。

"就你这样的,跑到哪里不丢咱浍水镇人的脸哪?你不就是好赌吗?那,我来跟你赌一局。南码头河两边的绿化养护工程交给你干,不,是承包给你干。你背后说过自己怀才不遇,我倒要看看,你有多大的才,能干出什么花样来!当着大先生的面,当着众茶客的面,咱把赌注先下这里。你就充分展现你的才能吧。到时候完不成,就再把你摁进湾子河水里沁,不需要太平爷爷动手了,你自个儿沁自个儿弄个畏罪自杀得了。这回你给我记好了跑路神!"夏小荷声音提得更高,"二○一九年农历三月三逢庙会,浍水老街和浍水河老码头荟贤阁老城门还有河两边的景观带水上游船可都要同时开张啦,你要是误事了,自个儿想啥结果吧。"

"姑奶奶,你可是开玩笑哪?"张明亮傻掉了。

夏小荷叫道:"嘿,嘿,瞎叫什么呢?差辈了吧。我可是比你小头十岁呢。"

正在这时,陆文昌手机响了。他连连点头说"好",然后急切道:"我和成煊要马上去省里,连夜去,和季县长一起。先找国土厅领导,再不行,找省长。我拼着头上这顶小乌纱帽不要了,也得挽救成煊的企业!"说罢,拉着稽成煊夺门而出。

这时,武汉文轻咳了一声,喊道:"文昌,慢走一步。"

陆文昌咯噔站下。

"小荷,还得劳烦你,帮我开一下箱子。里面有个小黑皮包,拿来一下。"

夏小荷急忙跑到后面武汉文的卧室,很快捧出一只小黑皮包。普通的小手包,有些年头了,但皮质仍然光泽透亮。

众茶客们屏住呼吸,一起等待一个老故事。

武汉文从来不缺老故事。

轻轻打开黑皮包,里面放着几只信封。武汉文抽出其中一只信封,递给陆文昌。

陆文昌打开信封,见里面是两张写满字的信纸。他抬头看着武汉文,希望获得某些指示,比如,可以看这封信吗?

武汉文笑道:"先看落款吧。"

看到落款人,陆文昌呆了一下。这个名字,曾在省台播出的电视新闻上数次看到过。

"实在不行的话,就去找他。他先前在北京,后来到了江西、河南工作,前些年又到了咱们省里工作,官做得不小了。虽说如今退下来了,说话还是管用的。"武汉文望着茶馆墙壁上挂着的一溜老照片,沉思片刻,揭开了故事的谜底,"当年,在浍水,我父亲救过他父亲。那会子,小日本占领了彭城,日子很不太平。有一天,浍水河上游漂过一条小船,一条机帆船在后面紧追。追到南码头西边的地方,机帆船追上小木船,有一群日本鬼子端着刺刀跳到小木船上。我家的货船在南码头停着,我父亲正指挥伙计卸货,突然从小船上跳下一个人,一猛子扎进水里不见了。听船码头上的其他人隐隐约约说,日本人在抓共产党。很快地,离我家货船很近的地方,冒出一颗脑袋。我父亲连忙伸过一支竹篙,把人拉上来,进到船舱,打开一只箱子,找到自己的一身绸缎衣服,让那人赶紧换上,又找到一顶礼帽和墨镜。这样,我父亲和他从上海回来的'兄弟',站在码头上,指挥人卸货。伙计们齐声喊着'大老板二老板'。暗地里,我父亲让一个伙计驾着一条小船顺着浍水河朝东跑,吩咐伙计跑上几里路,再扔了船跳水回家。日本人搜查过小船,没找到共产党,又把码头上的大小货船搜了个遍,仍然没有。'大老板二老板'神情自若地指挥伙计把翻乱的货物再装箱,继续朝岸上扛。这时候,鬼子发现了朝东跑的小船,机帆船立刻朝东追去了。晚上,驾船的伙计回来禀报情况时,正见到'大老板二老板'在小厨房里吃饭呢。解放后,那位被我父亲救过的同志,来浍水找过我父亲,可惜我父母已经去世了。父亲留下一句话让我转告他:中国人不能眼看着番邦欺负中国人,父亲做了一个中国人该做的事。其时,那位共产党的干部已经是部队首长了。然后,他的后代,就是这回你们要找的人,一直跟我保持着联系,常常写信来,问我最喜欢什么,我说棒棒茶。不管他在哪里工作,他每年都会安排人寄最好的棒棒茶,给我压箱底,一直到现在。我这个老茶馆啊,可没断过他的棒棒茶呢。这些年,我待在浍水阁,待在老茶馆,和茶客们共同分享四面八方的朋友赠送的棒棒茶,谈古论今,喜喜乐乐,从来不去打搅他。现在,我要打搅他了。实在不行,我跟你们一起去省里找他。这个事,他必须得管!"

　　说到这里,老人声音有些颤抖。夏小荷连忙把棒棒茶碗捧过来,放在老人手里。武汉文马上恢复了常态,轻抿一口棒棒茶,叹道:"你们这几个娃,为了咱们的大浍水,都把自己熬成什么样子了,我看着不忍心哪。我这个老头子,真是一点用都没有啊。"

　　陆文昌眼眶湿润了,大声说:"爷爷,您是我们的主心骨,从小到大都是;您也是古镇浍水的主心骨,古镇没有您,没有老茶馆浍水阁,那还像什么古镇呢?您帮大家守着古镇呢。您和您的浍水阁,就是古镇的魂哪!您放心,我们去省里,一定能办成这件事!"

　　陆文昌说罢,带头冲出了茶楼,仿佛走向战场。

　　沸满天的鼓槌突然击响了大鼓,苍哑嗓子冲出一股气势恢宏的唱段:

　　　　大将南征胆气豪,
　　　　腰横秋水雁翎刀,
　　　　风吹鼍鼓山河动,
　　　　电闪旌旗日月高。
　　　　天上麒麟原有种,
　　　　穴中蝼蚁岂能逃?

太平待诏归来日，
朕与先生解战袍……

第十三章　齐聚

中国人聪明智慧高，
发明了盘古至今十二生肖，
鼠牛虎兔龙蛇马，
羊猴鸡狗猪排在末梢。
说起来这事有点蹊跷，
为什么十二属相没有猫？

——淮北大鼓

八十个农户和四百万元贷款

朱跃文面孔苦苦地看着夏小荷，丢出一句话："瞧这事弄得，像豆腐掉进灰窝里，拍不得，打不得。"

朱跃文所说的掉进灰窝里的豆腐，是羊场贷款的事——八十个农户和四百万元贷款。

这事的前因夏小荷一清二楚，后果却出乎意料。

从一个角度讲，夏小荷是不懂银行经营的。在五家股东注资五千万元开办浍丰银行时，她是最小的股东，占股百分之八。但因为浍丰银行开在浍水镇，她成了实际上最多过问银行事务的人。老同学朱跃文当行长，主管业务，联络上级，从中国人民银行争取到贷款指标，又争取到本县不少企业的资金流水,从而盘活了浍丰银行,目前浍丰银行有五个亿的流动资金。雄厚的资金,助长了浍丰银行的威名,这也是浍丰银行的希望。因此,夏小荷做什么事都信心满满,她喜欢说"资金有困难,我来帮你解决"。她解决的办法,就是能帮企业从浍丰银行贷款。

在智慧农场兴办时,为了融资方便,由她和稽成煊牵头,成立了大浍水生态农业旅游发展有限公司,从而方便了各项工作的开展,对打造循环农业产业链起到关键作用。如果说智慧农场是花,浍湾农场便是花枝赖以生存的土地;土地不断延伸,浍湾农场以土地入股的合作社社员不断增加,浍湾农场已扩大到三万余亩。稽成煊公司的大部分精包装农产品,都出自自家农场,从而打造出放心油、放心面粉、放心五谷杂粮等,订购者到农场实地考察参观后,直接签订购销合同。浍湾农场生产的粮食,销大于供,唯一的办法是,继续扩大农场规模,继续增加入股合作社社员。

循环农业产业链的链条上,像明珠般穿起了生物有机饲料厂、生物有机肥料厂、浍湾羊场、湾子河鸡场、兴成牛场。这几家上规模的现代化企业,每家的投资额都在千万元以上,最大的湾子河鸡场投资达到两千万元。兴成牛场是一家老企业,已经有二十年的场龄,牛场老板恰恰姓牛名兴成,人送外号牛千万。牛千万主动成为循环农业产业链的一分子,按他的原话说,饲料质量有保障。通过对比,牛千万明显感到,大浍水立腾生物科技有限公司的生物饲料产品,因为添加了微生物,饲料蛋白含量高,牛生长快,毛皮滑润,肉质好;而牛场产生的粪便和垫料,又成为大浍水立腾生物科技有限公司生物有机肥料厂的原料,减少了污染,这正是牛千万看好的地方。牛千万是循环农业产业链上最让人放心的那颗明珠。

而羊场和鸡场,却不那么让人省心,接二连三地出现资金危机。

先说羊场。曾经的浍湾行政村村主任路进步,历经三四年放羊生涯,脱胎换骨成为羊场承包人。为建羊场,陆文昌跑烂了鞋子磨破了嘴皮,争取到农业综合开发项目的扶持,总投资一千八百万元的浍湾羊场,分为自筹资金九百万元,农业农村部配套资金九百万元。羊场的规模也要按照农业综合开发项目规定的建设，两千只羊，八栋共计五千平方米的现代化场房，一千多平方米的仓库及六百平米方的办公区，设备配套齐全。两千只羊每年可转化本地庄稼秸秆一千吨左右，每吨秸秆政府都有相应补贴。为了自筹的这九百万元，夏小荷以公司做担保，帮羊场从浍丰银行贷款五百万元；余下的四百万元，路进步开动脑筋，让自愿入股羊场的农户每户贷款五万元，八十个农户共计贷款四百万元，终于让项目落了地。而省级无公害肉鸡养殖农业标准化示范区项目，则落到了湾子河鸡场，这当然也是陆文昌的功劳。

如此一来，以大浍水粮油商贸有限公司和大浍水立腾生物科技有限公司（包含生物有机饲料厂和生物有机肥料厂）为龙头，以浍湾农场、智慧农场两大农场为依托，以浍湾羊场、湾子河鸡场、兴成牛场三大养殖基地为支柱，本着"生物工程打造循环农业"的理念，成功打造出了"以农副产品秸秆转化为生物发酵饲料，发酵饲料饲喂草食动物，草食动物粪便加垫料再经过微生物发酵产生生物有机肥料，有机肥料再还田，实现农业可持续循环经济"的大浍水循环农业产业链。

由大农业的定义过渡到循环农业产业链，是从实践中得来的。顺着浍水老街朝北走，走过浍山，转向东边，顺着湾子河，朝北、朝西、朝南转一个大大的圈子，再回到浍水镇，才能真正领会到大浍水循环农业产业链的气势。夏小荷曾开着车，带着两位亲密女友叶明芬、刘丽雯，转了一个大圈子，约等于把浍水镇全镇的可耕地全部看了一个遍。夏小荷骄傲地说："看到没？我不啰唆，我用事实说话，这就是气派非凡的大浍水循环农业产业链。"

"真有你的夏姐姐，你终于实现了你的人生理想！"刘丽雯那时候刚做新娘子不久，她是真心实意夸赞着夏小荷。小荷笑道："这哪是我一个人的能力所能达到的，这是以汉文爷爷为总指挥、以实干家稽成煊为总劳模总表率、以陆文昌为总智囊、以浍丰银行为经济总支撑的能量球合力打造而成的！"又补充一句，"我最美好的理想，是早一天建成浍水古街、古码头、古城楼，打造出茶文化一条街的魅力！但这个美好理想，如果没有大浍水循环农业产业链，是实现不了的。"

同样是新娘子的叶明芬,只会安静地微笑。生活有着落且找到可靠的爱人,让这个南方女子更多了细致入微地关照他人的本领。她剥着橘子朝夏小荷嘴边送,让夏小荷的话语里多了橘子的甜蜜。

　　坐在朱跃文面前,夏小荷脑海里放映着过往的点点滴滴。不过一年光景,那些甜蜜随风跑掉了,取而代之的是此刻的"豆腐掉进灰堆里"。羊场"回报"的是摁着八十枚红手印无法收回的四百万元贷款;鸡场"回报"的是年底还款压力过大,如果非要还贷,那只能宣布破产,让银行拍卖资产,抵押三万只鸡给银行养得了。

　　岂止是三万只鸡给谁养的事,还有联保资金贷款的事,而联保资金贷款模式,又不得不连累稽成煊,只有这样,夏小荷、稽成煊和鸡场的杨庆明,三家联手才能从浍丰银行贷款一千万元,盘活鸡场。一千万元,有七百万元都用在鸡场了啊!

　　或许,作为高薪聘请的银行行长,朱跃文要对他主事的这家银行的发展负责;而夏小荷,她痛心疾首的是大浍水循环农业产业链!在这个产业链上,哪家企业出问题、掉链子,就等于给产业链来一场炮轰,使链条断裂,而断裂就意味着危险。就像当年推着小车支前的民工车队,大家必须步调一致,不能掉队,不能掉链子,否则,就完不成支前的任务。

　　听罢朱跃文的话,夏小荷半晌没出声。此刻,陆文昌、稽成煊跟随季县长还在省城找人,希望带回保护厂房不被扒掉的"尚方宝剑"。稽、陆二人只知道银行出了点小麻烦,不知这个麻烦将给循环农业产业链带来致命伤害。必须想办法,必须!

　　"老同学,你在金融业混这么多年,见多识广,赶紧想个办法。"夏小荷说,"这会子你可不能藏力,刚刚打造的循环农业产业链,坚决不能断链子、掉链子。"

　　"有两条路可走。"朱跃文咬着嘴唇想了许久,才说,"一条路,找县金融办资金担保中心,让担保中心为企业再融资,保证企业还本续贷时不至于出现资金链断裂,帮助企业渡过难关,还本续贷期间,银行要对企业进行重新评估，前后需要一到两个月时间；另一条路是，从民间借贷来还银行贷款。"

夏小荷摇摇头："民间借贷利息太高，高到企业的利润大受折损，几乎一年忙到头全是为别人打工了，不可取。县金融办倒是条好路子，这得交给陆文昌去办。只能等他从省里回来。但愿他能跑好成煊的事，不然更乱了。瞧瞧这事弄得，我都怀疑人生了。"夏小嗬叹息一声，"我去两家养殖场看看。朱跃文你可听好了，必须给我想办法，只要我夏小荷还有一口气，就不能让两家养殖场垮掉！"

"那个路进步，他当初就不该走这样的路，聪明反被聪明误。八十个农民摁的红手印，管用吗？都是六十周岁朝上的年纪，在法律上，这个年龄的人，已经不具有贷款权益。假使他们不承认或拒还这笔贷款，法院也拿他们没办法。"朱跃文深看夏小荷一眼，"这事你是知道的，仍然睁一只眼闭一只眼地由着路进步去做了。"

听到这话，夏小荷心里烦透了。但朱跃文说的是实话，不能怪他。

"还有你以公司名义担保的五百万元贷款，还款不困难吗？"朱跃文又补充一句。夏小荷故作潇洒地冲朱跃文做个嘘的手势，丢下一句"不准打探企业财务机密"，跨出门去。她一边下楼，一边在心里叫道："帮帮忙，朱跃文，不要添堵了！"

夏小荷开车赶到浍湾羊场，在大门口，迎面就遇见路进步那张负债累累苦不拉叽的脸。夏小荷忍不住吼了声："拜托，换个好看的脸色行不行？还想着退回去到荒草地放羊？荒草地没有了。"

路进步努力让脸上摊一层薄笑出来，结果变成了皮笑肉不笑："夏总，你是能人，得想想办法。这个羊场，已经成了我的命根子，我不能让它倒下去。得想想办法，你是开银行的对吧？你开银行，和哪家银行不熟啊？从哪家银行不能借点钱出来？你瞧咱这羊场，熬过这个年关，到春上，卖掉一批羊，再进一批，喂到夏天，喂到伏羊节，膘没长好呢，就会被人买走……"

"停！"夏小荷猛一挥手，"伏羊节……明年……就是二〇一八年七月份，嗯，还有半年多。让他们来认领羊，交订金。有门儿！老路，你这随口一说,让我豁然开朗!"

"我说什么了?"路进步一脸茫然。

"你的话,给了我启发啊。明天我就联系。我们场的羊,可是伏羊节出类拔萃的羊!瞧羊吃的、住的、喝的、用的、玩的,光这片让羊玩耍的草场,哪家养殖场敢跟我们比?'淮北伏羊一碗汤,不用医生开药方',这伏羊,说的就是我们场的羊!浍湾羊场的淮北山羊,没有竞争对手!"夏小荷拧开一瓶矿泉水,灌了一口,"路场长,咱接着说另一件事——那八十户农户贷款的事。"

夏小荷如此快速的反应,让路进步佩服得五体投地。怪不得人家能开制衣厂,能开银行,那是人家有几把刷子啊。路进步见羊场办公室的空调是关的,就连忙去找遥控器。夏小荷一摆手:"不需要,我知道你节能,不想费电。没事,不冷。"

"那也是我当初想的急点子。"路进步脸上又铺出一层为难来,"当时吧,农业部的项目要落地,而我们这边的自筹资金有困难。这要谢谢夏总,你出手相助,担保羊场贷款五百万,但其余四百万怎么办?不还得问银行要吗?"路进步一抱拳,接着说,"你能出手相助,我岂有理由不想办法?我看别的地方,也有入股的合作社社员贷款的情况,也是合理合法的。我就舍下这张老脸,发动村民贷款,以贷款的方式入股羊场。大家也都积极,说羊场前景这么好,咱淮河北的山羊是好品种,连省城的大餐馆都有淮河北的山羊肉呢。村民没意见,我还能说啥?"

"那也得找年轻人入股吧。你看你找的贷款人,都是上了年纪六十岁开外的。这也罢了,居然还有代签字的。这不合法。你不明白吗?"

"有个别不识字的,我就让别的入股村民代签了字,但红手印可是他们亲自摁上的呀……"路进步不敢接着说了。这个事当初夏小荷是略知一二的,而浍丰银行信贷员来办理业务时曾有存疑,也是夏小荷三言两语说服了对方,顺利就办下来这八十个村民的四百万元贷款。现在的情况是,到了还款的时候了,八十个村民只有八十方红手印,却没有四百万元的钱还银行。

别说村民没钱还，就是羊场，也刚刚顾住前期投资本钱，还没有盈利空间。

幸好羊场由村民入股的四百万元贷款是脱贫低息贷款，但路进步担任一年多羊场场长，仍深深体会到，投资大、过程长、见效慢、风险多，是农业这项事业艰难的原因之所在。但是，他更明白的一点是，坚持走过这段风险，迎来的将是生机勃勃的前景。坚持，将是目前唯一的选择。

"夏总，对浍湾羊场，我心里是有数的。这才运作年把时间，也是最艰难的起步阶段。咱们这地方有句老话，叫'家有百万千万，有张嘴东西不算'。咱饲养的这两千头山羊，就是张嘴的东西，每天早起第一件事，就是张嘴要吃的喝的。人可以少吃一顿，羊却不能少吃。我估摸着算了一下，前面的投资，像厂房、仓库、办公区、草场、绿化，是大头，是固定不动的，也不需后期再投资了。目前就是人员工资、饲料和各种疫苗的保障，其实我们已经在赚钱了。"路进步坐下来，掰着手指头，和夏小荷一五一十算着账，"今年赶在伏羊节前，首批育肥羊出栏小赚了一笔；现在，第二批山羊赶在年前出栏，又能小赚一笔。因为我们在摸索着朝前走，所以，只能是小赚的模式。昨晚我想了许久，过了年，我们可以扩大养殖规模，增加山羊数量。以阶梯式方式饲养，买来刚刚断奶的小羊和体重超过四十斤的中羊，这样，小羊长到中羊，中羊正好育肥出栏，而后期的小羊仍继续购买。按照这种饲喂方式，浍湾羊场任何时候都不缺育肥羊出栏。目前我们还有两座场房闲置，我想，下一步，我们拿出一座场房做育种基地，自己育种小羊，再建一座冷库，形成我们自己的产、供、销一体化。所以，目前我们必须战胜困难，无论如何不能因为银行贷款到期还款困难，让羊场上黑名单。夏总，你脑瓜子灵，你得想办法。"

路进步的一席话，让夏小荷对他刮目相看。原以为路进步会知难而退或意志动摇，没想到，面对困境，他还能有如此清晰的思路。看来，受过磨炼的前村主任、老党员就是不一样。

"路场长，真有你的！"夏小荷夸赞道，"关键时刻，你还能稳坐钓鱼台。"

"榜样的力量是无穷的。"路进步说得很真诚，"陆镇长把我从困境中解救出来,把浍湾农场近两千亩土地盘活,把羊场近两千万元的摊子交给我经营,我怎么能遇到困难就做缩头乌龟呢?还有你和稽成煊,你们企业做得好好的,稳赚钱,又插手农业的事,想办法让农民也过上好日子,你夏总还担保了羊场的贷款,我心里是有数的,老百姓心里也是有数的。现在又不是羊场经营不好,只不过先期投资过大,还没彻底翻过身来嘛。天下事难不倒共产党员,这句话千真万确。努把力,过罢年绝对是另一种景象,绝对能走出困境。"

"好,路场长,有你这话我就放心了。下一步,我会想尽办法和浍丰银行董事们沟通,寻找出一条坦途来。你放心待在羊场,按部就班地值守。饲料方面,稽成煊的厂子不会让张口的山羊们断粮的。我这就去鸡场看看。"

夏小荷说罢,拎着喝剩的矿泉水,急急离去。

路上,想起杨庆明这个人,夏小荷觉得,杨庆明也不会轻易撂挑子。

湾子河鸡场的杨庆明,那也是个传奇人物,要不,陆文昌怎么能把他挖出来养鸡呢?

湾子河有一片坡地,黄沙土,适合种植果树,杨庆明就承包下来开桃园。桃园栽种得不错,三年后,到了挂果期,终于可以赚钱了。就在这个时候,他的一个曾在符离集烧鸡厂干过的远房亲戚,想养淮北土麻鸡,说是给土麻鸡保种,一时找不到合适地方,就相中了杨庆明桃园里的一片空地,建了一座土炕坊,专门孵化土麻鸡。土炕坊是真的很土,一长溜的黄砖平房,房子中间支上火道专门给炕坊取暖保温,房子两头支上高高的烟囱,还有专门烧火的房间。柴火就是桃园里剪枝剪下来的桃树枝。杨庆明看着好玩,就跟过来帮着烧炕坊。亲戚家的女儿也在炕坊帮忙,一来二去,就和杨庆明好上了。亲戚的租赁费也不提了。亲戚把孵化出来的小鸡娃娃留下来自己养,还是散养,跑得桃园里到处都是。结果呢,杨庆明娶了一个称心如意的媳妇,学会了孵化土麻鸡和养鸡技术,成了他岳父的亲戚,就把鸡场交给他,回家养老去了。而那片桃园却荒废了,因为土麻鸡会上树,把开出的桃花啄得无法授粉,桃子结得不多,好容易结出的桃子,没长熟就让鸡啄下树了。

无心插柳柳成荫的杨庆明,让那片桃园成了自生自灭的桃园,而两口子经营的养鸡场却日渐红火,湾子河土麻鸡渐渐出了名。

当时陆文昌、夏小荷、稽成煊三人一起,顺着湾子河为养鸡场选址时,无意中发现了桃园里的土麻鸡场。此时的杨庆明,因为养鸡场环评不达标,也因为鸡场离湾子河太近,会形成污染源,不适合再做养殖场,面临搬迁而愁眉不展。

"今后打算怎么办?"陆文昌问杨庆明。

杨庆明以为他们是来买土麻鸡的,随口说:"凉拌。"

"我给你找个地方,做规模化养殖,怎么样?"

杨庆明苦笑道:"老兄净拿我穷开心。钱呢?"

夏小荷连忙介绍道:"这是咱们浍水镇的陆镇长,他可不是拿你穷开心哟。"

杨庆明握住陆文昌的手,像见到救星一般:"陆镇长,那就请你网开一面,让我环评过关,让我继续养我的土麻鸡,我爱死养鸡了。"

"你养了多少只鸡?"陆文昌问道。

"一千只蛋鸡稳保,五百只公鸡随机售卖。全年基本保持一千五百只左右。"

"年收入呢?"

"去掉成本和俺两口子人工费,撑死了七万块。但我知足了。"

"真知足了?"夏小荷问。

"你给我三千只,我也敢养。"杨庆明目光灼灼。

陆文昌喜欢目光灼灼的人,这说明,这人有野心,有想法,有激情。他立刻说:"我让你养三万只。湾子河鸡场还叫湾子河鸡场,名字不变,你仍当场长。场址得重选重建。敢不敢接手?"

杨庆明也算有种,一拍胸脯子答应下来:"干别的咱不敢吹,要说养鸡,我还真有一套。"

杨庆明就这样继续当湾子河鸡场场长,只是此鸡场非彼鸡场。陆文昌充分发挥一不怕苦、二不怕累、三不怕赔笑脸的勇往直前精神,把省级无公害肉鸡养殖农业标准化示范区项目,落地生根在湾子河鸡场。总投资两千万元的现代化养殖场,标准化的笼舍、冷库、蛋库、仓库和孵化车间,多层笼舍全自动化的供水、喂料、捡蛋、消杀设备,让杨庆明瞪大了眼珠,这和他在湾子河桃园里的养鸡场比,可谓天壤之别。怪不得当初要关停他的养鸡场,那确实环保不达标啊。当第一批三万只京粉一号蛋鸡进驻三个笼舍时,杨庆明知道,他的养殖事业终于拉开大幕。当然,他最宝贝的淮北土麻鸡,单独占领了一座现代化笼舍,一个笼舍设计标准为饲养一万只鸡,因为土麻鸡数量太少,使现代化的笼舍显得空落落的。杨庆明在心里给自己定下目标,淮北土麻鸡的数量至少增加到一万只,养满一座笼舍,让淮北土麻鸡的鸡种不但能保留下来,还要发扬光大,让更多的消费者被别具风味的土麻鸡所折服。他把在家养老的岳父大人聘请过来,当了鸡场的技术顾问。

现代化的湾子河养鸡场,中看,中吃,也费钱。尽管属于省级无公害肉鸡养殖扶持项目,获得了省、市、县三级一共一千二百万元的资金资助,但还有八百万元的自筹部分。杨庆明尽数拿出在桃园养鸡十年的全部积蓄八十万元,其他的,只能向银行贷款。他知道,夏小荷、嵇成煊都是成功的企业家,之所以愿意与他合作,三家联手向银行做一千万元的联保资金贷款,完全是为了盘活鸡场。他心里有了底气。

但在年底向银行还本续贷的当口,他仍然丢出那句狠话,让银行来养这三万只鸡。

因为,兴建一年的湾子河新鸡场,就像开足马力的高铁,正奔赴前景光明的未来,如果抽出款子还贷,相当于给高铁突然断电,后果十分严重,也难怪杨庆明放出那句折损自己形象的狠话来。

夏小荷在鸡场蛋库找到了杨庆明。他正望着蛋库里的鸡蛋出神,回头一看是夏小荷,马上堆出一脸笑:"夏总来啦。我正想着,过了年做活珠子呢。"

出乎夏小荷意料,杨庆明没有一脸的愁眉不展,他居然在想着要做活珠子这档子事。

杨庆明绝对能撑事。能撑事的人,就会成事。夏小荷在心里说。

"我一路上都在想,你怎么哭哭咧咧地朝我喊救命呢。"夏小荷也笑了,"看来你不着急了,不准备把三万只鸡给银行养了。"

"急是没用的,得想办法。我刚刚到江苏一家养殖场看了,人家的活珠子做得可好了,苏北和南京的市场,都被他们占了,我们要朝南边、西边找市场,合肥是首选。"

"杨场长,我真对你刮目相看呀!还有三天就到月底还款时间了,我都急得脚底冒烟了,你还能在这儿研究活珠子,佩服!"夏小荷竖了竖拇指。

"夏总,你肯定以为我装着不着急吧。怎么能不急呢?要知道,我可把一切都押在鸡场了。可是,急也急不出钱来,反而会上火。那就只有想办法,力争绝处逢生。还有,我实话说,背后不还有你和稽总吗?天塌下来个子高的先扛着呗。"

最后这句倒是实话。联保资金贷款,是互惠互信的联合体,其中最关键的是"联",三家企业要承担连带保证之责,一荣俱荣,一损俱损。既然杨庆明不着急,她夏小荷就没必要做开导工作。因为她最担心的不是还款的事,是撂挑子的事。杨庆明不撂挑子,比啥都好。

"夏总,其实我也想了很久,才决定咬着牙干下去。一、没有退路;二、我觉得不是鸡场经营不善,相反,我们的鸡场就像朝阳一样,正冉冉升起,潜力巨大。眼下的困难就是还贷款的困难,你和稽总、陆镇长负责跟上头协调,想办法周转到资金,把贷款先还了,我就坚守鸡场,养好咱们的鸡,争取明年春天就上活珠子产品,让利润翻番。"

"好,贷款的事我来想办法,你就坚守鸡场。"夏小荷笑道,"杨场长你给我补补课,什么是活珠子啊?"

杨庆明马上口若悬河起来:"活珠子,美其名曰功能性鸡蛋,就是小鸡胚胎。因为发育中的囊胚形状像活动的珠子,故称'活珠子'。这可是个宝贝啊,它富含氨基酸,能增强人体免疫力,还能养颜美容、补钙,市场潜力巨

第十三章 齐聚

大。我在桃园养鸡时试做过,因为设备太落后,无法大规模生产。现在不同了,咱们有现代化孵化车间,可以放心大胆去做。"杨庆明伸手一指蛋库堆积的鸡蛋,"夏总你瞧,咱们这些鸡蛋,半个月内全部会销往各地,但是,我们的出场价只有三毛五,而如果做成活珠子,就可以卖到出场价一块五。同样是鸡屁股生下来的东西,只不过再做加工,就多赚这么多。不做就是傻瓜啊,咱们有现成的炕坊!只要打开市场,绝对不愁销路。"

"好啊,杨场长,有你这话,我夏小荷豁出去了,无论如何也得把鸡场盘活。不就是一笔贷款吗?好大事?!你就等着好消息吧。"

开车回镇上时,夏小荷打开蓝牙和冯家宝通电话。"阿宝,你脑子好使,快给我支着儿:银行贷款到期,怎么能以最快速度,还了再贷出来,脚跟脚的速度贷出来?拜托!"

"根据规定,脚跟脚的快速度,世间没有,因为再快也得走程序啊。"阿宝说。

"不要官腔官调啦。走程序,走程序,走死个人啦,会走得企业断血的啦。还款就是抽血,没血,企业怎么活?"夏小荷有点怒。

"老婆大人,你老公我是干什么的?解决金融难题的。但你得答应我,按咱们口头协议,二○二○年,你可要回上海的啦。小宝浍浍可不能没有姆妈的啦。"

"晓得啦。"夏小荷说,"浍水老街开街后,我就来去自由了。阿宝,快给我支着儿啊。"

"还得答应我一件事,过年要回上海过的啦。"

"哎呀,这个自然的啦。婆婆妈妈的。只要过了年前还贷这一大关,不回上海回哪里吧?"

"简单得很,四个字:无本续贷。"

"什么什么?再说一遍!"夏小荷不相信会这么简单。

"请听老公向你娓娓道来——"冯家宝也感染上了沸满天的大鼓书腔调,拉长声音说,"先还后贷对银行而言可以规避许多风险,却是套在企业脖子上的绳索。还款时,就是勒住企业的脖子,时间一长,企业会窒息,甚至死亡。因此,无本续贷将是今后金融业发展的新思路,也是企业的活路。据我了解,目前上海已有私企银行在做无本续贷试行了……"

"阿宝,你来浍水一趟吧,我们一起努力,先让浍丰银行率先试行无本续贷,这必将是浍州市第一家私企银行试行无本续贷。然后,再影响其他银行试行……"

阿宝在电话那头沉吟片刻,才说:"我在温州开会。放心,我提前离会。"

"阿宝,飞过来吧,飞到观音机场,我开车去接你。"夏小荷嗓音突然有些哽咽,只有在阿宝面前,她才表现出这种软弱,"只有几天时间了,企业是死是活,就看这几天了。企业死了,循环农业产业链就断了,这几年就白忙活了。拜托,飞过来吧。"

"小荷,不急不急。不用飞,我坐高铁。有现成的大浍水高铁站,比去观音机场还方便。下午有我一个发言,结束就走。还有啊,浍浍挺好,姆妈也挺好。你也好好的啊。"

挂掉电话,夏小荷在路边停下车,趴在方向盘上,给自己流一会儿眼泪的机会。在众人眼里,她夏小荷总是无所不能,总是坚硬如钢,总是呼风唤雨,其实她内心也有柔软的地方,一碰就会流泪的地方。她蓦然明白,当初答应嫁给阿宝,她不是一时冲动,而是,看似小男生的阿宝,最懂她,更能帮她。金融界精英冯博士,那些书,可不是白读的呀。

夏小荷脚下轻点油门,直朝浍水古镇而去。阳光下的浍山,已经初现植土修复后的绿色,而古镇浍水,老街两边的一溜儿老茶馆,也已显露出当年的模样。

老茶馆开启新议事

几乎是前后脚的工夫,冯家宝刚到浍水,陆文昌和稽成煊就从省城回来了。

第十三章 齐聚

自然而然地,一帮人不约而同来到浍水阁,先坐下来,让棒棒茶润润喉,败败火。

大先生武汉文已经泡好棒棒茶,静等着大伙儿归来。此刻,一向山高水阔的老人,迫不及待地读着这几张年轻的面孔,他想在最短时间内获知事情的结果。

"爷爷,好消息,暂缓。"陆文昌猛灌下一大粗瓷茶碗棒棒茶,第一时间向武汉文报告,"整整两天,我们就待在省政府门口,等人。终于,功夫不负有心人,我们带回了好消息,为了等'暂缓'这俩字,我们也是拼了。"

"这个'暂缓'好啊,约等于刀下留人了。"大先生武汉文长舒一口气,"让几个娃受苦了。"

"不苦,爷爷。最后还是您老赠送的第二步棋管用。第一步基本失败。"陆文昌说,"季县长嘴上起一圈燎泡,他急啊。幸好,我们终于见到了分管农业的副省长。"

"带回来了'暂缓',我就死不了啦。不对,是我们的循环农业产业链死不了啦。"稽成煊又唏嘘了。

"不过,这'暂缓'也蛮紧张的。"陆文昌说,"你的厂房是否能安然无恙,由土地性质来决定,现在的首要任务,是改变土地性质。从现在开始,由镇土地所申报给县国土局,县国土局再报给省国土资源厅审批。一路走下来,再快也得一年时间哪。我们要和'暂缓'赛跑哎,跑慢了,再出现个什么差错,不能又去向省里要'暂缓'吧。"

"'暂缓'只能有一次。"武汉文缓缓说道,"我们现在需要的,是实际行动。"

"'暂缓'也相当于缓刑的啦。"冯家宝叹道,"'尚方宝剑'就是管用啊。成煊你怎搞的,把自己搞得这么复杂?"

稽成煊叹道:"啊,说来话长。我坦荡做人做事,害人之心没有,防人之心也没有,谁知被人钻了空子。幸好暂缓了。"

咚咚咚——咚咚咚——

沸满天李富友,朝大鼓面上狠劲敲了一阵,却没有唱词,就是干敲。夏小荷笑道:"沸满天爷爷,你这是忘词啦?"

"我敲鼓伴奏,陆文昌唱。今天他是主角。"沸满天不看陆文昌,而是看着夏小荷说。

"那就容在下慢慢道来——"陆文昌学着沸满天唱大鼓书时的念白,"话说那晚,月黑风高,天寒地冻,浍水河、湾子河被黑夜紧紧笼罩。这时候,一道刺目的汽车灯光,撕开了夜幕的黑暗,呼的一声,直奔省城而去……"

言简意赅,陆文昌复述了省城之行。或许"暂缓"让大家都长舒了一口气,气氛立刻变得轻松起来。

接下来,话题立刻转到银行还贷上。

"今天,我们来个特别的茶馆议事。"夏小荷冲大家微微一笑,"我请到了一批特殊的客人,跟我们隔时空商讨银行贷款的事。"

见大家都盯着自己,夏小荷掏出手机,一番操作后,把手机挂在茶馆墙壁上一幅老照片下面,对着手机说道起来。

"当初提议开办浍丰银行,就是为地方经济服务,再往实里说,就是为三农服务,为民营企业保驾护航的。这是我夏小荷的私心,请股东大咖们支持。"

夏小荷挂手机上面的那张黑白老照片,是举着旱烟袋抽旱烟的老茶客,老茶客吞云吐雾的迷醉样,异常清晰,连烟杆上吊着的烟荷包上面绣着的桃花,都清晰可辨。

夏小荷看着手机屏,在和股东们对话。这是老茶馆浍水阁自有议事以来,第一次开启微信群视频议事新篇章。因为稀奇,沸满天居然忘记敲大鼓伴奏了。

时不我待,明天就是银行还贷款最后期限。当冯家宝带回来无本续贷的利好信息,夏小荷觉得,迫在眉睫的还款期限有了救星,有了盼头。她和冯家宝就无本续贷事宜商量半夜,冯家宝以为,这事说难也难,说易也易。

难,因为股东们都在上海,召集一起开股东大会,时间来不及;易,只要股东们口头答应,可以在网上签份协议,拍照片从微信传过来备案,纸质协议以后再补办。说到微信,夏小荷一下有了办法,何不让股东们在微信群里议事呢?

在浍水阁进行网络议事就此敲定。

这时,夏小荷站立的位置,换成浍丰银行行长朱跃文。朱行长面孔严肃,面对手机镜头,说话一丝不苟:"浍丰银行是浍水镇的招商引资项目,是由你们几家上市公司共同发起,获中国银保监管分局批准设立的一家致力于支持三农和小微企业发展的新型金融机构。成立浍丰银行的初衷,就是为三农发展做表率树立典型,虽是私企银行,但我们所遵循的是国家银监会制定的各项规程,是按国家法律行事。借款还钱,到期执行,是银行一直的规定。那么,现在的问题来了:三农遇到麻烦了。"

朱跃文似乎才想起来这是微信视频,不是给员工们开会。他停顿了一下,朝夏小荷投去问询的目光。夏小荷朝他竖了一下大拇指,鼓励他往下说。

"我在银行工作十五个年头了,按以往的经验,企业贷款到期必须还款,还后再贷的手续最快也要二十个工作日,加上非工作日,差不多就是一个月的时间。这也是银行必走的程序。对还款企业再贷款前的重新审核和实地走访,需要银行花人力和时间。我听还款企业主说得最多的一句话就是,他们辛苦了一年,除了给银行打工,还得给小贷公司或高利贷公司打工。为什么呢?因为要从小贷公司借款还银行,这一借一还的高利贷,就为企业增加了额外负担。许多小微企业,因为面临这个关卡,要么进了银行的黑名单,要么成了被高利贷追债的苦主。有位企业家曾说,什么叫生不如死?贷款到期四处借贷就是这个状况。我想,如果我们浍丰银行率先在浍州市浍县的浍水镇实行无本续贷,那将是功德无量造福于民的大举措了!"

"下面,由我阿宝来聆听各位叔叔阿姨股东们的谆谆教诲。"冯家宝上场时,引起镜头那边股东们的一致哗然。"阿宝,侬了嗨组撒(你在那搞什么)？""侬伐了上海里的碰头,跑嘎远做啥事体(你不在上海跟我们会面,跑到好远做什么)？"

立刻掀起一阵叽里呱啦的上海对话。冯家宝究竟说了什么,对面镜头的股东们说了什么,除夏小荷外,大家都听不懂了。最后是冯家宝一个人在说,他口若悬河,眉飞色舞,加上手势和耸肩膀,说到最后,伸出指头,做了一个"V"形动作,从他的表情看,他胜利了。这时,夏小荷走到镜头跟前,和冯家宝并排站在一起,喊道:"妈妈,明年的三月三古庙会,浍水老街开街,你要带着浍浍一起来啊。"

夏小荷一插话,股东们突然集体沉默。参与议事的老茶客们,不约而同围在冯家宝和夏小荷身边,看着手机屏幕。手机屏上闪动着四张头像,其中一张是一位女士,戴着墨镜。她冲大家微微一笑,扬扬手,然后说:"小荷,给我们十分钟,股东们一起议议,一会儿再答复你们。"

然后,手机屏上的头像集体消失了。

"小郑。是小郑！"

茶客们哗然,仿佛瞬间忘记了正在议着的大事,一起说起了小郑。

夏小荷笑看着大家。冯家宝说:"小荷,真有你的。一句话搞定。"

"我啊,不过补充一句而已。你刚才给他们上的金融大课,动之以情,晓之以理,那才是硬通货。"

茶客们这才明白过来,刚才冯家宝的口若悬河,夏小荷是听得一清二楚的。小郑的闺女,从小就听得懂上海话嘛。

陆文昌和稽成煊,没好意思凑到镜头跟前,他们在等待这漫长的十分钟。茶馆议事结束后,他们得赶到县里,当面向季县长汇报工作,递交镇土地所做好的关于稽成煊厂子土地性质转变的申报材料。

然后,夏小荷的手机微信,再次发出呼叫声。夏小荷按下接听键,镜头里的郑秀玉,笑吟吟地看着大家。她摘掉了墨镜,微卷的长发,明亮的眼波,向每个人致以问候。只有夏小荷知道,妈妈的这十分钟,是为了把自己拾掇得漂亮一些,她新系的粉色丝巾,刚刚在镜头里可是没有的哟。阿宝哪里发

294 / 大浍水

现到这些,他问道:"妈妈,好像才九分钟嘛。"

郑秀玉笑道:"够啦,股东们全体通过无本续贷方案。朱行长,你按程序来办吧。"

朱跃文竖了竖大拇指,点头致谢。

铁脚朱太平弯着腰,帮沸满天李富友搬着鼓架子,一直搬到手机镜头跟前。沸满天咚咚咚敲着大鼓唱了起来:"时光飞逝如流星,岁月辗转去无声。光阴荏苒随他去,情谊无价留盛名。举杯共盼团圆日,浍湾二河齐欢腾。"

"沸满天富友叔叔好。""小郑"频频点头问候。

沸满天李富友高高举着大鼓槌,示意给郑秀玉看。他的左胳膊坏了,但他不想让郑秀玉看出来,马上朗声朗气唱道:"小郑回到大浍水,老沸敲唱流水席。前朝后世都唱一遍,三天三夜鼓不息。"

"富友叔叔风采不减当年哪。好,我一定听个三天三夜,听个够。"郑秀玉话音刚落,铁脚朱太平把自己杵到镜头面前。他努力伸直腰身,却仍然不能把头放到镜头里面。夏小荷连忙把手机调换个角度,铁脚终于看到了自己。他是第一次从手机镜头里看自己,一时不知说什么好,就说:"小郑,你要早些回来,看看浍山浍水,看看浍水老街啊。"

"铁脚叔叔,你的脚还好吗?"郑秀玉问。

"好着哩,坐地日行八万里,巡天遥看一千河。我跑得快着哩。"

"啊,铁脚叔叔,你连毛主席的诗词都会背啊。"

"是啊,我一背毛主席的诗词,就觉得自己健步如飞啦。"

不知不觉间,视频议事变成了众茶客与"小郑"的见面会。夏小荷冲两位发小使着眼色,直到这个时候,陆文昌和稽成煊,才走到镜头面前。多少年不见郑阿姨,两个人一时不知说什么好,喊了一声"郑姨",居然眼窝就热起来了。郑秀玉叹道:"小家伙们都长大啦。我答应你们,明年春天开街时,我过来。到时候,我们好好说说话。"又喊道,"汉文伯伯在哪儿,我要跟汉文伯伯视频一下嘛。"

夏小荷立刻举着手机,来到武汉文面前。老人已经笑得合不拢嘴了,他把腰板挺一挺,挺出一身的精气神来。

"汉文伯伯,开街时,我要带个朋友跟您认识。是您最想见的朋友。"

"好啊,小郑。我请朋友到茶馆喝棒棒茶。"

"是的啊,朋友就等着喝您的棒棒茶呢。"

夏小荷举着手机,挨个儿把茶厅里老茶客们的笑脸装进镜头里,让妈妈向大伙儿问声好。郑秀玉笑容可掬,一一和大家打招呼,居然能喊出茶客们的尊姓大名来。

各种唏嘘和感叹,在浍水阁沸腾起来,都化作喜悦的笑声了。

第十四章　开街

盘古初开天地生，
三皇五帝呈盛名；
天皇他不把地皇做，
倒有人皇管百姓。
神农之氏尝百草，
五谷七苗有了名；
有巢氏架木为巢避百兽，
燧人氏钻木取火不吃生。
轩辕之氏是圣帝，
嫘祖忧民把衣缝；
唐虞两朝呈盛世，
唐尧虞舜是贤明……

——淮北大鼓

特殊的记录簿

啊，我此刻已经心潮澎湃热泪盈眶啦，您可别笑话我这个老石头，我讲的都是真话。我的主人铁脚比我还要激动，一清早他就冲我喊："老石头，我要带着你踩街啦。激动不激动？多少年没踩过街啦。"

我响亮地回答:"激动,老伙计,我咋能不激动呢。"

可是,我的主人铁脚仍然在问:"激动不激动?"

我再回答"激动",他还是要问。

是啊,他听不见我的回答。他啥时候能听得懂我的话,那才叫神呢。

我的主人铁脚今天换了一身新衣服,他的衣服风格属于老茶客系列。为了让老茶客们有模有样地参加开街仪式,夏小荷可是花了大心思,她给古镇的老茶客们统一定制了服装,全部是紫红色底子开着粉色楝树花的中式立领盘扣对襟大褂,统一的蓝绸布裤子,统一的蓝布鞋。服装是小荷服饰自家生产的,鞋子是专门从上海定制的。我的主人铁脚,一大早就穿戴整齐,把我拴在大褂正数第二个扣眼上,再顺手把我丢进大褂口袋里。新褂子的口袋清清爽爽,都是新布的味道,没有拴宝家油酥烧饼的芝麻香味,我一时不能适应,甚至有点落寞。但我想,上了街,我很快就能闻到芝麻粒的香味了。

我的主人铁脚,仍然沿袭以往的习惯,先去浍水老街上拴宝家的店里,吃浍水烧饼,喝辣糊汤。今天不同以往,今天人太多。虽然时间还早,但等待开街仪式的各村老茶客们,已经早早过来了,把老街上的早点店坐得满满当当的。拴宝家今天延时做买卖,他要配合开街活动,要让参加开街的各路宾客,随时吃得到浍水烧饼,品尝到浍水辣糊汤。

两只烧饼,一碗辣糊汤,再多拿两只烧饼打包带着,雷打不动的"套餐",拴宝已经准备就绪。当我的主人铁脚穿着簇新的老茶客服装进到店里时,平时不开玩笑的拴宝,亮着嗓门喊道:"铁脚爷爷,你今天穿得像个新郎官啊。"

我跟您说啊,在我们浍水这一片,夸男人好看,就夸他像新郎官,不管多大年纪。来吃早点的人,听到拴宝的夸赞,一齐看向我的主人铁脚。铁脚笑得呵呵的,也不管别人看他,坐下就吃。对于铁脚呵呵的笑,我也是最近才习惯。以前我哪听他呵呵笑过啊,以前他找石头填嘴时,不但絮絮叨叨,有时还骂骂咧咧。铁脚最近一直笑得呵呵的,我不但习惯了,还学会了跟着他一起笑。我们的笑是在一个节拍上的,他硬是听不见,叫我有什么办法啊。

吃过早餐,那两只烧饼,铁脚顺手就装进新衣服口袋里了。烧饼还热着,暖得我有些想出汗。您瞧,只不过一个时辰的光景,芝麻粒的香味儿,又把我团团围住啦,我的心咯噔一下就安逸了。这人的习惯,不,我这老石头的习惯,咋就这么难改呢?我闻拴宝家的烧饼芝麻粒香,已经有不少个年头了,猛一下子不叫我闻到,我还真不习惯呢。想必我的主人铁脚也和我一样的吧,他要是不在口袋里装两只烧饼,他和他的口袋都不会安生呢。

浍水阁也跟以往不同啦,浍水阁修复得更加古色古香,一切都按照大先生武汉文的设想而修,按大先生的话说,浍水阁要复原得像他小时候见到的那样。老茶客们穿着统一的紫红色开粉红楝树花的立领中装,正捧着粗瓷茶碗喝棒棒茶。沸满天李富友和老茶客的服装不同,他穿的是红色盘扣立领中装,黑布裤黑布鞋。茶馆里还有两三位跟他穿戴一模一样的艺人,他们一律称他是师父。看来,今天要有大戏上演啦。

我的主人铁脚踏进浍水阁,和老茶客们拉起呱来。他一边说话,一边在手里咯吱咯吱捏着我。今天的铁脚有些奇怪,他或把手放口袋里捏我,或抓出我来捏,好像一刻也不容我安生似的。我大声叫唤:"你又把我捏痛啦!"他才不管我叫不叫呢,他就是一个劲儿地捏我。有个老茶客要把我拿去看看,铁脚不给,说:"你手不香。"

"嚯嚯,这话说得走味了,好像你手多香呢。"

"那是,我手就比你手香。"我的主人铁脚今天偏偏要做个小气人,不把我给任何人看给任何人捏。

听着茶客们喝茶聊天,也听他们说开街的事。今天是农历的三月初三,三月三是浍水镇古庙会逢会的日子,逢会年年有,今年非同往年,因为今年最大的一项活动,是在古庙会逢会的日子,给浍水茶馆老街开街。开街之前要先暖场,然后是开街仪式,然后是踩街。暖场就是在各家新开业的古茶馆喝茶聊天,听艺人唱扬琴唱大鼓书唱地方戏。开街要上午十点钟才举行呢,听说开街仪式会来当官的,县里要来人,市里要来人,省里也要来人。省里来的是什么官呢？在浍水阁喝棒棒茶暖场的人，一边听艺人演唱，一边议论着。

　　修复后的浍水阁，在后厅那里专门装了一架小电梯，这是夏小荷的良苦用心，便于大先生武汉文上下楼。考虑到一楼梅雨季节好泛潮，夏小荷让大先生一楼二楼轮换着住，便装潢出来楼上楼下两间宿舍。此刻，在二楼的房间里，坐着两名贵客。

　　您猜着这两位贵客是谁了吗？没错，一位就是浍水镇人常喊的"小郑"。另一位呢？您肯定猜不着，连我这个见过几千年时光的老石头，也一时半会儿没猜着呢。

　　这位宾客，就是大先生武汉文等待许多年的贵人！

　　从昨天就传出话来了，在开街前，武汉文要在浍水阁宣布一件大事情。所以，老茶客们都过来了，一边喝茶听大鼓书暖场等开街，一边期待大先生宣布重大事情。当武汉文带着两位贵客，乘着小电梯下到一楼，款款来到茶厅的时候，茶厅就像平静的水面刮起一阵风，顿时响起嗡嗡嗡的人声。

　　沸满天见宾客一现身，不失时机地敲响大鼓，唱了起来：

　　　　别梦依稀咒逝川，
　　　　故园三十二年前。
　　　　红旗卷起农奴戟，
　　　　黑手高悬霸主鞭。
　　　　为有牺牲多壮志，
　　　　敢教日月换新天。
　　　　喜看稻菽千重浪，
　　　　遍地英雄下夕烟。

　　"这是毛主席的诗词《七律·到韶山》，您唱得真好！"郑秀玉尚未落座，就对沸满天夸赞起来。

"是的呀,还请小郑多多指教!"沸满天有些得意。

众茶客们呼隆一声,就把沸满天抛开了,立即把小郑围了起来。

那一双双眼睛,齐刷刷地投了过去,传递出千言万语。

郑秀玉离开浍水是哪一年?容我这个老石头算一算。一掐指头,吓我一大跳。乖乖,整整三十三年哪。三十三年后的小郑,和三十三年后的浍水,那真叫一个天壤之别啊。

您别笑话我,我只能想出天壤之别这个词。

在千言万语的问候结束之后,众茶客才来得及用眼睛欢迎郑秀玉身边的一位女士。在浍水,这位女士是生面孔。

她比郑秀玉的年纪略大几岁,这略大的几岁,就把这位女士撑到七十古来稀的位置上了。

"在我宣布这件重大事情之前,我首先要对小郑说一声:谢谢。"武汉文郑重地向郑秀玉深深鞠了一躬,"小郑啊,记得在离开浍水时,你跟我说过,这一辈子的任务之一,就是帮我找到我要等的人。这些年,只要一有机会,你就不失时机地去打听。这不,我要等的人,终于给你找到了。"

大先生武汉文今天显得异常激动,他怀里捧着一只红木盒子,还有一只黑色的皮包。在打开红木盒子的时候,他的手在微微颤抖。

盒子里面是一双半旧的黑布鞋。在两只鞋子靠里侧的鞋帮上,各有一个绣上去的浅蓝色的"芳"字。

老人伸出手,微颤着抚住鞋帮上的"芳"字,嘴唇也哆嗦起来:"这是秀芳的鞋子。当年,她把情报放在鞋子里,连同鞋子一起交给了我……她总是喜欢把自己的名字绣在鞋帮上……我九十三了。我用许多年,坐在老茶馆里,念想着为了古镇的父老孩童丢掉性命的这个人……那一年,我把她从人贩子手里买下来,藏她的房子原来就建在后院的菜园子这块地上;放老石板的柴火垛那一片,以前就是我的房子,我和秀芳的新房……"

大先生的话说得有些语无伦次了。他平常都是山高水阔云淡风轻,今天确实有些激动。当那位陌生的女士被介绍给大家的时候,连我这个老石头都激动不已了。

黄淮生。

没错,就是那位牺牲在双堆集战斗中的英雄黄秀波的女儿。父亲牺牲的时候,她还是个婴儿。她生在淮海战场上,黄秀波给她取名淮生。

在浍水阁,郑秀玉讲起了黄淮生的故事。

黄秀波在双堆集歼灭战中牺牲后,黄淮生的母亲也在渡江战役中壮烈牺牲。其时,黄淮生被放在长江北岸的一户船民家里。她贴身的衣服上缝着一块布片,上面绣着三个字:黄淮生。另外还有一只小皮箱。很巧的是,这个船民也姓黄。战争结束了,但孩子一时没人来认领。后来,船民顺江跑船,带着一家人在水上讨生活,不料遇到灾难,船在风浪中被掀翻。黄家父母不幸遇难,而他们的一双儿女黄淮生和黄小牛,因为被放在一只大腰子盆里,被长江上跑船的李氏渔民救起。黄小牛比黄淮生大一岁,当时已经四岁了,黄小牛怀里还抱着一只小皮箱,是父亲硬塞到他怀里的,要他务必保管好。李氏一家带着黄氏的两个孩子,辗转数载定居上海郊区。李家没有男丁,就把黄小牛当作亲生儿子看待。黄小牛自愿改名李小牛,而黄淮生还叫黄淮生。郑秀玉是在不久前参加一次联谊会时,无意中与黄淮生巧遇的。黄淮生的老公做生意,规模不亚于郑氏集团。黄淮生的哥哥李小牛,在整理旧居准备搬迁大房子时,从旧阁楼找出那只皮箱子。李小牛打开后,从里面找出一个旧本子,正是黄秀波的"彭城日记"。哥哥料定这是妹妹亲生父亲的遗物,第一时间把它交到黄淮生手上。

日记本早已泛黄,薄脆得一翻就要碎掉的样子。在那篇重要的日记后面,黄淮生贴上了透明胶加以保护。

现在,黄淮生从武汉文手里接过小提包,打开,拿出那个日记本,大声念道:"武汉文同志于民国三十四年(1945年)三月十二日光荣加入中国共产党,成为中国共产党的预备党员。证明人:中国共产党党员,黄秀波,黄秀芳。"

"在彭城念师范时,同学们都称秀波为秀才,因为他喜欢写写画画,他还写过剧本,参加学校的演出呢。"武汉文叹道,"正是他写写画画的好习惯,让我等到了我生命中最重要的时刻。小荷,你再到我房里去,拿出我的小宝盒来。"

夏小荷直接走楼梯,噔噔噔跑到楼上,下来时,捧出一只长了锈迹的铁盒。老铁匠洪德顺得意地一笑,这只铁盒,正是他为武汉文私人定制的杰作。铁盒里放着一只用塑料纸包裹着的棕色塑料皮笔记本。

武汉文接过笔记本,交到黄淮生手里。

黄淮生小心翼翼地打开,只见笔记本扉页上写着一行毛笔楷书:武汉文党费缴纳记录簿。翻开第一页,是毛笔小楷写着的一段话,黄淮生忍不住大声念了出来:"我,武汉文,生于民国十五年(1926年)七月初三。于民国三十四年(1945年)三月十二日,光荣加入了中国共产党,从此,我看到了人类的曙光,人生的希望。入党证明人是黄秀波、黄秀芳两兄妹。鉴于两位证明人已经为新中国的解放事业英勇牺牲,本人就自己证明自己是中共党员,并自觉自愿缴纳党费,等待有朝一日一并交给党组织。"

黄淮生一页页朝下翻看着。每一页都夹着一年的党费,写着所缴纳党费的数额。厚厚的笔记本,已经有一大半被纸币占满,其中一九四五至一九五五年共计十年的党费,放在一页里面,并加上了注解:解放前的五年党费,在解放后一起补缴,共计十年党费在此。之后是一九五六至一九六六年十年党费缴纳记录,每一年的党费缴纳记录占一个页码。中间的一九六七至一九七九年,十三年党费放在一起缴纳,写着"随工资补发一起补缴"的说明。然后,从一九七九年恢复工作至二〇一八年,四十年的党费,一年不落地一页页摆放,把笔记本装得满满当当。不同年代的纸币,组成了这本特别的党费缴纳簿。

黄淮生合上党费缴纳记录簿,紧紧抱在胸前,声音颤抖着说:"我也是一名老党员。我想,此时此刻,我的父亲一定希望我代他说出这样一句话:谢谢,武汉文同志,谢谢您对党的信任。您受委屈了。"

咚咚咚——咚咚咚——沸满天击鼓庆贺。老茶客们把粗瓷茶碗嘭嘭嘭蹲在茶桌上,表达他们无法遏制的欢乐心情。

"淮生,我要把一样礼物赠送给你。你看。"武汉文指着茶馆大厅东山墙上满满一墙黑白老照片说,"这些老照片里面,其中有一张,是我和你父亲的合照。我想把照片送给你,做个纪念。"

黄淮生呼通站起身:"我爸爸……我从来没见过他……"疾步走上前去,仰望着照片墙,突然用手一指:"就是这张。"

那张放大的黑白照片上,两个身材修长的男人,亲密地并肩而立,双手相握,目视前方,一脸的雄心斗志。

拴宝站在凳子上,小心摘下那帧镶嵌在玻璃框中的照片,用手巾仔细擦拭一番,双手捧着,交到黄淮生手里。

黄淮生紧紧捧住照片,仔细观看着,伸出指头,隔着玻璃,在照片上反复摩挲。然后,把照片朝里紧捂在胸口,闭上眼睛,泪水夺眶而出。

"浍水古镇的人民,浍水河湾子河沿岸的人民,向烈士致礼!向烈士后代致敬!"随着沸满天的一阵鼓声,众茶客纷纷站起,弯下腰,向黄淮生深深揖拜。

"谢谢,谢谢……"黄淮生泣不成声。

"这是我和秀波在浍水阁门前的合影。他来看我,匆匆而别时,战地记者拍下了这张照片。不久,秀波奔赴战场,壮烈牺牲……"武汉文掏出手帕,擦拭着眼角,"后来,我终于找到了战地记者,得到这张珍贵的照片。"

"谢谢汉文叔叔。我想,我爸爸更愿意待在这片他战斗过的地方,待在浍水阁。请把照片再挂到照片墙上吧。"黄淮生把相框交到拴宝手里。

"这还不好办哪,扫描,重洗一张,送给淮生阿姨。"夏小荷连忙说。

"哎,还是小荷头脑好使。"武汉文说,"拴宝先挂上,等开街后,再取下来扫描不迟。"

这时候,我的主人铁脚,猛然又抓住了我。这回,他没有把我拿出来,而是直接在口袋里捏我。咯吱咯吱,咯吱咯吱,他好像有意发动我跟他的掌心较劲,跟他的五个指头较劲。"等到了,等到了。"我的主人铁脚,又犯了找石头填嘴的絮叨,"终于等到了……"

踩　　街

现在,我这个老石头,要带您来看开街仪式了。

十点钟准时开街,举办仪式的地方就在浍水河边的老城门下。老城门的威仪,那真是少见的威仪啊。老城门的门头下方,蒙着红绸布;老城门的二楼门头,也蒙着红绸布。红绸布还绾成两只大大的红球花,门头一边缀着一朵。武汉文、夏小荷、冯家宝、陆文昌、稽成煊,还有镇里的书记,县里的书记、县长,市里的宣传部长,省里非物质文化遗产保护中心的领导,来了一大批。最吸引眼球的,是几位特殊的客人。对,现在不管说招惹人了,该说吸引眼球了。这吸引眼球的几位特殊客人是:齐有志、郑秀玉、黄淮生。

您猜得没错,齐有志就是省农科院的农业专家齐教授,他曾在几年前来过浍水,送来了兴建大农业的新着儿,开启了稽成煊、夏小荷联手共同打造循环农业产业链的篇章。齐教授剪彩前讲的一番话,让现场掀起了一阵热议。齐有志是这样说的:"对浍水这片地方,我是不陌生的。四五岁时,我就在浍水住过一整年时间。我喝过报恩泉的泉水,就着辣糊汤,吃过浍水烧饼。我对这片土地充满感恩,对浍水人充满感恩。谢谢!"说罢,对着现场的人群深深鞠了一躬,对着武汉文深深鞠了一躬。立即,人群里叽叽喳喳声一片,猜测这个农业专家到底和浍水有着啥关系,和武汉文有着啥关系。大家都没往沸满天李富友身上想,这正是武汉文所希望的。因此,老人家抓过话筒,朗声朗气道:"齐教授言重了。其实,该是浍水向齐教授说声谢谢!如果没齐教授给浍水送宝,就没浍水在种植、养殖、农业旅游观光、农场建设和复原茶馆老街的成果。另外要感谢的人,是季春风县长。没有季县长对企业的支持,浍水镇就做不出来这样一篇大文章。"

在参加剪彩的领导里面,季县长的官职不算大,他一直微微笑着,没咋说话。这会子见武汉文专门把他"拉"了出来,只得抓过话筒,从容道:"振兴乡镇经济,离不开产业的发展,而乡镇企业,是产业发展的主力军。做乡镇企业不容易,甚至,有时候他们是弱者。谁给企业发展带来阻碍,哪个部门不作为,我们就让他靠边站;县委县政府为企业保驾护航,义不容辞!"

您可别以为季县长说的是官话,我老石头告诉您啊,季县长这话是有所指的。浍水镇的那个周副镇长,派出所的方副所长,现在被免职了;还有县里不作为的任笑脸、扈冷脸,已经调离岗位了,让有作为的人上岗了。

武汉文今天高兴,继续朗声说:"我们还要感谢一个人,就是郑秀玉。她也不是外人,她在咱们浍水,当了不少年的社员呢。她给浍水生了一个好女儿,她还在浍水开了一家银行。郑秀玉在默默支持着、关爱着咱们的大浍水啊。掌声有请!"老人家客串了一回主持人。

郑秀玉的出场,把叽叽喳喳议论齐教授的声音牵引了过去。话题立刻转移到"小郑"的身上了。夏小荷站在郑秀玉身边,一老一少的娘儿俩,让话题沸腾起来了。然后,黄淮生的出场,给现场带来一阵庄严和神圣。黄淮生捧着武汉文的那本党费缴纳簿,当场递给浍水镇党委书记,请他代表党组织,收下一名有着七十余年党龄的老党员缴纳的党费。

潮水般的掌声,响彻整条老街。紧接着,响班子放了三声震天动地的铁铳,然后鞭炮齐鸣,省、市、县、镇的领导们和请来的嘉宾们,就为老街开街揭幕了。站在中间的,正是武汉文。您想啊,这开街仪式如果没有大先生武汉文剪彩,谁敢启动大剪刀啊。

蒙着红绸布的老城门被揭开了,上一层的"荟贤阁"和下一层的"浍水老街"姜黄的大字,一下照亮了大家伙儿的眼睛,人群再一次沸腾了。我的主人铁脚是个老弯腰,个子矮,我正愁看不清开街仪式呢,他好像读得懂我的心思,把我举得高高的,这样,我这个老石头啊,就把开街仪式清清楚楚收进我的老石头疙瘩里啦。

鞭炮声再次炸响,这都是老街开街后,老字号店铺开业时燃放的喜庆鞭炮。这里响一阵,那里响一阵,然后,踩街开始。

最热闹的就数踩街了。

这时,浍水河的游船上,飘过来一阵泗州戏的唱段:

原来是俺婆婆家里来娶我,
头里走一顶啊花花轿,
后面跟着一队鼓乐,
嘀嘀嘀嗒嗒嗒,
嘀嘀嗒嗒吹打着。
新女婿骑一匹高头大马,
陪娶客骑着那乌骓骡。
只听得咕咚咕咚三声炮,
来到了俺那大门以外把轿落……

这口唱腔,是属于七岁红的。七岁红坐在船上,对着花红柳绿的浍水河两岸唱,唱得河两岸的人,都像杨柳树一样,摇摆起了腰身。我看到岸上的人影里,有个穿红马甲的人,跑路神!叫什么明亮来着?在做浍河两岸的绿化养护呢。腰板挺起来了,精气神十足,身上的猥琐样没有了。哎呀,这人哪,你内心充实了、光亮了,身子骨也就挺直了,您说,是不是这个理啊?

咱还是拐头来说七岁红吧。七岁红唱罢《小二姐做梦》,下了船,叫着师父,挤到沸满天身边。然后,武汉文、郑秀玉、黄淮生、沸满天、我的主人铁脚、老铁匠洪德顺、老皮匠安大丰,还有方白话、点不停、响满天、小蛮腰一班艺人,都跟在武汉文后面,开始踩街。夏小荷、陆文昌和稽成煊他们几个呢?我忘记跟您说了,他们都到高速入口那儿,送省市县来的领导去啦。不用说,那位齐教授,也跟车回省里啦。

一群人说说笑笑,站下身,欣赏新修复的南城门荟贤阁。老城门高大气派,古色古香,威风不减当年。武汉文双手抚摩着荟贤阁高大的石柱,叹道:"当年的荟贤阁城门下,走着浩浩荡荡的车马,多么威武!"又摸摸老城门两边的青石狮子,"小时候,只要住在老圩子村,每天都会摸摸它。村里人说,摸摸狮子的头,吃喝都不愁。老圩子村的人,哪家没摸过我家门前的狮子头啊。看这光光滑滑的样子,都是被手摸的。可惜少了一只眼睛,现在就叫它慧眼独具吧。"

旁边的几个年轻人,听大先生这么说,也去摸石狮子的头,不觉呵呵笑起来。

也有人喊:"摸不得,是文物呢。"

又放眼去看古码头,老皮匠安大丰指着河边的游船说:"停船的地方,就是老石桥的位置,可惜老石桥被日本鬼子的飞机炸没了,老石桥两边还有两个石头雕像,叫石爷爷石奶奶。"

老铁匠洪德顺接着说:"南来北往的车子经过老石桥时,都要停下来,在石奶奶的头上抹点桐油,说石奶奶讲究,桐油可给她梳头哩。倘若哪辆车不停下来给石奶奶头上抹油,车轴就不打转了,走不了啦。为啥?石奶奶不高兴了呗。"

"可是的?真神奇啊。"年轻人跟着问,两位匠人就讲得越发欢实了。我的主人铁脚用手一指被复原的碎石大街,叹了一声:"年轻人,你更要记住这挨了日本鬼子飞机轰炸,烧了三天三夜的碎石大街啊。各家的商铺,临河的住房,都烧成灰啦。要不是日本飞机扔炸弹,沿河老街那才叫热闹呢。"

一伙人拥着大先生武汉文,顺着复原的老街,开始踩街。一路上不时碰到踩街的人打招呼,都喊武汉文是大先生。有的人,还站下颔首致意。

老街两边的店铺,都是老字号。经营着浍水镇特有的物品,羊角蜜、寸金、蚂蚱腿、麻片等一些老字号糕点坊前,围满了人。稽成煊家的壮馍新店,这一天也首次开张。店面已经挪到老街边上开了。作为浍水古镇唯一一家壮馍老字号店铺和"非遗"传承人,稽妈妈在老街开街这一天,亲自出场。六十多岁的人了,身子骨还是那么结实,身边的两位小徒弟,忙得不亦乐乎。其中的一位小徒弟,眉清目秀的帅小伙,正跟一位游客说壮馍的历史由来:"这稽家壮馍啊,已经有二百多年的历史啦。在浍水镇这一片的饮食中,堪称一绝。可以用色味纯正、香脆可口、世间难寻来形容。你瞧这火候,正面焦黄,背面雪白,外酥里香,再看这撒上去的芝麻,喷香喷香,还有这里面的馅……"说得顾客口水都流出来了。

按着老例,祖传手艺是不传外人的,稽成煊已经学会了,但他忙得整天脚底板不沾地儿,哪能天天待在壮馍店里,稽妈妈就打破老规矩,新收了徒弟。您来评评,这样可对?以我这个老石头的"拙目寸光"来看,传承的意义,就是要传下去,不一定非得传给自家的人,只要有人愿意学,都可以传授。不然,怎么朝下传,对吧?

浍水老街一溜排开的七家老茶馆,全部开业迎客,您猜得没错,最威武的,肯定要数浍水阁了。浍水阁是老茶馆的代表。威仪的三层楼,排在老街正中间。浍水阁两边分别是春秋茶馆、江淮茶馆、来春茶馆、富贵茶馆、淮上人家茶馆和浍湾茶馆。我的主人铁脚早就跟我嘀咕过,这浍水老街和沿河老街上,当年开着几十家茶馆呢,后来,被飞机炸、炮火轰,生意人走的走、亡的亡,茶馆也就所剩无几了。现在复原的这几家,都是浍水老街上的老字号茶馆,可是费了不少周折。被沸满天李富友的铜夹板召集来的艺人们,在开街的日子,都坐守几家新开张的老茶馆里开唱。沸满天的地盘肯定不变,他坐镇浍水阁,这一辈子别想动啦。

天　　眼

武汉文要带着大家正式踩街了。不光走刚刚复原的浍水老街,还顺着老街朝北,走浍水大道,一直走到浍山跟前,走到铭园跟前。武汉文捧着那只红木盒子,盒子里是秀芳的黑布鞋,盒盖上是秀波的日记本。大先生武汉文说,他要带着黄秀波、黄秀芳踩街。"等到了铭园。我要告诉秀芳,告诉秀波,让他们放心,我被证明啦。"大先生说罢,又对黄淮生说:"娃,你得给你爸爸磕个响头。"

春天的小风吹得真叫香,真叫暖。几千年来,我从没感受到像今年这样暖的春风。我一点都不夸张,真的。

啊,踩街究竟是什么意思?您有所不知,这踩街啊,就是在街上表演,给庙会造势,给老街开街造势。踩街可是庙会的精华啊。要不信,您打眼望望,看到什么了？对,那是一群高跷队。高跷队可是庙会上最高的人,穿红着绿,还摇着彩扇子,表演的也是戏曲哩。踩高跷是个技术活,专业的人才可以演,瞧他们脚上绑的木杆子,踩着那么细那么高的木杆子,还要摇扇子,还要舞袖子,这高难度的动作,不是行家里手,哪个能做得了啊。那一队看见没？是旱船队。驾船的是个船娘子哩,穿彩衣,唱金曲,嗓门可真甜。再后面,秧歌队。秧歌队最庞大,唱的是凤阳花鼓灯哩。"二月里来龙抬头,姐妹三人踢蹴球。大姐姐踢了个龙摆尾,两个小妹妹来接球。走三走,扭一扭,踢了个狮子滚绣球。"您听听,唱得多好听！

再后面,就是大先生武汉文带着大家伙儿踩街了。您看清了吧,这一伙踩街的人,可都是非同凡响的人物。反正在我老石头的眼里,他们就是非同凡响的。表演队的人踩街,是唱着戏文、穿着彩衣、描眉画眼、敲锣打鼓地踩街；普通人踩街,就是跟着表演队,欢欢喜喜地走。这一群非同凡响的人,簇拥着大先生武汉文,是跟在秧歌队后面的。有背着照相机的人,对着表演队拍照片；有端着画架的人,就把画架子支在街边,当场画画。浍水古镇的原住民,不照相,不画画,他们盯着"小郑"看。

"汉文伯伯,我们要去浍山和铭园,还要去我当年下放的地方浍湾,这一路走下来,您老能吃得消吗？"小郑问。

"小郑你别担心,我没问题的。"大先生武汉文话说得响朗朗的,"我的胳膊腿,哪天不走路啊。我每个下午的四点到五点,都要围着老城墙转一圈哩。"

听着他们的对话,我的主人铁脚脚步加快了。我知道,他是怕被人甩到后面去,谁叫他腰弯得要杵到地面上,走路比别人慢呢。铁脚摇晃着身子,一拱一拱就走到前面了。然后,他回头看,他一回头,我也跟着回头。铁脚不好意思像别的原住民那样盯着"小郑"看,他就像站着等大家一样,很自然地回头瞄一眼。

"黄淮生个子真高,像她爹的样儿！"铁脚小声嘟囔了一句。铁脚一嘟囔,我也忍不住去看黄淮生。我拿不准她长得像不像她的爹,但黄淮生的个子,真不矮。

现在,听我来给您排排这一群踩街的队形。最前面的,武汉文、郑秀玉和黄淮生;紧跟着的,洪德顺、安大丰、沸满天;再跟着的,夏小荷、冯家宝、陆文昌、刘丽雯、稽成煊、叶明芬。这一群不属于表演队的踩街队伍里,也有三个表演者,主角穿一身粉红汉服,头上绾着的小髻扎着彩带;配角一边一个,是刚刚会蹒跚走路的俩小子,正扯着主角的手,像护驾的小骑士。

"浍浍,可别把弟弟们带摔倒了。"夏小荷一路都在叮嘱。

"我们不摔倒!"俩小子齐吼。

"像不像我们俩小时候?"陆文昌笑着对稽成煊说。

您猜得没错,那俩小子,一个是陆文昌的儿子,一个是稽成煊的儿。只是,这三个孩子,能不能像夏小荷、陆文昌和稽成煊那样,在浍水古街上一同长大呢?

我老石头把这个有难度的话题留给您琢磨吧。咱还是跟着武汉文带的人马踩街去。

踩街的出发点是举办剪彩仪式的老城门荟贤阁。顺着浍水老街朝北,走过三家店面,然后是新复原的淮上人家茶馆。茶馆势子摆得好大,茶馆门口的老虎灶上,放着二十只烧水壶突突突地冒水汽。茶客们端着棒棒茶碗坐着听戏,前厅的正中央,点不停吴师父正在唱泗州戏《拾棉花》。要说这位吴师父,也是个了不得的能人。他的外号"点不停",是在河南茶楼唱戏时叫响起来的。他不但能唱泗州戏,还能唱豫剧、曲剧、二夹弦,反正你点什么他就能唱什么。这也是民间艺人多年摸爬滚打练出来的本事,在茶楼唱戏,客人点什么,你就得会唱什么,你绝不能说"不"字。在河南的那个茶社,有客人跟吴师父打赌,不相信吴师父点什么都能唱,那个人就开始点了,一连点了十多个好几个剧种的唱段,都难不倒吴师父,吴师父"点不停"的外号,就这样在江湖上叫开了。

再朝北走,又是一家老字号的茶馆江淮茶馆,老虎灶上的开水壶同样突突突地冒着水汽。在茶馆主唱的正是方白话。这回他带来了一支乐队,在乐队伴奏下,方白话先唱一出淮北梆子戏《秦琼打擂》,真是好听啊。您可听过这出戏没有?在浍水这一片,老茶客们都爱听这出戏,有的还能哼唱几句呢。这回的老街开街啊,浍水周边的艺人们,可是都被召唤来了,在新开张的老茶馆唱戏造势呢。怎么来的?都是沸满天的铜夹板请过来的呗。像上次那样,沸满天让拴宝捧着他的铜板,骑着小电车,去湾子村找方白话,方白话再骑小电车到小杨庄找七岁红,七岁红再骑小电车去田小楼找点不停,点不停再骑小电车到靳沟口找响满天,响满天再骑小电车到彭郢子村找小蛮腰……您该问了,一个电话或发个短信不就行了,还需要满庄去找吗?就算骑着小电车也费时费力啊。这您就不懂了,这叫仪式感。师父喊徒弟,程序不能少,尊重不能缺。

咦,咋还有拉京胡的?这是方白话的乐队拉的。没错。正是方白话。白方话要唱京剧,还唱起了女腔。这个方白话,他的能耐真不小,女腔他也能唱,我还以为是电视里放的呢。让我听听,让我听听。唱腔咋就这么勾心呢?

梨花开,春带雨,
梨花落,春入泥。
此生只为一人去,
道他君王情也痴……

听得我一个激灵。怎么就像几千年前我的女主人在唱呢?您瞧,今天真是有点奇怪,我好像失控了,有点管不住自己了。我的女主人,唱的不是这个曲儿,也不是这个词,可是,那份痴情太像了。我突然想起了许多往事。前尘往事快把我淹没了。我有了要飞翔的感觉,尽管我被铁脚拴在扣眼上,握在他的手掌心里,但我无法扼制要飞翔的冲动。我强烈感觉到,我要飞到浍山之上,要和浍山的山石融为一体。我特想铁脚助力给我,让我到达浍山山巅。

我的主人铁脚,脚步踉踉跄跄的,但他一步不落地跟着踩街的人,朝北,朝北,顺着浍水大道,直奔浍山而去。咣咣当当的铜锣声,踩街人唱出来的小调,渐渐淹没了刚才方白话唱的《梨花颂》。我沸腾的心,又落进结结实实的老石头里面。

这时,一阵清脆的童谣传来。浍浍奔跑着,她身上的汉服飘扬起来,发髻上的彩带也飘扬起来。她冲着浍山奔跑,她的歌唱像仙境的梵乐:

小小石头真伶俐,
知天知地知古今。
看穿人间苦与乐,
自在逍遥度光阴……

浍浍唱得亮,跑得欢。这是浍浍在唱我吧。您不这么认为吗?浍浍唱的不就是我这个老石头吗?知天知地知古今,自在逍遥度光阴。不过,今天我逍遥的劲头似乎小了,反而有了那么一点迷惘。

那两个刚刚会走路的小跟班,已经被他们的爸爸妈妈抱着走了。夏小荷则笑着去追浍浍,一边追,一边随着她唱。冯家宝高喊:"宝贝儿,跑那么快,坐风火轮啦!"

欢欢笑笑的一群踩街人,在浍水大道上,一直朝前走着。连九十三岁的武汉文,也脚步轻盈起来。而我的主人铁脚,则渐渐落到队伍后面了。

铁脚一直把我握在手掌心里,有几次,他假装丢下我,任由我在他的扣眼上打秋千。打了一会儿秋千,铁脚再次把我握在手掌心里。然后,他站下来,举着我,让我身上的洞眼和浍山与他的眼睛在一条直线上。我就和铁脚一起,一动不动地看着浍山。

一群群踩街的人,轰轰隆隆从我们身边走过去了。

骑着山地自行车踩街的,是智慧农场的小地主们,他们要给农场施肥了;扛着小铁锹叽叽喳喳的小家伙们,是到浍湾农场研学的学生;还有一群骑着小电车的姑娘,衣服上印着"芝兰月子中心",嘴里念叨着活珠子,她们是到浍湾鸡场参观的;还有一批开着小电车的踩街队伍,浩浩荡荡几十辆小电车,电车上竖着宣传牌子,张贴着浍湾农场、鸡场、羊场、牛场的产品彩色宣传画,麦穗、玉米、淮北山羊、土麻鸡、活珠子、鸡蛋、火龙果、葡萄、草莓、樱桃、苹果、小蜜瓜……应有尽有,还有浍南村幸福大院民宿、浍湾村庄稼大院民宿等。我的主人铁脚,对轰轰烈烈的踩街队伍熟视无睹,他就那样举着我,让我和浍山连成一条线。我看着浍山,铁脚也看着浍山;我是直接看浍山,铁脚是通过我身上的洞眼看浍山。铁脚举着我这个老石头弯腰看山的样子,就像在演一出滑稽戏。然后,我听见我的主人铁脚高喊了一声:"好!"

在他喊过那声"好"之后,我们就站在了浍山跟前。

骨骼突兀的浍山,倒映在深水坑里。尽管深水坑上建了红色的亭子,亭子前的大舞台上正有踩街的表演队在表演,显得喜庆祥和;尽管山顶有了绿树,开出一蓬一蓬的桃花,还有粉红的野蔷薇花,还有落了一半的梨花,但浍山胸部的疤痕,还是那么扎眼。我明显地感觉到铁脚在深水坑边站住时澎湃的心潮。他把握着我的温暖掌心,连同我一起伸进了上衣口袋里。立刻,我闻到了拴宝家浍水烧饼的芝麻粒香和新衣服的布香。把我在口袋里放了好一会儿,铁脚又拿出了我,我仍然卧在他的手掌心里。这一路踩街下来,我有一个明显的感觉,铁脚一直是把我握在手掌心里的。

这时候,踩街的表演队表演完毕,正陆续撤离;而踩街的人们,也随着表演队一起去往别处。在安静下来的浍山跟前,在宽敞的大舞台上,铁脚把我从他的扣眼上摘了下来,那根拴扯我的白棉线,就像我拖着的长长的尾巴。铁脚再一次举起我,透过我身上的洞眼看着浍山。这一刻,我觉得我跟浍山近在咫尺了,我仿佛能用额头触碰到浍山的石头了,那些有伤疤的石头,此刻一言不发。倒是铁脚,突然对我絮叨起来。

"老石头,把你放在浍山山顶,你怕不怕?"他大声问我。

"不怕!但我更喜欢待在你口袋里。我对浍水烧饼的芝麻粒香味有瘾了。"我大声回答。

"老石头,我和浍山,哪个重要?"他再一次问我。

"浍山重要,你更重要。"我响亮地回答。老铁脚,他这是要做智力测试吗?

"好,既然你同意了,我就把你留在浍山,代我看管好这座灵山。"

"哎,老铁脚,谁说我同意了? 我刚刚说过,我更喜欢闻你口袋里芝麻粒的香味,我也喜欢跟着你白天填嘴,晚上唠嗑。"我争辩道。

"你一定要尽职尽责,守护好这座灵山。万一哪天我不在了,还有你在,我就放心了,也能闭目了。"铁脚说着,把我团在手掌心,来回盘玩起来。我在他的手掌心里大声叫喊道:"哎,老铁脚,你今天玩的哪一出啊。你快把我盘晕啦。"

铁脚才不管我的喊叫呢。待盘得我浑身发燥、热情似火时,铁脚像链球运动员那样,抓扯着我的尾巴白棉线,铆足劲儿把我朝浍山投掷过去。我觉得自己生出了无形的翅膀,直扑山体而去。这时候,我的耳畔响起了无数的声音,其中最清晰的是几千年前那位女子婉转的歌声,但她唱的是新内容:"十数载蒙厚爱心心相系,许誓愿伴随你生死不离。愿大王莫牵挂脱离险地,愿大王福寿绵长一统华夷。"

紧接着,是满山响起的石头的呼啸,它们发出潮涌般的锐鸣,猛然把我吸附进它们坚硬的骨肉之中。

我被生生镶嵌在浍山山体的骨骼里面,宛如一只天眼。

我看到变成天眼的自己,倒映在水坑里,水面波纹闪闪,粼粼有光。

一切似乎都安静下来了,一切又似乎刚刚开始。放眼远望,我看到了不远处的浍水河、湾子河,河里船儿游荡,欢声笑语;我看到了浍水老街上踩街的表演队,他们踩了两个来回,就要再次来到浍山的大舞台上表演了;我看到了浍湾农场的大汽车,正在朝外运送蔬菜;我看到浍湾羊场门前预订山羊过伏羊节的队伍;我看到浍湾鸡场门前,芝兰月子中心的美女们正在表演舞蹈;我还看到烈士陵园铭园闪闪发光的碑文墙,甚至,墓碑上的名字都看得一清二楚,黄秀波、黄秀芳、张红光、刘灿辉、路大跃……那一串串名字,此刻发出嘈嘈切切之声,他们迎接着武汉文,迎接着郑秀玉,迎接着黄淮生……

站在浍山上,放眼四望,我看到了那么多平常看不到的地方,也听到了平常听不到的声音。我甚至能清晰地听到碎石大街晒着春阳的碎石,发出的叮当之声。

我一下子懂得了,铁脚为什么要把我抛到浍山的胸膛上。只有待在浍山山石的骨肉之间,我才具有非同一般的能量,成为另一个不一样的自己。

我就是长在浍山山体上的天眼!

成了天眼的我,已经超越了做一个几千岁老石头的普通意义。

而这个时候,我最想看到的,是我的主人铁脚朱太平。

我放眼望去。潮涌的人流,欢呼的乐队,在浍水古镇的每一条街道上流淌。而鼓声咚咚的老茶馆,沸腾热闹的浍湾农场,再一次拥过来的表演队,都没有我的主人铁脚的影子。我大声呼喊着他,甚至,我的呼喊声里带着哭泣。但是,他踪迹全无。

此刻,天空湛蓝如洗,春风香气四溢。我的呼喊从浍山山顶弥漫开来,滚落到大地上。我要执着地寻找那个弯腰老头,那个少了半截脚趾、没有了铁脚套的铁脚老头。

> 2020 年 3 月 31 日完成初稿于合肥陶然居
> 2020 年 5 月 26 日修订于合肥陶然居
> 2020 年 10 月 8 日第三次修订于合肥陶然居